U0451288

浙江师范大学重点教材建设基金资助

浙江师范大学中国语言文学一流学科建设成果

新/形/态/教/材

京杭运河

诗文赏析

邱江宁
孟国栋

编著

中国社会科学出版社

图书在版编目(CIP)数据

京杭运河诗文赏析/邱江宁,孟国栋编著. —北京:中国社会科学出版社,2021.3
ISBN 978-7-5203-7904-5

Ⅰ.①京… Ⅱ.①邱…②孟… Ⅲ.①古典诗歌—诗歌欣赏—中国②古典散文—文学欣赏—中国 Ⅳ.①I206.2

中国版本图书馆 CIP 数据核字(2021)第 027649 号

出 版 人	赵剑英
责任编辑	郭晓鸿
特约编辑	杜若佳
责任校对	师敏革
责任印制	戴 宽

出　　版	中国社会科学出版社
社　　址	北京鼓楼西大街甲 158 号
邮　　编	100720
网　　址	http://www.csspw.cn
发 行 部	010－84083685
门 市 部	010－84029450
经　　销	新华书店及其他书店
印　　刷	北京明恒达印务有限公司
装　　订	廊坊市广阳区广增装订厂
版　　次	2021 年 3 月第 1 版
印　　次	2021 年 3 月第 1 次印刷
开　　本	710×1000　1/16
印　　张	20.25
插　　页	2
字　　数	257 千字
定　　价	118.00 元

凡购买中国社会科学出版社图书,如有质量问题请与本社营销中心联系调换
电话:010－84083683
版权所有　侵权必究

序　言

"长城一撇，运河一捺"，在中国传统文化尤其是农耕文化发展进程中，长城作为建筑工程，是中原王朝防御北方游牧民族的重要屏障，运河作为水利工程，对中原王朝沟通南北具有举足轻重的意义。可以说，长城与运河，一北一南，一攘外一安内，一撇一捺，一阳刚、强健，一阴柔、深沉，有力地支撑起了中华文明的悠久发展历史，都堪称名副其实的世界物质文化遗产。而相比于长城较为单纯的军事重大意义，作为传统王朝与帝国的生命线，运河所承载的，则不仅有军事的，还有政治、经济、文化、交流等方面的意义。在运河畅通，可以枢纽天下的情况下，传统社会则南北贯通，舳舻与会，公私兼赡。尽管19世纪以后，随着运河的淤塞，火车运输的兴起，运河的种种功能与意义都逐渐消失，但它对传统中国南北文化交流的意义、对江南文化气质、对古典文学创作的深刻影响，却没有随岁月的流逝而消失，反令人们越是探寻越是为之着迷兴叹。

一　运河的开凿历史概述

运河作为帝国的生命线，历朝历代的统治者都对它极为关注。

关于运河的开凿历史,有一些标志性的事件必须说到。首先,最早被确凿记载开凿的运河是公元前5世纪(前486)吴王夫差开凿的邗沟。邗沟在今天的江苏高邮境内。《左传》曾记载吴王夫差开凿邗沟事件:"秋,吴城邗,沟通江淮。"① 晋人杜预注释写道:"于邗江筑城穿沟,东北通射阳湖,西北至末口入淮,通粮道也。"② 也就是说最早的文献记载中并非以"运河"之名来指称我们今天所谓的运河。在传统文献中人们往往以"沟""渠""河""水"等字眼来表示运河的意思,如"邗沟""鸿沟""灵渠""汴渠""漕河""上河""御河"等。而从杜预的注释中,我们也可以知道最早吴王夫差开凿运河的意思是为了通粮道,之所以通粮道又主要是为大军北上与中原诸国争霸,其实质还是带有极强的军事目的的。

"运河"这一概念最早出现在北宋欧阳修撰写的《新唐书》中,"开成二年夏,旱,扬州运河竭"③。文中记载的"开成二年",是唐文宗统治时期的公元837年,指的就是隋唐大运河。大业元年(605)三月辛亥,隋炀帝"发河南诸郡男女百余万,开通济渠"④。通济渠的前身是战国时期魏惠王(魏罃)于公元前360年开凿的鸿沟。隋炀帝的工程是"自西苑(洛阳西苑)引谷、洛水达于河,自板渚引河通于淮"⑤,从东都洛阳西苑开始,引谷水和洛水与自河南荥阳的板渚引出的黄河汇流,再经鸿沟、蒗荡渠、睢水沟通了江苏盱眙境

---

① (清)洪亮吉:《春秋左传诂》卷二〇《哀公九年》,李解民点校,中华书局1987年版,第863页。
② (清)阮元校刻:《十三经注疏》之七《春秋左传正义》卷五八,清嘉庆刊本,中华书局2009年版,第4702页。
③ (宋)欧阳修、宋祁撰:《新唐书》卷三一,中华书局1975年版,第947页。
④ (唐)魏征、令狐德棻撰:《隋书》卷三《帝纪三·炀帝上》,中华书局1973年版,第63页。
⑤ 同上书,第70页。

内的淮河，通济渠的通航，沟通了黄河与淮河两大水系，全程水道西极京师，南达江淮，途经河南的荥阳、郑州、中牟、开封、杞县、睢县、宁陵、商丘、虞城、夏邑、永城；安徽的睢溪、宿州、灵璧、泗县；江苏的泗洪、盱眙，全长650公里。

隋朝大业四年（608）正月乙巳，隋炀帝又"诏发河北诸郡男女百余万开永济渠，引沁水南达于河，北通涿郡"①。永济渠的前身是三国时期曹操开凿的白沟。永济渠分南、北两段，南段自沁河口向北，经今新乡、汲县、滑县、内黄（以上属河南省）、魏县、大名、馆陶、临西、清河（以上属河北）、武城、德州（以上属山东）、吴桥、东光、南皮、沧县、青县（以上属河北），抵今天津市；北段自今天津折向西北，经天津的武清、河北的安次、到达涿郡（今河北涿州），全程1900多里。也就是说，隋朝大运河充分利用天然河道和前代开挖的人工河道，形成了纵贯南北的大运河。

唐、宋两朝利用隋朝大运河，获得巨大发展。在唐代，通济渠又被称作汴渠、汴河；永济渠在北宋时又被称作御河。

如果说，隋运河的修凿使得运河南北贯通的格局初具规模的话，那么元朝运河的修凿才使得"京杭大运河"之名得以真正落实，运河带给人们与外界交流的意义才确实堪称"大"。在1997年，由白寿彝先生总主编的《中国通史》，陈得芝先生主编的"中古时代·元时期"的第六章"运河与海运"中，其第一节的标题即命名为"京杭大运河的全线贯通与整治"②。元世祖至元三十年（1293），由郭守敬主持修建的通惠河完工，其时世祖忽必烈"过积

---

① （唐）魏征、令狐德棻撰：《隋书》卷三《帝纪三·炀帝上》，中华书局1973年版，第70页。

② 白寿彝总主编，陈得芝主编：《中国通史》第八卷"中古时代·元时期（上）"，第13册，上海人民出版社1997年版，第867页。

水潭,见其舳舻蔽水,天颜为之开怿"①,因此将此河命名为"通惠河"。元代运河打破隋唐时期东西走向的格局,形成近乎九十度的大转弯,将大都与汴河、淮河、长江沿线的城市;河北的沧州、景州;山东临清、东平;江苏的彭城(徐州)、淮安、宝应、高邮、扬州、苏州;以及浙江的嘉兴、皂林、杭州穿连起来。它南起浙江杭州,北至北京通县北关,全长1794公里,贯通六省市,流经钱塘江、长江、淮河、黄河、海河五大水系,形成海、江、河相互交织的庞大水运网络。

明、清两朝沿承元朝运河的规模,运河也继续发挥着它的运载和交流功能,人们对它的依赖程度甚至较之前的朝代更为严重。值得注意的是,西方文明在16世纪以来飞速发展,与此同时,西方对中国的兴趣与觊觎之心也日益增强,运河因此也成为西方人观察中国尤其是探查传统经济模式的重要渠道。令西方人深感迷惑的是,一方面北方对南方经济的依赖程度已经到了须臾不能离开运河的地步,但另一方面,明明可以"采取一条既近而花费又少的从海上到北京的路线"②,中国人却宁愿耗费巨大的人力、物力来挖掘和修浚运河,缓慢、迂回地南北东西行走。这看似不合理现象的背后,也正隐隐地传递着传统中国即将面临巨大变革、运河辉煌时代结束的消息。同治十一年(1872),清穆宗下旨舍弃河运,改为海运;光绪二十七年(1901),李鸿章奏请南北漕粮全数改折,海运、河运全部停止。至此,属于大运河的时代全部结束,运河以及它所蕴蓄的古典生活时代也就意味着结束。

---

① (元)苏天爵:《太史郭公》,姚景安点校,《元朝名臣事略》卷九,中华书局1996年版,第193页。
② [意]利玛窦、[比]金尼阁:《利玛窦中国札记》下册,何高济、王遵仲、李申译,商务印书馆2017年版,第13页。

二 运河对于传统中国社会以及文学创作的影响

隋朝一统南北,隋炀帝修凿大运河之前,南北大大小小的运河,主要发挥的是军事政治意义以及必要的农业灌溉作用,虽然也附带性地推动了中心区域的发展,但其经济意义与城市活力远不能与一统之后,运河南北贯通的情形相比。隋运河开凿之后,所谓"紫泉宫殿锁烟霞,欲取芜城作帝家。玉玺不缘归日角,锦帆应是到天涯"(李商隐《隋宫》)①,运河对于南北地域沟通、城市繁荣、人口迁徙、文化交流等方面的意义越来越凸显,不仅如此,运河文化也深深地滋养了古典文学,它的创作主题、表达内容以及审美意象等,每每与运河生活息息相关,令人读之、诵之,意味无尽。

回溯历史会看到,运河的开凿对其沿岸区域的发展具有本质性的推动和提升意义。比如在古典文学创作中极为著名、常常被人们题咏的地方——京口,就非常典型。在隋朝大运河开凿之前,京口是一个土地贫瘠、地广人稀、猛兽出没的地方。建安二十三年(218),吴主孙权甚至还能在京口一带打虎,史书这样记载道:"权将如吴,亲乘马射虎于庱亭,马为虎所伤,权投以双戟,虎却废,常从张世击以戈,获之。"② 通过这条记载,京口地方荒榛野莽、罕有人迹的景象可以想见。隋炀帝大业六年(610),穿江南河,自京口至余杭八百余里。之前通江南的数条河道至此全部连接起来,京口"东通吴、会,南接江、湖,西连都邑"③,由此成为唯一渡江港口,与隋唐运河的终点扬州隔

---

① (唐)李商隐:《玉溪生诗醇》,聂石樵、王汝弼笺注,中华书局2008年版,第286页。
② (晋)陈寿:《三国志》卷四七《吴书二》,(南朝)裴松之注,中华书局1982年版,第1120页。
③ (唐)魏征、令狐德棻撰:《隋书》卷三一《地理志下·林邑郡》第3册,中华书局1973年版,第887页。

江对峙，江淮地区的漕粮都要通过京口才能够传输到各地，唐代诗人对此描绘道："水国逾千里，风帆过万艘。"① 于是京口地位飞速上升，成为一大都会。处于京口优势地位的金山寺、北固亭也成为京口的标志性风景。只见：矗立于京口的金山寺，"南徐城古树苍苍，衙府楼台尽枕江。甘露钟声清醉榻，海门山色滴吟窗"，"琴院坐听江寺磬，郡楼吟见海山霞。春园遗母亲烧笋，夜榻留僧自煮茶"②，其繁华气象、其曼妙风姿让人言之无尽、追想不已。也正因为是南北迁转的唯一码头，地理位置极其重要，京口历来都是兵家争夺的地方，明白这一点，再去解读辛弃疾那首著名的《永遇乐·京口北固亭怀古》，才会深刻体悟到辛弃疾站在京口高处，看江流滚滚、帆船过往，不由得兴起的"千古江山，英雄无觅，孙仲谋处"慨叹。

伴随着隋朝大运河的畅通，沿岸的城市尤其是运河的起点与终点，中间经停、转运的重要港口、码头都逐渐从渔村小岛或者荒蛮之地崛起为人烟富簇、车水马龙的大都会或者富庶区域，无论是著名的开封、扬州还是高邮、临清等地方，没有谁能无视和忽略运河开凿与贯通对于整个中国传统社会自然环境、生态环境以及生产交流和文化形态、审美经验等各个方面的深远影响。

再比如元代京杭大运河开通之后，不仅中国漕运史进入一个新纪元，而且给社会带来巨大活力，所谓"国不知匮，民不知困。遂使天下之旅，重可轻而远可近。扬波之橹，多于东溟之鱼；驰风之樯，繁于南山之笋。一水既道，万货如粪"③，运河两端的城市——大都和杭州都借

---

① （唐）李德裕：《述梦诗四十韵有序》，（清）彭定求编：《全唐诗》卷四七五，第14册，中华书局1999年版，第5390页。
② （宋）王禹偁：《寄献润州赵舍人》，（清）吴之振、吕留良、吴自牧选，管廷芬、蒋光煦补：《宋诗钞·小畜集钞》，中华书局1986年版，第31页。
③ （元）黄文仲：《大都赋》，李修生主编：《全元文》第46册，凤凰出版社2004年版，第133页。

势跃升为享誉全世界的国际大都市。先看元朝京杭大运河的终点元朝首都——大都，它是北京的前身。可以说，北京的繁荣，成为元、明、清三朝的首都，关键性的发展即得益于元朝京杭大运河的开通。这座因水而兴的城市在元代"乃辟东渠，登我漕运。凿潞河之垠堮，注天海之清润。延六十里，潴以九堰。自汴以北者挽河而输，自淮以南者帆海而进"①，"江淮、湖广、四川、海外诸藩土贡粮运、商旅懋迁，毕达京师"②，城市借助运河之力，"华区锦市，聚四海之珍异；歌棚舞榭，选九州之秾芬"③，"各民族、各个国家、不同语言系统与宗教信仰的人们远道而来"，"所有稀世珍贵之物都能在这座城市里找到"④。人们在大都城中或宦或商，或居或游，各形各色，大都仿佛一座人们合力建造的"通天的巴比塔"⑤，全世界都为之叹羡和向往。

还有元代京杭大运河的终点——杭州也借运河跃然而成为与大都比肩的国际大都市。正如关汉卿散曲写的那样：

> 普天下锦绣乡，寰海内风流地。大元朝新附国，亡宋家旧华夷。水秀山奇，一到处堪游戏。这答儿忒富贵，满城中绣幕风帘，一哄地人烟凑集。⑥

尽管自"吴越开镇，南宋启都"⑦之后，杭州即已确立起"东南第一州"的地位，但在元代之前，由于长期处于一个因南北对峙

---

① （元）黄文仲：《大都赋》，《全元文》第46册，第133页。
② （元）苏天爵：《丞相淮安忠武王》，《元朝名臣事略》卷二之一，第20页。
③ （元）黄文仲：《大都赋》，《全元文》第46册，第133页。
④ ［意］马可·波罗口述，鲁斯蒂谦诺笔录，余前帆译注：《马可波罗游记》，中国书籍出版社2010年版，第218页。
⑤ 洪烛：《马可·波罗与元大都》，《书屋》2004年第9期。
⑥ （元）关汉卿：《一枝花·杭州景》，隋树森：《全元散曲》（上），中华书局2018年版，第192页。
⑦ （明）刘伯缙等修，陈善撰：《万历杭州府志·序》，万历七年刻本。

与割裂而相对闭锁的地理空间里,并没有完全绽放它的全部魅力。元代京杭大运河开凿之后,凭借着南宋故都的繁华,更依靠着与元大都的运河直通航道,以及元朝对欧亚大陆海、陆丝绸之路的控制与影响力,杭州成为13—14世纪南北、中外人们眼中的天堂世界。因为运河的力量,久居杭城的人们发现自己身边的世界聚集了南来北往、各种肤色、各种语言、各种信仰的人,就像方回《武林书事》诗所记"兰闍兰闍一弹指,高鼻人人俱喜欢。北客近知郎罢语,南人许拜乞银官"①。方回诗的前两句即表明杭州城中处处都能看见高鼻深目的西域人,他们见面喜笑颜开地互道"兰闍",后两句说北方人客居南方久了,也渐渐能明白南方的方言,而南方人也被安排做马官了。"兰闍"与"高鼻"相呼应,都是指西域人。据《世说新语》载,东晋的王导初任扬州刺史时曾设宴招待城中各方重要人士,在看到席上的一群胡人不悦的表情时,便走近前去弹指招呼说"兰闍、兰闍",一群胡人顿时喜笑颜开,方回诗歌即用《世说新语》之典来描述杭州城里西域人之多。"郎罢"取顾况诗《陵霜之华一章·囝》之典,顾况为诗作注云:"囝音蹇,闽俗呼子为囝,呼父为郎罢",方回诗句实际是以"郎罢"来代表南音。"乞银",是指骢马,方回在诗中有自注云:乞银,骢马,出《元和郡国志》。据《元和郡县志》"银州·银川下"条载,"狄语骢马为乞银"②,是说党项人在银州谷牧马,他们称骢马为乞银,方回诗中之意实际是指,牧马本是北方游牧民族擅长的事情,但现在南方人也可以做牧马人了。借助方回的诗可以想见元代京杭大运河的修凿对南北乃至世界人们交流的深刻影响。

---

① (唐)顾况:《上古之什补亡训传十三章·囝一章》,(清)彭定求等编:《全唐诗》卷二六四,中华书局1960年版,第2930页。
② 清武英殿聚珍版丛书本《元和郡县志》卷五。

三　异邦人士对于运河书写的丰富

其实不仅居住中国境内的人们能深切感受到运河对于其时南北、中外交流的意义，凡是来到中国的异国之人也会被运河带给城市的巨大活力和意义吸引。可以说，运河在传统中国人生活中的重大意义使得它自然而然地成为踏入中国境内的异国人士观察和表达中国的重要窗口。相比于常年生活其间的中国人的熟视无睹而言，异邦人士来到中国之后，他们对运河的表达，除了和中国作者类似的感叹运河带给城市繁荣与人们富庶生活的内容外，更值得注意的是他们用异邦眼光观察，表达中国人常常忽略或不经意的内容，让人莞尔失笑的同时又不禁若有所思。

嘉靖十八年（1539），随日本朝贡船来到中国的日本僧人策彦周良在他15万字篇幅的《初渡集》中详细地记录运河沿岸50多处驿站名字和沿岸城市90余处的店铺字招（招牌）以及50余处广告招牌。这些内容都鲜少见诸中国传统文人的诗文记载中。比如策彦他们的朝贡船在宁波时，他的日记记录当地的买卖招牌写道："卖买人家各各贴铭：'马尾出卖''藏糟出卖''绵花出卖''演易决疑问''中山毛颖（盖制笔者之家里也）''装印经书文籍'如此之类"[1]等。这其中有一则非常有意思的商品信息，"马尾出卖"，很值得寻味。它非常真实地记录和反映了明朝中叶以后的一种服饰流行风气——穿马尾裙。据载，明朝中期，由于人们的这种流行风气，京城营操官马的马尾毛总被人偷拔，而马因为尾巴无毛，不爱进食，落膘而病死。

---

[1]《策彦和尚入明记·初渡集下》，《大日本佛教全书》73卷史传部十二，日本佛书刊行会1911年版，第167页。

再如在 1655 年荷兰使者约翰·尼霍夫的《荷使初访中国记》和 1793 年英国使者斯当东写的《英使谒见乾隆纪实》中，他们都非常详细地描述了运河上常见的鸬鹚捕鱼的场景：

> 在这里运河之东附近有一个大湖，里面有上千条小船，都是用这种鸟来捉鱼。每只船有十几只鸟。船主做一信号，它们马上飞到水里去捉鱼。我们非常惊奇地看到在它们很小的嘴里衔着很大一条鱼。它们被训练得真是好，用不着在它的喉部用线或圈套着，它们把全部捕获品交给主人，自己不吃一条，除非主人为了奖励或饲养，做信号叫它们吃一两条。这些小船都很轻，主要是在湖里划。当地渔民依此为生。①

荷兰使者在他的《荷使初访中国记》中说这是中国人的"一种了不起的发明"②，而据斯当东的观察，他说江南省境内宝应湖上，"湖面上尽是渔船，主要是用前述的捉鱼鸟来捉。这个地方是训练捉鱼鸟的中心，训练好了以后输送到全国"③。外国人似乎都对鸬鹚与渔夫之间所构成的那种相互豢养的关系极有兴趣，但这一运河典型画面，却基本是经年往来于运河之上的中国人的盲点。我们很少能够在连篇累牍的关于运河生活的诗文中见到像尼霍夫、斯当东他们那么仔细专注地描写鸬鹚捕鱼、鸬鹚与渔夫关系的文字。

诸如鸬鹚捕鱼之类的运河生活写实在外国人的游记中几乎俯拾即是，不胜枚举，这些仔细认真地写作的运河日记，不仅丰富了运

---

① [英] G. 斯当东：《英使谒见乾隆纪实》，叶笃义译，商务印书馆 1963 年版，第 425、430 页。

② [荷] 约翰·尼霍夫原著，[荷] 包乐史（Leonard Blusse）、[中] 庄国土：《〈荷使初访中国记〉研究》，厦门大学出版社 1989 年版，第 73 页。

③ [英] G. 斯当东：《英使谒见乾隆纪实》，第 446 页。

河书写，更重要的意义还在于，它们对域外世界产生了不可估量的巨大影响。像《马可·波罗游记》"不是一部单纯的游记，而是启蒙式作品，对于闭塞的欧洲人来说，无疑是振聋发聩，为欧洲人展示了全新的知识领域和视野"，很大程度而言，《马可·波罗游记》"导致了欧洲人文的广泛复兴"①，而大运河以及杭州的形象也借着《马可·波罗游记》广泛地传播到西方，深刻地影响了西方人的东方视野。而像约翰·尼霍夫的《荷使初访中国记》，书中那些极富东方色彩和"中国风格"的屏风、瓷器、绸缎，以及通过考试而非裙带关系选拔政府官员的科举考试，都增加了他笔下中国社会的理想化程度和诗意色彩。受到尼霍夫这部初访中国记的影响，18世纪的欧洲，人们对中国文化和中华帝国充满倾慕，这种向往和倾慕渗透在欧洲文化的各个领域中②，令欧洲文化也格外富有东方魅力。

2014年6月22日，第38届世界遗产大会宣布，中国大运河项目成功入选世界文化遗产名录，成为中国第46个世界遗产项目。迄今为止，虽然有许多文化通识课以及古代历史及文学课程涉及对京杭运河的介绍，但鲜少以京杭运河的视角，从传统社会、政治、经济和历史地理的背景入手来解释和选读传统文学作品。《京杭运河诗文赏析》是配合线上课程《京杭运河诗文讲读》而推出的线下辅助教材。作为线下辅助教材，在内容上，它以历史时间为经，以运河开凿、修浚的情形为纬，以相应的诗文赏析篇章结构全书。以运河的地理位置、开凿、修浚及影响为前提选择诗文，不拘于诗文是否为名篇，不特求诗文创作时间是否一一对应于运河发展的时间。形式上，每篇的格式一般由诗文原文、注释、赏析以及插图组成。至

---

① 余前帆译注：《马可波罗游记》"译者前言"，第6页。
② ［荷］包乐史：《〈荷使初访中国记〉在欧洲的地位》，庄国土，《〈荷使初访中国记〉研究》，第3页。

于每篇的赏析，力求内容平易通俗，文字优美，表述具有一定的学术性。在赏析中，力图从京杭运河的开凿、修浚及民生影响入手，通过明晰运河创造的环境背景，去解读和欣赏诗文的内容。

《京杭运河诗文讲读》是一门雅俗各予重视，文情兼取并茂，对汉语言专业和非汉语言专业的学生都具有加深中国古典文化修养意义的拓展课程。而《京杭运河诗文赏析》与传统赏析教材相比，它在配合《京杭运河诗文讲读》线上课程而撰写的同时，具有很强烈的当代关怀意识。所以在教材编撰过程中，努力将对中华文明发展源流的梳理、让运河物质文化遗产的传承事业活起来的理念，落地于传统文化教育和文学赏析，期望通过对历史地理背景的解读，使传统文学的赏析富于历史生动性和生命鲜活性，对普通师范本科生自身的文化教育以及将来的文化传播发挥良好的引导和启发作用。

《京杭运河诗文赏析》由邱江宁、孟国栋主持撰著，林乾浩、周玉洁、任天晓、毛栎嘉、冯晓迪、李洛乐、李欣欣、聂辽亮、梁杰等参与撰写、校对工作。最后，特别感谢浙江师范大学教务处、浙江师范大学人文学院中国语言文学学科的经费支持。

目　录

第一篇　春秋时期的运河·吴国·邗沟
　　——以秦观《邗沟》为例 …………………………（1）

第二篇　先秦时期的运河·魏国·鸿沟
　　——以王士禛《荥泽渡河》为例 …………………（8）

第三篇　秦朝运河·灵渠
　　——以刘克庄《铧觜》、吕本中《兴安灵渠》为例 ………（16）

第四篇　西汉时期的运河·茱萸湾
　　——以刘长卿《送子壻崔真甫李穆往扬州》为例 ……（25）

第五篇　西汉时期的运河·运盐河
　　——以刘岩《观柳林水田》为例 …………………（32）

第六篇　东汉时期的运河·汴渠
　　——以韩元吉《行汴渠中》为例 …………………（41）

第七篇　东汉时期的运河·京口
　　——以辛弃疾《京口北固亭怀古》为例 …………（49）

第八篇　三国时期的运河·曹操·睢阳渠
　　——以曹操《观沧海》为例 ………………………（62）

第九篇　三国时期的运河·孙权·破冈渎
　　——以颜真卿《送刘太冲序》为例 ………………（72）

第十篇　西晋时期的运河·两沙运河
　　——以袁中道《由草市至汉口小河舟中杂咏》为例 …… (83)

第十一篇　东晋时期的运河·瓜洲
　　——以白居易《长相思·汴水流》、王安石
　　《泊船瓜洲》为例 ……………………………… (92)

第十二篇　隋朝大运河·通济渠
　　——以李商隐《隋宫》为例 ……………………… (101)

第十三篇　隋朝大运河·江南运河
　　——以李敬芳《汴河直进船》为例 ……………… (111)

第十四篇　隋朝大运河·扬州·平山堂
　　——以欧阳修《朝中措·平山堂》为例 ………… (119)

第十五篇　隋朝大运河·金陵渡
　　——以张祜《金陵渡》为例 ……………………… (126)

第十六篇　唐朝运河·汴河
　　——以许棠《汴河十二韵》为例 ………………… (135)

第十七篇　唐朝运河·汴河
　　——以崔颢《晚入汴水》为例 …………………… (142)

第十八篇　京杭运河·扬州
　　——以杜牧《扬州》为例 ………………………… (151)

第十九篇　京杭运河·杭州
　　——以汪元量《满江红·和王昭仪韵》为例 …… (160)

第二十篇　宋朝运河
　　——以黄庶《汴河》为例 ………………………… (171)

第二十一篇　宋朝运河
　　——以欧阳修《自河北贬滁州初入
　　汴河闻雁》为例 ………………………… (181)

目 录

第二十二篇　宋朝运河
　　——以苏辙《高邮别秦观三首》为例 …………（191）

第二十三篇　宋朝运河
　　——以柳永《雨霖铃》为例 ………………………（201）

第二十四篇　元朝运河·大都·海子
　　——以李材《海子上即事》为例 …………………（210）

第二十五篇　元朝运河·通州
　　——以宋褧《通州晚晴即事》为例 ………………（219）

第二十六篇　元朝运河·通惠河
　　——以富察敦崇《燕京岁时记》为例 ……………（225）

第二十七篇　元朝运河·外国人眼中的运河
　　——以"马可波罗行纪"为例 ………………………（237）

第二十八篇　明代运河·外国人眼中的运河
　　——以［日本］策彦周良《初渡集》为例 …………（249）

第二十九篇　明代运河·外国人眼中的运河
　　——以［朝鲜］崔溥《漂海录》为例 ………………（260）

第三十篇　明代运河·外国人眼中的运河
　　——以［意大利］《利玛窦中国札记》为例 ………（271）

第三十一篇　清代运河·外国人眼中的运河
　　——以［荷兰］约翰·尼霍夫《荷使初访
　　中国记》为例 ……………………………………（281）

第三十二篇　清代运河·外国人眼人中的运河
　　——以［英国］斯当东《英使谒见乾隆
　　纪实》为例 ………………………………………（292）

第一篇　春秋时期的运河·吴国·邗沟

——以秦观《邗沟》为例

邗　沟[①]

（北宋）秦观[②]

霜落邗沟积水清，寒星[③]无数傍船明。

菰蒲[④]深处疑无地，忽有人家笑语声。

注　释

①本诗出自徐培均校注《淮海集笺注》，上海古籍出版社1994年版。

②秦观（1049—1100），字少游，一字太虚，别号邗沟居士，学者称淮海居士。高邮（今江苏省高邮市）人，北宋著名文学家，与黄庭坚、晁补之、张耒均出自苏轼门下，被称作"苏门四学士"。秦观官至太学博士、国史馆编修，兼有诗、词、赋和书法多方面的艺术才能，尤以婉约之词驰名于世，风格委婉含蓄，清丽雅淡。苏轼称其"有屈、宋之才"。有《淮海集》40卷、《淮海词》3卷。

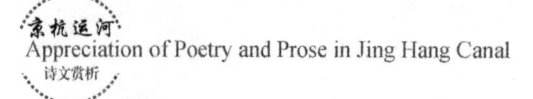

③寒星：天上孤冷高远的星星。

④菰蒲（gū pú）：菰、蒲均为浅水、湿地中的常见植物。菰，多年生草本植物，生浅水中，嫩茎称"茭白""蒋"，可作蔬菜。果实称"菰米""雕胡米"，可煮食。蒲，多年生草本植物，生池沼中，高近两米。根茎长在泥里，可食。叶长而尖，可编席、制扇，夏天开黄色花。苏轼《夜泛西湖五绝（其四）》："菰蒲无边水茫茫，荷花夜开风露香。"

赏 鉴

《邗（hán）沟》是秦观的组诗《秋日三首》中的一首。诗歌描写的邗沟，又名邗江，位于今江苏境内，自扬州经高邮至淮安的一段运河，最初由吴王夫差于公元前486年开凿，首次将中国东部的两条水系长江和淮河贯通起来。《左传》："秋，吴城邗，沟通江淮。"①东汉末期，邗沟即用于漕运，随着经济中心逐步移向东南，邗沟漕运量不断增加。隋唐以后，邗沟作为保障朝廷供给的生命线，其地位逐步凸显，北宋时为漕粮最重要的运道。邗沟的大致路线是：南引长江水，从今观音山旁的邗城西南角，绕至铁佛寺稍南的城东南角，经螺丝湾、黄金坝北上，穿过今高邮南30里的武广湖（后名武安湖）与陆阳湖（又名渌洋湖）之间，进入距今高邮西北50里的樊良湖（又称樊梁湖，即池光湖）；再向东北入今宝应东南60里的博芝湖（即广洋湖）、宝应东北60里的射阳湖；出湖西北至山阳（今淮安楚州）以北的末口，汇入淮水。

在我国的运河史上，"邗沟"是开凿较早、使用时间较长的一条

---

① （清）洪亮吉撰：《春秋左传诂》卷二〇，李解民点校，中华书局1987年版，第863页。

人工运河,它沟通了长江与淮河,对后世影响很大。邗沟最早是由春秋时期吴王夫差开凿的,主要是为了运送兵力北上,以便与中原诸国争霸,带有极强的军事目的。到了隋代,隋炀帝重新疏浚了部分已经淤塞的旧河道,让它成为南北物资往来的重要通道。我们通过追溯邗沟的历史,可以窥见京杭运河整体的发展轨迹,了解与我国历史上各个朝代都息息相关的运河体系的形成。也因为在中国历史上,邗沟这条水路有着至关重要的地位和影响,所以在此留下的诗篇非常多,像秦观的《邗沟》、孙宗彝的《秦邮八景联句》等都是其中很典型的作品。

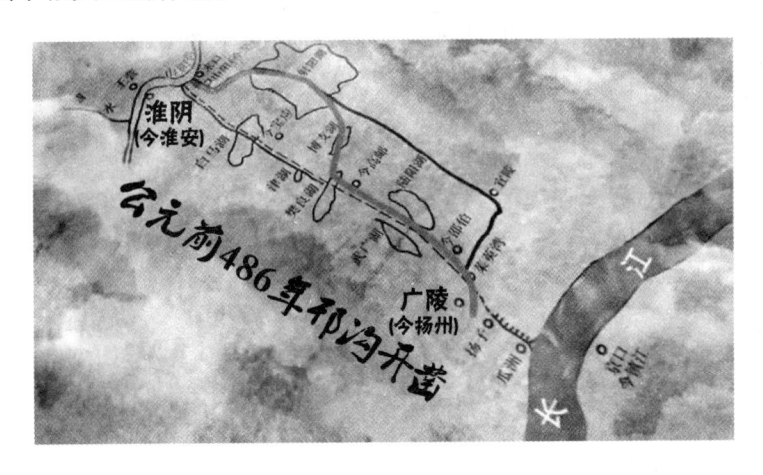

邗沟示意图

秦观出生于今江苏高邮,因邗沟经高邮城而过,故自号邗沟居士。秦观偏偏以"邗沟"作为自己的别号,应该是对邗沟有着很特别的感情,他还有好几首诗是写邗沟的。如《还自广陵四首》其三:"邗沟缭绕上云空,坐阻层冰不得通。赖有东风可人意,为开明镜玉奁中。"① 又如《和孙莘老题召伯斗野亭》中"南望古邗沟,沧波带

---
① (宋)秦观:《还自广陵四首》,徐培均:《淮海集笺注》,上海古籍出版社1994年版,第445页。

芜城"①，可见他对邗沟的偏爱。

　　本文选读的《邗沟》是秦观《秋日》三首中的第一首。若以"秋日"和运河的背景相互联系，这首七言绝句的诗意就变得更加浓厚了。因为秋的夜晚既寂冷又静谧，秦观在秋夜中沿着运河乘船行进，周围只环绕着邗沟以及菰蒲，冷冷清清，人迹罕至。"寒星无数傍船明"，烟柳与菰蒲之外，还能看见倒映在水中的寒星。群星在天空中散射出来的光芒，也在湿冷的空气中，照映在两旁落满霜星的柳枝上，显得更加晶莹圆润。此时邗沟上也映射着斑斓的群星，清澈的水面上反射出来点点星光。此时若有点微醺，真可谓是"醉后不知天在水，满船清梦压星河"②了。而秦观只需要身处舟船之中，就能欣赏到周围的景色，这种恬静安逸，恐怕是如今生活在快节奏中的人们很难体会的经历和心境。也不知道秦观此时是从家乡出发，到遥远的地方去，还是刚从遥远的地方回来，由邗沟回家。这首诗后面还写道："菰蒲深处疑无地，忽有人家笑语声"，也许秦观之所以特意提到运河沿岸传来的欢声笑语，是因为离家更近了，也让全诗读起来更具快意。宋人陈岩肖曾在《庚溪诗话》中评价此联，称其来自白道猷的"茅茨隐不见，鸡鸣知有人"，却"更加锻炼"③，更富有诗趣和韵味。因为夜的幽深，秦观的小船所行经的菰蒲丛深之处，人们都以为大概没有路了，但事实却并非如此，令人兴味盎然。那么，为何菰蒲深处还有人家呢？这就需要我们结合邗沟开凿的历史背景来理解了。

　　公元前486年，吴王夫差为了北上与齐国争霸，开凿了南接长江、北入淮水的邗沟。邗沟的开凿多利用天然湖泊来减少人工，因

---

① （宋）秦观：《和孙莘老题召伯斗野亭》，徐培均：《淮海集笺注》，上海古籍出版社1994年版，第111页。
② （元）唐珙：《过洞庭》，杨镰主编：《全元诗》第23册，中华书局2013年版，第5页。
③ （宋）陈岩肖：《庚溪诗话》，中华书局1985年版，第13页。

第一篇
春秋时期的运河·吴国·邗沟

张大千：一水菰蒲绿，半天云雨清。扁舟去远浦，可遂打渔情。

资料来源：《张大千回顾展》，宝岛文艺出版社1992年版，第81页。

此线路迂回曲折。随着历史的变迁，邗沟的军事化色彩逐渐褪去，逐渐成为沟通南北的水上运输大动脉。在东汉末年，邗沟就被用于漕运，随着漕运量不断增加，国家的经济中心也逐步移向东南，邗沟入淮末口的北辰镇也因此迅速发展，成为淮水下游的最大城镇群。到隋唐时期，北辰镇发展成楚州治所，随大运河南北全线贯通，成为全国的漕运要津。北宋时期，从江淮地区送至都城汴京的漕粮每年多时可达800万石，少亦不减于600万石，这都得益于运河所带来的便利，深爱邗沟的秦观显然深知这一点。另外秦观《邗沟》诗中写到的"菰蒲"是浅水、湿地中常见的植物，常常被用来借指湖泽，"菰蒲深处疑无地，忽有人家笑语声"一句，生动地写出了邗沟依自然湖泽开凿，边上人家依水生活，借助邗沟的水上运力获得生计的情形。如果不了解邗沟开凿的历史背景，秦观这首《邗沟》所表达的水上人家其乐融融的生活场景和诗歌的独特魅力就要大打折扣了。秦观的这首诗清新俊逸、优美动人，语言简洁明白，但诗境却空灵深远，给人以轻松愉悦的享受，值得我们细细品味。

邗沟开凿于春秋时期，作为我国古代重要的运河，经历了漫长的岁月，它的文化意义当然不属于任何一个人。2015年《扬州晚报》曾报道由扬州地方文史专家多轮评选和广大市民投票出来的"扬州十大历史事件"，排名第一的就是"吴王夫差开凿邗沟"，另外还有"鉴真东渡""隋炀帝江都宫变""史可法督师抗清""康熙帝六次南巡"等。"吴王夫差开凿邗沟"的入选理由是："吴王夫差凿邗沟、筑邗城，邗沟贯江、淮水道，南北水上交通从此创出了新局面。巍巍扬城，上下二千五百载，古代文化与现代文明交相辉映，溯其源，邗城当为嚆矢。毋庸置疑，吴王夫差诚寰城明珠——扬州奠基者也。"① 可以看到，邗沟的贯通带来的不仅仅是某一个市镇的发展，对于它流经的每一个区域都有着十分重要的意义和影响。"康熙六次南巡"也与邗沟的关系极为密切，据说当时流传着这样一个故事：高邮才子贾国维，长于诗文，康熙三十五年（1696）曾中丙子科顺天府乡试举人，后来因为冒籍参加顺天府乡试，遭人告发，而回归高邮。贾国维听说康熙帝南巡，就向皇帝献《万寿无疆诗》《黄淮永奠赋》，康熙帝看了很高兴，就把贾国维召至纱船上进行御试。当时康熙帝的船正好经过邗沟，邗沟两岸立着一行柳树，临风摇曳，十分好看，贾国维便作七言律诗《河堤新柳》："官堤杨柳逢时发，半是黄匀半绿遮。弱干未堪春系马，丛条且喜暮藏鸦。鱼罾渡口沾微雨，茅屋溪门衬晚霞。最是鸾旗萦绕处，深林摇曳有人家。"② 除了这首七律，贾国维还作了两首题为《芳气有无中》的五律，都深得康熙的赏识，特意颁赐白金二十两，并召回宫中，任内廷馆阁纂修。后来，贾国维

---

① "扬州十大历史事件"评选，2015年9月13日。
② （清）贾国维：《御试河堤新柳》，（清）王豫、阮亨：《淮海英灵续集》巳集卷三，清道光刻本。

成为著名的《康熙字典》纂修官之一,康熙帝六次南巡的最后两次都给贾家厚重的赏赐,一时传为佳话。站立在邗沟边上,遥想当年意气风发的贾国维面对康熙帝作了一首《河堤新柳》,配合眼前微风轻拂、摇曳生姿的柳枝,一种历史的沧桑感会顿时涌上心头。邗沟深厚的历史积淀,足以让人静驻回望,不断遐想。

【参考文献】

1. 刘跃进、秦永明主编:《运河之都淮安故事》,苏州大学出版社 2008 年版。
2. 姜文定:《漫步高邮》,广陵书社 2014 年版。

第二篇　先秦时期的运河·魏国·鸿沟

——以王士禛《荥泽渡河》为例

荥泽渡河[①]（其二）

（清）王士禛[②]

渺渺星槎[③]击楫登，鸿沟[④]极目气飞腾。

已过白雪三城戍，初试黄河十月冰[⑤]。

沙碛[⑥]连云朝牧马，猎围行炙晚呼鹰。

金堤[⑦]东下夷门[⑧]路，落日寒烟吊信陵[⑨]。

注　释

①此诗出自（清）王士禛著，惠栋、金荣注，宫晓卫、孙言诚、周晶、闫昭典点校整理《渔洋精华录集注》，齐鲁书社 2009 年版。

②王士禛（1634—1711），字子真，一字贻上，号阮亭，别号"渔洋山人"，山东新城（今山东省淄博市桓台县）人。博学，善诗文。康熙中后期以诗、古文和词宗盟海内，时人尊为泰斗，与朱彝尊并称"南朱北王"。诗论主张"神韵说"，著有《渔洋山人精华录》《唐贤三昧集》等。另撰有《池北偶谈》《古夫于亭杂录》《香

祖笔记》《分甘余话》等笔记。

③槎（chá）：木筏，代指船。"星槎"泛指舟船。

④鸿沟：渠名，古汴水支流。楚、汉之争，项羽与刘邦约，中分天下，割鸿沟以西土地归汉，鸿沟以东为楚。

⑤此二句分别化用杜甫《野望》诗句"西山白雪三城戍"与《故武卫将军挽歌》诗句"赤羽千夫膳，黄河十月冰"。三城戍，三城指四川松、维、保三州城，为蜀境要塞，都置戍守。

⑥沙碛（qì）：砂石积成的沙滩地。

⑦金堤：指修筑得很坚固的江河堤塘。《括地志》："金堤，一名千里堤，在白马县东五里。"金堤自荥阳至千乘海口数百里，历代筑堤以御河。李吉甫《元和郡县志》："金堤在荥泽县西北二十里。"

⑧夷门：指夷山。夷山在开封府城内，一名夷门山，即侯嬴监守处。《史记·信陵君列传》："魏有隐士曰侯嬴，年七十，家贫，为大梁夷门监者。公子闻之，往请，欲厚遗之，不肯受。……公子于是乃置酒大会，宾客坐定，公子从车骑，虚左，自迎夷门侯生，侯生摄敝衣冠，直上载公子坐，不让，欲以观公子。公子执辔愈恭。"又《赞》："吾过大梁之墟，求问其所谓夷门。夷门者，城之东门也。"

⑨信陵：战国时魏国公子，名无忌，封信陵君。其人礼贤下士，曾访侯嬴于夷门，典出《史记·信陵君列传》，见上注。

赏　鉴

王士禛有《荥泽渡河二首》，此诗为其中的第二首。是王士禛于康熙十一年（1672）冬乘船过黄河时，见到鸿沟的气象，不胜今昔之慨而作。

王士禛诗题中的荥（xíng）泽是古泽名，在今天河南郑州荥泽县，黄河北去荥泽县十五里。据《尚书·禹贡》记载"荥波既潴"①，又云"导沇水，东流为济，入于河，溢为荥"②，意思是黄河水沿古济水溢出后聚积为荥泽，而鸿沟是以荥泽为起始点凿通的。荥泽在公元1世纪前后就消失了，北魏郦道元《水经注·济水》注释写道："济水当王莽之世，川渎枯竭，其后水流径通，津渠势改，寻梁脉水，不与昔同。"③因为王莽当政时期发生大旱，荥泽塞为平地，济水自此也就失去了沉淀泥沙的地方。那么，既然荥泽早已消失了，王士禛又如何在"荥泽"渡河呢？

因为在荥泽消失以前，黄河通常被称为"河"，而非"黄河"，后来由于荥泽消失，黄河从此失去了泥沙的沉积之地，河水沿古济水而下，故水的颜色也就变黄了，才有了"黄河"之说。因此王士禛诗题虽曰《荥泽渡河》，其实只是借用了古地名，而他真正所处的是一条开凿于战国时代的人工运河，也就是后来京杭大运河中的重要组成部分——鸿沟。

鸿沟的开凿，源于战国时魏惠王（魏䓨）。为了进一步满足称霸天下的野心，也为了更加便利地控制东方诸侯，向东扩展势力，魏䓨于公元前360年，向东凿通了一条黄河与淮河的人工运河通道——鸿沟。鸿沟虽然开凿于战国时期，但其声名噪起，却源于秦末刘邦、项羽楚汉相争。《史记·项羽本纪》记载："项王乃与汉约，中分天下，割鸿沟以西者为汉，鸿沟而东者为楚。"④即鸿沟东面归楚王项羽管辖，西面归汉王刘邦统治。作为楚、汉之间暂避纷争的

---

① 李民、王健译注：《尚书译注》，上海古籍出版社2004年版，第69页。
② 同上书，第78页。
③ （北魏）郦道元：《水经注校证》，陈桥驿校证，中华书局2007年版，第189页。
④ （汉）司马迁撰：《史记》卷七《项羽本纪》，（南朝）裴骃集解，（唐）司马贞索隐，张守节正义，中华书局1982年版，第331页。

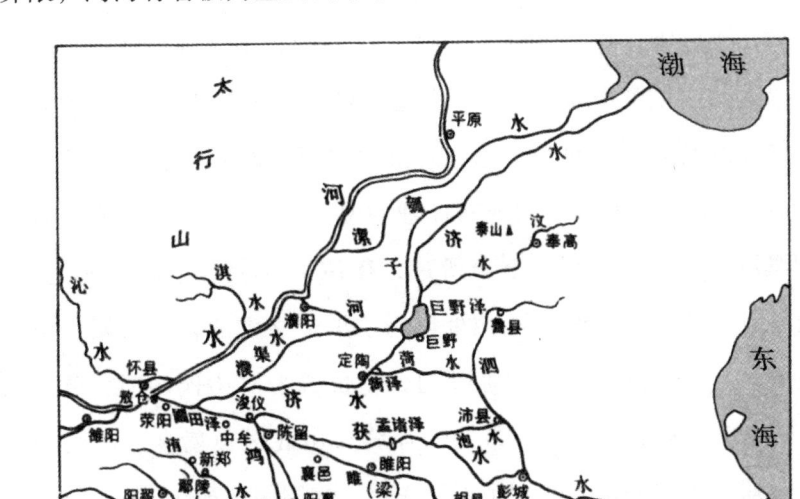

界限，鸿沟有着极为重要的军事意义和不寻常的地理意义。

汉代鸿沟水系分布图

那么，鸿沟与王士禛所说的"荥泽"又有什么关系呢？事实上，"荥泽"就是鸿沟的源头。魏惠王决定开凿运河后，便下令将西部由黄河水沿古济水溢出后聚积而成的荥泽作为起点，向东引出黄河水，流经中牟（位于今郑州中部）、开封，折而南下，入颍河通淮河，把黄河与淮河之间的济、濮、汴、睢、颍、涡、汝、泗、菏等主要河道连接起来，由此形成了一个相当完整的体系，直接成为当时黄河水系的中心和交通枢纽。竣工后，魏惠王亲自命名这条运河为"鸿沟"。司马迁《史记·河渠书》记载："自是之后，荥阳下引河东南为鸿沟，以通宋、郑、陈、蔡、曹、卫，与济、汝、淮、泗会。于楚，西方则通渠汉水、云梦之野，东方则通（鸿）沟江淮之闲。于吴，则通渠三江、五湖。于齐，则通菑济之间。于蜀，蜀守冰凿离碓，辟沫水之害，穿二江成都之中。"① 说的就是鸿沟凿成以后，将各个水网与诸侯国沟通，给水上交通带来极大便利的现实情景。

　　鸿沟的凿通不仅利于交通，而且对魏国的农业发展产生了巨大影响。《史记·河渠书》对此有详细的说明："此渠皆可行舟，有余则用溉浸，百姓享其利。至于所过，往往引其水益用溉田畴之渠，以万亿计，然莫足数也。"② 位处鸿沟主渠道之上的首都大梁，由于控制着黄、淮地区的水上交通要道，很快成为"诸侯四通，条达辐辏"③的繁荣城市，大梁一带的农作物亦由此久负盛名。鸿沟的开凿，也对魏惠王的称霸起到了重要作用，魏国因此成为"拥土千里，带甲三十六万"④，能号令十二诸侯的大国，在卫鞅见惠王时列举的十二诸侯中，像宋、卫、邹、鲁、陈、蔡这些诸侯国皆处于鸿沟流域。

　　不过，成也鸿沟，败也鸿沟。随着战国后期魏国的衰弱和秦国的强盛，鸿沟最终给魏国带来了毁灭性的打击。公元前225年，秦国攻灭韩、赵两国后，派大将王贲攻打魏国都城大梁。由于大梁经济繁荣，城池坚固，兵守顽强，秦军在攻城伊始就遭到了一些困难和挫折。恰好王贲是一名善于利用地形作战的将领，他命部下掘开了大梁城北边的黄河河道，在鸿沟开挖沟渠，向大梁城方向引水，一时间黄河水、鸿沟水直向大梁的城墙扑去，再坚固的城墙也难以抵挡如此凶猛的水流冲击。经此一役，大梁城遭受到空前的浩劫，繁华名都，顷刻间化为废墟，鸿沟水利灌溉系统也因此遭到破坏，

---

　　① （汉）司马迁撰：《史记》卷二九《河渠书》，（南朝）裴骃集解，（唐）司马贞索隐，张守节正义，中华书局1982年版，第1407页。
　　② 同上。
　　③ （汉）刘向集录，范祥雍笺证：《战国策笺证》卷二十二"张仪为秦连横说魏王"，第3册，上海古籍出版社2011年版，第1272页。
　　④ 《战国策笺证》卷十二"苏秦说齐闵王曰"，第2册，第675页。

魏国不久便灭亡。

由于鸿沟有着这样的兴衰背景，当著名诗人王士禛在康熙十一年（1672）冬典试四川乘船渡过黄河时，亲眼看见了昔日鸿沟所在的波澜壮阔气象，不由诗思勃发，即兴赋诗，感慨魏国的昔日繁华，而创作了这组《荥泽渡河》。

"渺渺星槎击楫登，鸿沟极目气飞腾"，开篇就点明作者所处的地理位置——鸿沟。放眼四望，水面上的舟船与宽阔的江河相比，不过是零星几点，犹如李贺"遥望齐州九点烟"① 之意，同时水面上水气弥漫，绵邈悠远，极目无边，更彰显出鸿沟宏大磅礴的气势。

次联"已过白雪三城戍，初试黄河十月冰"二句，则是写实，叙述诗人的行程。诗人从四川出发，踏过白雪覆盖的四川三城要塞，又来到十月即已初结冰棱的黄河。不过，这两句诗虽是纪实，却也匠心独运，体现了作者高超的写作技巧和诗学涵养，第一句是化用杜甫《野望》"西山白雪三城戍，南浦清江万里桥"（"城"又作"奇"）② 而成，第二句亦是从杜甫《故武卫将军挽歌》"赤羽千夫膳，黄河十月冰"③ 两句借化而来。王士禛对杜甫不同出处的诗句，信手拈来，则反映出诗人对杜诗的熟谙；而又对仗工稳，且境界与全诗贴合，足见作者诗艺之高妙。

第三联"沙碛连云朝牧马，猎围行炙晚呼鹰"，则是融现实与历史于一体而作的今昔对比。作者看似只是实写目前所见，却将昔日繁华的历史暗寓其中。昔日"诸侯四通，条达辐辏"④ 的繁荣景象已

---

① （唐）李贺：《梦天》，吴企明笺注：《李长吉歌诗编年笺注》卷六"未编年诗"，中华书局2012年版，第721页。
② （唐）杜甫：《野望》，谢思炜校注，《杜甫集校注》第5册，上海古籍出版社2016年版，第1910页。
③ 杜甫：《故武卫将军挽歌》，《杜甫集校注》第4册，第1509页。
④ 《战国策笺证》卷二二"张仪为秦连横说魏王"，第3册，第1272页。

然消失，迎面而来的是"沙碛连云"、近似边塞的风光；曾经人群熙攘、车水马龙的大梁城与鸿沟一带，如今已变成人们早上牧马、晚上呼鹰的田猎场所，不胜荒凉。由此实写中而蕴含的今昔之慨，不言而喻，但作者又看似没有发出任何感叹，这就是此联的高妙之处。

第四联"金堤东下彝门路，落日寒烟吊信陵"二句，看似只是说诗人在沿着大梁城的金堤往东走，但不由地就走到了著名的东城门下。这里曾经上演过魏公子无忌礼请夷门都监、隐士侯嬴的故事。"战国四公子"之一的信陵君（公子无忌），是魏昭王魏遫的儿子，魏安釐王魏圉的异母弟弟，司马迁记载"（魏）公子为人仁而下士，士无贤不肖皆谦而礼交之，不敢以其富贵骄士。士以此方数千里争往归之，致食客三千人"[1]，从而声名大振。各诸侯国甚至因为魏公子颇具贤能，门下有众多宾客，故十多年都不曾对魏国用兵。侯嬴所任"夷门都监"，实际就是大梁东城门的看门小吏，侯嬴年老家贫，却在魏公子面前故作高傲。但是无论侯嬴如何失礼，魏公子还是谦恭有礼，亲自执辔御车，迎他为上客。后来事实也证明，这位侯嬴绝非等闲之辈，为魏公子献上"窃符救赵"的计策，并且"士为知己者死"，侯嬴以自刎报答魏公子的知遇之恩，被后世传为佳话。信陵君仁而下士的风度让后世许多怀才不遇的文人志士为之倾慕，司马迁曾在《史记·魏公子列传》的"太史公曰"中特意写道："吾过大梁之墟，求问其所谓夷门。夷门者，城之东门也。天下诸公子亦有喜士者矣，然信陵君之接岩穴隐者，不耻下交，有以也。名冠诸侯，不虚耳。高祖每过之而令民奉祠不绝也。"[2]《史记》中还讲到，汉高祖刘邦尚身居卑贱之时，就多次从别人那里听说魏公

---

[1] （汉）司马迁撰：《史记》七七《魏公子列传》，（南朝）裴骃集解，（唐）司马贞索隐，张守节正义，中华书局1982年版，第2377页。

[2] 同上书，第2385页。

子的贤德品性。因此，当刘邦做了皇帝后，每次经过大梁，就会去祭祀魏公子。公元前 195 年，刘邦从击败叛将黥布的前线归来，途径大梁之时，特意给魏公子安排了五户人家，让他们世代看守魏公子之墓、祭祀魏公子。信陵君可以说是战国时期魏国最后的"辉煌"了，魏公子无忌死后，秦王嬴政遂派蒙骜进攻魏国，经过十八年的不断蚕食，辉煌一时的魏国最终为秦国所灭。历史如云烟，一晃两千年，当王士禛来到鸿沟，看到如今的河谷地带，沙碛连云，辽阔空旷，生发出无限感慨……尤其是末句的一个"吊"字，在落日寒烟中，王士禛不仅仅是在感叹今昔，更是在吊怀那位"礼贤下士"的信陵君，遇与不遇，时也？世也？时，到底是何时，还有没有那样一个时代？世，难道只是曾经的历史，还会不会有那么一个世道，那么一个人？或许只有清楚鸿沟独特而深厚的历史意蕴，才能深切地体悟到王士禛在《荥泽渡河》中的这段吊古伤怀之幽思吧！

【参考文献】

1. 邵文杰总纂：《河南省志·内河航运志》，河南人民出版社 1991 年版。
2. 刘顺安：《古都开封》，杭州出版社 2011 年版。

第三篇　秦朝运河·灵渠

——以刘克庄《铧觜》、吕本中《兴安灵渠》为例

铧　觜①

（南宋）刘克庄②

世传灵渠③自秦始，南引漓江会湘水④。

楚山忧赭石⑤畏鞭，凿崖通堑三百里。

篙师安知有史禄⑥，割牲沉币祀渎鬼⑦。

我舟阁浅⑧怀若人，要是天下奇男子。

只今渠废无人修，嗟乎秦吏未易訾⑨。

注　释

①本诗选自辛更儒笺校《刘克庄集笺校》卷六，中华书局2011年版。

②刘克庄（1187—1269），初名灼，字潜夫，号后村，莆田（今福建省莆田市）人。初为靖安主簿，后长期游幕于江、浙、闽、广等地，官至工部尚书兼侍读。江湖派诗人中最重要的作家，作品数量丰富，内容开阔，多言谈时政、反映民生之作。晚年诗风趋向江

西诗派。又善词能文,深受辛弃疾影响。词豪放,与刘过、刘辰翁合称"辛派三刘"。有《后村先生大全集》。

③灵渠:我国古代著名水利工程之一,是世界上最古老的人工运河之一,有"北有长城,南有灵渠"的盛誉。古称秦凿渠、灵渠、陡河、兴安运河、湘桂运河,今位于广西壮族自治区东北部兴安县境内,是沟通长江水系和珠江水系的一条运河,使湘江、漓江相会。公元前214年秦始皇下令凿成通航,建成后将岭南正式纳入秦王朝的版图。灵渠对于巩固国家的统一,加强南北政治、经济、文化的交流,密切各族人民的往来有积极作用。

④漓江:属珠江流域西江水系,为支流桂江上游河段的通称,位于广西壮族自治区东北部。漓江段全长164公里,江水清澈,风景秀丽,著名的桂林山水就在漓江上。湘水:即湘江,属长江流域洞庭湖水系,为今湖南省最大河流。发源于广西东北部,流经湖南省永州市、衡阳市、株洲市、湘潭市、长沙市,至岳阳市的湘阴县注入洞庭湖,干流全长844公里。

⑤赭(zhě)石:矿物,由氧化铁或带氧化铁、氧化锰等的黏土构成,一般呈暗棕色,也有土黄色或红色的,主要用作颜料。

⑥篙,用竹竿或杉木等制成的撑船工具;篙师,即船夫或撑船的熟手。史禄,秦国监御史,公元前219年,受秦始皇命掌管军需供应,督率士兵、民夫开凿灵渠。

⑦"割牲"句:以祭祀水神的方式来祈祷平安。割牲沉币,泛指古代祭祀活动。割牲,谓杀牲取血,用以订盟或祭祀。沉币:祭水神使用,将玉帛沉入水中作为祭品。渎:水沟小渠,泛指河川。

⑧阁浅:同"搁浅",即船只进入水浅的地方,不能行驶。

⑨訾(zī):指责,诋毁。

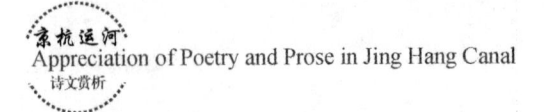

兴安灵渠①

（南宋）吕本中②

淡日③轻风细雨余，阴阴溪柳映溪蒲④。

清流平岸舟行疾，野鸟时闻声自呼⑤。

注　释

①本诗选自韩酉山校注《吕本中诗集校注·东莱诗外集校注》卷一，中华书局 2017 年版。

②吕本中（1084—1145），字居仁，世称东莱先生，寿州（治今安徽凤台）人。仁宗朝宰相吕夷简玄孙，哲宗元祐年间宰相吕公著曾孙，荥阳先生吕希哲孙，南宋东莱郡侯吕好问子。宋代诗人、词人、道学家。著有《春秋集解》《紫微诗话》《东莱先生诗集》等。

③淡日：天色晴好，云淡风轻。

④阴阴：幽暗貌。溪蒲：溪边的蒲草。蒲，多年生草本植物，生于水边或池沼内。

⑤自呼：自呼己名。方岳《约君用》："花曾识面若含笑，鸟不知名时自呼。"

赏　鉴

铧觜（huá zī），秦朝的史禄在此凿铧觜状堤坝以分水。南宋地理学家周去非在其《岭外代答》"灵渠"条中解释道："湘水之源，本北出湖南；融江，本南入广西。其间地势最高者，静江府之兴安县也。昔始皇帝南戍五岭，史禄于湘源上流漓水一派凿渠，逾兴安而南注于融，以便于运饷。盖北水南流，北舟逾岭，可以为难矣。禄之凿渠也，于上流沙磺中叠石作铧嘴，锐其前，逆分湘水为两，依山筑堤为溜渠，巧激十里而至平陆，遂凿渠绕山曲，凡行六十里，乃至融江而俱南。"① 铧，安装在犁上用来破土的铁片；嘴，《说文解字》："鸱奋头上角嘴也。"形状可与角状的鸟嘴相联系，"铧嘴"是专指灵渠工程的"人"字形的石砌挡水坝，使得灵渠"三分入漓，七分归湘"②。具体说来，灵渠可以说是秦朝运河开凿水平的代表与典范。

春秋战国天下分裂之际，各国诸侯都在其所统治的区域内开凿运河，最有代表性的当属南方吴国开凿的邗沟和北方魏国开凿的鸿沟。正当鸿沟为魏国带来无穷的利益与便利之时，位于西北边陲的秦国进行了"商鞅变法"，迎来了秦国最重要的发展时期。"及至始皇，奋六世之余烈，振长策而御宇内，吞二周而亡诸侯，履至尊而制六合"③。先后灭韩、赵、魏、楚、燕、齐，最终由秦始皇于公元前221年完成了统一六国的大业。此后，秦始皇还进一步开疆拓土，发动征服岭南越族的战争。岭南，是五岭以南地区的概称，五岭由越城岭、大庾岭、萌渚岭、都庞岭、骑田岭五座山组成，故岭南的范围大概包括了今福建、广东、广西的大部和越南北部。公元前218年，秦始皇命大将屠睢和赵佗率五十万大军，兵分五路，向两广地区的越族进军。然而想要征服岭南绝非易事，五岭东西绵亘，南北交通被五岭隔断，从中原前往岭南，或攀越五岭山路，或绕道海上，均十分艰难。而当地的越人，擅长利用地形迂回作战，进一步截断秦军的粮道，秦军损失惨重，双方在战争初期一度形成了相持局面。

为了解决部队行军作战、粮饷补给等一系列难题，秦始皇在公元前217年做了一个重要决定，让一名叫"禄"的监御史开凿灵渠，

---

① （南宋）周去非著，杨武泉校注：《岭外代答校注》，中华书局1999年版，第27页。
② 刘清廷主编：《江河湖泊探秘》，安徽美术出版社2013年版，第42页。
③ （汉）贾谊：《过秦上事势》，阎振益、钟夏校注，《新书校注》卷一，中华书局2000年版，第2页。

试图通过运河把中原和岭南连接起来。这位名叫"禄"的监御史，因为在史书中没有记载他的姓氏，但因为开凿灵渠的重要功绩，后来的人往往会提到他，于是就以"史禄"为名称呼他。在灵渠未开凿之时，中原和岭南的主要隔阂就是五岭，在五岭两侧，分别有湘水和漓水两条水道，因被五岭阻隔而无法沟通。于是史禄就督率士兵、民夫，在兴安境内的湘江与漓江之间凿成了一条长约37.4公里的灵渠。灵渠虽然不长，但凿成后，湘水就和漓水直接沟通，这样就顺带连接了长江和珠江两大水系，从此，江、黄、淮、珠四大水系皆有运河相连，黄河流域的船只就能直接由水路远航至岭南地区，在中国水运史上取得巨大突破。

  灵渠既为当地要津，后来也成为中原与岭南交通的重要途径。随着灵渠的开通，湘水、漓水相连接，本来中原与百越间五岭的阻隔被流水化解。公元前214年，即灵渠凿成通航的当年，因为粮饷和行军的道路通畅了，秦军大军压境，势如破竹，十分顺利地攻克了岭南，诚如《过秦论》所记载："（秦军）南取百越之地，以为桂林、象郡，百越之君，俯首系颈，委命下吏。"[①] 攻下岭南后，秦始皇随即设立桂林、象郡、南海三郡以便中央管理，而岭南地区也由此被正式纳入秦王朝的版图。据史料记载，征服岭南的大将赵佗曾上书朝廷，要求征调三万名中原女子到岭南，表面上说是让女子去给士卒们补衣服，但其实是为秦军的将士征集配偶，让中原将士能够长期在岭南驻守。秦二世了解情况后，便批准了一万五千名女子前往岭南。不仅如此，中原的商贾、工匠等也纷至沓来，随着岭南地区有越来越多不同身份的中原人的迁入和定居，他们与当地的百越人进一步融合，给岭南的经济文化带来了繁荣。

---

① （汉）贾谊：《过秦上（事势）》，阎振益、钟夏校注，《新书校注》卷一，第2页。

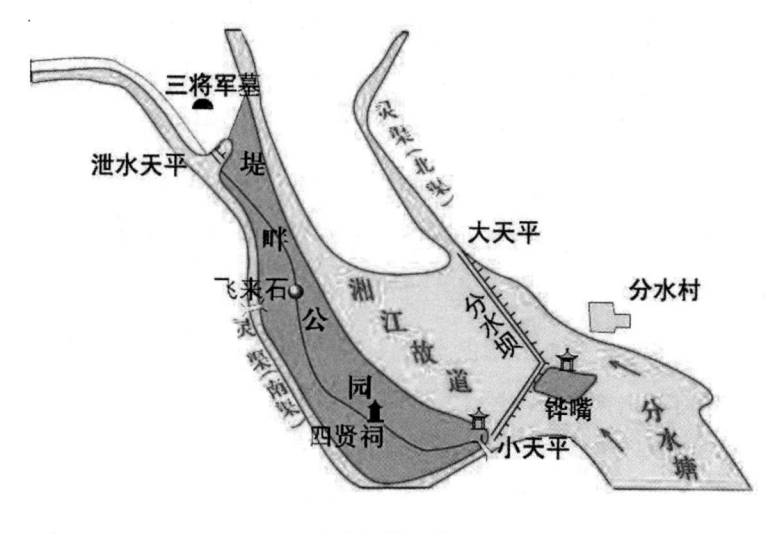

兴安灵渠示意图

　　了解过灵渠的开凿难度以及历史背景，下面再来看这两首与灵渠相关的诗，我们就更加能够领会作者所要表达的深意了。前人曾有"治水巧妙，无如灵渠者"①的评价。刘克庄仅仅通过诗题，就非常内行地点明了灵渠设计巧妙的特点。所谓铧觜，如前文所指出，即铧状的堤坝。铧是农民安装在犁上用来破土的三角形或梯形的铁片。至于"觜"同"嘴"，《说文解字》云"鸱奋头上角觜也"，段玉裁注称："凡羽族之咮锐，故鸟咮曰觜。"②也就是说，灵渠的形状还与角状的鸟嘴相似。灵渠为什么要设置铧嘴呢？因为灵渠是由东向西流的，它将兴安县东面的海洋河（湘江源头，流向由南向北）和兴安县西面的大溶江（漓江源头，流向由北向南）相连，湘水上游称海洋河，漓水上游称始安水，皆流到兴安县城附近。但

---

① （宋）范成大：《桂海虞衡志》，孔凡礼点校，《范成大笔记六种》，中华书局2003年版，第132页。
② （汉）许慎撰：《说文解字注》卷八"四篇下"，（清）段玉裁注，上海古籍出版社1981年版，第186页。

是两者之间隔着的是二三十米的小分水岭，水位落差六米。因此根据"水往低处流"的自然原理，要把湘水引向地势更高的分水岭，顺向流入漓江，显然是很难做到的。在灵渠开凿以前，人类运河史上似乎也没有这样的先例。面对这个难题，史禄和同僚通过勘察地形，在湘江上游海洋河面分水村河段设置了"泄水天平"，在湘江中叠起两条相交成"人"字形的石砌挡水坝，"人"字的一撇一捺称作大小天平，把湘江上游海洋河水位提高；在"人"字形挡水坝顶端用石砌铧觜，使被挡水坝抬高的海洋河水一分为二，沿"人"字形石堤分流，三分入漓，七分归湘，谓之"三七分流"。但是，这样引湘水入漓江，是靠了一条人工开凿的约4公里长的"南渠"和人工修浚的约34公里长的"灵渠"实现的，设立石砌挡水坝后又无法通船。于是，又从分水塘向北另开一条人工运河"北渠"，渠绕兴安县，设斗门积水，这样便可使船只循崖而上，建瓴而下，方便往来。这种典型特征在南宋诗人范成大所作的《铧嘴》诗里说得更加清楚，诗前半部分说："导江自海阳，至县乃弥迤。狂澜既奔倾，中流遇铧嘴。分为两道开，南漓北湘水。"范成大在诗题下还有自注："在兴安县五里所，秦史禄所作也。迎海阳水，垒石为坛，前锐如铧，冲水分南北，下为湘、漓二江，功用奇伟。"而南宋的黄震在读到范成大的这首诗时，也解释写道："铧嘴者，在桂之兴安县五里。秦史禄叠石坛，前锐如铧，迎海阳水分为南北，即湘、漓二水，南流为漓，北流为湘。"① 揭示了史禄修建"铧觜"的独特性和开创性。范成大诗歌的后半部分写道："人谋夺天造，史禄所经始。无谓秦无人，虎鼠用否耳。紫藤缠老苍，白石溜清泚。是闻可作社，牲酒百世祀。"② 称颂史禄人力凿渠有着超越自然天工的水准，

---

① （南宋）黄震：《黄氏日抄》卷六七《读文集》，元后至元刻本。
② （宋）范成大：《铧嘴》，富寿荪点校，《范石湖集·石湖居士诗集》卷一五，第190页。

值得后世百代敬奉。

或许也是受到范成大的影响,刘克庄的《铧觜》诗极力称颂史禄的功绩,"楚山忧赭石畏鞭,凿崖通堑三百里"。秦人开凿灵渠之前,岭南与中原一直为五岭所阻隔,但史禄走出了一条前人从未走过的路。"篙师安知有史禄,割牲沉币祀渎鬼",范成大认为史禄的伟大功绩是可"牲酒百世祀"的,但比其稍后的刘克庄写到史禄的这句诗却充满了忧伤的情调:即便是当时经常在灵渠来往的船夫,他们既不知道过去史禄的存在,也不知道灵渠作为古代人工运河被开凿的事迹,却以祭祀水神的方式来祈祷平安,这真是吊诡而具讽刺意味的现实!作者紧接着笔锋一转"我舟阁浅怀若人,要是天下奇男子",切到现实中,暗示南宋末期灵渠无人治理,船只无法行进的尴尬处境。刘克庄生活的时代经济凋敝、军队孱弱,诗人将眼前的景象与史禄修建灵渠的图景进行对比之后,一句"只今渠废无人修,嗟乎秦吏未易訾",便含蓄地点明,由于工程的艰难,史禄开凿灵渠之时也遭受了訾议与批评,但不可否认,灵渠的开凿是功在千秋的伟大事业。秦朝开凿灵渠之后,各个时期都有官员负责修治灵渠。距南陡下游约半里的南渠北岸,有一座庭院式的建筑,名为"四贤祠",据乾隆《兴安县志》记载,该祠是元至正十五年(1355)岭南广西道肃政廉访副使乜儿吉尼修建的,里面供奉着对灵渠有过贡献的四人——秦代史禄、汉代伏波将军马援、唐代桂管观察使李渤、桂州刺史鱼孟威。

灵渠也是我国古代重要的漕运通道。在汉代,就有大量的货物通过灵渠进行运输,当时,中原到岭南的两条主要货运航线,都先是溯湘江而上,经过灵渠转漓江、下桂江而抵梧州。然后一条出浔江、入绣江、穿越玉林平原,转南流江,抵达合浦港直至出海,一条顺西江而下番禺。因此,中原和岭南、东南亚诸国的货物运输都离不开灵渠。即便到近代民国时期，每日在灵渠航行的漕船仍可达三四十只，货运量可达 300 吨左右，直到 1938 年湘桂铁路通车之前都是如此。灵渠开成后，人员的南北流动也变得更加便利了。从长江流域沿湘江南下船只，先走北渠绕过铧嘴，进入南渠，经漓江到大溶江，南入桂江，到梧州进入珠江，接通长江与珠江，非常便利。了解了灵渠的历史之后，自然就明白为何有这么多文人对其有所偏爱了。作为一首经过灵渠的纪行绝句，北宋诗人吕本中的《兴安灵渠》就显得十分轻松愉快。诗歌写道："淡日轻风细雨余，阴阴溪柳映溪蒲。清流平岸舟行疾，野鸟时闻声自呼。"[①] 后两句与李白的名句"两岸猿声啼不住，轻舟已过万重山"有异曲同工之妙。诚然，两诗相比，李白"千里江陵一日还"的行舟飞进得益于自然天工，吕本中这首诗中既有"淡日""轻风""细雨"，又有"阴阴溪柳"和"溪蒲"，更多了一种清新、优雅与闲适之感，既舒适又惬意，更显人工开凿的伟大。

【参考文献】

1. 刘建新：《灵渠》，广东人民出版社 2010 年版。

2. 张永年主编：《兴安县志》，广西人民出版社 2002 年版。

3. 吴启迪主编：《中国工程师史·天工开物：古代工匠传统与工程成就》，同济大学出版社 2017 年版。

---

① （宋）吕本中：《兴安灵渠》，沈晖点校，《东莱诗词集·东莱诗集外集》卷一，黄山书社 1991 年版，第 324 页。

第四篇　西汉时期的运河·茱萸湾

——以刘长卿《送子壻崔真甫李穆往扬州》为例

送子壻崔真甫李穆往扬州①四首

（唐）刘长卿②

其一

渡口发梅花，山中动泉脉③。

芜城④春草生，君作扬州客。

其二

半逻⑤莺满树，新年人独还。

落花逐流水，共到茱萸湾⑥。

注　释

①本诗选自储仲君笺注《刘长卿诗编年笺注》，中华书局1996年版，第489页。

②刘长卿（约726—约786），字文房，宣城（今属安徽）人。天宝年间进士及第。唐德宗建中二年（781），曾任随州刺史，世称"刘随州"。兴元元年（784）至贞元元年（785）间，淮西节度使李

希烈割据称王,与唐王朝军队在湖北一带激战,刘长卿即在此期间离开随州流寓江东。以诗驰声上元、宝应间。长于五言,自称"五言长城"。有《刘长卿集》十卷存于世。

③泉脉:地下伏流的泉水。南朝齐谢朓《赋贫民田》:"察壤见泉脉,觇星视农正。"

④芜城:指扬州。南朝宋竟陵王刘诞据广陵反,兵败,城邑荒芜,鲍照为作《芜城赋》,因名。

⑤半逻:疑为江南地名,当为刘长卿自随州逃归江南后寓居之地。

⑥茱萸湾:今称"湾头",古运河至此转弯,故名湾头,是古人从运河北上或者南下的必经之路。位于扬州城区东北郊湾头镇,是古运河从北面进入扬州市区的门户,隋炀帝三下扬州,清康熙、乾隆六次南巡都曾经过这里。唐朝时,茱萸湾是中外交往的重要港口。唐文宗开成四年(839),日本僧人圆仁随遣唐使藤原幸嗣入唐求法,即在此登岸。

赏 鉴

刘长卿长女嫁给崔真甫,次女嫁给李穆。次女嫁时,长卿在随州。诗称李穆为子婿,故知诗作于自随州避地江东之时,当在兴元元年(784)或贞元元年(785)春。从这组诗的诗题来看,它们是刘长卿为送自己的两位女婿崔真甫和李穆前往扬州而作。子婿,亦作"子婿",即女婿。扬州,古时又名芜城,顾名思义,指的就是荒芜的城池,而扬州作为隋唐时期全国最为繁华的城市之一,为何会被称作"芜城"呢?

南朝宋文帝刘义隆的六子——竟陵王刘诞因为平定内乱功勋卓著,坐镇广陵,但受到当朝兄长孝武帝刘骏的忌惮,经过一系列事件君臣嫌隙加深。加上民间时常有传言说刘诞会造反,因此刘骏便决定攻讨刘诞。刘宋大明三年(459),刘骏派沈庆之攻广陵城,刘诞据城死守,当年 7 月兵败人亡。刘骏得知刘诞死讯,欣喜若狂,革其宗籍,贬其姓氏,同时下诏屠城。战后原本萧条的广陵城更是雪上加霜,一时间化为废墟。稍后著名文学家鲍照有感于此,作《芜城赋》,谴责屠城暴行。赋中写到,广陵城曾经是山川雄美、热闹繁盛之地,然而"出入三代,五百余载,竟瓜剖而豆分"。这"瓜剖"和"豆分"指的就是广陵遭到屠城后,"通池既已夷,峻隅又以颓。直视千里外,唯见起黄埃"①,崩裂毁坏、满目疮痍的惨淡面貌。由于鲍照《芜城赋》的广传,后世文人便习惯用"芜城"来指代扬州城。几百年后的唐代,扬州再次凭借得天独厚的地理优势和自然条件,发展成为长江中下游地区最繁荣的都会,商贾云集,灯火闪耀,舞榭歌台,比比皆是。

  鲍照在《芜城赋》中也明确指出了扬州城第一次得到发展的机缘,逐渐变成"重关复江之隩,四会五达之庄"②,在五百多年前的西汉时期。这次发展与刘长卿诗中提到的茱萸湾关系极为密切。茱萸湾是大运河由北向南进入扬州的第一个码头。它与西汉时期汉高祖刘邦的侄子刘濞有关。刘濞是刘邦哥哥刘仲的儿子,当时居于江苏沛县,被封为沛侯,公元前 196 年,异姓诸侯淮南王英布因为韩信、彭越都被杀害,心生恐惧,起兵反汉。年仅 20 岁的刘濞跟随刘邦击破英布的军队,年少有为,而管辖淮河以东五十二座城邑的荆王刘贾在与英布交战时被杀,刘邦担心江东士人不服,于是改荆王刘贾的原封地荆国为吴国,封刘濞为吴王。刘濞当上吴王后,

---

① (南朝宋)鲍照:《鲍参军集注》,钱仲联增补集说校,上海古籍出版社 2005 年版,第 13 页。
② 同上。

便在广陵设都,为广陵城的发展创造了条件。刘濞彪悍果敢,刚上任就很有作为,特别善于因地制宜发展经济,吴国境内的豫章郡有大量铜矿,刘濞就招募天下亡命之徒来此偷偷铸钱;吴国临近海域,他便召集大家煮海水为盐。吴国聚集了大量的盐和钱,为了运盐通商,公元前179年至公元前157年,刘濞下令开凿茱萸沟。

刘濞像(公元前215—前154)

为什么叫茱萸沟呢?这个名字源于北边的茱萸村,这里是吴王夫差开凿的邗沟向东的分支,西通广陵,东至海滨,既有舟楫之便,又有泄水之利,将江淮水道与东边的产品盐联结了起来,直接用于盐运,因此这条茱萸沟又被称作"运盐河"。同时,刘濞开凿的这条运盐河也成为沟通长江和淮河两大水系的"红娘"。也有不少史书称这条河道为邗沟,如《宋史》载:"春秋时,吴穿邗沟,东北通射阳湖,西北至末口。汉吴王濞开邗沟,通运海陵。"①《江南通志》引《嘉靖维扬志》云:"吴王濞开邗沟,自扬州茱萸湾通海陵仓,及如

---

① (元)脱脱:《宋史》卷九六《河渠志六》,中华书局1985年版,第2388页。

皋蟠溪，此运盐河之始。"① 但是如果我们看地图的话就会发现，刘濞开凿的这段河道是东西向的，过去春秋时期吴王夫差开凿的邗沟是南北向的，二者并非同一条河道，而应当是吴王刘濞开的茱萸沟与吴王夫差开的邗沟在茱萸村汇合。在这个河道交汇的地方，北边有茱萸村，并且遍地植满茱萸树，故以茱萸立名。刘濞通过运盐河，使当地的经济得到了快速的发展，鲍照《芜城赋》云："当昔全盛之时，车挂轊，人驾肩。廛闬扑地，歌吹沸天。孳货盐田，铲利铜山，才力雄富，士马精妍。"② 意思就是刘濞统治广陵最为鼎盛的时期，街上的车多到车轴都碰到一起，行人摩肩接踵，遍地都是密密匝匝的住房，人们欢快地吹奏乐器，歌唱的声音响彻天空。这种美好的生活在很大程度上受益于刘濞，他鼓励百姓开发盐田、开采铜山致富，从而使广陵财力雄厚，装备精良。可以说，广陵城最早的发展，正是得益于茱萸沟这条运盐河的凿通，而茱萸湾也成为扬州的地理符号被确定下来。明代杨宏《漕运通志》记载，隋朝仁寿四年（604）茱萸湾被用于全国的漕运，隋炀帝后来三下扬州，也都是由茱萸湾进入，所以把茱萸湾当作扬州的"门户"也是不无道理的。

　　刘长卿的《送子壻崔真甫李穆往扬州》组诗中的前两首就明确点出，人们在去往扬州时，必定经过茱萸湾，到了茱萸湾，就说明到了扬州。第一首："渡口发梅花，山中动泉脉。芜城春草生，君作扬州客。"诗意明白晓畅，春天到来，万物复苏，渡口的梅花开始盛开，山中的泉水开始流动，扬州城中春草萌生，在这冬春相交的时节，两位晚辈即将动身前往扬州了。紧接着第二首："半逻莺满树，新年人独还。落花逐流水，共到茱萸湾。"诗中的半逻，是地名。江

---

① （清）顾炎武：《肇域志》，上海古籍出版社2002年版，第696页。
② （南朝宋）鲍照：《鲍参军集注》，钱仲联增补集说校，第13页。

苏润州（今江苏镇江）一带有以"逻"为地名的，今天已经不太确定"半逻"究竟是什么地方，推测应当是贞元元年（785）刘长卿在淮西节度使李希烈割据称王后，从湖北随州逃归江南后的寓居地。意在表达虽然他所居住的半逻一带，莺儿满树聚集，热闹非凡，但他却在新年时候送女婿出门，独自归家，这孤独与热闹形成了鲜明的对比，而自己难舍的心情则只能寄托于落花流水，恨不得能跟他们一同前往扬州。

  刘长卿的这组诗共包含四首五言诗，为了凸显与运河的实际相关性，我们只选了前两首。假如把这四首诗联系在一起看，会发现刘长卿所描写的内容能够构成一个完整体系。后面的两首是这样的，其三曰："雁还空渚在，人去落潮翻。临水独挥手，残阳归掩门。"① 诗中的"渚"指的是水中的空岛，到了春天，大雁都从南方飞回北方了，然而人坐船离开以后，就只有水流在原地翻腾。诗人站在水边独自挥手道别，然后在残阳下回到屋中关起房门，充满着感伤的情调。其四曰："狎鸟携稚子，钓鱼终老身。殷勤嘱归客，莫话桃源人。"② 送别之后，诗人会带着小孩子遛鸟，或是靠钓鱼终老。所谓"桃源人"就是陶渊明《桃花源记》中在渔人见到桃花源的景象后，桃花源中的人叮嘱他"不足为外人道也"的意思。刘长卿表示自己经常热情嘱咐那些外出归来的游子，不要对外界谈论起桃花源的人，这显然是刘长卿对女婿们离开以后的未来的美好期许和设想。因此整组诗，呈现出了一种"起承转合"的态势，从送别时的不舍，转到对自己晚年生活的期待，显示出诗人已经不局限于送别的哀伤了，内心也逐渐开阔明朗，变得快乐起来，

---

  ① （唐）刘长卿：《送子壻崔真甫李穆往扬州四首》其三，储仲君笺注：《刘长卿诗编年笺注·编年诗》，中华书局1996年版，第490页。
  ② 同上。

但不知这种快乐究竟是真实的快乐,还是只是聊以自慰呢?不论如何,这种心理的流向还是非常真切动人的。根据史书记载,刘长卿"终随州刺史"①,刘长卿在随州刺史之后的行踪不是太清楚,大多数学者认为刘长卿在李希烈叛乱后五年左右去世,也许他在晚年真的找到属于自己的桃花源了。

【参考文献】

1. 苗菁:《唐宋诗词与大运河》,《聊城大学学报》(社会科学版)2014 年第 5 期。

2. 史悦:《汴水与唐宋诗词研究》,硕士学位论文,湖北师范大学,2017 年。

---

① (宋)欧阳修、宋祁:《新唐书》卷六〇《艺文志四》,中华书局 1975 年版,第 1604 页。

第五篇　西汉时期的运河·运盐河

——以刘岩《观柳林水田》为例

观柳林①水田

（清）刘岩②

东南称泽国③，寸土皆膏腴。谁谓幽冀④郊，地旷成荒芜。
渔阳右北平⑤，水有漙易濡⑥。九十有九淀，七十有二沽⑦。
引之资灌溉，奚啻郑白渠⑧。胡为废畎浍，但长蒴与蒲⑨。
取给海陵仓⑩，舻舳⑪倾荆吴。近畿力窳惰⑫，下国人雕枯⑬。
柳林亦何地，中有畴与庐⑭。芃芃植秔稻⑮，亦蓄菱芡租⑯。
其价亩一金，百亩供十夫。虞集仿浙田⑰，斯人今已无。
流泉日潝潝⑱，行野空踟蹰。

注　释

①本诗录自（清）唐执玉、李卫等修《（雍正）畿辅通志》卷一一八，清文渊阁四库全书本。

②刘岩（1656—1716），字大山，号无垢，原名枝桂，字月丹，江苏江浦人。

康熙四十二年（1703）进士，曾为戴名世《南山集》撰写序文而获罪。善绘事，诗以五古见长，沈德潜《清诗别裁集》卷十九称其诗"发乎至情，不尚词华"。著有《匪莪堂文集》五卷，《大山诗集》八卷等。

③泽国：多水的地区，诗中指江南水乡。杜牧《题白云楼》："江村夜涨浮天水，泽国秋生动地风。"

④幽冀：即古幽州、冀州地区。古时的幽州大致为今河北、北京和天津北部；冀州大致为今河北、山西两省以及辽宁省辽河以西、河南省黄河以北区域。

⑤渔阳：古地名，燕昭王二十九年（公元前283）置，治所在今北京市怀柔区东南。后世常被用于象征戍守之地。白居易《长恨歌》："渔阳鼙鼓动地来，惊破霓裳羽衣曲。"右北平：古地名，战国时期燕国置，治所曾多次发生变动，三国时，曹魏将右北平郡更名为北平郡。

⑥滹（hū）：即滹沱河，海河水系的主要河流之一，发源于山西省繁峙县一带，东流至河北省献县与滏阳河相汇流入渤海，全长605公里，流域面积25168平方公里，古代历来是兵家必争之地。濡：润泽。

⑦"九十"句：言北方水量丰富。淀，浅的湖泊。沽，古水名。《说文解字》："沽，水。出渔阳塞外，东入海。"

⑧奚啻，何止。郑白渠，秦代郑国渠和汉代白渠的合称，是关中地区的大型引泾灌区。秦始皇元年（公元前246）韩国水工郑国主持兴建郑国渠，西起泾阳（今隶属陕西省咸阳市），引泾水向东，下游进入洛水，全长300余里，灌溉面积号称4万顷。西汉太始二年（公元前95年），赵中大夫白公建议增建新渠，引泾水向东，至栎阳（今临潼县东北）注于渭水，名叫白渠。

⑨畎浍（quǎn huì），亦作"甽浍"，田间水沟，泛指溪流、沟渠。《书·益稷》："予决九川距四海，濬畎浍距川。"郑玄注："畎

浍，田间沟也。"葑（fēng），即芜菁，二年生草本植物，块根肉质，可作蔬菜，也叫蔓菁。

⑩海陵仓：仓库名，西汉吴王刘濞建，位于今江苏省姜堰市东面的海陵。枚乘《上书重谏吴王》："转粟西乡，陆行不绝，水行满河，不如海陵之仓。"公元前195年，刘濞开凿自扬州茱萸湾到海陵仓再到海安如皋的运盐河。

⑪舻舳（lú zhú），又称"舳舻"，此处指首尾衔接的货运船只。运河是古代重要的交通网络，船只往来繁忙，故有此情境。

⑫畿：古代称靠近国都的地方。窳（yǔ）惰：懒惰。《商君书·垦令》："农无得粜，则窳惰之农勉疾。"

⑬下国：指国都以外的地方。雕枯：指衰谢枯槁。

⑭畴：田地。庐：屋舍。

⑮芃芃（péng）：植物茂盛的样子。秔（jīng）稻：粳稻。扬雄《长杨赋》："驰骋秔稻之地，周流梨栗之林。"

⑯菱芡（qiàn）：菱角和芡实。租：积聚。

⑰虞集（1272—1348），字伯生，号道园，元代著名学者、诗人，祖籍成都仁寿（今四川省眉山市仁寿县），累官奎章阁侍书学士，曾领修《经世大典》，著有《道园学古录》《道园遗稿》等，诗与揭傒斯、范梈、杨载齐名，人称"元诗四大家"。

⑱濊濊（huó）：拟声词，形容水流声。

赏　鉴

这首《观柳林水田》是作者刘岩于山西柳林目睹北方丰富的水田资源未得善用，心生感慨，作此诗既表达了作者对北方资源丰富的欣喜，也抒发了无人加以开发利用的无奈。柳林，即今天的山西省柳林县，位于吕梁山脉西麓，三川河流贯于城中，负山傍河，风光旖旎。清末民初时期商贸繁荣，居民八方杂处，曾号称"小北京"。而刘岩诗中提到的海陵仓，更是一个带有鲜明运河印记、内蕴丰富，曾被历代文人反复吟咏和传颂的地方。

所谓海陵仓，就是刘濞用来储存粮食的仓库。前面我们已介绍过，西汉时期，吴王刘濞在自己的封国内因地制宜发展经济，开采铜山铸造钱币，又用海水来制造食盐，为了方便这些食盐的运输，确保封国内经济活动的有序开展，就修建了一条叫作"茱萸沟"的运盐河，沟通了长江和淮河，将江淮水道与东边的产盐地连接起来。刘濞修建的这条运盐河的终点恰好也在海陵仓。

运盐河的凿通本是以运盐为主，但也兼有漕粮运送、引水灌溉、泄洪入江等功能。令古今水利专家惊奇的是，这条开凿于2200多年前的人工运河，居然成为江淮东部长江水系与淮河水系的分水河，这在中国古代治水历史上是少有的。水利功能的发挥，也带动了海陵仓地区的经济发展。海陵是地名，西汉置海陵县，大抵在今天江苏省泰州市境内。清人夏荃云"吴有海陵之仓，仓为吴王濞所建"[①]。当初，刘濞发现海陵县卤汀河畔的顾家墩地势较高，墩子四周都是宽阔的河面，就想到，如果将粮仓底下以砖架空，用来通风透气、驱除潮湿，就能保持粮食干燥，使之可以长时间存放。又因为正好处于水路上，也方便运输粮食。于是，刘濞就高价收购此地，大兴土木，同时建晒谷场、舂米厂，又着手疏浚河道，建筑码头，将此地命名为"海陵仓"，海陵仓也作为吴国的粮仓得到利用。晋代左思的《吴都赋》说："海陵之仓，则红粟流衍。"[②] 这里的"红

---

① （清）夏荃撰：《退庵笔记》卷八，清抄本。
② （南朝梁）萧统编：《六臣注文选》卷五，李善、吕延济、刘良、张铣、李周翰、吕向注，中华书局1987年版，第108页。

粟",有说是指古泰州特产——红稻米,其实更确切的意思应该是指海陵仓的粮食因为储存太多了,吃不完,积久而变为红色的陈米,所以就是"红粟流衍"了。唐代著名诗人骆宾王也称:"海陵红粟,仓储之积靡穷。"① 看来在吴王刘濞的经营下,海陵仓凭借其重要的地理位置,经济迅速发展,甚至成为后世文人心目中经济富庶的代表。这也再次证明,运河的凿通对于民生、经济有着重要影响。

西汉辞赋家枚乘原来是吴王刘濞的郎中,七国之乱时,枚乘曾上书刘濞,他在《上书重谏吴王》中写道:"夫吴有诸侯之位,而实富于天子……汉并二十四郡、十七诸侯,方输错出,运行数千里不绝于道,其珍怪不如东山之府。转粟西乡,陆行不绝,水行满河,不如海陵之仓。"② 明确指出吴王之富,富甲天子,而天下粮食哪怕水、陆两道一齐开运至西边的京城,还不及海陵仓。或有溢美之嫌,但也说明当时海陵仓确实储量丰富。清代诗人王广业在《海陵竹枝词》中也写得极为清楚:"西来一水绕城流,远客千帆次第收。眼底烟花太寥落,淮南赖有小扬州。"③ 诗中的"西来一水"指的就是刘濞开凿的运盐河,它从扬州茱萸湾经过宜陵东行至海陵,绕南城再往东过姜堰、曲塘、海安,最终抵达如皋蟠溪,运河上远客千帆次第而来,整座城仿佛都荡漾在运河水系之中。要知道,运盐河一经开通,便具有非凡的经济意义,成为扬州、泰州、通州之间的"水上高速"。唐代开成三年(838),日本国派遣使者来到大唐,随行的僧人写了一本《入唐求法巡礼行记》,书中说从海边往海陵的运盐河

---

① (唐)骆宾王:《代李敬业传檄天下文》,骆宾王:《骆临海集笺注》卷一〇,陈熙晋笺注,上海古籍出版社1985年版,第335页。
② (汉)枚乘:《上书重谏吴王》,严可均校辑:《全上古三代秦汉三国六朝文·全汉文》卷二〇,中华书局1958年版,第473页。
③ (清)王广业:《海陵竹枝词》,《海陵竹枝词》卷六,清同治刻本。

中"盐官船积盐，或三四船，或四五船，双结续编，不绝数十里，相随而行。乍见难记，甚为大奇"①。日本国遣唐使团在古海陵境内乘船顺运盐河西行，在海陵县境内共计停留25日，他们作为远客目睹了运盐河上"远客千帆次第收"的繁华局面，感受到了运盐河为运河增添的生机，也为运河边上的人家带来了生计与财富。所以说，运盐河的凿通极大地推动了泰州城的繁荣，使它成为淮南一带的小扬州。

泰州段古盐运河

了解了海陵仓的背景，再来看清代诗人刘岩写的这首《观柳林水田》。该诗见收于《畿辅通志》。所谓畿辅，本意是京师周围的地方，此处就是指清代的直隶省。刘岩的这首诗，能够充分反映出一个为官者对于地方农业发展的高度重视，我们从中也能体会到古代农业发展与水资源的密切联系。开篇云："东南称泽国，寸土皆膏腴。谁谓幽冀郊，地旷成荒芜。"直截了当地引出所要议论的话题，

---

① ［日］圆仁：《入唐求法巡礼行记》卷一，广西师范大学出版社2007年版，第8页。

批评为官者对北方农业发展的思考存在偏见，认为南方"寸土皆膏腴"，而北方幽、冀一带，地虽然辽阔，但是比较贫瘠，不适合发展农业，这样的观点是错误的。理由是什么呢？刘岩进一步说道："渔阳右北平，水有潞易濡。九十有九淀，七十有二沽。"刘岩是在柳林这个地方观赏水田时写下的这首诗，是有真实凭据的，并且他通过自己的知识储备和人生经验知道北方的确有丰富的水资源，可以用于发展农业。既然北方有这么多水资源，为什么不加以利用呢？"引之资灌溉，奚啻郑白渠。胡为废畎浍，但长荇与蒲。"郑白渠是古代关中地区著名的大型引泾灌区。《汉书·沟洫志》记载："郑国在前，白渠起后。举臿为云，决渠为雨。泾水一石，其泥数斗。且溉且粪，长我禾黍。衣食京师，亿万之口。"[1] 大意是说郑白渠能够灌溉农田，满足京师亿万人口的温饱。刘岩将这一带的水资源与郑白渠相比，认为如果能够好好利用，甚至比郑白渠的作用和名气更大。所以刘岩的这一句话其实有很强的气势和底气，认为在农业发展上，北方的确有不亚于南方的自然条件。但后半句却说他所目睹的现状与他美好的愿景形成了鲜明对比。农民们未能利用好这些田间的溪流和沟渠，任它们胡乱生长荇、蒲一类的植物。刘岩的痛惜之情是显而易见的。接着就提到了著名的海陵仓，"取给海陵仓，舻舳倾荆吴"。意思是北方的水田如果都能得到为政者的善用，所生产出来的农作物甚至需要全国的大船只来运，那个时候，就不再是南方的粮食往北方输送了，这些大型船只浩浩荡荡地从北方顺着运河南下，该是多么壮观的景象呀！这一句可与刘长卿《送营田判官郑侍御赴上都》对应来看："上国三千里，西还及岁芳。故山经乱在，春日送归长。晓奏趋双阙，秋成报万箱。幸论开济力，已实海陵仓。"[2] 唐代宗大

---

[1] （汉）班固撰：《汉书》卷二九，颜师古注，中华书局2000年版，第1340页。
[2] （唐）刘长卿：《刘长卿诗编年笺注》，储仲君笺注，中华书局1996年版，第324页。

历四年（769）前后，刘长卿在扬州送自己的朋友郑侍御去往长安，为了祝愿他前程似锦，希望他在任职过程中大有作为。所谓"幸论开济力，已实海陵仓"，就是说以后皇上论功行赏的时候，他的功劳和收获是足以填满海陵仓的。当然这肯定是夸张的用法，但弄清了"海陵仓"的来龙去脉以后，我们才能体会到刘长卿对友人的深厚情谊和诚挚祝愿。海陵仓在这些诗中代表着堆满存粮且无尽宽裕的仓库，代表着收获、富裕和光荣。因此，只要提到海陵仓，一定就是高昂且气盛的样子。然而，刘岩"取给海陵仓"的愿景越是美好，下面两句所反映出的现状就越显得无力和悲哀了："近畿力窳惰，下国人雕枯。"如果国都近郊的老百姓都这么懒惰，整天无所事事，不能响应朝廷、政府的号召，其他地方的人就更难以想象了。应该怎么办呢？进行改造的愿望已经很迫切了。所以作者紧接着说："柳林亦何地，中有畴与庐。芃芃植秔稻，亦蓄菱芡租。其价亩一金，百亩供十夫。"眼前看到的是柳林水田，这里本来就有田地和房舍，有老百姓居住，如果在这里种上粳稻，培植一些像菱角和芡实一类的食物，很快就能获利了。但是这些终究都是诗人内心的想法，到底能不能实现呢？从最后四句充满落寞的感慨中即可找到答案："虞集仿浙田，斯人今已无。流泉日瀰瀰，行野空踟蹰。"当年元代的名臣虞集曾向元仁宗建议，把京师周围芦苇丛生的荒地，用浙江人的办法筑起堤坝、挡住潮水，改造成耕地，但却没有被采纳，想必自己的想法也没有人认同，心中不禁感到惆怅和无奈。

整首诗夹叙夹议，融入真情实感，尤其是引入"郑白渠""海陵仓"来突出自己脑海中所期望的盛大图景，并将其与现实的荒凉景象进行对照，更强化了所要抒发的情感。诗歌语言简洁明了，又不过于直白，确实是一首很好地反映文人心态和社会现实的作品。由此也可以推测，刘岩之所以能在著名的"《南山集》案文字狱"中像方苞一样免罪并且入旗籍，有他的过人之处，不凡的见识与不错的文笔应该是其中的重要原因。通过这首诗歌，我们也能深切地感受到古代水利建设对于农业生产的重要性。我们只有去了解那个时代的背景，设身处地地站在当时人的视角去体会事物，才能更全面深切地理解作者所要表达的深意，文学作品中运河的意义以及运河对于文学创作的作用也会因此而变得更加丰富和鲜活。

【参考文献】

1. 丘良任：《读〈海陵竹枝词〉》，《扬州师院学报》1988 年第 2 期。

2. 李泉：《中国运河文献资料的分类整理》，《聊城大学学报》（社会科学版）2009 年第 4 期。

3. 盘随云：《大运河诗词：物质文化遗产的非物质文化形态》，《浙江传媒学院学报》2015 年第 2 期。

4. 叶美兰、张可辉：《清代漕运兴废与江苏运河城镇经济的发展》，《南京社会科学》2012 年第 9 期。

第六篇　东汉时期的运河·汴渠

——以韩元吉《行汴渠中》为例

行汴渠中①

（南宋）韩元吉②

东海桑田③未可期，隋河④高岸已锄犁。

楼船锦缆⑤知无地，枯柳黄尘但古堤。

注　释

①本诗选自韩元吉《南涧甲乙稿》卷六，清武英殿聚珍版丛书本。

②韩元吉（1118—1187），南宋词人，字无咎，号南涧，开封雍丘（今河南杞县）人，徙居上饶（今属江西）。累官吏部尚书，封颍川郡公。著有《涧泉集》《南涧诗余》《南涧甲乙稿》七十卷及《愚赣录》十卷。

③东海桑田：比喻世事变化极快极大。白居易《杂曲歌辞·浪淘沙》云："暮去朝来淘不住，遂令东海变桑田。"

④隋河：汴渠别称，隋炀帝初开时称通济渠，唐初更名广济渠。

⑤锦缆：用锦制成的精美的缆绳。南朝陈张正见有诗《公无渡河》："金堤分锦缆，白马渡莲舟。"

赏　鉴

汴渠，是大运河中沟通黄河与淮河重要河段，也称汴河，在我国漕运史上有着特别的意义。北宋时期的漕运主要依赖汴渠，随着城市人口的急剧增长，黄河、汴渠成为统治阶级赖以生存的大动脉，大量的物产通过汴渠运至京都开封，促成了开封的第二次繁荣。北宋灭亡后，金人控制黄河流域，汴渠这一水运大动脉也因政治形势的变化逐渐湮没。南宋诗人韩元吉的家乡正是汴渠沿岸的雍丘（今河南杞县），他见证了南渡后汴渠今非昔比的变化。乾道九年（1173），朝廷派韩元吉出使金国，贺金主生辰万春节。他借这次机会返回中原，再次行至汴渠，不禁感叹昔日北宋京都的繁华不再，痛惜失地不知何时能够收复。

韩元吉诗歌所描写的汴渠，曾经是北宋时期最重要的一道水运交通命脉，为当时的北宋都城东京（今河南省开封市）带来了无限的繁华。汴渠的历史，可一直追溯到距宋朝一千年之前的汉朝。汴渠的开凿，在中国的运河史上有着重要的意义。在西汉时期，为了满足政治、经济、军事等方面的需要，全国很多地区开凿了小规模的运河，由黄河等自然水道和鸿沟、邗沟等人工水道共同构成的水运通道成为当时全国最主要的交通大动脉，这也标志着沟通南北的运河体系已经初步形成，每年经水路输往关中的漕粮能达到400万至600万石，汉代的1石大约相当于今天的60公斤，水路交通的畅通对于当时的意义可想而知。然而在汉代，黄河屡屡决口，到了西汉末年，黄河的长期泛滥几乎到了不可收拾的地步，本来贯通的水道多处被淤塞,航运受阻,自然也无法做到全线通航了。在上文王士禛《荥泽渡河》的诗歌赏析中,我们提到过战国时期由魏惠王下令开凿的鸿沟,而汴渠也属于鸿沟运河系统中的一支,位于鸿沟水系的北面。随着黄河的泛滥,许多运河因多年淤塞而最终废弃,鸿沟水系遭到了很大的破坏,最后只剩下一条分支——汴渠。

汴渠的开发利用与汉代黄河水灾的治理紧密相关。新莽三年(11),黄河在魏郡(今河南省安阳市)决口,兖州、豫州的内河航道被淤塞,村庄田地也被洪水淹没,灾情非常严重。王莽执政时虽然请了很多有能力的人,但没有人真正采取行动对黄河进行治理。水灾泛滥,加上王莽的一系列带有负面影响的政治改革,终于在新朝末年爆发了著名的绿林赤眉起义。直至公元 25 年刘秀建立东汉,黄河的水灾问题一直没有得到解决。东汉建武十年(34),阳武令张汜曾向刘秀进言:"河决积久,日月侵毁,济渠所漂数十许县。修理之费,其功不难。宜改修堤防,以安百姓。"① 张汜的建言立即遭到了浚仪令乐俊的反驳:"昔元光之间,人庶炽盛,缘堤垦殖,而瓠子河决,尚二十余年,不即拥塞。今居家稀少,田地饶广,虽未修理,其患犹可。且新被兵革,方兴役力,劳怨既多,民不堪命。宜须平静,更议其事。"② 乐俊的意思是,汉武帝时期国力强盛,动用人力物力治理黄河瓠子(今河南省濮阳市境内)大决口,二十年以后仍然淤塞。而当时东汉建国才十年,地广人稀,并不能够经受得起水灾。而且既要让人民充兵役,又要修治运河,人民不堪其苦,就会爆发民怨。实际上,为了委婉说辞,乐俊没有直接指出当时国家所面临的核心问题,即国敝民穷,没有能力和条件去治理黄河。这导

---

① (南朝宋)范晔:《后汉书》卷七六,中华书局 1965 年版,第 2464 页。
② 同上。

致刘秀在位长达33年的时间里，黄河一直都没有得到有效的治理。这也就引发了一个问题：如果再不想办法控制，那泛滥的程度只会越来越重，受灾的区域也将越来越广。果然后来汴渠也因为黄河水的泛滥而高涨，原本临水的河堤都被淹没，农田也无法耕种。水灾彻底影响到人们的生活，从而导致兖州、豫州百姓对朝廷官员强烈不满，认为朝廷对民间的诉求毫不重视。东汉明帝时期，经过几十年的发展，社会趋于安定，经济也有所发展，治理黄河的条件相对成熟，为了调和矛盾，消除灾害，永平十二年（69），刘庄命水利专家王景领十万兵卒，治理黄河。面对几十年都难以解决的问题，王景提出了"治汴先治黄，治黄同时治汴"的方针，即既治理黄河，又疏浚汴渠。

由于黄河长期泛滥，已难改回西汉故道，王景觉得唯一的办法就是将黄河与鸿沟分开，让黄河按自己的水道东流入海，不再危害鸿沟，因此王景决定重新改变汴渠的出口路线。《后汉书·王景传》记载，"景乃商度地势，凿山阜，破砥绩，直截沟涧，防遏冲要，疏决壅积，十里立一水门，令更相洄注，无复溃漏之患"[1]。治理汴渠最大的难题便是荥阳渠口，此处属于鸿沟故道的分水处，需要有闸门控制进入汴渠的水量。于是王景命人往坝上加石头，使其与黄河河堤相连，在其间留下一丈多宽的豁口，用厚木板卡住，形成水闸。水多时闸门打开，水少时则关闭，再按山地落差选择路线，保持水流尽可能平稳，避免自然破坏，尤其是急转弯水流湍急之处，都要修建石堤，再挖开河道中淤塞的地方，分出支流，有条件的则用来灌溉土地。通过这些做法，使黄河流入鸿沟的水量受到节制，不再像从前那样任其泛滥。这一次对黄河的治理，取得了前所未有的成

---

[1] （南朝宋）范晔：《后汉书》卷七六《王景传》，第2465页。

功，黄河水也最终顺利流入汴渠，不再泛滥，黄泛区的很多土地重新得到了利用，政府收入增多，国库得以充实。

汴渠的修治对开封城的发展影响尤为巨大。汴渠修治完成后，东汉的南北水运得到了彻底的畅通，使开封水运枢纽的地位得到恢复，极大地促进了开封城的发展和繁荣。正是因为汴渠，到南北朝时期，开封由县升为州。唐朝以后，汴河不仅是水运交通的命脉，也是全国的经济命脉，为开封带来了极大的财富。到北宋，开封终于发展成为当时世界上最繁华的大都市，每年经汴河运至开封的漕粮约600万石。时至今日，开封仍简称"汴"，足见汴渠对开封的重要意义。

南宋诗人韩元吉正是开封雍丘人，他从小就生活在汴渠边上，曾经有机会听闻、见证汴渠为北宋开封城带来的无限繁荣。韩元吉的家族属于北宋时期的名门望族，世代为官，他的五世祖韩亿在宋仁宗时期官至参知政事。据史书记载，韩亿有八个儿子，均为一时之贤达，号称"八凤"，其中尤以绛、维、缜声名最著。韩元吉就是韩维的玄孙。出身于名门世家，又生活在繁华的国都，照常理来说韩元吉应该有一个幸福且愉快的童年，然而他九岁时，靖康之变爆发，金兵攻陷北宋都城汴京，赵宋王室被迫南下，韩氏一族也不得不逃往江南避乱，韩元吉也因此流寓福建、江西等地，最穷苦的时候，甚至住在寺庙里。

"靖康之难"的发生在韩元吉年少的记忆中注入了一段国破家亡、颠沛流离的记忆，这是他一生都无法忘怀的。正因如此，在韩元吉一生留下的众多诗歌作品中，我们时常能看到他对国家和时局的关注，感慨家国的兴亡。隆兴元年（1163），宋孝宗任命主战派老将张浚为主帅，全面进行北伐，遭到许多大臣的反对。韩元吉有强烈的恢复故土的愿望，但又不一味主战，他对战争形势有着清醒的认识。他给张浚传信,认为此时不能发动全面的北伐战争,应当"以守为自强之计,以战为后日之图"①。然而张浚并不理会,坚持出兵,不久,在符离(今安徽省宿州市)大败于金军。符离之战后,金世宗完颜雍派大军突破宋的两淮防线,南宋方面无奈与金订立寻求和平的不平等条约,史称"隆兴和议"。此后的40年间,宋金之间都没有发生过战事,对于那些想要恢复故土的爱国志士来说,这着实是一种煎熬。但从大局出发,为了维护宋金之间的这种"友好关系",韩元吉曾忍辱负重,于乾道八年(1172)出使沦为金国土地的开封,以贺金世宗完颜雍的生辰。虽然开封既是北宋的故都,也是韩元吉的故乡,回到故地,想要收复的愿望难以遏制,但为了国家利益,韩元吉依然接受了完颜雍的赐宴。然而在席间,耳畔传来了宋人的教坊乐声,此时韩元吉的心头顿时产生了无限的伤感。这种无奈集中展现在他当时所作的《好事近·凝碧旧池头》中:"凝碧旧池头,一听管弦凄切。多少梨园声在,总不堪华发。杏花无处避春愁,也傍野烟发。惟有御沟声断,似知人呜咽。"②虽然在熟悉的场地听到熟悉的乐声,但演奏故国旧曲的也并非大宋子民,场地也不属于故宋,这是何等的讽刺!完成任务后,韩元吉没有在开封长留,就返回临安向孝宗复命了。他在《书朔行日记后》一文中记录了他在开封的见闻,向孝宗传达了身在开封的宋朝遗民盼望恢复的深切愿望。

弄清了汴渠的历史,以及韩元吉所处的时代,这首《行汴渠中》才会显得更加哀婉动人。韩元吉出使开封,必然会经过汴渠,但此时此刻的汴渠早已丧失了往日的繁华。"东海桑田未可期,隋河高岸已锄犁",汴渠虽然对于南北漕运有非常重大的意义,但是

---

① 韩酉山:《韩南涧年谱》,安徽教育出版社2005年版,第104页。
② 唐圭璋:《唐宋词简释》,上海古籍出版社1981年版,第164页。

维护成本也很昂贵。据《后汉书》记载，当年王景治汴，虽然简省役费，但"犹以百亿计"。面对高昂的维护费用，北宋初年的学者石介在《汴渠》一诗中提出"请君简赐予，请君节财求。王畿方千里，邦国用足周。尽省转运使，重封富民侯。天下无移粟，一州食一州"①，他认为应该停止漕运，一州生产的粮食供给一州食用，如此一来，朝廷就能节约很大的开支。但是对于当时的北宋来说，汴渠的投入使用显然是利大于弊的，像石介这样的人还是少数派。但是开封被金攻占以后，南宋将都城建在了临安（今浙江省杭州市），持续了千年之久的南北水运大动脉，也就没有继续维护的必要了。韩元吉来到汴渠之时，距靖康之难尚不足五十年，但汴渠已经长期处于荒废状态，周围的景象也变得非常荒凉了。居住在汴渠周围的人们也纷纷在河道周围开垦起了田地，无奈地发展起了农业。诗中之所以写"隋河"，是因为隋炀帝当年将汴渠的弯道改造成直道，称为通济渠。此处说到隋朝，实际上是在怀念已灭亡的北宋。当年隋炀帝乘着龙舟下江南，那是多么热闹的豪华盛景，但随着时代的变迁，如今已是不胜荒凉，这种古今对比是十分令人感伤的。"楼船锦缆知无地，枯柳黄尘但古堤"。因为随着汴渠的废弃，金朝统治者不仅不允许像隋炀帝时期那样的锦缆楼船在河中肆意行驶，其自身也不可能像隋炀帝一样，坐着带有锦缆的楼船下江南。运河边古堤上只有枯干的柳树，以及被风吹起扬在空中的黄色尘土，不复当年繁华。或许在韩元吉看来，汴渠是他心中的北宋王朝以及幼时所在的美好象征。然而这一切都时过境迁，一去不复返了。

韩元吉一生交游广泛，他与著名诗人陆游、词人辛弃疾都有过唱

---

① （宋）石介：《徂徕石先生文集》卷二，中华书局1984年版，第11页。

和，我们可以从中感受到他们之间的深厚友谊。韩元吉去世后，陆游评价他的诗文"落笔天成，不事雕镂。如先秦书，气充力全"。① 韩元吉能够在江西诗派风靡一时之际，不落俗套，自成一家，这应该与他复杂的人生经历有很大关系，而结合汴河的历史背景来观察，会更引人深思。

【参考文献】

1. 韩酉山：《韩元吉若干事迹补正》，《文学遗产》2001 年第 4 期。

2. 刘春迎：《北宋时期汴河的治理及其漕运管理》，《开封大学学报》2016 年第 3 期。

3. 吴琦：《南漕北运：中国古代漕运转向及其意义》，《华中师范大学学报》（人文社会科学版）2016 年第 6 期。

4. 李泉：《中国运河文化及其特点》，《聊城大学学报》（社会科学版）2008 年第 4 期。

5. 吴海涛：《北宋时期汴河的历史作用及其治理》，《安徽大学学报》2003 年第 3 期。

6. 陈峰：《试论唐宋时期漕运的沿革与变迁》，《中国经济史研究》1999 年第 3 期。

7. 石志宏、黎沛虹：《汴河漕运与北宋立国》，《湘潭师范学院学报》（社会科学版）2001 年第 3 期。

---

① （南宋）陆游：《祭韩无咎尚书文》，朱睦卿笺注：《陆游严州诗文笺注》，浙江大学出版社 2013 年版，第 183 页。

第七篇　东汉时期的运河·京口

——以辛弃疾《京口北固亭怀古》为例

永遇乐·京口北固亭怀古①

（南宋）辛弃疾②

千古江山，英雄无觅，孙仲谋③处。舞榭④歌台，风流总被、雨打风吹去。斜阳草树，寻常巷陌，人道寄奴⑤曾住。想当年，金戈铁马，气吞万里如虎⑥。　元嘉草草，封狼居胥，赢得仓皇北顾⑦。四十三年⑧，望中犹记，烽火扬州路⑨。可堪回首？佛狸祠⑩下，一片神鸦社鼓⑪。凭谁问，廉颇⑫老矣，尚能饭否？

注　释

①本词选自辛更儒笺注《辛弃疾集编年笺注》卷一五，中华书局2015年版。

②辛弃疾（1140—1207），字坦夫，后改幼安，号稼轩，山东东路济南府历城县（今济南市历城区）人，南宋著名爱国词人。生于金人统治区，少年抗金归宋，曾任江西安抚使、福建安抚使等职。与当政的主和派政见不合，后被弹劾落职，退隐山居。晚年韩侂胄

当政，一度起用，不久病卒。辛词艺术风格多样，而以豪放为主。

③孙仲谋：即三国时期东吴大帝孙权。孙权（182—252），字仲谋，吴郡富春县（今浙江富阳）人。长沙太守孙坚次子，幼年跟随兄长吴侯孙策平定江东，汉献帝建安五年（200）孙策早逝，孙权继位为江东之主，后成为三国时期吴国的开国之君。孙权曾在公元209年建都京口，他曾以此为据地，与曹魏抗衡，开疆拓土，成就了三国鼎立的局面。

④舞榭：供歌舞用的楼屋。

⑤寄奴：南朝宋武帝刘裕小名。刘裕（363—422），字德舆，生于京口，自幼家贫，初为谢玄组建的北府军将领。对内平定孙恩和桓玄，消灭各种割据势力，统一南方；对外消灭南燕、后秦等国，于永初元年（420），刘裕代晋自立，定都建康，国号"宋"，史称刘宋或南朝宋。京口是刘裕的成长地，他曾以京口为基地，平定了内乱，取代了东晋政权。

⑥"想当年"句：刘裕曾两次领兵北伐，以京口为出发点，收复洛阳、长安等地，气势好像猛虎一样，把中原的敌人赶回北方。这里，辛弃疾感慨刘裕的事迹，对比当时南宋政权的软弱无谋与无力。

⑦"元嘉"句：刘裕的儿子刘义隆于元嘉年间兴兵北伐，想要再建功立业，大展宏图，由于草率从事，结果只落得自己回顾追兵便仓皇失措。典出《南史·宋文帝纪》。元嘉，是刘裕之子刘义隆年号，为公元424—453年。封狼居胥，原指西汉大将霍去病登狼居胥山筑坛祭天以告成功之事，典出《史记·霍去病传》。后来"封狼居胥"成为中华民族武将的最高荣誉之一，此处是对刘义隆自不量力、好大喜功的讽刺。

⑧四十三年：作者于1162年（宋高宗绍兴三十二年）南归，到写该词时正好为四十三年。

⑨烽火扬州：自绍兴三十一年（1161）金兵大举南侵以来，扬州一带烽火不断。路，宋时行政区域以"路"划分，扬州属淮南东路，治所在扬州。扬州由于地处南北运河要津，又扼南北地利，历来为兵家必争之地。

⑩佛（bì）狸祠：北魏太武帝拓跋焘小名佛狸。公元450年，他曾反击刘宋，两个月的时间里，兵锋南下，五路远征军分道并进，从黄河北岸一路穿插到长江北岸。在长江北岸瓜步山建立行宫，即后来的佛狸祠。

⑪神鸦社鼓：指庙里吃祭品的乌鸦和祭祀时的鼓声。意指到了南宋，老百姓只把佛狸祠当作一位神祇来奉祀供奉，而不知道它过去曾是一个皇帝的行宫。

⑫廉颇：战国时赵国名将，赵国苦陉（今河北省定州市）人，生卒年不详。赵惠文王时，任上卿，屡胜齐魏等国。长平之战，坚壁固守三年，后因赵孝成王中秦反间计，改用赵括为将，以致大败。赵因为数困于秦，想再次起用廉颇，因为仇人郭开的恶语，赵王相信廉颇已老，遂不召。廉颇与白起、王翦、李牧并称"战国四大名将"。典出《史记·廉颇蔺相如传》。

赏　鉴

辛弃疾这首著名的词，写于宋宁宗开禧元年（1205），辛弃疾时年六十六岁，作为归正军回到南方已四十三年。这一年韩侂胄执政，正积极筹划北伐，闲置已久的辛弃疾于前一年被起用为浙东安抚使，本年春初，又受命担任镇江知府，戍守江防要地京口。辛弃疾支持北伐抗金的决策，但是对独揽朝政的韩侂胄轻敌冒进的做法，又感到忧心忡忡。当他来到京口北固亭，登高眺望，感慨万千，不禁缅怀起历史上与京口有关的英雄人物，写下了这首词，抒发了自己满腔的报国情怀。

京口，古城名，在今江苏镇江市。京口是江南运河的北口，《资治通鉴》载"（隋大业）六年，（隋炀帝）敕穿江南河，自京口至余杭，八百余里（今浙西运河自杭州达镇江府入大江是也。镇江，古京口也）帝改杭州为余杭郡。广十余丈。使可通龙舟，并置驿宫、草顿，欲东巡会"[①]。隋炀帝之所以有此举措，是因为京口南据峻岭，北临长江，地势险要，为长江下游的军事重镇。东晋南渡，镇北、征北、平北、安北等将军府常设于此，因此京口又有"北府"之称。北固亭，晋蔡谟所筑，位于今江苏镇江北固山上，北临长江，又称北顾亭。运河的畅通与否，往往能带动沿岸城市的兴衰，与扬州大起大落的命运不同，位于长江南岸的京口，因有天险可据，即使山河板荡，烽烟四起，却也总能顽强伫立。时间退回到一千年前的宋金对峙时期，中华大地分崩离析，兵燹不绝，哀声迭起，向时畅通无阻的宋代汴河，此刻也因为频仍的战乱而无法维系，多处堵滞。孝宗时出使金朝的楼钥就在其《北行日录》中多次提到乘马循汴而行，汴水断流的情形。昔日为大宋带来盛世繁华的大运河，如今也残破不堪，淹没于滚滚尘沙之中。汴河遭劫，随即使偏居东南的邗沟与江南运河的作用凸显出来，而屹立于"牛斗之间"[②]，控扼浙西的"京口"，则以其重要的地理位置成为引人注目的焦点。闲居在家二十年、年过六旬复被朝廷起用的辛弃疾，一上任即为浙东安抚使

[①] （宋）司马光等撰：《资治通鉴》卷一八一《隋纪五》，（元）胡三省音注，中华书局1956年版，第5652页。

[②] 按："《镇江志》云：马迁述《天官》，班固述《天文》，皆以斗、牛为江、湖、扬州分野，然犹概以言之。至《晋志》而后，析言丹阳入斗十（六）度，会稽入牛一度。由是推焉，则京口当在斗、牛之间。"（宋）王象之编：《舆地纪胜》卷七，赵一生点校，浙江古籍出版社2012年版，第267页。

知镇江,把守大后方,虽未有前线杀敌的畅快,但也反映出京口显要的战略位置。试想,这位夙愿未偿、期许收复河山的白发老人,在登上京口北固楼时,眺望山川大江,心中会作何感想?

正如词中所说,稼轩联想到了京口的古往今来,兴衰成败。从"年少万兜鍪"的东吴霸主孙权,到北伐成功的南朝开国帝王刘裕,再到"仓皇北顾"大败而归的文帝刘义隆,"饮马长江"①的北魏武帝拓跋焘,以及老当益壮却抑郁不得志的老将廉颇。他通过回忆历史,反观当下,激动、担忧、惆怅之情相互交织,跃然纸上。想要真正体会辛弃疾的感受,首先需要弄清他在亭上到底看到了什么,抑或说,这一年的京口是何景象?是繁华昌盛、人流不息,还是残破落寞、了无生机?

欲还原当时之景,还需追溯到京口最初的样貌,以及它与运河之间的因缘。秦始皇为东巡会稽,遂凿邗沟连接长江与淮河,自此奠定了扬州的重要地位,而位于江对岸的京口也因此受到重视。据说,秦皇途经京岘山,见有王者气,命三千赭衣徒凿断龙脉,以败王气,称此地为丹徒县。京岘山西北有雄伟的北固山,北固山的后峰伸入江中,山的后峰、中峰、前峰起伏连绵,前峰环抱着开阔高平地块,古人把前峰一带称为京,取义为《尔雅》的"丘绝高曰京"②,"口"指北固山下的江口,此乃"京口"的由来。但值得说明的是,秦始皇南巡过江后是从江乘县(江苏句容县北)驾马车至太湖,后南下钱塘,未曾经过京口。

京口作为城镇的兴起还要从三国孙吴政权说起。东汉末年,天下三分,身处江东的孙权19岁就继承了其兄孙策之位,经过一段时

---

① 按:《史通》云:"佛狸饮马长江,宋之武功不竟",佛狸,魏太武小字。见(宋)王应麟《困学纪闻注》卷一八《评诗》,(清)翁元圻辑注,孙通海点校,中华书局2016年版,第2162页。

② (宋)李昉等:《太平御览》卷第一百七十州郡部十六,中华书局1960年版,第827页。

间韬光养晦,孙权实力壮大,决定弃守为攻,不再死守江南,而要向外扩张,于是在公元209年,27岁的孙权来到京口,就看重此地得天独厚的地理优势,并在此建立了铁瓮城。当时的孙权虽未称帝,但京口依然可以称为孙权的第一个国都。建都京口的直接原因,就是曹操亲自率领几十万大军南征,孙权觉得原本的都城吴郡离前线过远,为了便于指挥作战,遂决定迁都。就在这一年,孙权与刘备联手,在赤壁(今湖北省赤壁市西北)与曹军大战,一把熊熊大火,令曹军仓皇北逃。孙权以区区江东之地,抗衡北方的曹操,拓宇开疆,朝着三国鼎立局面的形成迈出了重要一步。两年后,孙权迁都南京,并开凿了自句容(今属镇江市)经大茅山山岗到云阳(镇江市丹阳县境内)的破冈渎,"于是东郡船舰不复行京江矣"①,"京江"指通过京口的大江,可知此时的京口由于没有直接的运道经过而并未受到过多重视。京口依旧土地贫瘠,地广人稀,猛兽出没,孙权甚至还能在京口一带打虎,"建安二十三年(218),权将如吴,亲乘马射虎于庱亭,马为虎所伤,权投以双戟,虎却废,常从张世击以戈,获之"②。

西晋时期,京口还是一个较为落后的地方。晋怀帝永嘉年间,永嘉之乱爆发,西晋灭亡,晋朝统治集团南渡,北人纷纷避难江南,京口地势险要,自然成为北人的聚居地。这些流民纷纷组成军队,阻挡北方民族的南下。东晋政权为了控制三吴经济要地,将京口改称"南徐州",意在重点发展。镇北、征北、平北、安北等将军府常设于此,故京口又有"北府"之称。东晋太元二年(377),谢安举荐其侄谢玄守京口,以镇御北方。《资治通鉴》记载,谢玄于京口

---

① (唐)许嵩撰:《建康实录》卷二,张忱石点校,中华书局1986年版,第53页。
② (晋)陈寿:《三国志》卷四七《吴书二》,(南朝宋)裴松之注,中华书局1982年版,第1120页。

"募骁勇之士,得彭城刘牢之等数人,以牢之为参军,常领精锐为前锋,战无不捷,时号北府兵,敌人畏之"①。太元八年(383),前秦与东晋两个政权之间爆发了淝水之战,前秦苻坚率八十万大军南下,谢安、谢玄则以八万北府兵迎战,结果前秦军几乎被尽数歼灭,晋军取得全面胜利,北府军更成为历代诗人歌咏的对象而名垂青史。东晋隆安五年(401),叛军孙恩率领"战士十万,楼船千艘","浮海奄至京口",由海入江,直抵镇江,控制京口,切断南北联系,以围攻晋都建业(今南京),而刘裕率北府兵不满千人,自海盐奔赴救援,战而破之②。往事悠悠,不管怎样,京口可以容纳十余万人混战的场景,还是能让人想见其时的空旷开阔、了无市井人烟的粗莽气质。

京口的真正繁盛则要等到隋代江南运河的开凿与隋唐大运河的彻底贯通。隋文帝开皇八年(588)开山阳渎(邗沟),炀帝大业六年(610),穿江南河,自京口至余杭八百余里。之前通江南的数条河道至此全部连接起来,且京口成为唯一渡江港口,与隋唐运河的终点扬州隔江对峙。京口一跃成为港口枢纽,绾毂运河,地位飞速上升。《隋书·地理志》云:"京口东通吴、会,南接江、湖,西连都邑,亦一都会也。"③可见,隋代的京口已是连通吴郡、会稽、浙江、太湖,临近南京的通都大邑。唐开元二十二年(734),润州刺史齐澣奏:"常州北界隔吴江,至瓜步江为限。每船渡绕瓜步江沙尾,纡回六十里,多为风涛所损。臣请于京口埭下,直截渡江。二

---

① (宋)司马光等撰:《资治通鉴》卷一〇四《晋纪》二六,(元)胡三省音注,中华书局1956年版,第3283页。
② (唐)房玄龄等撰:《晋书》卷八四《刘牢之》,中华书局1974年版,第2189页。
③ (唐)魏征、令狐德棻等撰:《隋书》卷三一《地理志下》第3册,中华书局1973年版,第887页。

十里开伊娄河,二十五里即达扬子县。"① 这样,漕船从京口到扬州的距离更近了。唐代江南道浙西观察使所即设立在镇江,这使其所辖的润、常、苏、杭、湖、睦六州土贡全部要集中在镇江京口,以向北运输。吕祖谦《历代制度详说》载:"唐时漕运大率三节:江淮是一节,河南是一节,陕西到长安是一节。所以当时漕运之臣,所谓无如此三节,最重者京口。初京口济江淮之粟所会于京口,京口是诸郡咽喉处。彼时润州、江淮之粟至于京口,到得中间,河南、陕西互相转输。然而三处,惟是江淮最切。何故?皆自江淮发足,所以韩滉由漕运致位宰相,李锜因漕运飞扬跋扈,以至作乱。以此三节,惟是京口最重。"② 江淮地区的漕粮都要通过京口才能够传输到各地,正如李德裕有诗描绘所说"水国逾千里,风帆过万艘"③,港口繁忙,自然也会带动和活跃当地的经济,就如杜牧的诗句所形容"绿水桥边多酒楼"④,可见当时京口之繁盛景象。

两宋时,京口的漕运更为繁忙,两浙地区的漕船都要从京口北上,为了缓解京口的漕运压力,北宋天圣年间,在京口港东侧又陆续开凿了新河入江口,建立起新港和甘露港,这也是京口在历史上漕运最为鼎盛的时期。宋高宗巡幸建康(南京)时,宋孝宗以元子扈从,途中经过京口,面对金山寺,孝宗赋诗写道:"崒然天立镇中流,雄跨东南二百州。"⑤ 宋人王禹偁细述金山寺一带景象写道"南徐城古树苍苍,衙府楼台尽枕江。甘露钟声清醉榻,海门山色滴吟窗","琴院坐听江

---

① (宋)王溥撰:《唐会要》卷八七《漕运》,中华书局1960年版,第1597页。
② (南宋)吕祖谦:《历代制度详说》,黄灵庚主编:《吕祖谦全集》第9册,浙江古籍出版社2008年版,第770页。
③ (唐)李德裕:《述梦诗四十韵有序》,(清)彭定求编:《全唐诗》卷四七五,第14册,中华书局1999年版,第5390页。
④ (唐)杜牧:《润州》二首之一,何锡光校注,《樊川文集校注》卷三,巴蜀书社2007年版,第291页。
⑤ (宋)祝穆撰,祝洙增订:《方舆胜览》卷三"浙西路·镇江府·寺院",第1册,施和金点校,中华书局2003年版,第64页。

寺磬，郡楼吟见海山霞。春园遗母亲烧笋，夜榻留僧自煮茶"①。凭借优越的地理位置，矗立在运河边金山寺在周边形成观览胜地：修竹古寺、钟声缭绕、舞榭歌台，林立于京口岸边，临眺远处能望见海光天色，坐于寺中可以吃笋品茶，等等，足副京口繁华之盛名。

镇江金山寺

至此，我们可以推想辛弃疾登上北固楼，凭栏远眺时所望见的风景——千古江山，眼前大江横流，金山、焦山、北固山，以及远处的南京钟山连绵起伏，巍峨苍翠，回想那些京口过往的历史，转眼已历经千年；由远景拉至近景，江岸边，依旧是锦帐华灯的歌台酒楼，只不过因为是战备状态而少了几许喧闹的氛围。大江之上，南来北往的舟船舰艨，穿梭其间。由于运河的连通，不只是江南、淮安的客商，来自福建的船帆也远涉而来，在京口渡江。不过在稼轩心中，眼前的风光早已不胜当年的景色，纵然是"千古江山""舞

---

① （宋）王禹偁：《寄献润州赵舍人》，（清）吴之振、吕留良、吴自牧选，管廷芬、蒋光煦补：《宋诗钞·小畜集钞》，中华书局1986年版，第31页。

榭歌台",却因"英雄无觅"而使得其"风流总被雨打风吹去",现实场景与心中况味形成强烈反差,致使景色也丧失了旧有的风采。那稼轩为何会发出这样悲凉无奈的叹息呢?

开禧北伐——稼轩一生中隐隐的痛。此乃兴奋过后忧虑的痛惜,是给人以希望却最后带来失望的钻心之痛。宋宁宗即位,重用宰相韩侂胄,组织军队,对金作战。开禧二年(1206),宋军兵分三路,从川蜀、荆襄、两淮地区北上伐金。未几,几路大军纷纷以失败告终,主将韩侂胄也在第二年冬被属下杀死于玉津园中。嘉定元年(1208)宋金签订"嘉定和议",两国以伯侄相称,增加岁币。然而这是后话。稼轩登临北固楼时是在开禧元年(1205),两国还未开战,但其对"仓皇北顾"的担忧之情便不时涌现心头。其实,韩侂胄在战前还是做了一定准备的,比如整顿水军、建造战船、增置骑兵、修筑水渠等,但宋代军事的疾弊在内部,军队战斗力低、将士离心、内部党派倾轧,并非一朝一夕可以扭转,因此在这么短时间内组织北伐,失败是可想而知的。这一点辛弃疾早在《美芹十论》中就已提出,广积粮、缓作战、练兵将,才是上策。这次战争中东路江淮地区宋兵的羸弱不堪在岳珂的《桯史》中写得十分详尽:

既涉淮,迄事归,而王师失利,溃兵蔽野下,泣声不忍闻。皆伤痍,或无半体,为之潸然。间有依余马首以南,然不可胜救也。是役也,殿司兵素骄,贯于炊玉,不能茹粝食;部诨者(运输食物的人)复幸不折阅(减价),多杂沙土。军中急于无粮,强而受之。人旦莫给饭二盂,沃以炊汤,多弃之道。复负重暑行,不堪其苦,多相泣而就罄,道旁逃屋皆是,臭不可近。①

---

① (南宋)岳珂撰,黄益元校点:《桯史》,上海古籍出版社2012年版,第113—114页。

战争发生在农历五月份，正值淮北炎热的酷暑。宋兵多在江南娇养，军中对粗粮竟不能习惯，食之而弃道，伤残无数，逃兵屡见不鲜，这正印证了稼轩的顾虑。

岳珂北上检阅军队走的就是运河扬淮一段，他在文中记到："遂浮漕河而北，次楚道北神，登海舟以入于淮。"① 这里给我们探析北伐大军的行军路线提供了一定线索。"北神"指的是邗沟入淮处的"北神堰"，古邗沟水位高于淮水，因而设堰以调节水位。鉴于五代周世宗伐南唐时，"欲引战舰自淮入江，阻北神堰，不得渡"② 的记载，故当年很有可能是堰坝年久失修，使岳珂不得不乘海船以入淮河，而这很可能也是宋兵由京口北伐的路线。了解这一确切的背景，则稼轩于京口登楼北望，无限神思的场景便显得更加真切了。

现在，再回到词作本身，还有一点没有说明，即"佛狸祠"。《魏书》载："癸未，车驾临江。起行宫于瓜步山。永昌王仁自历阳至于江西，高凉王那自山阳至于广陵，诸军皆同日临江，所过城邑，莫不望尘奔溃，其降者不可胜数。"③ 魏武帝拓跋焘率几路大军齐聚长江，令宋文帝猝不及防。南北朝时期的南北运河还未完全贯通，魏军从山东，"次彭城（徐州）"，"趋盱眙"，顺黄河南下，再由济水入淮南。值得注意的是，高凉王拓跋那乃"自山阳至于广陵（扬州）"，山阳即淮安的古称，隋文帝在古邗沟的基础上修"山阳渎"，就是以此命名的，所以魏军以如此快的速度由淮至江，极有可能是沿邗沟而行。

颇具讽刺意味的是，当时为庆祝战争胜利，以向南朝炫耀而修建的太武帝行宫，如今却成为百姓祈福求安的"佛狸祠"。稼轩站在北

---

① （南宋）岳珂撰，黄益元校点：《桯史》，上海古籍出版社2012年版，第113页。
② （南宋）袁枢：《通鉴纪事本末》卷四二"世宗征淮南"，中华书局2015年版，第4120页。
③ （北齐）魏收：《魏书》卷四下，中华书局1974年版，第105页。

固亭上还能隐约听见祠堂中一片"神鸦社鼓"的喧闹声。刘义隆的"仓皇北顾"最终换来的却是后世人对敌人祠堂的祭拜，这怎能不令人唏嘘呢？前车之鉴历历在目，如今几乎是相同的局势，对历史重演的恐惧与担忧使稼轩久久不能释怀。想当年，自己只身前往耿京军中，取上将首级拴于马下，飞驰数千里，直抵临安，封江阴通判，至今已有四十三年了，当年的豪气与决心现在仍存于胸中，只是多了几许岁月磨蚀后的无奈。人的成长也许就是体会到自己的有所不能，但稼轩的可贵之处就在于始终坚守初心，虽知不可能却从不丧失希望。

京口北固楼

运河的开通带来了一座城的兴旺，一座城的兴旺承载了数千人事的历史悲歌。京口就是这样一座城，辛弃疾就是城中历史的亲历者、见证者。如今的北固亭仍然静静地矗立在那里，等待着我们登临驻足，聆听滔滔江声，感悟一座城的呼吸与跳动。

【参考文献】

1. 张清河：《壮爱国情怀　开一代词风——读辛弃疾〈永遇乐·京口北固亭怀

古〉》，《名作欣赏》2011 年第 8 期。

2. 姚梅：《京口名胜的文化研究》，南京师范大学出版社 2014 年版。

3. 苗菁：《唐宋诗词与大运河》，《聊城大学学报》（社会科学版）2014 年第 5 期。

4. 王玲真：《京杭大运河与镇江城市文明的兴起和发展》，《南通大学学报》（社会科学版）2008 年第 1 期。

5. 朱寅：《岳珂佚书考》，《九江学院学报》（哲学社会科学版）2010 年第 1 期。

6. 张矗：《〈永遇乐·京口北固亭怀古〉浅释》，《锦州师范学院学报》（哲学社会科学版）1979 年第 1 期。

7. 于雷：《开禧北伐述论》，硕士学位论文，辽宁大学，2012 年。

第八篇　三国时期的运河·曹操·睢阳渠

——以曹操《观沧海》为例

观沧海①

（东汉）曹操②

东临碣石③，以观沧④海⑤。水何澹澹⑥，山岛竦峙⑦。

树木丛生，百草丰茂。秋风萧瑟⑧，洪波⑨涌起。

日月之行，若出其中。星汉⑩灿烂，若出其里。

幸甚至哉⑪，歌以咏志⑫。

注　释

①本诗出自中华书局编辑部编《曹操集》，中华书局2013年版。

②曹操（155—220），字孟德，一名吉利，小字阿瞒，沛国谯县（今安徽亳州）人。我国历史上杰出的政治家、军事家、文学家。灵帝光和七年（184），改任骑都尉，随皇甫嵩镇压颍州黄巾军，迁为济南相。后于建安元年（196），迎汉献帝都许县，封为大将军、武平侯。从此，曹操大权在握，号令四方，灭吕布，破袁绍，征乌桓，统一了中国北方。

③碣（jié）石：山名。碣石山，今河北昌黎碣石山。

④沧：通"苍"，青绿色。

⑤海：这里指渤海。

⑥澹澹（dàn dàn）：水波摇动的样子。

⑦竦峙（sǒng zhì）：高高地耸立。竦：通"耸"，高起。峙，挺立。

⑧萧瑟：草木被秋风吹动的声音。

⑨洪波：汹涌澎湃的波浪。

⑩星汉：银河古称。

⑪幸甚至哉：真是幸运极了。

⑫歌以咏志：可以用歌来表达自己内心的心志或理想，最后两句与本诗正文没有直接关系，是乐府诗结尾的一种方式，为了配乐歌唱而加上。

赏 鉴

建安十二年（207）九月，曹操北征乌桓得胜，从柳城班师，曹操的这首乐府诗写于回师途中。此时傍海道可行，曹操途经碣石，策马上山，遥望渤海，留下《步出夏门行·观沧海》。汉代乐府诗一般无题目，曹操的这首诗原为《步出夏门行》中的第一章，"观沧海"是后人所加。诗作之前有一段小序云："云行雨步，超越九江之皋。临观异同，心意怀游豫，不知当复何从。经过至我碣石，心惆怅我东海。云行至此为艳。"①

"沧海"即渤海，"碣石"则指今河北省秦皇岛市昌黎县的碣石

---

① （三国魏）曹操：《步出夏门行》，中华书局编辑部编：《曹操集·诗集》，中华书局2013年版，第10页。

山。纵览全诗,气象宏大,意境开阔,字里行间彰显出曹操吞吐山河、包揽日月的磅礴胸襟。司马迁在《史记·天官书》中载:"故中国山川东北流,其维,首在陇、蜀,尾没于勃、碣。"① "勃碣"即碣石山,是中国山脉延绵入海之处,自古就被作为历代地理书籍中的重要坐标。《山海经·北山经》第三列山系中,在燕山、饶山、干山、伦山之后就记有:"又北五百里,曰碣石之山。绳水出焉,而东注于河。"② "绳水"即"圣水"(上游为今北京房山大石河或小清河,下游在今河北廊坊市南合河),《禹贡》中也有"鸟夷皮肤,夹右碣石入于河"③ 的记载。可知,碣石山乃燕山余脉,位于河、海、山三者交界处,辽东少数民族入中原,在此沿海路转入河运航行。独特的地理位置,自然造就了碣石山独特的山川地貌,正如曹操登山所见之景"水何澹澹,山岛竦峙",水光接天,浩然千里,山石耸立,直入云霄。碣石山占地320平方公里,地跨昌黎、抚宁、卢龙三界,山势突兀,拔地而起,由北向南逐渐增高,连绵起伏,有大小上百座奇险峻峭的峰峦,其中最高峰乃靠南一脉的仙台顶,如擎天一柱,高耸入云,是从渤海向西望去最醒目的山峰。曹操所言并未有夸大成分,简洁而铿锵有力的八个字,瞬间将碣石山险峻雄伟的地形淋漓尽致地展现出来。接下来几句,言及山中植被茂盛,秋风萧瑟,海浪汹涌,日月星空,景象之辽阔浩荡,不仅映衬出背后写作者开豁博大的心境,同时,一位饱经沙场、披荆斩棘、所向披靡的得胜将军形象也跃然纸上。

不过,试想,当年建都许昌的曹操如何能在短短一年里,纵深幽州,剿灭袁氏余部与乌桓联军,并伫立碣石,俯瞰大海?而且如

---

① (汉)司马迁撰:《史记》卷二七《天官书》,(南朝)裴骃集解,(唐)司马贞索隐,张守节正义,中华书局1982年版,第1347页。
② 袁珂校注:《山海经校注》,巴蜀书社1993年版,第118页。
③ 尹世积:《禹贡集解》,商务印书馆1957年版,第3页。

果是走陆路，在后方刘表势力虎视眈眈的情境下，大量的军需物资几乎要南北跨越河北全境，曹操又怎么敢拉长战线，孤军深入北部乌桓的势力范围？而曹操回军途中为何会登临碣石山并吟诗一首，其地理位置到底有着怎样的重要性与特殊性呢？

所有的这些实际问题里，有一个非常核心而不可忽视的因素，即运河的开凿。碣石山遁海入河①，其中最重要的一条就是自北向南流入渤海的滦河（汉代称濡水），若再往西南行，还有大封水（唐山境内的陡河）、鲍丘水、潞河、圣水、泒水、滹沱河等，不过这些河流相互并不联通，曹操因此修凿河道，将这几条河流串联起来，西达都城许昌，东至滦河碣石山下，故才有了写于扬帆回程前的登山远眺之作。运河的开凿加快了行军速度并保障了粮秣运输，是战争胜利的关键。而战争的胜利又是此诗风貌格局形成的客观前提与心理基础。因此，在分析诗歌意象与思想内容之前，需要先对曹操所凿运河有一个清晰的认知。

东汉末年，天下大乱，作为运河枢纽的汴渠沿岸，先后成为群雄割据之地，残破堙塞，不复为用。当汉献帝由战火中的长安逃回洛阳时，汴渠上的漕舟，早已被狼烟吞没。建安元年（196），曹操应召入都，看到京都洛阳已成为一片废墟，宫廷及百官所需的粮食无处可取，只好挟汉献帝离开洛阳，迁都到离颍水不远的许昌，依靠颍水灌溉，实行屯田自救。为了实现天下一统，曹操利用"挟天子以令诸侯"的优势，以许昌为中心，有计划地开挖了数条运河，以利进兵征讨和军需运输，分别为睢阳渠、白沟、利漕渠、平虏渠、泉州渠和新河。此六渠南起睢水，北到滦河，贯穿黄河与海河水系诸大河。

---

① 《禹贡》中所言及的碣石山遁海入河，应泛指流入黄河，上古时期黄河北流纳漳水合流，于河北省大陆泽分出数条河流，归入渤海。东汉时期，黄河改道千乘，即今山东高青县东北入海。

最先开凿的是睢阳渠，陈寿《三国志》卷一《武帝纪》中载："（建安）七年（202）春正月，公军谯……遂至浚仪，治睢阳渠，遣使以太牢祀桥玄，进军官渡。"① 而曹操与袁绍的官渡之战发生于建安四年（199）。当时，袁绍击败军阀公孙瓒，占据幽州、冀州、并州、青州等地，进而向南逐鹿中原，袁绍的南边正是坐拥兖州、豫州、司州、徐州的曹操。作为当时盘踞北方的两大军事政权，曹、袁之间一场恶战在所难免。曹操霸业初创，根基未稳，袁绍的情况则好得多，《三国志》卷六《袁绍传》记载："（袁绍）众数十万，以审配、逢纪统军事，田丰、荀谌、许攸为谋主，颜良、文丑为将率，简精卒十万，骑万匹，将攻许。"② 可见兵力之盛。建安五年（200）十月，两军长时间的相持对峙之后，袁绍谋士许攸倒戈曹营，向曹操建议派一支轻骑奇袭袁绍的辎重要地乌巢。乌巢被烧，袁军军心大乱，一举为曹操攻破，最后袁绍仅带八百骑退守北方，两年后病亡。睢阳渠修建于建安七年的正月，由此可知，睢阳渠是曹操在与袁绍官渡决战后，为了进一步剿灭袁绍余党而修治的一段运河。睢阳渠是在蒗荡渠的故道上疏浚而成，因在睢水岸边的睢阳县（河南商丘）而得名。蒗荡渠即鸿沟体系中的一部分，它引黄河入汴水，中经浚仪，下游与沙水汇合。鸿沟在战国时就已开凿，秦汉时成为汴渠的主要部分。睢水位于汴渠南，涡水北，是古鸿沟水系中的支流之一，三国时期，睢阳渠是中原通往东部沿海地区的重要水道，也是曹军运输粮食的最有利途径。曹操整治的睢阳渠主要是东起睢阳、西至官渡的这段水道，利用古睢水以沟通汴、淮。睢阳渠修成，漕粮有济，为前线军队的作战提供了有利条件。另外最初曹操将都城从洛阳迁到许都，就

---

① （晋）陈寿撰：《三国志》卷一《武帝纪》第1册，（南朝宋）裴松之注，第22—23页。
② （晋）陈寿撰：《三国志》卷六《袁绍传》第1册，（南朝）裴松之注，第195页。

是利用发展农业的方式恢复战乱造成的破坏，运河的凿通显示出了曹操对农业发展的重视，也能进一步提升周围的经济实力和地位。

修治睢阳渠之后，曹操在河北平原先后开凿白沟、平虏、泉州、新河诸人工运渠，中原地区的船只可直接从黄河进入白沟，顺流而下与滹沱河相通，经平虏渠进入泒水而通潞河，再由泉州渠入新河，循新河入滦河，沿滦河顺流而下，东行海上，上溯可抵达辽西。从此河北重镇邺城，南由白沟入黄河转江淮，北通平虏诸渠以达边陲。左思《魏都赋》言："内则街冲辐辏，朱阙结隅。石杠飞梁，出控漳渠。疏通沟以滨路，罗青槐以荫涂。比沧浪而可濯，方步朓而有逾。"①街衢交错，四通八达，漳水河渠流经（此应为建安十八年所凿的连接白沟与漳水的利槽渠），两岸绿荫掩映。邺城的经济地位、战略地位因之得到加强，并为以后大运河的开凿奠定了基础。曹操所开凿的六渠，使华北平原上的主要河流横向连通起来，加上渤海西岸陆地向海伸展，形成新陆地，促进了海河水系的初步形成，奠定了天津与海港的水运交通枢纽地位。

曹操开凿诸河渠的直接目的，是彻底消灭逃往乌桓部落的袁绍余部。乌桓，又称乌丸，是中国古代北方的一支游牧民族，当时乌桓的首领名叫蹋顿，与袁氏交好，早在袁绍与公孙瓒争霸北方的时候，蹋顿就曾协助袁绍进击公孙瓒。袁绍死后，袁绍的儿子们因为继承问题发生分歧，长子袁谭和三子袁尚背后各有支持者，兄弟之间互生嫌隙，曹操则依郭嘉的计策，让袁氏兄弟自相残杀。由于疲于内耗，袁氏兄弟的实力大大减弱。建安十年（205）正月，曹操进攻南皮，袁谭被杀。袁绍二子袁熙和袁尚向北投奔蹋顿。经过两年的筹备，建安十二年（207），曹操北征乌桓，领兵循滦河出卢龙塞

---

① （晋）左思：《魏都赋》，（南朝）萧统编：《文选》卷六，（唐）李善注，上海古籍出版社1998年版，第41页。

（河北遵化东北的喜峰口）、白檀（河北承德西南），由于运河的开通，使军需漕粮得到有力保障，故大军一路直逼柳城（辽宁省朝阳县西南），神兵天降，迫使蹋顿、袁尚、袁熙仓促应战，鏖战白狼山（辽宁喀喇沁左翼蒙古族自治县大阳山）。蹋顿死于曹操的大将张辽之手，袁尚和袁熙携几千兵马又投奔辽东太守公孙康，随即被向曹操邀功的公孙康杀害。

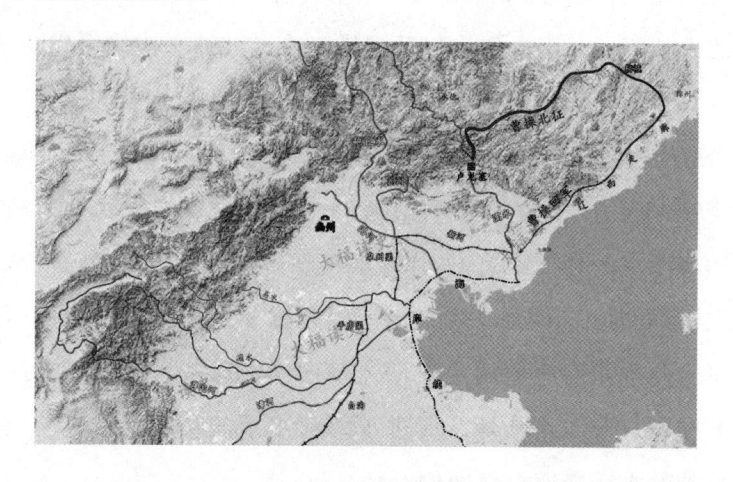

曹操为征乌桓开凿运河

战争的需求推动了运河的疏凿，从官渡之战尾声开始，到北征乌桓，曹操先后开凿了五段运河：睢阳渠连接睢水与黄河；白沟沟通黄河与洹水；平虏渠沟通泒水与滹沱水，再顺滹沱水南流与漳水连通；泉州渠沟通泒水与鲍丘水（潞河）；新河则连接了鲍丘水与濡水（滦河）。而碣石山正位于滦河左岸（东侧），东朝大海。这样，运河、战争、碣石、沧海、诗歌，几个关键点之间的脉络关系便清晰明了了。顺着这一线索，再来反观此诗。当曹操伫立碣石山顶，向东远眺时，正值金秋十月①，本是树叶飘零，秋风萧瑟，万籁俱寂

---

① 《三国志·武帝本纪》载："九月，公引兵自柳城还。"这里指农历九月，若按公历计算，大约为10月。第1册，第29页。

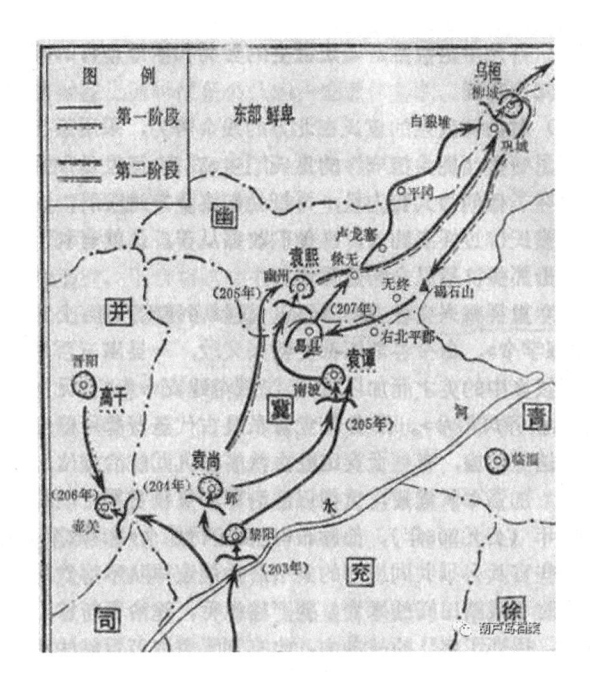

第八篇
三国时期的运河·曹操·睢阳渠

曹操肃清袁氏在北方残余势力及北征乌桓示意图

的季节,然而诗人看到的却是"树木丛生,百草丰茂",一片生机盎然的景象。虽然天气渐冷,但位于海边的碣石山,由于地势较低,湿气较大,即使是十月,仍然可以感受到大自然顽强的生命力。放眼望去,远远地可以看到深浅不均的绿色与黄色相互交错,宛若一片在宣纸之上晕开的水彩,抑或是朦胧旖旎的云雾。如果站在海拔近700米的仙台顶(碣石山主峰),可以看到两侧"西嶂排青""东峰耸翠",迤逦清秀的青松,环列如屏,峭拔挺俊,四季常青,曹操看到的很有可能就是这片青松林。伴随葱郁视觉感官的,是滔滔海浪拍打岩石的巨响,波涛汹涌,浊浪排空,海山相互应和。班固在《西都赋》中写道:"扬波涛于碣石,激神岳之嶈嶈。"[1] 仙台顶距海

---

[1] (汉)班固:《两都赋》,(南朝)萧统编:《文选》卷一,(唐)李善注,上海古籍出版社1998年版,第4页。

30余里，登台眺望，可一览海浪击石之景。"神岳"是对碣石山的美称，谓此山乃神山。其实，早在春秋时期，山形奇特、沧浪霞辉的碣石山就成为方士们青睐的修仙场所，其后秦始皇、汉武帝等开疆拓土之帝皆曾驻跸于此，登临仙山，俯瞰大海，期盼羽化登仙之境。与之不同的是，曹操登临碣石山并不为求仙，也并非单纯地抒发战胜后的畅快豁然之情。此时的曹操已是知天命之年，饱经战乱、阅尽世事沧桑，如果仔细品读此诗，可以在高旷古雅之中寻绎到一种沉郁悲怆的气质。曹操在《步出夏门行》中写道："孟冬十月，北风徘徊。天气肃清，繁霜霏霏。"一片严冬肃杀之象。由于天寒地冻，运河结冰，舟船难行，而感叹道"心常叹怨，戚戚多悲"①，因此我们不能忽视隐含在《观沧海》一诗背后诗人于垂暮之年心境的起伏与浓郁的悲凉色彩。

经过视觉、听觉的双重震撼，曹孟德将自己置身于更加广袤的宇宙之中，跳脱出人世这一渺小的空间，放眼天际星空，直言"日月之行，若出其中。星汉灿烂，若出其里"，把日月星相、银河宇宙涵纳于视野之中，化实为虚，境界逐层扩大，使碣石山覆盖上一层更加神秘的色彩。一千余年后，伟大的新中国缔造者——毛泽东再度来到碣石山，写下著名作品《浪淘沙·北戴河》：

大雨落幽燕，白浪滔天，秦皇岛外打鱼船。一片汪洋都不见，知向谁边？　　往事越千年，魏武挥鞭，东临碣石有遗篇。萧瑟秋风今又是，换了人间。②

---

① （三国魏）曹操：《步出夏门行》，《曹操集》，中华书局2013年版，第11页。
② 毛泽东：《浪淘沙·北戴河》，徐文德译，《毛泽东诗词》，中国国际广播出版社2015年版，第102页。

转眼千年，沧海桑田，当年滔天的汪洋巨浪，如今却平静了许多，只剩下在岛上撒网捕鱼的一艘艘渔船。曾经通向滦河的沟渠运河也早已不复存在，回忆昔日挥斥方遒的曹孟德，开运河，疏河道，垦荒地，征乌桓，哪一项不是丰功伟绩，垂示万代？而他所有的豪情与功业皆写入那一首首诗篇之中，令人至今犹然叹羡不已。

【参考文献】

1. 梁守让：《亦考"碣石"》，《河北师范大学学报》（社会科学版）1987年第3期。

2. 杨冬冬：《水文学视野下的京杭大运河景观格局考证与研究》，博士学位论文，天津大学，2012年。

3. 王文涛：《两汉河北地区的交通及其对城市的影响》，《南都学坛》2011年第6期。

4. 张兴兆：《魏晋南北朝时期河北平原内河航运》，《河北师范大学学报》（哲学社会科学版）2008年第6期。

5. 黄盛璋：《曹操主持开凿的运河及其贡献》，《历史研究》1982年第6期。

6. 王奥：《鸿沟水系的历史变迁》，《吉林广播电视大学学报》2016年第9期。

7. 王育民：《南北大运河始于曹魏论》，《上海师范大学学报》（哲学社会科学版）1986年第1期。

8. 王文彬：《曹操征乌桓时开通运渠事迹考略》，《历史教学》1982年第12期。

第九篇　三国时期的运河·孙权·破冈渎

——以颜真卿《送刘太冲序》为例

送刘太冲[①]序

（唐）颜真卿[②]

刘太冲，彭城之华望[③]者也。自开府垂明于宋室[④]，泽州考绩于国朝，道素相承，世传儒雅，尚矣！夫其果行[⑤]修洁，斯文彪蔚[⑥]；鄂不照乎棣华[⑦]，龙骥骧[⑧]乎云路。则公山正礼[⑨]，策高足[⑩]于前；冲与太真[⑪]，嗣[⑫]家声于后，有日矣！昔予作郡平原[⑬]，拒胡羯[⑭]而请与从事；掌铨吏部，第甲乙而超升等夷[⑮]。尔来蹉跎，犹屑卑位，虽才不偶命，而德其无邻。故冲之西游，斯有望矣。江月弦魄，秦淮顶潮[⑯]，君行句溪[⑰]，正及春水。勖[⑱]哉之子，道在何居[⑲]。鲁郡开国公颜真卿叙。

注　释

①本文出自（清）董诰主编《全唐文》卷三三七，中华书局1983年版。

②颜真卿（709—785），字清臣，京兆万年（今陕西省西安市）

人。开元二十二年（734）进士，唐代政治家、书法家。封鲁郡公，官至吏部尚书、太子太师。李希烈叛乱，被害。世称"颜鲁公"。工文词，尤善书法。楷书雄浑，人称"颜体"，与柳公权并称"颜柳"。亦工行书。有碑刻《多宝塔碑》、《颜勤礼碑》及书迹《祭侄文稿》等存世。诗文集有《韵海镜源》《礼乐集》《吴兴集》《庐陵集》《临川集》，均佚。宋人辑有《颜鲁公集》。

③彭城：是江苏徐州的古称。位于江苏西北部，扼鲁、豫、皖、苏四省要冲，秦末项羽曾建都于此。彭城乃刘邦出生之地，刘姓以此为郡望。华望：华宗望族。

④"开府垂明于宋室"：刘太冲家族历为高官，一代祖刘悱，为隋朝伏波将军、贵阳太守；高祖刘关，为襄州别驾；曾祖刘轸，为皇州刺史；祖父刘际，为洪州录事参军。宋室，南朝宋皇室亦姓刘。

⑤果行：果断的行动。

⑥彪蔚：美茂荟萃。

⑦鄂：同"萼"，花托。栘（yí）华：栘，指"唐棣"，堂棣《尔雅·释木》："唐棣，栘。"唐棣之花为郁李，别名爵梅，秧李，蔷薇科、樱属灌木，桃红色。

⑧骥骧（jì xiāng）：骥，好马；骧，腾跃的马。

⑨公山正礼：指刘繇和刘岱。刘繇（yáo）（156—197），字正礼。东莱牟平（今山东省牟平区）人，任扬州刺史。刘岱（？—192），字公山，东莱牟平人，汉室宗亲，刘繇之兄，任兖州刺史。《三国志·刘繇传》："陶丘洪荐繇，欲令举茂才。刺史曰：'前年举公山，奈何复举正礼乎？'洪曰：'若明使君用公山于前，擢正礼于后，所谓御二龙于长涂，骋骐骥于千里，不亦可乎？'"颜真卿以刘岱、刘繇兄弟的才情品德比拟刘太冲、刘太真兄弟。

⑩高足：指良马、骏马。犹言高才。

⑪太真：即刘太真（725—792），字仲适，宣州（今安徽宣城市）人，唐朝大臣，刘太冲之弟。天宝末年进士。拜起居郎，历台阁，自中书舍人转工部、刑部二侍郎。后被贬为信州刺史。

⑫嗣：接管，继承。

⑬昔予作郡平原：天宝十二载（753），颜真卿受杨国忠排挤，被调离京师，出任平原太守。

⑭胡羯（jié）：羯是北方游牧民族匈奴族贵族的奴隶军队，在公元547年前后被消灭，此处指安禄山。

⑮甲乙：犹言数一数二。等夷：同等，同辈或同等的人。

⑯秦淮顶潮：句容与秦淮间就山水相连，句容正在秦淮的端口，明万历《句容县志》载："句容有句曲山，山形如'已'字。箕距三茅绛岭，襟带九曲秦淮，县治四面山水环抱，俨若城池。"秦淮，即秦淮河，中国长江下游右岸支流。相传秦始皇于方山掘流，西入江，亦曰淮，因称秦淮。古称龙藏浦，唐以后改称秦淮，大部分在今南京市境内，是南京市最大的地区性河流。

⑰句溪：即位于句容与秦淮河相连的水道，句容位于今江苏省镇江市。

⑱勖（xù）：勉励。

⑲道在何居：一作"道存何居"，只要道义存于内心，何必居于一地？

赏　鉴

该文作于唐大历七年（772），是颜真卿著名的行书法帖。刘太冲，宣州（今属安徽省宣城市）人，唐代诗人，为颜真卿旧友，天宝十二载（753）进士，广德元年（763）吏部属吏，刘太真之兄。

颜真卿因在"安史之乱"中平叛有功而受朝廷重用，刘太冲被颜真卿辟为从事。颜真卿多次力荐刘太冲未果，太冲遂辞别真卿西游谋事，颜作序送之。序中赞美了刘太冲兄弟的才情品德，又为刘太冲仕途多舛而鸣不平，也借"道在何居"的感慨，寄托了他对刘太冲西行的厚望。

颜真卿文章所写到的刘太冲，具体生平已经不可确考了，但他弟弟刘太真的生平记载就丰富得多，因为刘太真的门生裴度后来做了唐朝的宰相，并且为刘太真作了《刘府君神道碑铭》，我们可以通过刘太真大致知道一些有关刘太冲的信息。

事实上，能被颜真卿赏识，并且专门为之作序的刘太冲显然绝非凡夫俗子。颜真卿在《送刘太冲序》中写道："刘太冲，彭城之华望者也。"说明刘太冲和刘太真兄弟的祖籍是彭城，应当就是今天的江苏省徐州市，并且他们的家族属于名门望族。在唐代，彭城这个地方姓刘的人，大都是汉代刘氏帝王的后代。唐代著名诗人刘禹锡的身世，可以一直追溯到汉景帝刘启。而我们熟知的《三国演义》中，刘备是中山靖王刘胜之后，刘胜正是汉景帝刘启之子。刘太冲出自彭城郡刘氏，祖父辈皆为高官，想来也是不简单的人物。颜真卿在序中接着说"道素相承，世传儒雅"，显然是说明刘太冲的家族十分重视教育。据裴度为刘太真所作的碑铭中记载："公十有五而志于学，弱冠以行义修洁，词藻瑰异，名声籍甚于诸公间。当时义士兰陵萧茂挺，才高意广，诱接甚寡，一见公，便延之座右，以孔门高第，不在兹乎。"[①] 意思是，刘太真在十五岁的时候就已经有志于学业了，仿佛《论语》中记载孔子之言："吾十有五而志于学。"后面说刘太真到了弱冠的时候，即男子20岁行冠礼时，就已经在道德

[①] （唐）裴度：《刘府君神道碑铭并序》，（清）董诰等编：《全唐文》卷五三八，中华书局1983年版，第5466页。

和文学上有了很高的造诣,声名鹊起,之后兰陵(今江苏省常州市)萧茂挺一见到刘太真,就引他为自己最得意的门生。萧茂挺即唐代名士萧颖士,"茂挺"是其字,萧颖士乃梁朝宗室之后。萧颖士为人刚直有节,与当朝宰相李林甫有过矛盾,因为不肯屈事,直到李林甫死后才又出来做官。其时,想投到萧颖士门下,拜他为师的人有很多,但他"才高意广,诱接甚寡"[1]。因此,从萧颖士对刘太真的赞赏中,可以知道刘太真确实不是一般的人。同样,刘太冲也拜在萧颖士的门下,《全唐诗》只收入了刘太冲一首诗歌,首句即言"吾师继微言,赞述在坟典"[2],显然说的就是萧颖士了。之后,刘太冲、刘太真兄弟均考中进士,轰动一时,"天宝中,(刘太真)与伯氏太冲迭升太常第,议者荣之"[3]。据史料记载,刘太冲比刘太真还早一年中进士。所以颜真卿在《送刘太冲序》中就热烈地赞美这两兄弟的才能,说:"夫其果行修洁,斯文彪蔚;鄂不照乎栘华,龙骧骧乎云路。则公山正礼,策高足于前;冲与太真,嗣家声于后,有日矣!"认为刘太冲、刘太真是延续了东汉刘岱、刘繇两兄弟的名声。

　　颜真卿在天宝十二载(753),受宰相杨国忠排挤,从权力中心被外放,调任平原太守。直到天宝十四载(755),安史之乱爆发,"属被虐虏包祸,中原俶扰,(刘太真)潜心坟素,退迹村庐,乐以忘贫,安乎终养"[4]。同年,颜真卿在范阳起兵,抵抗安禄山、史思明的军队。因此颜真卿说"昔予作郡平原,拒胡羯而请与从事;掌铨吏部,第甲乙而超升等夷",表明在安史之乱时,刘太真退居田园享受安稳日子,刘太冲却在这时加入了颜真卿的平叛队伍,被召为从事,是兄弟中更有骨气的那个人。兄弟两人本来一直十分吻

---

[1] (唐)裴度:《刘府君神道碑铭并序》,《全唐文》卷五三八,第5467页。
[2] (唐)刘太冲:《送萧颖士赴东府得浅字》,《全唐诗》卷二〇九第6册,第2176页。
[3] (唐)裴度:《刘府君神道碑铭并序》,《全唐文》卷五三八,第5467页。
[4] (唐)裴度:《刘府君神道碑铭》,《全唐文》卷五三八,第5467页。

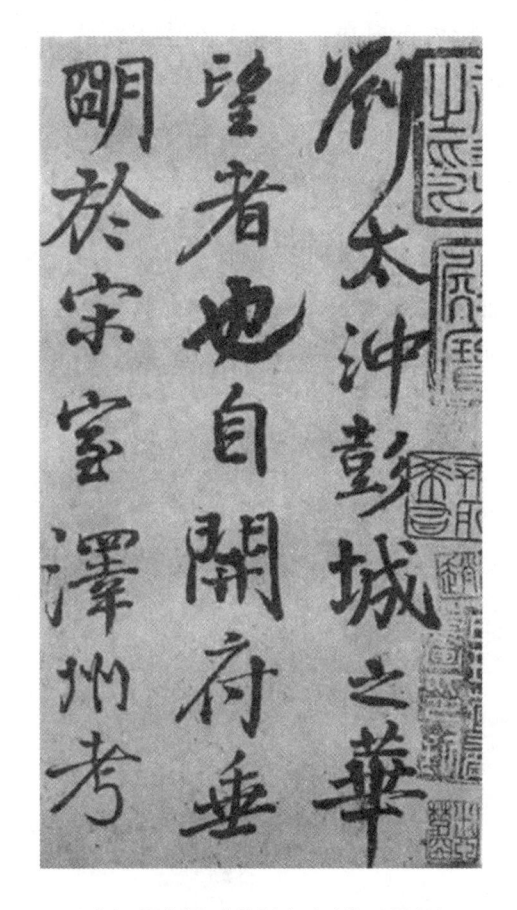

（唐）颜真卿《送刘太冲序》（局部）

合的时间线，从安史之乱开始发生了变动，兄弟二人走上了不同的人生道路。安史之乱后，颜真卿任吏部侍郎，曾想要提拔刘太冲，但是无奈"才不偶命"，显然刘太冲因为一些原因没有得到赏识和重用。对此，刘太冲也没有想要再尝试或者挣扎的念头了，反而决定收心西游，开始不一样的人生。对于晚辈在官场仕途上的失意，颜真卿以刘太冲"德其无邻"作为鼓励，正因为刘太冲的德行高尚，"故冲之西游，斯有望矣"。想必颜真卿和刘太冲肯定是对关于人生的话题交谈了许久，最终才选择了这条道路，既然年轻人心愿已定，那也只能衷心祝福了。为了不让年轻的晚辈对前程感到彷徨，颜真卿送上了全文最动人的这四句对月、秦淮以及句容春水的描述："江月弦魄，秦淮顶潮，君行句溪，正及春水。"这几句话使得颜真卿的这篇碑文越出普通的传记写作套路，而成为令人感喟动容的优秀散文，尤其是对句容春水的赞叹，更让人缅想低回。而颜真卿所以把句容春水表达得如此美妙，固然有其优秀的文学素养原因，客观原因也非常重要，而这客观原因与运河的魅力密切相关。

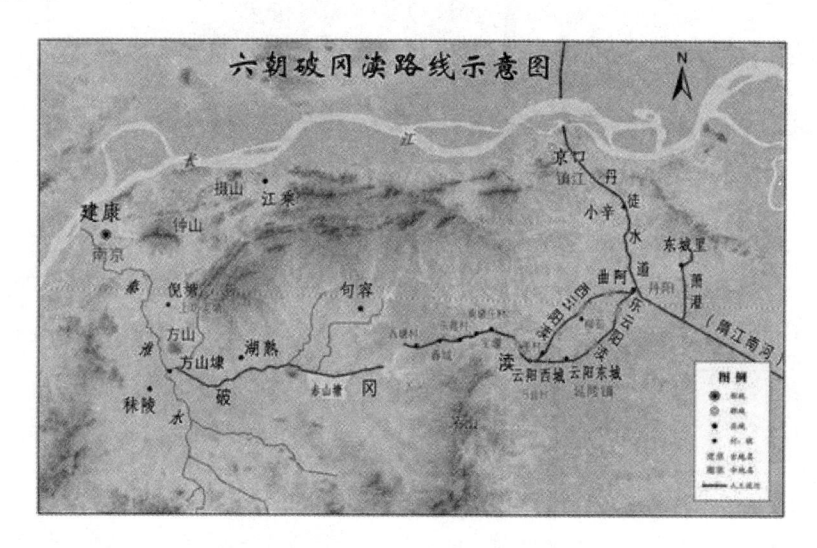

六朝破冈渎路线示意图

东汉末年，群雄割据时期，北方的曹操在对抗袁绍而北征乌桓之时，开凿了睢阳渠、白沟、平虏渠等运河，便于水上交通，输送军粮，成为他后来雄踞北方所做出的一个重要举措。而南方的孙吴政权境内，河道纵横，水量丰富，除了有长江和珠江两大水系，还有洞庭湖、鄱阳湖等，自然河道较多，并且东吴政权进一步根据航运需要，连接相邻航道，改善河道的航运条件。孙权就曾下令开凿了一条十分重要的航道，促进南京成为我国东南地区第一大城，为长江三角洲地区经济文化的发展立下汗马功劳。这条运河就是公元

245 年，由孙权派遣校尉陈勋开凿的破冈渎。

为什么孙权要开凿这条破冈渎呢？公元 209 年，孙权在京口建了都城，然而两年后，即公元 211 年，长史张纮向孙权提议将都城从京口迁至秣陵，也就是现在的南京。据《三国志·张纮传》记载："纮建计宜出都秣陵，权从之。"① 孙权迁都的原因大概有两点：一方面，古人有风水迷信，而秣陵被张纮称为有"王者都邑之气"②；另一方面，应该是孙权的军事用心。《三国志》裴松之注《献帝春秋》上刘备和孙权的一段对话，从中可以看清孙权的建都想法。史料是这样记载的，刘备到京口，对孙权说："吴去此数百里，既有警急，赴救为难，将军无意屯京乎？"孙权回答说："秣陵有小江百余里，可以安大船，吾方理水军，当移据之。"刘备又说："芜湖近濡须，亦佳也。"孙权回答道："吾欲图徐州，宜近下也。"③ 可见，孙权建都秣陵，更重要的是便于北抗曹魏，是出于军事考虑。因此孙权于公元 211 年将都城从京口迁至秣陵，并于第二年改名为"建业"。

迁都是修建破冈渎的重要原因。南北朝时期齐代的萧子良曾言："三吴奥区，地惟河、辅，百度所资，罕不自出，宜在蠲优，使其全富。"④ 建业的供给主要取自太湖流域与钱塘江下游的富庶地区，在破冈渎开凿之前，太湖地区的漕运皆由江南运河北上到达京口。建业在京口的西面，水运交通只能与长江相通，不再与其他水道相通，而建业与京口之间的江面有风涛之险，不适合航运，破冈渎就是为了改善都城的交通状况开凿的山区运河。

---

① （晋）陈寿：《三国志》卷五三《吴书八》，（南朝）裴松之注，中华书局 1982 年版，第 1244 页。

② 同上书，第 1246 页。

③ 同上。

④ （南朝梁）萧子显：《南齐书》卷四〇《竟陵文宣王子良》，中华书局 1972 年版，第 696 页。

破冈渎又称句容道，是孙吴政权开凿的最著名的人工运河，史籍中对此记载颇多。《三国志》卷四七《吴主传》载：赤乌八年（245），"遣校尉陈勋将屯田及作士三万人凿句容中道，自小其至云阳西城，通会市，作邸阁"①。《建康实录》载："使校尉陈勋作屯田，发屯兵三万凿句容中道，至云阳西城，以通吴、会船舰，号破岗渎，上下一十四埭，通会市，作邸阁。仍于方山南截淮立埭，号曰方山埭，今在县东南七十里。"② 由这些记载可知，破冈渎这条运河是赤乌八年（245）孙权派校尉陈勋开挖的一条从句容到云阳的运河，它起于小其（今句容东南），向东穿过山岗（大茅山平坦处），越镇江南境，至云阳西城（今丹阳县境内），再与原有江南运河的运道衔接。破冈渎的长度虽然不到40里，但由于地形复杂，东吴竟然役使三万兵丁开凿它，可见工程之艰巨。

破冈渎选址在分水岭较低、地势相对平缓的山谷地区，修建该运河的主要工程就是劈开分水岭，山冈断开后，因河道纵坡太陡，便在沿途修建了14个用以蓄水的埭，以节制水流。"埭"就是横栏渠道的坝闸，用埭将河道分成梯级，可以蓄水、平水，保证通航，船过埭时需要用人力或牛力拖上坝，再下放于相邻段内。破冈渎设了14个埭用以平水，使船过堰时拖上坝再下放于相邻段内，平均三四里水路设一个，做成梯级航道，以保证通航。破冈渎开凿后，建业与吴、会之间，可直接通航，漕船可改由云阳到句容运河，转入秦淮，再经东渠直达玄武湖，既便捷又安全。所以孙权不惜人力物力，硬是凿穿大茅山冈，开凿了这条运渠，并以"破冈"名其渠。破冈渎开凿之后，功用显著，利用率很高。到南朝时，建业以东发

---

① （晋）陈寿：《三国志》卷四七《吴书八》，（南朝）裴松之注，中华书局1982年版，第1146页。

② （唐）许嵩撰：《建康实录》卷二《太祖下》，张忱石点校，中华书局1986年版，第53页。

生重要军事行动，破冈渎就成了敌对双方的攻守要地。由刘宋迄于梁陈，破冈渎始终为建康和吴、会诸郡间的交通要道。直至南朝崩溃后，建康不再为首都，破冈渎逐渐淤塞，直到隋炀帝时期才开凿了江南运河。

破冈渎开凿之后，句容与秦淮之间就山水相连，句容正在秦淮的端口，就像明万历《句容县志》所描述的那样："句容县有句曲山，山形如'已'字，勾曲而有所容，又名曰句曲、句容，皆以此也。其邑铁瓮东南，金陵西北，箕踞三茅绛岭，襟带九曲秦淮，县治四面山水环抱，若城池焉。"① 所以颜真卿说，秦淮河的顶潮口就是句容，春天时候，江涌潮起，月映水底，船行江月之间，人坐船中，溯江望月，其乐何极！而倘若没有句容与秦淮之间短便快捷的运河为背景，月虽依旧是月，江依旧是江，但那不是秦淮月，也不是句溪水，人在其间很难有轻松快爽的体验和感触，这般美丽的文字也很难流淌出来了。"勖哉之子，道在何居"，有这样美丽的前景，确实也不需要拘泥于朝中，毕竟人生最重要的还是生活，不然，何以有那么多的诗和远方呢？

《送刘太冲序》还有它独特的书法价值，因为这个作品经由颜真卿本人书写，宋代保存下来了石刻本，从而作为书法名帖流传下来。众所周知，颜真卿是著名的书法大家，他和欧阳询、柳公权、赵孟頫并称为"楷书四大家"。事实上，代表颜真卿书法风格的"颜体"不仅仅是指他的楷书，应当还包括他的行书，《送刘太冲序》就是用行书写成的书法名帖。明代的著名画家、"华亭画派"杰出代表董其昌的个人书画理论著作《画禅室随笔》中收录《跋鲁公送刘太冲叙》一文，更是高度评价了颜真卿的这件书法作品："颜鲁公送刘太

---

① （清）曹袭先纂修：《（乾隆）句容县志》卷一（下），清乾隆修光绪重刊本。

冲叙，郁屈瑰奇，于二王法外，别有异趣。米元章谓如龙蛇生动，见者目惊，不虚也。宋四家书派，皆出鲁公。亦只争坐帖一种耳，未有学此叙者，岂当时不甚流传耶。真迹在长安赵中舍士桢家，以余借摹，遂为好事者购去。余凡一再见，不复见矣。"[①] 能让董其昌体验到如此的精神享受，并生出"不复见"的叹息，可见这件行书作品的绝妙。所幸我们今天还能欣赏到这幅绝美的书法作品——《送刘太冲序》，而结合它的写作背景，尤其是运河的开凿历史，所获得的愉悦或许比董其昌更多。

【参考文献】

王育民：《中国历史地理概论·上》，人民教育出版社1987年版。

[①]（明）董其昌：《容台集》别集卷三，西泠印社2012年版，第634页。

第十篇　西晋时期的运河·两沙运河

——以袁中道《由草市至汉口小河舟中杂咏》为例

由草市至汉口小河舟中杂咏①其一

（明）袁中道②

陵谷千年变③，川原④未可分。

长湖⑤百里水，中有楚王坟⑤。

注　释

①本诗引自钱伯城校注《珂雪斋集》，上海古籍出版社1989年版。

②袁中道（1570—1626），字小修，一作少修，湖北公安人。"公安派"领袖之一，少即能文，长愈豪迈。与其兄宗道、宏道并有文名，时称"三袁"。反对复古拟古，认为文学是随时代的变化而变化的，"天下无百年不变之文章"；提倡真率，抒写性灵。著有《珂雪斋集》20卷，《游居杮录》20卷。

③陵谷千年变：谓陵谷变迁，意为丘陵变成了山谷，山谷变成了丘陵比喻世事变迁无常。出自《诗经·小雅·十月之交》："高岸为谷，深谷为陵。"也用以比喻人、环境、地位的变迁。也作"陵谷

易处"。

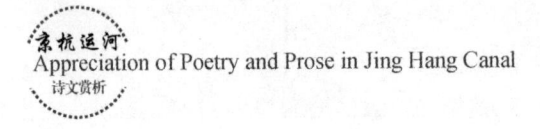

④川原：河流和原野。

⑤长湖：湖名。位于荆州、荆门、潜江三市交界处。

⑥楚王冢：相传楚王去世后葬于沙洋县后港镇李台村，为了保证墓地的安全，除了楚王与皇后的墓地外，另修筑一座假冢，这三座冢被称为"三眼冢"。三国时，魏、蜀、吴乱世干戈相向，曾以楚王冢为界，后来，荆门、江陵、潜江三县市也以此冢为界。而长湖也在此地，因此袁中道途径长湖时不免怀念起楚王，写下"长湖百里水，中有楚王坟"，后世便有"长湖百里楚王坟"之说。

赏　鉴

此诗乃万历四十年（1612）袁中道作于赴汉口途中。由诗题可以知道，这首诗是袁中道坐船从草市出发，在由水路去往汉口的途中写下的。其中草市和汉口都位于今天的湖北省。草市就是我国古代的乡村集市，生活在农村的农民用他们生产的粮食、布帛，在草市上购买自己需要的产品。诗人乘船由草市往汉口，途中随处所见的自然及人文景观，引发了他对扬口运河的感慨。自楚王时期开凿的扬口运河，在杜预以及后世人的维护下，明朝万历时候的袁中道还能驾船由扬口运河前往汉口，还能看到清晰的水道，以及长湖方圆百里的美丽富饶。面对此景，抚今追昔，诗人不禁怀念起为这条运河做出重要贡献的楚王、杜预等人。

而值得细细推究的是，明代的市镇处于快速发展时期，湖北境内涌现出大量的草市，袁中道是从今天荆州城北门外数里的草市去往汉口。汉口位于武汉市北部，与位于东南的武昌、西南的汉阳皆隔汉江相望，长江、汉江沿岸而过，地理位置的优势使得汉口成为今天湖北省武汉市的重要组成部分。不过，据《汉阳县志》记载，直到明朝洪武年间（1368—1398），汉口尚是无人居住的荒洲，袁中道生于明代中晚期，这首诗是他在万历四十年时所作，难道他是由草市前往荒洲吗？答案显然不是。明代汉口地位的变化得益于运河的畅通。

明宪宗成化年间（1465—1487），汉水自然改道，汉口开始逐渐繁荣。在此之前，汉水本来是经过很多股曲折的水道汇入长江的，并没有一个稳定的入江口，但是随着成化年间汉水下游连年泛滥，汉水在汉阳西边、龟山以北的郭茨口决开了一道口，汉水顺口东下，又因为这个地方地势落差大，滚滚汉水直流而下，直接注入长江，形成了稳定的河道，原先的几条曲折水道因为没有水流的经过也渐渐淤塞，结束了汉水经多口入长江的历史。新的水道为汉阳和汉口划出了清晰的界线，汉水北边的汉口陆地开阔，又有自然港湾，发展的优势逐渐突显。汉口的繁荣应当是在明朝成化年间之后几十年的嘉靖年间（1522—1566）开始的，其繁荣历史与水道的畅通紧密相关。在明清时期，汉口俨然湖北省最大的市镇，与广东佛山镇、江西景德镇、河南朱仙镇并称为全国四大市镇。尽管这四个地方的经济产业形态各不相同，但是它们的繁荣有一个共同的原因，那就是都位于水陆交通的关键位置。明清时期，汉口镇是全国性的商品市场，全国各个地区的商品都在此集散，不仅湖北"十府一州商贾所需于外部之物，无不取给于汉镇"，而且"外部所需于湖北者，如山陕需武昌之茶，苏湖仰荆襄之米、桐油墨烟，下资江浙，杉木烟叶，远行北直，亦皆于此取给矣"[①]。因为汉口

---

① （清）章学诚纂：《（嘉庆）湖北通志检存稿》卷一，民国刘氏嘉业堂刻章氏遗书本，民国十一年刻本。

位于全国的中心地理位置，像吴越地区的海产品、丝绸，江西的瓷器，两广地区的手工制品，甚至北方的动物皮毛等，都先经过汉口，再运送到全国各地。今天的汉口仍然是我国中部地区经济最发达的地方之一，可以说，运河的畅通为汉口的地方经济注入了无限的活力。

袁中道与其两位兄长袁宗道、袁宏道是晚明文学史上著名的公安派代表作家，被并称为"公安三袁"，公安是地名，即今天的湖北省荆州市公安县。袁中道在仕途上并没有两位哥哥那么顺利，万历十七年（1589），时年29岁的长兄袁宗道以进士第一供职于翰林院，万历二十年（1592），时年24岁的仲兄袁宏道也进士登第。然而袁中道的人生有大半光阴在为科举考试而奔波，这使得袁中道走上了和他两位哥哥不一样的人生，每每寄情山水以忘忧。万历三十六年（1608），袁中道经历了两次会试落榜，内心十分苦闷，于是计划由水路东游吴楚地域。袁中道特别喜好以坐船的方式出游，他曾说"予性嗜水，不能两日不游江"[①]，湖北境内水网密布，几乎任何地方都可以登船，加上袁家家境富裕，此外，舟船出行也更符合晚明文人的生活情趣。这次东游，袁中道最终到达了金陵，每经过一个地方，他就会对当地的文化渊源有一番议论，这些游记以及议论都收在他的《游居柿录》中。本文所引《由草市至汉口小河舟中杂咏》，是万历四十年（1612），袁中道从草市到汉口的途中所作，共有六首，此为其一，其中所包含的运河风情得一直追溯到春秋时期的楚国，令人饶有兴味。

春秋时期的楚国位于长江流域中下游地区，心腹地带处于由长江和长江的最大支流汉水共同冲积而成的江汉平原上，长江和汉水

---

① （明）袁中道：《远帆楼记》，钱伯城校注，《袁中道集》中册，上海古籍出版社1989年版，第526页。

两条黄金水道为楚国发展水路交通提供了优越的自然条件,水路成为楚国的主要交通渠道。郢都(今湖北省荆州市)是楚国的政治中心,而为与北方的晋国争霸中原,楚国需要从郢都不断地调遣大批军队及物资到北边位于汉水中游的襄阳。但在当时,郢都与汉水并没有水路直接相通,所有物资都需要转道汉口之后,才能溯长江而上,转运到襄阳。运输的路途长而且耗费的人力物力多。为了争霸中原,楚国必须缩短这段运输距离,因此,楚庄王命令宰相孙叔敖主持修筑一条连接江、汉之间的运河。

公元前601年冬,孙叔敖勘察地形后,征集楚国数以万计的乡民组织开挖古扬水运河。运河南通夏水,东通汉江,穿过江汉平原中部,其通江之口在"夏首"(今属湖北省荆州市),入汉之口在"扬口"(今湖北省潜江市附近)。由于江汉平原水道的特点是"冬竭夏盈",为保证扬水运河全年畅通,"孙叔敖激沮水作云梦大泽之池"①,引流入扬水,在沮水上筑石坝挑流阻遏水势使之腾涌,以增加进水流量,从而保证了通航需要。经过一年多的施工,运河终于修成,全长86公里。通河之日,400余艘舰船,形成百舸争流的盛况。扬水运河修通后,舟船便可由汉江中游经运河到今沙市附近,再进入长江,也可通过水门入郢都城中。

有了运河之便的楚国,从此占尽江汉水网舟楫之利。著名的典故"问鼎中原"就发生在这个时期的楚庄王身上。借助运河的力量,楚国建立了一支强大的舟师,加快了图霸中原的进程,其西通巴蜀,与秦国抗衡;东达夏纳(安徽凤台西南,公元前538年,吴楚有夏纳之战),同吴国逐鹿;北溯汉水,问鼎中原。楚国据此

---

① (汉)司马迁撰:《史记》卷一一九《循吏列传》注解引《皇览》内容,第3100页。

先后兼并了近50个诸侯小国，拥有"地方五千里，带甲百万兵，车千乘，马万匹，粟支十年"①，楚庄王也由此成为"春秋五霸"之一。

到晋朝时期，孙叔敖开通的古扬水运河因为年代久远，早已淤塞。晋朝的大将军杜预镇守荆州时，这一带仅剩下了汉水一条自然水道，此外别无通路。而在攻打吴国的时候，杜预就注意到江汉平原上河道、湖泊虽多，但并不相连成南北水运通道。战胜东吴之后，他又感到南方零桂地区（今湖南省、广西壮族自治区一带）远离京师晋朝的都城洛阳，交通不便。这不但不利于朝廷对这些地区的统治，连漕运也成了问题。面对这些现状，他下定决心改造河道，沟通南北水运，缩短零桂地区到京师的水运距离。《晋书·杜预传》载："旧水道唯沔、汉达江陵，千数百里，北无通路。又巴丘湖，沅湘之会，表里山川，实为险固，荆、蛮之所恃也。预乃开杨口，起夏水，达巴陵，千余里，内泻长江之险，外通零桂之漕。"② 在杜预的精心规划下，凿杨口，通夏水，形成新的扬夏水道，江陵城在交通方面因此顿改旧观，南北通畅，无由阻隔，故当地民谣曰："后世无叛由杜翁，孰识智名与勇功。"③ 运河的畅通改变的不仅是道路和区域的地位，也会带来民生的巨大变化。而后者也是我们今天析读古人诗文作品，体会他们所写所感的重要基础。

袁中道的《由草市至汉口小河舟中杂咏》写道"陵谷千年变，川原未可分。长湖百里水，中有楚王坟"，扬口运河和楚庄王墓都大致在今天的湖北荆门市沙洋县的位置，袁中道从草市到汉口，就是乘船沿扬口运河而行。在西晋时期的杜预修治扬口运河之后，历朝

---

① （汉）刘向集录：《战国策》，（南宋）姚宏、鲍彪等注，上海古籍出版社2015年版，第378页。
② （唐）房玄龄等撰：《晋书》卷三四《杜预传》，中华书局1974年版，第1031页。
③ （东晋）习凿齿：《襄阳旧记》，舒焚、张林川校注，荆楚书社1986年版，第290、369页。

第十篇

西晋时期的运河·两沙运河

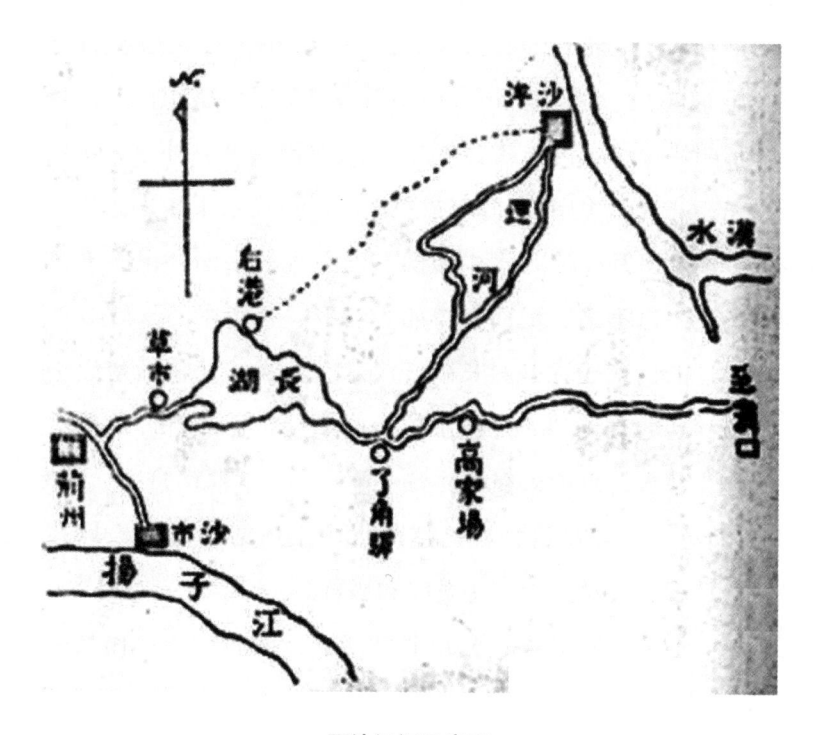

两沙运河示意图

荆州的地方官吏都十分重视这条渠的修浚，所以，明朝万历时候的袁中道，还能驾船由扬口运河前往汉口。也正如袁中道自己在诗中所感慨的那样，丘陵和山谷历经千年反复变迁，但河流、山原仍然是原来的样子，最重要的是，自楚王时期开凿的扬口运河，在后世人们的维护下，依然水道清晰，运河周边也成为"百里长湖，鱼跃荷香；千里汉江，楚韵悠长"，人烟辐辏的繁华地带。袁中道作为亲历者，他的诗就是最好的证明。《由草市至汉口小河舟中杂咏》其三写道："冲月渔舠去，鸣榔欸乃多。自身非墨子，也不厌朝歌。"[1]夜晚时分，刀形小船荡漾于月光挥洒的运河，耳边是船夫击桨拍水

---

[1] 按：此句典出汉代邹阳《狱中上梁王书》"邑号朝歌，墨子回车"，意指墨子主张"非乐"，在知道前行之邑名为"朝歌"时，便掉转车头，袁中道此诗反用其意，称自己不是墨子，所以甘心沉湎其中。

的欸乃声，如此娴雅、如此安逸，身在其中的袁中道感觉自己仿佛醉了，乐而忘归。《由草市至汉口小河舟中杂咏》整组诗共六首，基调都非常明快愉悦，再如最后一首，"明月渐潜波，冲风蹙水面。快哉顺水船，好看船边岸"，随着夜色渐浓，但见水中越来越明晰的月亮倒影，倒像是月亮潜入水中似的，而入夜的水面寒风，不仅没有让船上的袁中道不适，反而觉得船行流畅、看两岸的景致更清朗明澈。袁中道的快意或许是对长眠于汉水、长江下面包括楚庄王在内的人们最深切的赞美吧。楚庄王统治时期是楚地最辉煌的历史时期之一，作为楚人，袁中道在他的另一首纪行诗《草市舟中》中写道："每遇经行处，常深吊古情。已迷夏水水，犹见郢城城。"① 在深深的怀古之情中，溢于言表的是赞叹和激赏。

晚明时期的袁氏兄弟在文坛非常活跃，他们在诗文作品中不断地张扬个性，抒写性灵，正如李泽厚在《美的历程》中说的那样："'公安派'的三袁兄弟的思想理论和文学实践直接受李贽的影响，他们的作品描述日常，直抒胸臆，反对做作，平易近人……"② 引领明清文坛的个性解放洪流。借助袁中道的创作理论，再看他的这些创作实践，真有些恍惚，不知是运河成就了袁中道，还是袁中道成就了运河。但无论怎样，古代运河的确既为人们的政治、军事、经济带来了无限可能，又为人们舒适地畅游五湖四海提供了许多便利，使得我们的传统文化与运河发生着千丝万缕的联系。

【参考文献】

1. 阮晶晶：《明代湖北区域商业地理研究》，硕士学位论文，华中师范大学，2016年。

---

① （明）袁中道：《草市舟中》，《珂雪斋集》卷七，第330页。
② 李泽厚：《美的历程》，文物出版社1981年版，第196页。

2. 王俊：《中国古镇》，中国商业出版社 2015 年版。

3. 史念海：《中国的运河》，陕西人民出版社 1988 年版。

4. 《两沙运河（两沙便河）——江汉运河前世今生之四》，http：//bbs. cnhubei. com/thread－4567069－1－1. html。

第十一篇　东晋时期的运河·瓜洲

——以白居易《长相思·汴水流》、
王安石《泊船瓜洲》为例

长相思·汴水流[①]

（唐）白居易[②]

汴水流，泗水[③]流，流到瓜洲[④]古渡头。吴山[⑤]点点愁。思悠悠[⑥]，恨悠悠，恨到归时方始休。月明人倚楼。

注　释

①本诗引自白居易著，谢思炜校注《白居易诗集校注·外集》卷中，中华书局 2006 年版。

②白居易（772—846），字乐天，号香山居士，祖籍太原（今山西省太原市），曾祖父迁居下邽（今属陕西省渭南市）。唐代伟大的现实主义诗人，倡导"新乐府运动"，主张"文章合为时而著，歌诗合为事而作"。唐德宗贞元十六年（800）进士，曾任翰林学士、左赞善大夫、江州司马、杭州刺史、苏州刺史、太子少傅等职。诗歌与元稹齐名，并称"元白"。白居易的诗歌题材广泛，形式多样，语言平易通俗，有"诗魔"和"诗王"之称。长篇叙事诗《长恨歌》

《琵琶行》为世人传诵。有《白氏长庆集》传世。

③泗水：又名淇水，在古代是淮河的一大支流，发源于山东省蒙山南麓，经徐州后，与汴水合流入淮河。

④瓜洲：运河与长江交汇处的古渡口。

⑤吴山：泛指江南群山。

⑥悠悠：谓深长之意。

泊船瓜洲①

（宋）王安石②

京口瓜洲③一水间④，钟山⑤只隔数重山。

春风又绿江南岸，明月何时照我还？

注 释

①本诗引自王兆鹏、黄崇浩编选《王安石集》，凤凰出版社2006年版。

②王安石（1021—1086），字介甫，号半山，封荆国公，世称"王荆公"，谥"文"，又称"王文公"。抚州临川（今属江西省抚州市）人。北宋杰出的思想家、政治家、文学家，也是著名的改革家。散文上名列"唐宋八大家"，诗歌被誉为"半山体"。其诗文长于说理与修辞，善用典，警辟精绝，风格或遒劲有力，或情韵深婉。宋神宗时拜相，推行变法，后遭保守派反对辞相位。词有辑本《临川先生歌曲》。传世名篇有《游褒禅山记》《答司马谏议书》等。著有《临川集》。

③京口：在今江苏省镇江市，长江南岸，与瓜洲相对。京口是江南运河的北口，地势历来重要。

④京口瓜洲一水间：长江主航道逐渐南移，瓜洲与京口之间的距离

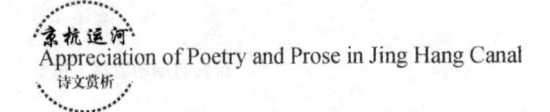

也越来越近，使京口和瓜洲不过一水之遥。这里的"一水"指长江。

⑤钟山：即今江苏省南京市紫金山。王安石于景祐四年（1037）随父王益定居江宁（今江苏省南京市），从此江宁便成了他的息肩之地，第一次罢相后即寓居江宁的钟山。

赏　鉴

这两篇作品，《长相思·汴水流》是白居易晚年的著名词作，《泊船瓜洲》是王安石的著名代表作。二者作为唐宋时期的著名文学家，留下来的朗朗上口的作品非常多，但这两首放在一起来欣赏，却是因为他们都提到了一个重要的地名——"瓜洲"。

我们先来看白居易的《长相思·汴水流》。词乃作者晚年为宠姬所作。钱易《南部新书》云："白乐天任杭州刺史，携姬还洛后，却遣回钱唐，故刘禹锡有诗答曰：'无那钱塘苏小小，忆君泪染石榴裙。'"樊素和小蛮是白居易的两位得宠侍姬，其诗有云："樱桃樊素口，杨柳小蛮腰。"白居易携姬归洛后，晚年时垂垂老矣，而这些宠姬却正值青春，白居易不忍耽搁她们，故将其遣回。作者借女子倚楼怀人的口吻，表现了深深的相思之愁和离别之苦。"长相思"是词牌名，汴水，即汴河，源于河南，东南流入安徽宿县、泗县，与泗水合流，入淮河。至于作者为何要借汴河来表达自己的惆怅、不舍心情，借助运河的地理环境来解读就非常饶有兴味了。

说到白居易身旁的美人，最著名的莫过于樊素和小蛮两位得宠家姬，甚至在《旧唐书》这样的正史中都记有她们的名字，说："家妓樊素、蛮子者，能歌善舞。"[①] 白居易也有诗可证，所谓"樱桃樊

---

① （后晋）刘昫等：《旧唐书》卷一六六，中华书局1975年版，第4354页。

素口，杨柳小蛮腰"①，就是说樊素的嘴小巧，如樱桃，其人善歌。小蛮的腰细，如柳枝，其人善舞。这也成为今天我们常说的"樱桃小口"和"小蛮腰"的由来。

唐穆宗长庆二年（822），50岁的白居易被任命为杭州刺史，樊素和小蛮正是白居易在杭州刺史任上招至家中的。上文刘禹锡诗中的苏小小是南朝齐时期杭州地区的著名歌伎，用在此处指代被白居易遣回杭州的宠姬了。据《旧唐书·白居易传》记载，白居易晚年身体行动不便："四年冬，得风疾，伏枕者累月，乃放诸妓女樊、蛮等，仍自为墓志。病中吟咏不辍。自言曰：'予年六十有八，始患风痹之疾，体衰首眩，左足不支。'"② 开成四年（839），68岁的白居易因年老染上了风疾，而这些宠姬却正值青春，白居易不忍心耽搁她们，于是将她们遣回，其中就包括樊素和小蛮。白居易尤其舍不得樊素，还特别作《不能忘情吟》，记述放归樊素时的感受。作品序言交代："乐天既老，又病风，乃录家事。会经费、去长物。妓有樊素者，年二十余，绰绰有歌舞态，善唱杨枝，人多以曲名名之，由是名闻洛下。籍在经费中，将放之。马有骆者，驵壮骏稳，乘之亦有年。籍在经物中，将鬻之。圉人牵马出门，马骧首反顾一鸣，声音间似知去而旋恋者，素闻马嘶，惨然立且拜，婉娈有辞，辞毕，泣下。予闻素言，亦悯默不能对，且命回勒反袂。饮素酒，自饮一杯，快吟数十声，声成文，文无定句，句随吟之短长也，凡二百五十五言。噫，予非圣达，不能忘情，又不至于不及情者。事来搅情，情动不可桰，因自哂，题其篇曰《不能忘情吟》。"③ 借由作者这段自述，可以看出白居易这首随酒后快

---

① （宋）李昉等：《太平广记》卷一九八《文章一》，中华书局1961年版，第1490页。
② （后晋）刘昫等：《旧唐书》卷一六六，中华书局1975年版，第4340页。
③ （唐）白居易：《不能忘情吟》，谢思炜校注，《白居易诗集校注》卷三七，第5册，中华书局2006年版，第2850页。

吟而作的《不能忘情吟》是极富真情实感的。《不能忘情吟》的大致内容就是写樊素与白居易辞别时，表达出对白居易的不舍，樊素直言，她和将要被白居易卖掉的马是"一旦双去，有去无回"，因此希望能继续陪伴在白居易的身边，于是说："故素将去，其辞也苦。骆将去，其鸣也哀。此人之情也，马之情也，岂主君独无情哉？"白居易听了这些话，仿佛一下子被戳中了，先是低头叹息，再是仰天而笑，说："骆、骆，尔勿嘶，素、素，尔勿啼，骆反厩，素反闺。吾疾虽作，年虽颓，幸未及项籍之将死。何必一日之内，弃骓兮而别虞兮，乃目素兮素兮。"显然从《不能忘情吟》的结尾看，白居易最后没有把樊素放归，仍然将她留在自己的身边。但是我们通过刘禹锡的诗以及《旧唐书》中的记载知道，樊素最终应该还是离开白居易了。而在古代的这种分别，正如樊素所说，是有去无回的，所谓的分别，也就是此生不复再见的永别了。樊素等人离开后，白居易时常会想到她们，在他的晚年诗篇中，像"院静留僧宿，楼空放妓归"[1]，又或者"觞咏罢来宾阁闭，笙歌散后妓房空"[2]之类的诗句就足以证明这一点。只是物是人非，剩下的也就是念想了。

　　由上所述历史背景及白居易生平，再借运河的视角来品读《长相思·汴水流》，就更能感受到作者如水般深邃难断的忧愁了。词的上阕写"汴水流，泗水流，流到瓜洲古渡头"，这句诗既点明被白居易放归的宠姬们从洛阳到江南去走水路所经过的主要水道，又表达作者在送别宠姬以后，愁绪也随着宠姬往江南去的船只一路流淌南行。汴水源于河南，元朝以前的运河是借汴水为道而汴水又借黄河为道，汴水与黄河于徐州汇合后继续向东南流入安徽宿县、泗县，

---

[1] （唐）白居易：《时热少客因咏所怀》，《白居易诗集校注》卷三五，第 2665 页。
[2] （唐）白居易：《老病幽独偶吟所怀》，《白居易诗集校注》卷三五，第 2670 页。

与泗水合流，入淮河，继续南流，入长江。泗水源于山东曲阜，经徐州后，与汴水合流入淮河。可是，樊素和小蛮是杭州人，为何白居易的愁绪从汴水、泗水一往而下，最后流到瓜洲古渡头了呢？瓜洲古渡头又在哪里？它又有多古老呢，能让唐代的白居易称得上是古渡头？我们也可以借着这首词作，进一步了解京杭运河上的重要地点瓜洲的历史背景和文化意义。

瓜洲位于扬子江与长江交汇处，居扬州、镇江古城之间，是京杭大运河入长江的重要通道之一，向来为"南北扼要之地"，《（乾隆）江都县志》中称："每岁数百万漕船，浮江而至，百州贸易迁涉之人，往还络绎。"① 足以看出它的重要性。瓜洲以"洲"为名，是因为"洲"指的就是河流中由泥沙淤积而成的陆地，这与瓜洲成因相关。而"瓜州"位于今天的甘肃省酒泉县，二者可谓是天差地别了。瓜洲最初为长江中流沙冲积而成的水下暗沙，随江潮涨落时隐时现，出现在汉朝以后，因形状如瓜而得名，又称瓜步或瓜埠。晋朝整块暗沙露出水面，成为长江中四面环水的沙洲，岛上逐渐形成渔村、集镇。因此，瓜洲的初步繁荣，是从晋朝开始的。后来由于泥沙淤积，到唐代中期已经与北岸陆地相连，成为长江北岸的渡口。开元年间，官员齐浣开凿伊娄河 25 里，连接原有运河，从扬子津南到瓜洲通长江。从此以后，瓜洲作为南北向运河与东西向长江十字形黄金水道的交汇点，南方的粮食北运京城，沿海两淮盐场的海盐西运内陆，都要经过瓜洲。而随着商贸、人员往来的频繁，长江主航道逐渐南移，瓜洲与京口之间的距离也越来越近。北宋时期，以开封为交通枢纽的汴河水系，不仅连接了当时的政治和经济中心，甚至可以辐射到非常辽远的地区，这就使汴河与人们的

---

① （清）五格修：《（乾隆）江都县志》卷三，黄湘纂，清乾隆八年刊光绪七年重刊本。

日常生活产生了密切关系，古代文人们的仕宦、游历等，都离不开汴河，瓜洲的地理位置意义就显得更加突出了。北宋人在出行时，首选的就是这条河流，哪怕要多走些路程，也要走这条水路。王安石由江宁（即南京）前往开封而创作的《泊船瓜洲》就是由此产生。《泊船瓜洲》具体的写作时间长期以来都有争议，具体有三种意见：①宋神宗熙宁元年（1068），王安石应召自江宁府赴京任翰林学士，途经瓜洲所作；②神宗熙宁七年（1074），王安石第一次罢相自京还金陵，途经瓜洲时所作；③神宗熙宁八年（1075），王安石第二次拜相，自江宁赴京途经瓜洲时所作。尽管三个时间颇有差异，但就经行路线和地理环境而言，基本一致，都是王安石从南京出发经由瓜洲而前往开封。

不过，开封位于江宁西北，瓜洲在江宁东北，王安石却不从江宁渡长江直接奔西北而去，而是又沿长江东去百里之遥，从京口北渡长江。王安石去汴京为什么要绕远而行？这是因为，王安石选择了相对舒适的交通工具——舟船。只有从江宁东去京口，从瓜洲渡江，转入汴河水系，才能一路舟船直达开封。当他停留在瓜洲时，写下了这一脍炙人口的名篇，航运如此便利的情况下，诗中的"京口瓜洲一水间"也就不奇怪了。瓜洲作为长江的门户，也有非常重要的军事意义，自古以来为防江控海之要塞，兵家必争之地。南宋绍兴三十一年（1161）金主完颜亮大举南侵，扬州失陷。金人既得扬州，即遣兵来争瓜洲渡，宋将刘锜拒之，设伏兵于皂角林，大败金兵，金人南侵止于瓜洲，完颜亮被其部下杀死在瓜洲的龟山寺里。陆游写在宋孝宗淳熙十三年（1186）的《书愤》诗有名句写道"楼船夜雪瓜洲渡"①，应该是用一种非常复杂的心情来写当年的那场瓜洲渡的宋金之战吧。

---

① （南宋）陆游著，钱仲联校注：《剑南诗稿校注》卷一七，上海古籍出版社1985年版，第1346页。

不过，比较起来，还是白居易的《长相思·汴水流》更为直接形象地扣紧瓜洲地形地貌的特点表达相思情愁，别有意趣。

瓜洲

如果我们看图的话，就可以直观地体会到"汴水流，泗水流，流到瓜洲古渡头"所要表达的意思了，汴水至瓜洲开始转入长江，这中间有一道弯，因为隔着这道弯，在汴水送行的人们再也看不见被送的人和船了，所谓"流到瓜洲古渡头"，既可能指送行的人与被送行的人在瓜洲处便不能再看见对方，从而平生无限愁怨，也可能暗含白居易与其宠姬们之间的情缘尽于此次分别，所以江南的群山也都凝聚着无限的哀愁。这首词作非常能代表白居易晚年的文学风格，表面看很通俗，但内在浑融着一种颇为雅致的韵味。近代学者俞陛云在《唐五代两宋词选释》评价《长相思·汴水流》时说："此词若'晴空冰柱'，通体虚明，不着迹象，而含情无际。由汴而泗而江，心逐流波，愈行愈远，直到天末吴山，仍是愁痕点点，凌虚着想，音调复动宕入古。"① 即给予了非常精准的评价。《长相思》

---

① 俞陛云：《唐五代两宋词选释》（上），上海古籍出版社2011年版，第17页。

的词牌为乐府旧题，自白居易《长相思·汴水流》出现后，人们便以白居易的这首词作为《长相思》词牌的正体了，足以见得这首词作对于后世的巨大影响力。

　　作为重要的渡口，瓜洲成为历代文人游历的文化圣地，各个时期的文人留下了大量的吟咏诗篇，因此瓜洲又有"诗洲"的美誉，所以运河的便利也成就了中国传统诗歌的悠远和美丽，而传统诗歌又反过来增强运河的文化底蕴和悠远意味，使得京杭运河在今天成为世界文化遗产名录的一部分。

【参考文献】

1. 李炳海：《历代诗名篇赏析》，吉林文史出版社 2011 年版。
2. 唐宋运河考古队编：《运河访古》，上海人民出版社 1986 年版。

第十二篇　隋朝大运河·通济渠

——以李商隐《隋宫》为例

隋　宫①

（唐）李商隐②

紫泉③宫殿锁烟霞④，欲取芜城⑤作帝家。

玉玺不缘归日角⑥，锦帆⑦应是到天涯。

于今腐草无萤火⑧，终古垂杨⑨有暮鸦。

地下若逢陈后主⑩，岂宜重问后庭花。

注　释

①本诗引自刘学锴、余恕诚注《李商隐诗歌集解》，中华书局2004年版。

②李商隐（约813—858），字义山，号玉溪生，又号樊南生，原籍为怀州河内（今河南沁阳），祖辈迁荥阳（今河南荥阳市）。唐文宗开成二年（837），李商隐登进士第，曾任秘书省校书郎、弘农尉等职。因卷入"牛李党争"的政治旋涡而备受排挤，一生困顿不得志。他擅长诗歌写作，和杜牧合称"小李杜"，又与温庭筠合称

"温李"。其诗构思新奇,风格秾丽,具有独特的艺术魅力。骈文文学价值也很高。有《李义山诗集》。

③紫泉:即紫渊,因唐高祖名李渊,为避讳而改。司马相如《上林赋》描写皇帝的上林苑"丹水亘其南,紫渊径其北"。此用紫泉宫殿代指隋朝京都长安的宫殿。

④锁烟霞:烟云缭绕之意。

⑤芜城:即广陵(今扬州)。鲍照有《芜城赋》写广陵。二句意谓隋炀帝将长安的宫殿闲置起来,又到扬州大建行宫。

⑥日角:古代谶纬家恭维皇帝之语,这里指李渊,因为李渊长得额角突出,曾被相面人认为能成帝王。《旧唐书·唐俭传》:"高祖乃召入,密访时事,俭曰:明公日角龙庭,李氏又在图牒,天下属望。"《后汉书·光武纪》注引郑玄《尚书中候注》:"日角,谓庭中骨起状如日。"

⑦锦帆:这里指隋炀帝的龙舟彩帆。在大运河开通之后,隋炀帝三游扬州,《炀帝开河记》载:"帝自洛阳迁驾大渠,诏江淮诸州造大船五百只,……龙舟既成,泛江沿淮而上,……舳舻相继,连接千里,自大梁至淮口,联绵不绝。锦帆过处,香闻百里。"(陆楫《古今说海》卷一百二十二"说纂部"六"逸事")由于隋炀帝在开凿运河与造船的过程中,给百姓造成沉重的负担,故何焯评李商隐诗此句云:"著'玉玺'一联,直说出狂王抵死不悟,方见江都之祸,非偶然不幸,后半讽刺更有力。"(《义门读书记》卷上)这两句说,如果不是李渊夺取了隋朝的政权,杨广的船大概会顺着大运河游到天边去了吧。

⑧腐草无萤火:《礼记·月令》"腐草为萤",古人以为萤火虫是腐草变化出来的。《隋书·炀帝纪》载:"大业十二年,上于景华宫征求萤火,得数斛,夜出游山放之,光遍岩谷。"这句诗采取夸张

的手法，说炀帝已把萤火虫搜求光了。

⑨垂杨：《炀帝开河记》载："诏民间有柳一株，赏一缣，百姓争献之。又令亲种，帝自种一株，群臣次第种，方及百姓。时有谣言曰：'天子先栽，然后百姓栽。'栽毕，帝御笔写赐垂杨。柳姓杨曰杨柳也。"这句说隋亡后，隋堤上只有杨柳依旧，暮鸦哀鸣。

⑩陈后主：即南朝陈的亡国之君陈叔宝，他曾作《玉树后庭花》曲词。《隋遗录》卷上载："炀帝在江都，昏湎滋深……尝游吴公宅鸡台，恍惚间与陈后主相遇，尚唤帝为殿下……后主舞女数十许……中一人迥美，帝屡目之。后主云：'……即丽华也。'……俄以绿文测海蠡酌红粱新酝劝帝，帝饮之甚欢，因请丽华舞《玉树后庭花》……丽华乃徐起，终一曲。后主问帝：'……龙舟之游乐乎？始谓殿下致治在尧舜之上，今日复此逸游，大抵人生各图欢乐，曩时何见罪之深耶？'……帝忽悟，叱之……恍然不见。"这两句说，杨广如果死后有知，在地下和陈叔宝重逢，大概不好再提《玉树后庭花》之事了吧。

赏　鉴

李商隐的《隋宫》是古代咏史吊古诗的杰作，历代的评论家都对这首诗有着极高的评价，并且这首诗的内容也是直接指向隋炀帝开凿京杭大运河这件事。在前面的诗文赏析中，我们结合诗歌作品提及了一些不同时期与地域的各条运河的基本情况，这些运河的开凿虽然南北地域不同、开凿时间不同，但有一个共同点，它们都是国家分裂时期开凿的运河，带有地方性、里程短、工程标准不同等特点。而隋代的运河开凿则不同，它是在隋朝一统天下之后，为了连接全国的水道而进行的工程。

隋炀帝大业四年（608），隋朝在之前1700年间开凿的一系列运河的基础上，开凿了沟通洛河、黄河、淮河、长江、钱塘江五大水系和诸多湖泊的南北大运河，形成了贯通南北的大运河体系，南北大运河贯穿今河北、河南、安徽、江苏、浙江五省，成为世界上开凿最早、航程最长、最为雄伟的人工运河，为后来唐、宋的繁荣奠定了基础，为我国的政治、军事、经济和文明进程做出了巨大贡献。虽然隋朝在历史上存在的时间很短，从杨坚建国，到隋朝最终覆灭，不过38年，隋炀帝杨广也被后世认为是暴政昏君，但是他开凿运河的功绩却逐渐得到后人的肯定。

隋文帝开皇十年（590），隋军南下灭陈，收复岭南，真正完成了统一全国的大业。隋文帝将都城定在大兴城（今陕西省西安市），政治中心处于北方，但就全国各地经济发展情况而论，大兴城作为京师已经开始显现出不适应的状况。八百里秦川已难以解决京城的粮食等物资供应，这是必须予以解决的迫切问题。而遥远的三吴地区经过魏晋南北朝时期的发展，已经逐渐成为全国的另一个经济重心，这里的粮食和布帛对隋朝统治者来说有着很大的吸引力，特别是隋炀帝杨广。杨广登帝位之前，开皇六年（586），年仅17岁就被任命为淮南道行台尚书令，长期驻守扬州，这使他对江南的富庶有更深的感受，因而开凿沟通三吴地区的大运河已是势所必然的事情。通济渠就是隋炀帝最早开凿的一条南北运河。通济渠全长1300多里，于隋炀帝大业元年（605）三月动工，《隋书·炀帝纪》中记载了当时的开凿情况，"发河南诸郡男女百余万，开通济渠，自西苑引谷、洛水达于河，自板渚引河通于淮"①。八月，通济渠即完工，历时不足半年。通济渠工程规模之大，而完成速度如此之快，放在我

---

① （唐）魏征、令狐德棻撰：《隋书》卷三《帝纪三·炀帝上》第1册，中华书局1973年版，第63页。

第十二篇
隋朝大运河·通济渠

国古代是很难想象的,堪称奇迹。当然,这其中有一个重要的原因,就是黄淮平原土质疏松,易于开凿,并且沿途又充分利用了天然河道和历代开挖的人工河道。这样,不仅工程量大为减少,而且在水源方面,既有黄河水为其主源,又有淮河北侧的汝、颍、涡、泗等淮河支流补充和调节水量,因此通济渠最初的设计规划是非常成功的。

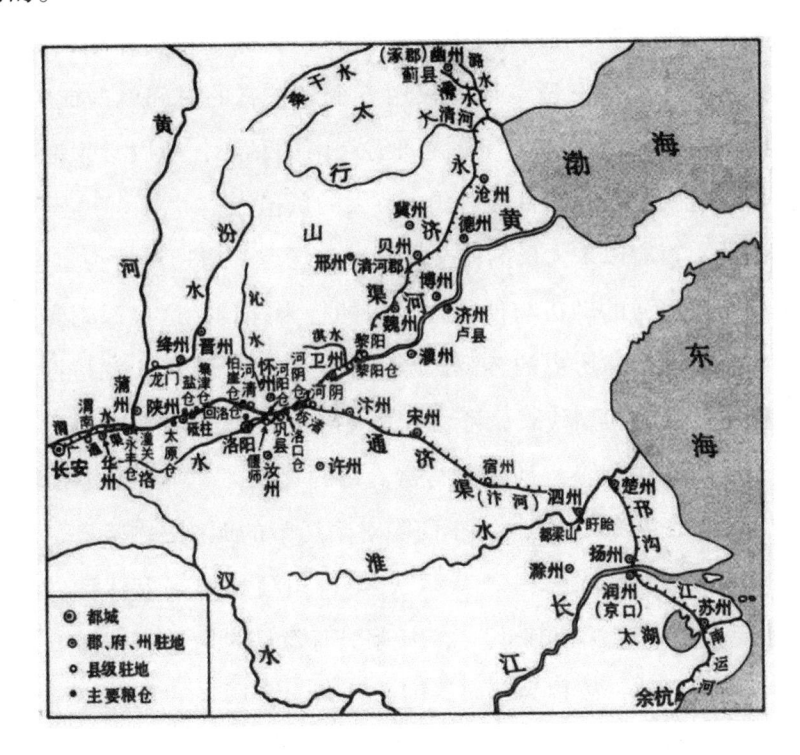

隋唐大运河形势图

通济渠的开凿是为取代沟通黄河与淮河的汴渠而设计的,开直道通济渠代替迂回曲折的汴渠。通济渠分东西两段,西段从洛阳到黄河,解决从黄河到洛阳的水上运输,从东都洛阳西苑开始,西苑在洛阳西郊(今河南省洛阳市涧西一带),由此引谷水和洛水,沿东汉的阳渠故道,穿洛阳城南,东经偃师县到巩义市洛口入黄河。东段从黄河到淮河,自板渚(今河南省荥阳县西北)引黄河水进入汴渠故道,接着从浚仪(今河南省开封市)起分别流出,与古汴渠分道,折向东南,经今杞县、睢县、宁陵到商丘县东南,在商丘以下经路线部分利用睢水,经今夏邑、永城、宿州、灵璧,到今盱眙县境内的古泗州城入淮河,由淮河东行近二百里,即到达邗沟北端末口,沿途充分利用天然河道和前代开挖的人工河道。尽管以通济渠开凿为主的隋运河为后来唐宋经济的发展发挥了重要作用,但是,由于过分要求运河开凿工期(仅用五个月左右的时间就凿成),而且,隋炀帝开凿运河的确有乘龙舟游江南的私心,所以必须凿得又快又深,这就给当时的百姓造成了巨大的负担。

因此,隋唐以来大量的诗文作品对隋炀帝开凿运河持否定态度,并将他开凿运河的动机与他荒淫享乐的行为挂钩,这也深刻影响了人们对隋运河开凿历史的客观认知。李商隐的《隋宫》就是批判隋炀帝修凿运河的典型代表。诗题名为《隋宫》,是指隋炀帝杨广在江都(今江苏省扬州市)所建的行宫。诗的首联,"紫泉宫殿锁烟霞,欲取芜城作帝家",就隐含了李商隐对隋炀帝的讽刺。"紫泉"就是隋都城大兴城的河流——"紫渊",出自司马相如《上林赋》中的"丹水更其南,紫渊径其北"①,因为李商隐是晚唐诗人,需要避唐高祖李渊的名讳,故称为紫泉,因此"紫泉宫殿"也就是指隋炀帝在都城大兴城的宫殿了。所谓"烟霞",就字面拆开是"烟雾"和"云霞",将"烟霞"与"紫泉宫殿"两重意象用一个"锁"字联系到了一起,则很形象地凸显出了隋炀帝紫泉宫耸入云霄、烟雾缭绕的气势。看似赞美紫泉宫,实际是为后半句的转折铺垫,意指隋炀帝放着这么奢华的紫泉宫不住,却偏偏要以芜城扬州作为自己的家。

---

① (汉)司马相如:《上林赋》,李孝中校注:《司马相如集校注》,巴蜀书社2000年版,第17页。

扬州的古称有很多，譬如广陵、江都等，而李商隐却有意在这首诗中称之为芜城，是借前后的对比，讽刺隋炀帝荒淫无度的品性及其对荣华富贵享受的不满足。

诗的颔联，"玉玺不缘归日角，锦帆应是到天涯"的讽刺意味则更为浓厚。"日角"指的是唐代的开国皇帝唐高祖李渊，刘孝标《辨命论》云："龙犀日角，帝王之表。"李善注引朱建平《相书》曰："额有龙犀入发，左角日，右角月，王天下也。"[1] 李渊长得额角突出，即符合"日角"的帝王面相特点。而"锦帆"，指的正是隋炀帝为下江南所造的龙舟彩船。野史记载，在大运河开通之后，隋炀帝三游扬州，其游幸的场面："车驾幸江都宫。发藻涧宫，宿平乐园。顿自漕渠口，下乘小朱航，行次洛口，御龙舟，皇后御翔螭舟。其龙舟高四十五尺，阔五十尺，长二百尺。四重：上一重有正殿、内殿、东西朝堂，周以轩廊；中二重有一百六十房，皆饬以丹粉，装以金碧珠翠，雕镂奇丽，加以流苏羽葆、朱丝网络；下一重长秋内侍，及乘舟水手。以青丝大绦绳六条，两岸引进。其引船人，普名殿脚，一千八十人，并着杂锦彩装袄子行缠鞋袜等。每绳一条，八十人，分为三番，每一番引舟有三百六十人……"[2] 真是极尽豪奢之能事。可以想见，在生产力相对落后的古代，要建造这样的龙船，并运载这么多物资与人员航行，要多大的财力、物力及人力，也可以想见隋炀帝这些极为奢侈的爱好给百姓带去的深重影响。在凿渠和造船过程中，"役丁死者什四五"，官员以车载死丁，"东至城皋，北至河阳，相望于道"[3]，所以当时的人们才会这么痛恨隋炀帝修建运河。这样《隋宫》第二句便一贯而出，如果隋朝的天下不是被李

---

[1] （南朝梁）萧统：《六臣注文选》卷第五十四，四部丛刊影宋本。
[2] （隋）杜宝：《大业杂记》，（宋）晁载之：《续谈助》卷四，清十万卷楼丛书本。
[3] （宋）司马光等撰：《资治通鉴》卷一八〇《隋纪四》，（元）胡三省音注，中华书局1956年版，第5619页。

渊一家夺取，那么隋炀帝的龙舟彩船应该会随大运河的水流直至天的尽头吧。较之前一句，批判和讽刺的力度更进一层。在李商隐看来，隋炀帝将扬州作为自己的家并不是最终目的，他的贪婪和欲望是没有终结的，他的锦帆需要开到哪里，运河就可能要修到哪里。清人贺裳在《载酒园诗话又编》中评论说："义山（李商隐）《隋宫》诗：'玉玺不缘归日角，锦帆应是到天涯。'飞卿（温庭筠）《春江花月夜》曰：'百幅锦帆风力满，连天展尽金芙蓉。'虽竭力描写豪奢，不及李语更能状其无涯之欲。"① 两句诗同样写隋炀帝的贪欲，《隋宫》此句显然更胜一筹。

痛批隋炀帝之后，李商隐紧接着回到自己所在的时空展开议论，"于今腐草无萤火，终古垂杨有暮鸦"，在古人看来，萤火虫是腐草变化出来的。当年，隋炀帝为了满足自己的浪漫想法，向天下征集萤火虫，以便自己夜游，《隋书》载："大业十二年（616），上于景华宫征求萤火，得数斛，夜出游山，放之，光遍岩谷。"② 萤火虫的萤光本是星星点点，但隋炀帝所征求来的萤火虫能照遍整个岩谷，所以李商隐在诗中说"于今腐草无萤火"，意谓萤火虫都被隋炀帝抓光了，是夸张的说法。后半句"垂杨"，指的是隋炀帝开通济渠的时候，在两岸种植的杨柳，供隋炀帝下江南时观赏，《鉴戒录·亡国音》写道："炀帝将幸江都，开汴河种柳，至今号曰'隋堤'。"③ 这里的汴河指的就是通济渠，而隋堤柳也成为后世诗人咏史的重要意象。通济渠刚完工，随着隋炀帝的龙舟南下，隋堤周围一定非常热闹，但到了李商隐的时代，柳树周围十分寂静冷清，只剩下晚上归巢的乌鸦发出声声的哀鸣。作为身处晚唐的李商隐，敏锐地感受到了时代的衰

---

① 刘学锴、余恕诚、黄世中编：《李商隐资料汇编》（上），中华书局2001年版，第413页。
② （唐）魏征、令狐德棻撰：《隋书》卷四《帝纪四·炀帝下》第1册，中华书局1973年版，第90页。
③ （后蜀）何光远：《鉴诫录》，中华书局1985年版，第46页。

颓与危机，自然不希望隋炀帝的悲剧重演。因此结尾写道，"地下若逢陈后主，岂宜重问后庭花"，当年陈朝后主陈叔宝因为醉心于酒色荒废朝政，因此被隋取代，后来隋炀帝也因好大喜功，被唐取代。结句问而不答，余味无穷，将隋炀帝开凿运河带给社会和王朝倾覆性影响的深刻主题揭示出来，批判倾向非常强烈。

（唐）阎立本《历代帝王图·隋炀帝》

固然，李商隐批判隋炀帝有他的道理，处于历史发展进程中，大业时期的百姓的确承受了运河开凿的巨大压力和痛苦，作为始作俑者，隋炀帝必须受到批判。但从发展的眼光来看，作为中国最鼎盛时期的交通大动脉，京杭运河以洛阳为中心，西通关中盆地，北抵华北平原,南达太湖流域,东至淮海,的确有"四方所凑,天下之枢,可临制四海"① 的作用。而京杭大运河的贯通,对隋朝以后南北社会经济的发展,文化的传播,也产生了深远重大且不可替代的影响,这或许是隋炀帝以及李商隐等人都不能预想到的吧。

【参考文献】

1. 蒋福亚:《魏晋南北朝经济史探》,甘肃人民出版社 2004 年版。
2. 钟军、朱昌春、蔡亮:《隋唐运河故道地名考》,中国社会出版社 2017 年版。
3. 陈锴竑、姜龙、卢桂平:《扬州历史文化大辞典·上》,广陵书社 2017 年版。

---

① (元)脱脱:《宋史》卷九三《河渠志三》"汴水上",中华书局 1985 年版,第 2320 页。

第十三篇　隋朝大运河·江南运河

——以李敬芳《汴河直进船》为例

汴河直进船①

（唐）李敬芳②

汴水通淮利最多，生人③为害④亦相和⑤。
东南四十三州⑥地，取尽脂膏⑦是此河。

注　释

①本文引自陈伯海主编《唐诗汇评》（增订本），浙江教育出版社1995年版。

②李敬芳，唐代诗人，字仲虔，唐穆宗长庆三年（823）进士。文宗大和年间（827—835）任歙州（州治在今安徽省歙县）、台州（州治在今浙江省临海市）刺史，深知地方百姓之苦。《全唐诗》录其诗八首，其中有两三首揭示了中晚唐之际的社会现实。

③生人：生民，老百姓。

④为害：受害。

⑤相和：相连、相等。这里指利与害相连在一起。

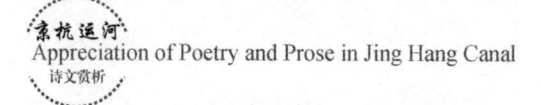

⑥四十三州：为唐时行政区划，即今闽、浙、赣、苏、皖一带。"东南四十三州地"，是指东南八道。据《新唐书·食货志》："元和中，供岁赋者，浙西、浙东、宣歙、淮南、江西、鄂岳、福建、湖南八道。"这八道所属还是四十多州。

⑦脂膏：泛指人民辛勤劳动所创造的财富。

赏 鉴

李敬芳《汴河直进船》，意思非常明白。汴河，即隋炀帝开凿的古运河通济渠，北起河洛，南连江淮，到唐朝时已成为连接东南地区的交通动脉。而唐代开元中，重又疏导，汴河更由此成为东南各地与洛阳的水运要道。直进船，指从东面而来，经通济渠直接开往长安的船。李敬芳的这首诗深刻反映了中晚唐之际的社会现实，揭露了唐朝中央政府借汴河之利，对东南四十三州百姓疯狂盘剥的这一事实。而运河成为唐朝统治者盘剥城镇与乡村的重要依托。

纵观运河的开凿历史，隋代是我国历史上第一个大规模开凿人工运河的朝代，此前的北魏孝文帝也曾有过沟通洛、河、汴、淮的计划，但国力不足以支撑开凿运河的庞大耗费，以致只止于理想。隋代政权建立以后，隋文帝励精图治，在政治、经济等制度方面进行了一系列的改革，并多次减税，减轻人民负担，促进国家农业生产，稳定经济发展。等到炀帝即位时，全国已有 8907536 户 46019956 口。人力和物力的充足使得运河的大规模开凿有了可行性。

隋炀帝开的运河共有四条，包括通济渠、邗沟、江南运河和永济渠。这四条运河可以归入两个系统，前三条都是通往长江三角洲和太湖流域，而永济渠单独通到涿郡。其中，通济渠是最早开凿的一条运河。据《隋书》记载："辛亥（605），发河南诸郡男女百余万,开通济渠,自西苑引谷、洛水达于河,自板渚引河通于淮。"①通济渠在唐宋两代通称为汴渠或汴河,本诗题目中的"汴河"即为此渠。值得一提的是东汉以后也有汴渠,但与此不同,东汉以后的汴渠是由现在的开封附近分鸿沟总渠东南流至徐州市北入于当时的泗水,而隋代的通济渠则南入淮水,是完全不同的。

扬州博物馆馆藏文物《隋炀帝下江南》壁画

通济渠的开凿沟通了黄河、淮河两大水系,极大地加强了南北方之间经济、政治上的联系。当时,通济渠两岸的城镇商业繁荣、店铺林立,沿岸的杭州、江都、楚州、汴州、宋州等城市因为航运而迅速发展起来。也有越来越多的文人墨客途经此河时留下了诗篇,他们或沉浸于眼前汴河带给自己的人生思考,如杜牧的《汴河阻冻》;或赞美沿河两岸城镇的繁荣,如王建的《夜看扬州市》;或望着浩荡的汴水抒发古今变迁的沧桑感,如李白的《梁园吟》。当然,

---

① (唐)魏征、令狐德棻撰:《隋书》卷三《帝纪三·炀帝上》第1册,中华书局1973年版,第63页。

更多的诗人游于汴河边的时候,看着河边上来来往往的船只,想到隋朝开凿此河的缘由与结果,想到它给百姓带来的便利与苦难,总会陷入深思。

李敬芳即是其中一位。李敬芳是唐穆宗长庆三年(823)进士,唐文宗大和年间(827—835)曾任歙州(今安徽歙县)、台州(今浙江临海)刺史,对现实有较深切的了解,他留下的诗很少,《全唐诗》录其诗八首,而其中有两三首反映了中晚唐之际的社会现实。《汴河直进船》即为其中最为著名的一首。北宋诗评家黄彻在《巩溪诗话》中有言:"尝爱李敬芳《汴河直进船》诗……此等语皆可为炙背之献也。"① 在题目"汴河直进船"中,李敬芳就已点出汴河在水运上的巨大作用,此处"直"当作"直接"讲,是指东南的财物能够经由通济渠直接用船运到京城长安,这与通济渠开凿之前东南的货物或全程陆运或水运转陆运再转水运的情况形成鲜明对比,指出运河对于社会经济和人民生活的意义。在一些注释中,"直"被解释为"值,正值,恰好",那题目的意思就变成:我在汴河边的时候恰好碰到了船在行进,这显然与隋唐时期汴水上舟船来往、络绎不绝的繁华场面不符。

承接诗旨,诗歌的首句即赞美通济渠的开凿沟通了黄河与淮河,给朝政和百姓都带来了很多利益,然后作者又辩证地从对立面进行评论,直截了当地指出,伴随着通济渠所带来利益的同时,百姓因通济渠而遭受的巨大苦难也掺杂其中。诗的最后一句,作者通过数词"四十三"和副词"尽",强烈地抒发了对上层贵族通过通济渠过分剥削东南百姓的不满,以及对遭受苦难的东南百姓的深切同情。

---

① 陈伯海编:《唐诗汇评》(中),浙江教育出版社 1995 年版,第 2291 页。

读完这首诗，再来讨论讨论诗歌作者李敬芳本人，我们可以猜测，或许这首诗根本不是在汴河边写的。李敬芳曾担任刺史的歙州、台州正是东南四十三州的一部分，唐代的刺史作为一州长官，势必要经办所辖境内包括上贡、税收等大大小小的事务。我们可以想象，或许有一天，李刺史外出时看见了几户百姓因被横征暴敛而家破人亡，又想到以往一贯所知，于是半夜辗转反侧，感慨既深，写成此诗。所以，其实并不需要全部清楚作者李敬芳的生平事迹，我们可以把《汴河直进船》看作以李敬芳为代表的一批有爱民之心且头脑清晰务实的唐代官员的普遍看法。

自通济渠开凿以后，关于它利弊的议论便没有停歇。李敬芳在本诗中对利弊两面各有提及，已是较为客观全面的评价了。他在诗中所说的"汴水通淮利最多"，是指通济渠沟通了黄河与淮河，便捷了南北方往来，一方面有利于定都北方的政权加强对江南地区文人的思想控制；另一方面使得南方货物运输到北方更便捷，而且要经济得多。而在隋唐时期，南方物产丰饶、经济发展，其货物北运有很大的需求。早在西晋年间，永嘉南渡就在很大程度上促进了长江中下游经济的发展，为之后江南一带以及整个南方的大开发奠定了基础。到了南朝，据《宋书》记载，江南"地广野丰，民勤本业，一岁或稔，则数郡忘饥。会土带海傍湖，良畴亦数十万顷，膏腴上地，亩直一金，鄠、杜之间，不能比也。荆城跨南楚之富，扬部有全吴之沃，鱼盐杞梓之利，充仞八方；丝绵布帛之饶，覆衣天下"①。南方物产丰饶，经济发展迅速。与此同时，久经战乱的关中与中原地区的粮食生产却远远满足不了社会的需要，开皇四年（584），关中大旱，隋文帝甚至得带着官吏与军卒到洛阳就食。因此，通过

---

① （南朝梁）沈约撰：《宋书》卷五四《孔季恭等传》，中华书局1974年版，第1540页。

运河运送大量南方的物资,以供应和维持北方都城的运转是必不可少的。

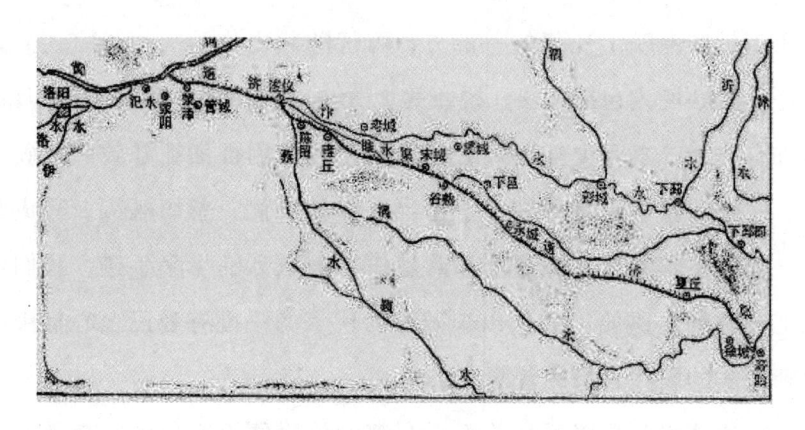

通济渠河道示意图

除此之外,通济渠的开凿还促进了运河岸边的一些码头及旧城的发展与繁荣,如运河南端的杭州,长江岸边的江都,运淮汇合处的楚州(今淮安),运黄汇合处的汴州(今开封)及运河中途的宋州(今商丘)。而通济渠,更是连接黄河文明与淮河文明的一段大动脉。当时,通济渠两岸的城镇商业繁荣、店铺林立。当时的宋州,迅速发展成为全国闻名的大都市,至北宋时,因其繁荣与兴盛而被建为南京。

我们必须承认,运河的开凿尽管给古代的政治、经济、文化等各方面都产生了深远的积极影响,但其对统治者便利地搜刮运河沿线和周边城市与区域的民脂民膏也有很大作用,对百姓的伤害程度非常大。正如晚唐诗人皮日休在《汴河怀古》二首中所说:

万艘龙舸绿丝间,载到扬州尽不还。
应是天教开汴水,一千余里地无山。
尽道隋亡为此河,至今千里赖通波。

第十三篇
隋朝大运河·江南运河

若无水殿龙舟事，共禹论功不较多。①

可以说，隋炀帝开凿和利用大运河的功过几乎是同等的，所以后世文人在议论隋代的运河时往往会以古事来影射今朝，李敬芳在本诗后半部分中的议论其实正有讽喻时政的意味。

李敬芳所经历的中晚唐总体上政治混乱，虽也有如文宗、武宗的贤能君主，但更有如穆宗、敬宗荒淫无度、耽于玩乐的昏聩无能之君。再加上唐代中后期宦官把持朝政，甚至一度掌握皇帝的废立生死，还有激烈的党派之争、藩镇的强势割据，这些共同加强了安史之乱以后唐王朝走向衰败的趋势。唐穆宗李恒不得其父宪宗的宠爱，但其母郭氏为对唐室有再造功绩的郭子仪的孙女，最后得力于郭氏家族在宫廷内外的势力而继位为帝。穆宗居储君期间，惶恐不安，待成功登基后，焦虑与压迫之感烟消云散，转而毫不掩饰自己对游乐的喜好。《资治通鉴》载："壬午，群臣入阁。谏议大夫郑覃、崔郾等五人进言：'陛下宴乐过多，畋游无度。今胡寇压境，忽有急奏，不知乘舆所在。又晨夕与倡优狎昵，赐予过厚。夫金帛皆百姓膏血，非有功不可与。虽内藏有余，愿陛下爱之，万一四方有事，不复使有司重敛百姓。'"虽然唐穆宗口称会接受大臣们的谏言，但实际上，他并没有改变自己先前的行为，依旧频繁饮宴，甚至认为"外间人多宴乐，此乃时和人安，足用为慰"，他觉得人们经常宴会作乐是因为时局太平、人们安定，是一件值得欣慰的事情。所谓上行下效，在唐穆宗的引领下，"自天宝以来，公卿大夫竞为游宴，沈酣昼夜，优杂子女，不愧左右。如此不已，则百职皆废"②。唐穆宗

---

① 王启兴：《校编全唐诗》（中），湖北人民出版社2001年版，第3145页。
② （宋）司马光等撰：《资治通鉴》卷二四一，中华书局1973年版，第7783、7784、7784页。

的儿子唐敬宗继承了其父的作风，在玩乐上有过之而无不及。敬宗喜欢到鱼藻宫观龙舟竞渡，有一天突然给盐铁使下诏，他要造竞渡船20艘，要求把木材运到京师修造。这一项的花费总计要用去当年国家转运经费的一半，谏议大夫张仲方等力谏，他才答应减去一半。并且，由于敬宗任由权宦王守澄把持朝政，勾结宰臣李逢吉，排斥异己，败坏纲纪，甚至发生染工暴动事件。宝历二年，唐敬宗为宦官刘克明等所弑，年仅十八岁。穆宗与敬宗近乎荒诞的玩乐不仅造成了朝政的混乱，也直接和间接地加重了对东南四十三州的剥削。另外，中晚唐时期出现的北方藩镇割据的局面，也从另一方面迫使唐王朝对东南经济产生依靠。李敬芳在诗中所写的"东南四十三州地，取尽膏脂是此河"正是对这一状况的真实反映。

南宋时期，朝廷偏安一方，沟通南北的需要减弱，通济渠已显露出被废弃的趋势。至元代，通济渠最终淤塞，元、明、清时期，朝廷再修大运河的时候，将河道截弯取直，由北京直通苏杭。通济渠越来越落寞，但它在历史发展进程中所扮演的重要角色以及所起到的重要影响，我们依旧可以通过人们或正或反或激烈或平和的诗文创作深切感知。这就是运河在今天成为世界物质文化遗产的意义所在。

【参考文献】

1. 杨学为主编：《中国考试通史》，首都师范大学出版社2004年版。
2. 李菁：《大运河与唐代社会深层关系之考察》，厦门大学出版社2003年版。
3. 梁庚尧：《中国社会史》，东方出版中心2016年版。
4. 史念海：《中国的运河》，陕西人民出版社1988年版。

第十四篇　隋朝大运河·扬州·平山堂

——以欧阳修《朝中措·平山堂》为例

朝中措·平山堂①

（宋）欧阳修②

平山阑槛③倚晴空，山色有无中。手种堂前垂柳，别来④几度春风。　文章太守⑤，挥毫万字，一饮千钟⑥。行乐直须⑦年少，尊⑧前看取衰翁⑨。

注　释

①此词引自李逸安点校《欧阳修全集》卷一三一，中华书局2001年版。

②欧阳修（1007—1072），字永叔，号醉翁，晚号六一居士，吉州永丰（今江西省吉安市永丰县）人。北宋文学家，史学家，诗人。宋仁宗天圣八年（1030）进士，后官至参知政事。欧阳修是宋代文学史上最早开创一代文风的文坛领袖，领导了北宋诗文革新运动，继承并发展了韩愈的古文理论。他散文创作的很高成就与其古文理论相辅相成，从而开创了一代文风。欧阳修在变革文风的同时，也

对诗风词风进行了革新，洗刷了晚唐五代以来的脂粉气，让诗词朝着积极的方向发展。后人将其与韩愈、柳宗元、苏轼合称"千古文章四大家"。与韩愈、柳宗元、苏轼、苏洵、苏辙、王安石、曾巩被世人称为"唐宋散文八大家"。有《欧阳文忠公集》一百五十卷。

③平山阑槛：平山堂的栏槛。

④别来：分别以来。诗人曾离开扬州八年，此次是重游。

⑤文章太守：作者当年知扬州府时，以文章名冠天下，故自称"文章太守"。

⑥千钟：饮酒千杯。

⑦直须：应当。

⑧尊：通"樽"，酒杯。

⑨衰翁：词人自称。此时作者已年逾五十。

赏　鉴

平山堂，位于扬州市西北郊蜀冈中峰大明寺内，始建于宋仁宗庆历八年（1048）。隋朝时期大运河的畅通使扬州日益繁荣，也使得平山堂成为名胜，并且屡废屡建，长盛不衰。当时任扬州知府的欧阳修，极其欣赏这里的清幽古朴，遂于此筑堂。坐此堂上，江南诸山，历历在目，似与堂平，平山堂因而得名。宋仁宗至和元年（1054），与欧阳修过从甚密的刘敞（字原甫）知制诰；嘉祐元年（1056），因避亲出守扬州，欧公便作此词送与他。

欧阳修的这首词篇名又作《送刘仲原甫出守维扬》，刘仲原甫就是指刘敞。刘敞，字原甫，号公是，临江新喻（今江西新余）人，北宋著名学者，与其弟刘攽、其子刘奉世并称"北宋三刘"。庆历六年（1046）进士第二，累迁知制诰，拜翰林学士，改集贤院学士，判南京御史台。至和二年（1055）八月，出使契丹，在契丹一年。还京后，出知扬州。而在八年前，欧阳修因支持范仲淹、富弼、韩琦等人推行的"庆历新政"，被排挤出京，中间担任过扬州知州。所以这首词同时也可以看作作者对自己过去了的扬州岁月的追思。

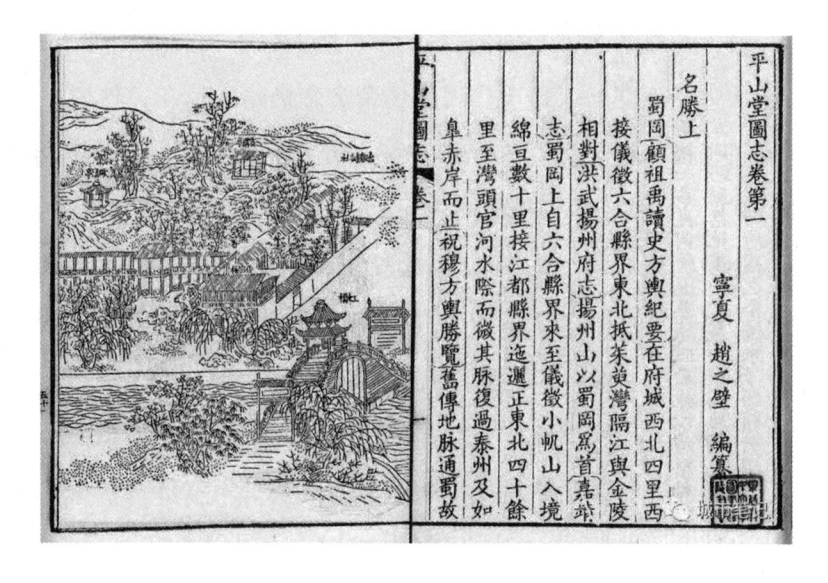

平山堂

扬州的历史以及扬州城的繁荣与运河密切相关。在前面邗沟的赏析中，我们已经知道，为了与齐、晋开战，向北边输送兵力，吴王夫差开凿了从长江直达淮水的邗沟。之所以将这条运河命名为邗沟，是因为夫差在开凿它的同时，在水口修筑了一座名为邗的城，运河从邗城下流过，就称为邗沟，而邗城就是今天人所共知的扬州市。可以说，邗沟在漕运体系中的重要地位，很大程度上决定了位处邗沟南端的扬州的意义。扬州是邗沟上的重要一站，而邗沟是连接通往长安、洛阳的通济渠和通往江南富庶之地的江南运河之间的极为重要的一条航运要道，这自然也极大地促进了扬州的发展。另外，在唐以前，扬州还是长江的入海口，并且邗沟入淮的一端虽几经改道，但扬州作为入江的一端却变化不多。这些都促使着扬州发展为一个繁荣的大都市。隋代时有"扬一益二"之说，意思是全国工商业经济最繁荣的是扬州，其次为物产丰饶的益州（今四川成都市），扬州已然超过了作为国家政治中心的长安、洛阳。隋炀帝三次南巡，最后死在扬州，与他向往扬州的繁华也不无关系。清人孔尚任甚至认为，隋朝的灭亡正是因为炀帝贪恋扬州的琼花，他说："琼花妖孽花，扬州缘花贵。花死隋宫灰，看花真无谓！"① 宋仁宗庆历八年（1048），欧阳修到任之际，见到的正是一个车水马龙、无比繁盛的扬州城。欧阳修二月到任，六月间建成平山堂，宋人楼钥说："六一居士一览而得之，撤僧庐之败屋，作为斯堂。"② 至于建堂原因，有多种说法。宋人沈括在《重修平山堂记》中认为平山堂的修建是为了接待"天下豪俊有名之士"，因为扬州是全国的交通枢纽，"自淮南之西，大江之东，南至五岭蜀汉，十一路百州之迁徙贸易之人，往还皆出其下。舟车南北，日夜灌输京师者，居天下十之七"③。稍后的郑兴裔则认为修堂是为了娱乐，"政成之暇，延四方之名俊，摘邵伯之荷蕖，传花饮酒，分韵赋诗，徜徉乎其中，不醉无归，载月而返，亦风流逸事也"④。清人徐文达认为平山堂也是讲学传道之所，"视蜀冈之地，而建斯堂讲学"⑤。应该说，平山堂是一个兼具多重功能的场所，而欧阳修在这里极尽风雅之事，"画盆围处花光合，红袖传来酒令行"⑥，以至多年后和刘敞回忆此事时，仍念念不忘。

---

① （清）孔尚任：《孔尚任诗文集》，汪蔚林编，中华书局1962年版，第167页。
② （宋）楼钥：《扬州平山堂记》，楼钥撰，顾大朋点校：《楼钥集》卷五三，第3册，浙江古籍出版社2010年版，第986页。
③ （宋）沈括原著：《沈括全集》卷九，杨渭生新编，浙江大学出版社2011年版，第61页。
④ 顾一平：《扬州名园记》，广陵书社2011年版，第69页。
⑤ 赵昌智主编：《扬州文化研究论丛》第一辑，广陵书社2008年版，第137页。
⑥ （宋）欧阳修：《答通判吕太傅》，欧阳修著，洪本健校笺：《欧阳修诗文集校笺》（上），上海古籍出版社2009年版，第348页。

第十四篇

隋朝大运河·扬州·平山堂

欧阳修写此词时，正值人生半百。孔子说自己"五十知天命"，而欧阳修在这首词中也体现出他阅尽风波后豁达自在的人生态度。这首词一开篇便视野宽阔、气象宏大。"平山阑槛倚晴空"，说平山堂四周的栏杆倚靠在晴朗的蓝天上，一出语便让人感受到了平山堂所在地势之高，如平地突起、凌空而立。接着，作者就将视野移放到远处起伏绵延的山群上。这扬州碧青色的山，在江南烟白色云雾的萦绕之中，若隐若现。而后又回忆起当年在平山堂前自己亲手种下的垂柳。"昔我往矣，杨柳依依"，和它分别后，那垂柳几经春风，不知又长大成了什么样子呀？词中下片开头三句写宴别的好友刘敞，正与《送刘仲原甫出守维扬》的篇名相和。也有人从别处引证，认为这三句写的是欧阳修自己，如苏轼的"欲吊文章太守，仍歌杨柳春风"[1]，但笔者认为仅从本词全文意思来讲，作刘敞讲更契合全文，也更符合当时的情景以及作者的特点。这短短四字三句，既表现出了刘敞才思敏捷、学识渊博，又体现出来他不拘小节、豪云万丈的胸襟与气魄。此外，通过对好友形象的勾勒，作者还表达了自己对好友的才学和人格的钦佩与赞赏。词的最后两句，也是最能体现欧阳修此时心境的地方。他劝好友趁着年少要及时行乐，"须"字前又加上一个"直"字再次进行强调。在诗歌中，岁月不再、诗人衰老往往会给人以消极之感，然而这里却全然不是，似有一丝自我调侃，调侃自己衰老了，不能再如年轻时像刘敞那样肆意纵酒狂欢，而这种调侃是建立在以一种平和的心态接受自己老去的基础上。这时的欧阳修已经经历了多次亲人辞世、几番宦海沉浮，内心更加老成持重，词到这里也愈显得意味深长。同时，因为疏宕清俊之气贯穿全文，整首词读下来不禁让人胸中升起一股磅礴的豪气，脑海中也浮

---

[1] （宋）苏轼：《苏轼词集》，刘石导读，上海古籍出版社2014年版，第67页。

现出来一个睿智豁达的欧阳修的形象。

欧阳修在写给刘敞的送别词中特地提到了平山堂,刘敞在扬州任后几番游览,写了《游平山堂寄欧阳永叔内翰》,两人往来唱和。实际上,扬州的平山堂在蜀冈上看尽朝代更迭,自己也几经废弃,又几经重修,常常是扬州文人雅集的地方,也是中国传统雅士文化的体现。宋人秦观在《次韵子由题平山堂》中云:"游人若论登临美,须作淮东第一观。"① 元明时,平山堂逐渐衰落,但到了清代,平山堂的发展却到了鼎盛时期,形成了以平山堂为中心的建筑群,还包括栖灵寺、平楼、洛春堂等。常有四方名流云集于平山堂,觞咏唱和,再加上皇帝几次游幸,平山堂就更加闻名一时了。而文化影响如此大的平山堂只是扬州重要的文化遗迹之一。

在运河的发展进程中,扬州不仅经济发展迅速,文化也随之繁荣,几乎历朝各代都有诗人称赞扬州,可谓人间天堂。诗仙李白说"故人西辞黄鹤楼,烟花三月下扬州"②,似乎下扬州的时间也因为这座城市的美丽与繁华而变得十分动人;也有人在这里留下了他的感慨,唐代诗人杜牧说:"落魄江南载酒行,楚腰肠断(一作"纤细")掌中轻。十年一觉扬州梦,佔(清人冯集梧注作"赢")得青楼薄幸名。"③ 扬州的浮华让人觉得好像虚度了光阴,过去荒唐的十年过得如梦一般飘忽不定;宋人司马光却云:"江势横来控南楚,地形前下瞰东吴。万商落日船交尾,一市春风酒并垆。"④ 从中足以看出作为全国水运枢纽的扬州在地理位置的优越和在经济上富足的程度了;也有人只看扬州的美景就沉醉其中,宋人王岩叟《扬州感旧

---

① (宋)秦观:《次韵子由题平山堂》,《淮海集笺注》,第331页。
② (唐)李白:《黄鹤楼送孟浩然之广陵》,瞿蜕园、朱金城校注,《李白集校注》,上海古籍出版社1980年版,第935页。
③ (唐)杜牧:《遣怀》,《樊川文集校注·樊川外集》,巴蜀书社2007年版,第1376页。
④ (宋)司马光:《司马温公集编年笺注》第2册,巴蜀书社2009年版,第1页。

怀古》曰:"一声水调满明月,十里春风半画楼。白鸟不离图上去,江云长在鉴中游。"①

欧阳修的平山堂,其实只是平山堂悠久历史和丰富文化底蕴的开始,而平山堂也不过是扬州历史文化繁荣的一小部分。至于扬州城呢,它也只是南北向运河上的一个点而已。运河带动了沿岸大大小小城市的发展,成为众多城市的动脉,也成了许多故事以及传统文化的承载者,有些往事或已成绝响,只要那江水还在流淌,那些历经沉淀和积累的传统就一定还在那里静候人们的开启与继承。

【参考文献】

1. 丁家桐:《欧阳修扬州事迹七考》,赵昌智主编:《扬州文化研究论丛》第 1 辑,广陵书社 2008 年版。

2. 程宇静:《扬州平山堂历史兴废考述》,《扬州大学学报》2014 年第 3 期。

3. 刘涛:《春秋至隋代邗沟早期运道变迁》,《中国社会科学报》2017 年 10 月 9 日第 05 版。

---

① (清)厉鹗辑撰:《宋诗纪事》,上海古籍出版社 2013 年版,第 558、559 页。

第十五篇　隋朝大运河·金陵渡

——以张祜《金陵渡》为例

题金陵渡[①]

（唐）张祜[②]

金陵津渡小山楼[③]，一宿[④]行人[⑤]自可愁。

潮落夜江斜月[⑥]里，两三星火[⑦]是瓜洲。

注　释

①本诗引自尹占华校注《张祜诗集校注》卷五，巴蜀书社2007年出版。

②张祜（hù）（785？—849？），唐代诗人，字承吉，唐代清河（今河北省邢台市清河县）人，寓居姑苏（今江苏苏州）。家世显赫，人称张公子，有"海内名士"之誉。早年浪迹江湖，任侠说剑，狂放不羁。后至长安，长庆年间，深受令狐楚器重而被荐举，为元稹所排挤。遂入蜀至成都，与薛涛有唱和。后至淮南寓居，爱丹阳曲阿地，隐居以终。诗歌成就很高，《全唐诗》共收录张祜诗349首。有《张处士诗集》传世。

③小山楼：渡口附近小楼，即作者当时寄居之地。

④宿：过夜。

⑤行人：旅客，诗中指作者自己。

⑥斜月：下半夜偏西的月亮。

⑦星火：三三两两像星星一样闪烁的火光，形容远处瓜洲渡口灯火热闹。

赏鉴

金陵渡，即今位于江苏镇江市城西的云台山麓的西津渡，是长江下游南岸的著名渡口，并非指金陵南京。唐代以来，金陵渡为漕运重镇，交通咽喉，世人称"北有瓜洲渡，南有金陵渡"，与瓜洲相对。

南北运河的开通，推动了沿岸一大批城市的发展，如唐时号为"天下北库"的清河、被称赞为"总舟车之繁，控河朔之咽喉，通淮湖之运漕"①的汴州、有"扬一益二"之称的扬州。

本诗中"金陵渡"所在地"金陵"的发展也离不开运河的推动。历史上最为人所知的"金陵"自是有"六朝古都"美称的南京，却鲜有人知道，在唐代由于润州（今江苏镇江，南北朝时期被称为京口）在政治、经济、军事等方面的地位超过了南京，一度被称作金陵，以至润州的"蒜山渡"改名为"金陵渡"，后来才改名为如今的西津渡。历史上，在政治方面，六朝结束后，作为旧都的南京受到北方刻意贬抑，行政级别下降为县，隶属于润州管辖。军事方面，润州临水负山，地势险要，是南京、浙北的重要战略屏障。

---

① （唐）刘宽夫：《汴州纠曹厅壁记》，《全唐文》卷七四〇，第7649页。

若占据润州，就等于控制了南京与常州、苏州、浙江之间的联系，进而形成对南京的战略包围。润州之于南京的重要性，按唐人杜佑的说法，就如同孟津（黄河关口）之于洛阳，若孟津被夺，洛阳无险可守，南京也是如此。故唐朝后期，朝廷设浙西观察使，辖苏南、浙北，治所就在润州，而不在南京。

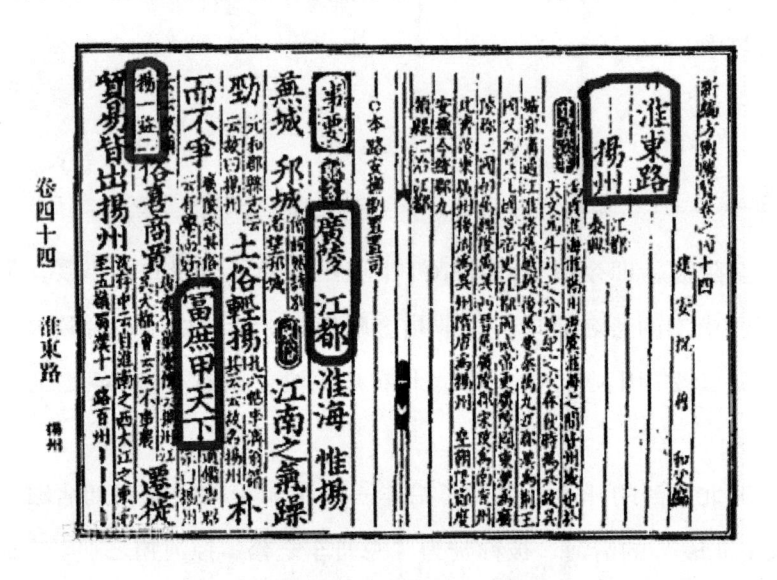

在唐朝有"扬一益二"之说

经济方面，润州与扬州隔江相对，控制着江南运河的水口，这极大地推动了润州经济的发展。江南运河是隋炀帝所开的四条运河之一，其他三条分别为开凿于大业元年（605）沟通黄河与淮水的通济渠、北起山阳（今江苏淮安）南至扬子（今江苏仪征县东南）沟通淮水与长江的邗沟，以及开凿于大业四年（608）南引沁水北通涿郡的永济渠。江南运河，又名"江南河"，于大业六年（610）开凿，在四条运河中最晚，因全部在长江以南而名，在如今的江苏省南部和浙江省北部。这条江南运河自润州，经过毗陵（今江苏常州）、无锡，绕过太湖的东边，直通余杭（今属浙江杭州），与梁溪、望虞河、胥江、元和塘、吴淞江、大浦河等相交，为太湖下游主要排灌河道和重要航道，全长共计八百里。继邗沟沟通淮水与长江之后，江南运河沟通了长江与浙北地区，接过了自南向北漕运的最后一棒，将江南富庶的"鱼米之乡"与北方都城连接在一起。

并且，隋代江南运河的开通如隋代的邗沟一样，也是在之前水道的基础上，遵循旧日渠道的故迹，而非隋代始创。自古以来，就有人设法利用太湖附近的沼泽湖泊开通水道，便利交通。《三国志》卷四七记载，赤乌八年（245），孙权"遣校尉陈勋将屯田及作士三万人凿句容中道，自小其至云阳西城，通会市，作邸阁"①，意在沟通都城建业（今江苏南京）与太湖流域。南齐时，丹徒（今江苏镇江）也有水道，可通吴郡。梁时，吴兴郡屡次因遭水灾而粮食歉收，有人上言应当开挖漕沟渠，导泄震泽，使吴兴一境无复水灾。这片地区有这样多的旧水道，隋炀帝时开凿运河肯定会加以利用。并且，炀帝登基之始便马上开始开凿通济渠，而江南运河的疏通却是这之后第五年才动工。或许是当时江南地区残存的人工水道还可以通航，姑且将就一时，等到炀帝要登会稽，这些水道不能通行大船，所以才另外施工开凿。《资治通鉴》一八一卷记载，大业六年（610），"冬，十二月……敕穿江南河，自京口至余杭，八百余里，广十余丈，使可通龙舟，并置驿宫、草顿，欲东巡会稽"②。

这条江南运河是京杭大运河中位置最南的一端，直接沟通了北方都城与江南的"鱼米之乡"，如白居易诗中所说"平河七百里，沃壤二三州"③。而隋唐时期北方都城的粮食供应与经济发展却时常陷入困境。隋开皇四年（584），关中大旱，隋文帝不许赈济灾民，而让灾

---

① （晋）陈寿撰：《三国志》卷四十七《吴书二》，（南朝）裴松之注，中华书局1982年版，第1146页。
② （宋）司马光等撰：《资治通鉴》卷一八一《隋纪五》，中华书局1973年版，第5652页。
③ （唐）白居易：《想东游五十韵》，《白居易诗集校注》卷二七，第5册，第2118页。

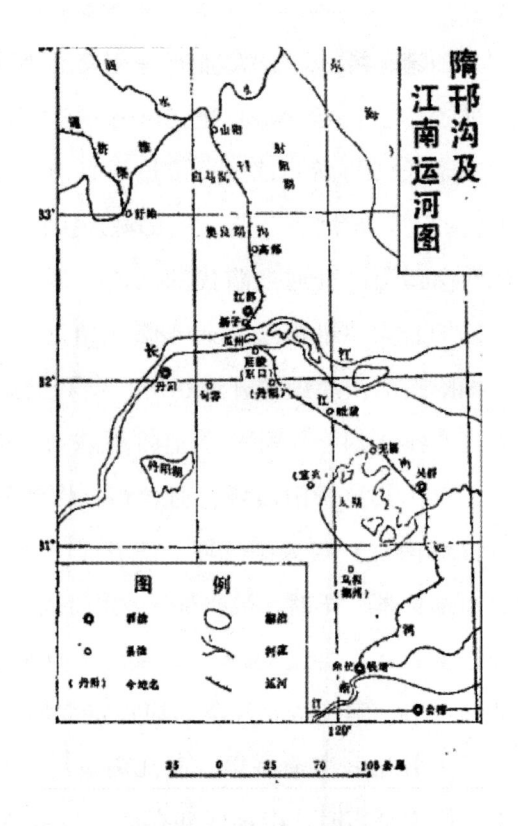

隋邗沟及江南运河图

资料来源：史念海：《中国的运河》，陕西人民出版社 1988 年版，第 168 页。

民到关东讨饭吃，甚至自己也得带着官吏与军卒到洛阳就食。因此，用江南鱼米之乡的丰饶物产，来供应和维持北方都城的运转是必不可少的。另外，唐代安史之乱后，北方藩镇割据加剧，故国家财政收入也更加地依靠南方地区，出现了用南方的赋税去养北方藩镇的状况。《新唐书·食货志》记载："唐都长安，而关中号称沃野。然其土地狭，所出不足以给京师，备水旱，故常转漕东南之粟。"① 这些

---

① （宋）欧阳修、宋祁撰：《新唐书》卷五三《食货志三》第 5 册，中华书局 1975 年版，第 1365 页。

都足见隋唐时期江南地区对整个帝国的政治经济影响力之大。

在维护和稳定北方都城正常秩序的同时,频繁往来的舟船、熙熙攘攘的人流也必然带动了江南运河沿岸城市经济的快速发展,尤其是运河两端的润州与余杭。《隋书·地理志》所记载的杭州,"川泽沃衍,有海陆之饶,珍异所聚,故商贾并辏"。[①] 当时的润州自然也是如此繁华,唐人杜牧《润州》诗之二:"谢朓诗中佳丽地,夫差传里水犀军。城高铁瓮横强弩,柳暗朱楼多梦云。画角爱飘江北去,钓歌长向月中闻。扬州尘土试回首,不惜千金借与君。"[②] 形象地描绘了润州的繁华旖旎和地理位置的重要。

张祜的这首《题金陵渡》正是在唐时南京式微而润州极为昌盛时所写,因此才会出现"金陵渡"在如今镇江市的情况。诗中首句"金陵津渡小山楼"与题目呼应,点出了地点金陵渡,并且还说明了诗人此时住在金陵渡旁边的小山楼上。第二句继而写出诗人住在此处的原因,原来是客居于此。而他客居于此的心情是如何的呢?诗中说"一宿行人自可愁"。"一宿"点明情绪蔓延的时间之久。"行人"是诗人此时对自己身份的认知,他自以为是行人,对润州没有归属感,不像稍早于他的刘皂,客居并州久了之后,"却望并州似故乡"了。"愁"字直接表达了诗人客居他乡的忧愁。而名作所以传唱至今,总有其独到之处,这一句中的"自可"二字极大地增加了这句诗的趣味,给我们留下了很多琢磨的空间。"一宿行人愁",是大多数人能写出的客居之愁,加上两个字后就显得不一般了。"自可"二字,是自然应当、本来可以的意思,表面上是说行人客居于此,想念家乡,自是很忧愁的。更深的层次上,"自可"两个字说明了客

[①] (唐)魏征、令狐德棻撰:《隋书》卷三一《地理志下》第3册,中华书局1973年版,第887页。
[②] (唐)杜牧:《润州》二首之二,《樊川文集校注》卷三,第291页。

居他乡产生乡愁的共性,一下子就把这种情感上升至人类的共通性,加强了"愁"的强度;同时这两个字也暗含了下文,不仅是离开故乡使人哀愁,眼前所见的清丽孤寂之景更是引发了诗人的客居之愁,面对此情此景,谁人不思乡?故曰"自可愁"。最后两句"潮落夜江斜月里,两三星火是瓜洲",描绘的是诗人夜间推窗远眺江面所见的景象。夜间没有光线,落潮本是看不见的,但被天边昏黄的斜月照射着,江面上忽明忽暗,如鱼鳞状一般,反而能隐隐约约地看见了。江面上更远的地方,有两三点灯火,和天空中的闪烁不定的星辰一样,那个地方,正是瓜洲呀!诗人仿佛随心所至,也不加以繁复的修辞,只是信笔写下自己当晚所见的景象。但所思之情与所见之景是互相影响着的,正因为诗人心情低落,所以进入他心中是此景;也因为他看见了如此秀丽悠远却清冷孤寂的景色,所以进一步加深了他的漂泊客居之愁。至此,诗人融情于景,末尾的景色也显得更加意味深长了。

这首诗中的"瓜洲"在长江北岸,今江苏省邗江县南部,与镇江市隔江相对,是长江与京杭大运河交汇处的交通要冲。宋人王安石在《泊船瓜洲》中所写"京口瓜洲一水间,钟山只隔数重山"①,指的便是润州与瓜洲中间只隔一条长江,分别在其南、北,而钟山所在的南京只在它们西边几座山峦之后。"瓜洲",观其名似只是河中的一个沙洲,在唐以前,情况的确是这样的,它是长期泥沙堆积形成的沙洲,当时属润州的辖区。整个汉唐时期,长江仍在扬州城附近流入大海,"唐时扬州尚见潮"②,乐府《长干曲》:"逆浪顾相邀,菱舟不怕摇。妾家扬子住,便弄广陵潮。"③ 隋以前润州、扬州

---

① (宋)王安石著,(宋)李壁笺注,高克勤点校:《王荆文公诗笺注》(下),上海古籍出版社2010年版,第1137页。
② (清)李斗著,潘爱平评注:《扬州画舫录》,中国画报出版社2014年版,第108页。
③ (宋)郭茂倩:《乐府诗集》卷七二,第5册,中华书局1979年版,第1030页。

之间江面宽阔,唐时开始积沙,开元时称瓜洲,自润州渡江须绕洲而行,迂回六十里,多为风涛所溺。但由于地转偏向力的影响,江水向南摆动,瓜洲北边的水道淤塞成陆。故开元二十六年(738),润州刺史齐浣开此河,贯瓜洲南北,长二十五里,自后京口渡船可由此直趋扬州,使邗沟仍在扬州以南与长江相衔接。而这,也是江南运河发展史上的一个部分。

在唐代以后,江南运河仍然不断流动,承载着南北物资的运输,也带动着沿岸城市经济的发展。宋朝时,因江南运河属两浙西路,故称它为"浙西运河",若运送吴越地区的物资北上,须经镇江过江至扬州入真楚运河,然后经汴河直达京城开封。南宋时,"浙西运河,自临安府北郭务至镇江江口牐,六百四十一里",其时水运之程"自大江而下至镇江则入牐,经行运河,如履平地,川、广巨舰,直抵都城"[①],极为方便,所以汴河也成为南宋时期最重要的内河航道。首都临安的"士庶欲往苏、湖、常、秀、江(指江南路)、淮(指淮南路)等州,多雇䑽船、舫船、航船、飞篷船等"。纲船"运千余石或六七百石","诸郡米客船只,多是铁头舟,亦可载五六百石"[②],通航能力远大于真楚运河、汴河。到了元代,又多次对江南运河进行疏浚和整治,使之更平安流畅。到了明清,江南运河的南端杭州客商云集,武林门至湖墅一带成为南北货运的中心,每到晚上,"樯帆卸泊,百货登市","篝火烛照如同白日"[③]。直到如今,在古城镇江仍有正在通航的长40余公里的京杭大运河主航道,各种船只热闹往来,在历史悠久的运河中川流不息,于镇江城东郊的京口区谏壁镇汇入长江。

---

① (元)脱脱:《宋史》卷九七《河渠志七》,中华书局1985年版,第2406页。
② (宋)吴自牧撰:《梦粱录》卷一二《河舟》,中华书局1985年版,第109页。
③ (清)雍正:《西湖志》卷三《名声一》,台湾成文出版社1985年影印本,第300页。

千百年来，江南运河哺育着依河而居的人们，目送着来来往往的船流和人群，无数的悲欢离合在它的注视下演绎。本诗中，张祜客居润州的那一晚产生的乡愁看似只是他一人的乡愁，但在漫长的京杭运河上，不知有多少游子在孤冷的夜中思念着家乡，又有多少人家中的父母和妻子想念着他们在运河边上的亲人，此时的运河，不仅仅是中国大地上南北水运的动脉，更是这片土地上许多人情感的最好载体。

【参考文献】

1. 常征、于德源：《中国运河史》，北京燕山出版社1989年版。
2. 张兴龙：《古代扬州的江南诗性之美》，《江苏地方志》2014年第1期。

第十六篇　唐朝运河·汴河

——以许棠《汴河十二韵》为例

汴河①十二韵

（唐）许棠②

昔年开汴水，元③应别有由。或兼通楚塞④，宁独为扬州⑤。
直断平芜⑥色，横分积石流⑦。所思千里便，岂计万方忧！
首甚资功济⑧，终难弭⑨宴游。空怀龙舸下，不见锦帆收⑩。
浪倒长汀柳，风欹⑪远岸楼。奔逾怀许⑫竭，澄彻泗滨⑬休。
路要多行客，鱼稀少钓舟。日开天际晚，雁合碛⑭西秋。
一派注沧海，几人生白头？常期身事⑮毕，于此泳东浮⑯。

注　释

①本诗选自（清）彭定求主编《全唐诗》卷六〇四，中华书局1960年版。

②许棠（822—?），字文化，宣州泾县（今属安徽）人。咸通十二年（871），年五十，始登进士第，授泾县尉。后任虔州从事。乾符六年（879）前后，任江宁丞。不久归隐。棠有诗名，为"咸通十哲"之一。

③元:通"原"。

④楚塞:指楚地疆界。南朝梁江淹《望荆山》诗:"奉义至江汉,始知楚塞长。"

⑤扬州:隋朝时称江都郡,治所在江都县(今江苏扬州市)。隋炀帝大业元年三月,征调诸郡民百余万,开通济渠,自洛阳达于江都。八月,隋炀帝自洛阳乘舟行幸江都。

⑥平芜:杂草繁茂的原野。

⑦积石流:指黄河水。《书·禹贡》载:"导河积石(山名),至于龙门",隋修通济渠,"自板渚引河通于淮"(《隋书·炀帝纪》)。

⑧首:始。资:助。济:成。

⑨弭:消除。

⑩这句指隋炀帝多次乘龙舟巡幸扬州。龙舸、锦帆皆谓皇帝乘坐的船。

⑪攲(qī):倾斜,歪向一边。

⑫怀许:与下句"泗滨"相对,皆指通济渠(汴河)流经之地。

⑬泗滨:泗水之滨。通济渠于泗州临淮县(今江苏泗洪东南)入淮河,临淮县临近泗水(古泗水于江苏清江市即今淮安市北入淮河),故云"泗滨"。

⑭碛(qì):水中沙堆,引申为沙漠。

⑮身事:自身的事业,指仕途进取。

⑯东浮:东浮于海,指隐居。《论语·公冶长》:"道不行,乘桴浮于海。"

赏 鉴

如前所述,隋炀帝不仅开凿了通济渠,还开凿了永济渠、江南河等其他河段，难道也是为了去北京、杭州游乐？可见，隋炀帝之所以下令开凿运河，应当也有沟通南北，加强经济、文化往来的目的。随着时代的推移，人们越来越认识到运河开通对南北经济、文化交流的重要影响以及对强化封建统治、维护中央集权的巨大功用。特别是安史之乱以后，北方出现藩镇割据的局面，"以赋税自私，不朝献于廷"①，给唐代社会经济的发展带来了很大的危机，只有竭力发展江淮漕运才能维持唐室的生存，因此，沟通南北的大运河便自然而然地成为唐王朝的生命线。也有一部分唐代诗人不仅看到了隋炀帝开凿大运河的主观动机，也越来越重视其客观价值。特别是到了晚唐，当人们深刻感受到运河所带来的便利，以及运河为朝廷所带来的经济和政治方面的种种益处后，他们开始重新审视历史，更客观冷静地对待隋炀帝开凿运河的这项工程，并出现了一些辩证地评价运河开凿功与过的诗歌作品。许棠的这首《汴河十二韵》便是为隋炀帝正名的典型代表。

回溯运河历史，当它发展到唐朝时期，已经是唐代漕运的主要运输线，主要包括汴渠、山阳渎邗沟、江南运河。唐代没有大规模地开凿运河，主要是对隋代开凿的运河进行疏浚。隋代时的运河有两条，一条是古已有之的沿泗水入淮的汴水，还有一条是隋炀帝在大业元年新挖的运河通济渠。隋炀帝曾令河南淮北诸郡民众，"自洛阳西苑引谷、洛水达于河，自板渚引河入汴口，又从大梁之东引汴水入于泗，达于淮"②，开掘了通济渠③，由于河流泥沙含量大，又被人们称为"浊河"。通济渠在唐代充分发挥了它的航运价值，人们称之为"汴水""汴河""汴渠""广济渠""浊河""南汴"。作为

---

① （宋）欧阳修、宋祁：《新唐书》卷二一〇《藩镇魏博传》第18册，中华书局1975年版，第5921页。
② （唐）李吉甫：《元和郡县图志》（上），贺次君点校，中华书局1983年版，第137页。
③ 谭其骧主编：《中国历史地图集》第5册，中国地图出版社1996年版，第44—45页。

运河中最主要的河段,汴河连接黄河和淮河,西通河洛,南达江淮,南方的物资和商旅,从水路到洛阳和长安都要由此经过,并且将唐宋时期北方的政治中心与南方的经济中心连接起来,成为辐射整个中国的交通大动脉,对当时的社会发展和人民生活所起到的作用是难以估量的。

然而,在唐代,运河并没有因其巨大的功用而赢得人们的一致肯定,运河开凿的功与过很早就引起了人们的关注,这与其开凿者隋炀帝有莫大的关系。根据《隋书》记载,大业元年(605)三月戊申,隋炀帝发布了"巡历淮海,观省风俗"① 的诏书,辛亥"发河南诸郡男女百余万,开通济渠"②,庚申"遣黄门侍郎王弘、上仪同于士澄往江南采木,造龙舟、凤䲦、黄龙、赤舰、楼船等数万艘"。③ 八月壬寅,"上御龙舟,幸江都……舳舻相接,二百余里"④,隋炀帝开始了他巡游江都之旅。从下诏到通济渠开通以及巡游江南,只五个月的时间,这就使人们不得不思考隋炀帝开通运河的真正目的。隋朝是个强大、繁盛的王朝,同时也是一个腐败、短命的王朝,在一部分人看来,隋朝的灭亡就是由隋炀帝本人的一些错误行为尤其是他开凿运河、借运河的畅通搜刮民脂民膏满足自己的享乐等行为直接造成的。汪遵在《汴河》中感叹:"隋皇意欲泛龙舟,千里昆仑水别流。还待春风锦帆暖,柳阴相送到迷楼。"⑤ 罗隐的《汴河》:"当时天子是闲游,今日行人特地愁。柳色纵饶妆故国,水声何忍到扬州。乾坤有意终难会,黎庶无情岂自由。应笑秦皇用心错,谩驱

---

① (唐)魏征、令狐德棻撰:《隋书》卷三《帝纪三·炀帝上》第1册,中华书局1973年版,第63页。
② 同上。
③ 同上书,第63—64页。
④ 同上书,第65页。
⑤ (唐)汪遵:《汴河》,《全唐诗》卷六〇二,第18册,第6955页。

神鬼海东头。"① 胡曾的《汴水》:"千里长河一旦开,亡隋波浪九天来。锦帆未落干戈起,惆怅龙舟更不回。"② 这些诗人对隋炀帝开凿运河基本上持否定态度,将隋代亡国的原因归到隋炀帝举全国之力开运河只是为了一己之游乐,而凿河这一巨大工程使得国力匮乏,民怨四起,最终导致了隋朝的灭亡。

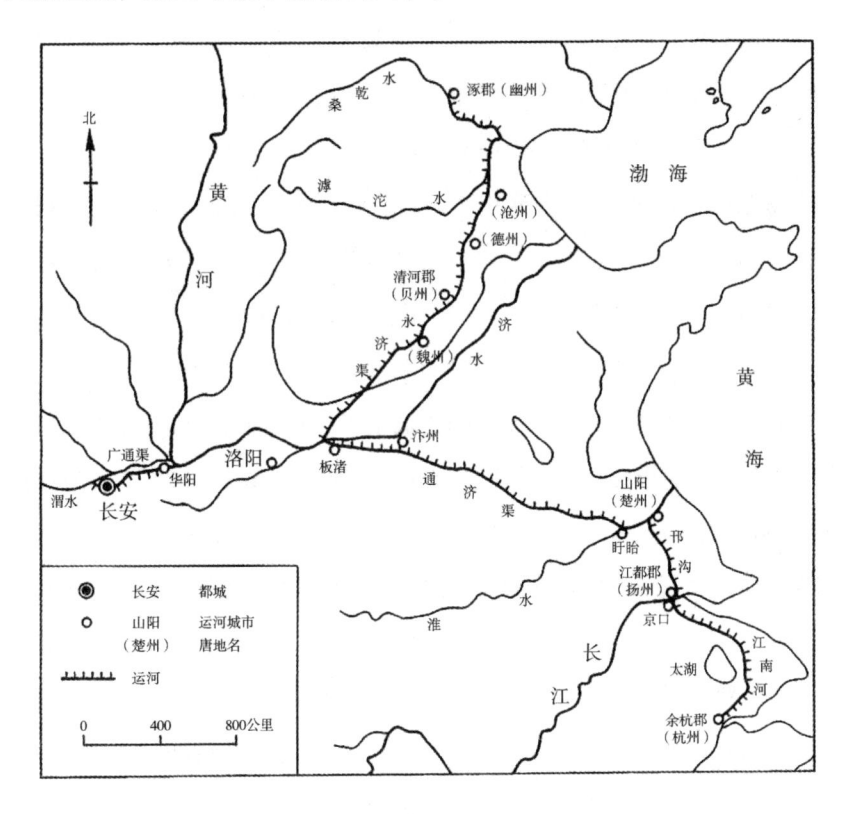

隋唐大运河示意图

资料来源:薛凤旋:《中国城市及其文明的演变》,世界图书出版公司2015年版,第148页。

但是,也不乏许棠这样的理性中肯看问题的人。比如皮日休

---

① (唐)罗隐:《罗隐集校注》,潘慧惠校注,浙江古籍出版社1995年版,第8页。
② (唐)胡曾:《汴水》,《全唐诗》卷六四七,第19册,第7425页。

《汴河怀古二首·其二》:"尽道隋亡为此河,至今千里赖通波。若无水殿龙舟事,共禹论功不较多。"① 已然为隋炀帝开凿运河一事作辩解,相比较而言,许棠的思考更加深刻,表达更为朴实而全面。

许棠本来就是南方人,又曾在泾县、南京等地任职,对水路运输的便捷有较为深刻的体会,所以也更能体察隋炀帝开凿运河的用心。在这首诗中,许棠首先对一个争议不断的问题表明了自己的看法,他认为隋炀帝开运河是"别有由"的,是为了加强对南方的控制,而绝不单纯为了到扬州游玩。否则就很难解释唐代建立后,统治者仍把这条运河作为沟通南北的大动脉和生命线。这一异议很有针对性和启发性。接着,许棠则站在了一个更为广阔的视角上对汴河周围的景色进行了描绘,"直断平芜色,横分积石流"。隋炀帝开凿的汴河是如此宽阔而绵长,以至将郁郁葱葱的原野和滔滔滚滚的黄河都分成了两半。如此浩大的工程,想必隋炀帝应该有更深一层的考虑,"所思千里便,岂计万方忧"。他考虑的是南北之间沟通的便利,为了实现这一宏大的愿景,却把开凿运河给民众造成的困顿忽略了。开凿运河这项举措本来可以为他的功业添上浓重的一笔,助他成为一位有道之君,但他却抑制不住游玩享乐的欲望,"首甚资功济,终难弭宴游",沿着运河三下江南肆意游玩,让这项意在沟通南北、加强经济文化交流的举措,最终变成了颠覆隋朝的苛政暴政。许棠还在诗中对隋炀帝乘龙舟巡幸扬州的景象进行了描绘,"空怀龙舸下,不见锦帆收"。虽然隋炀帝一行浩浩荡荡,旗帜锦帆不见尽头,但不过都是"空怀",这场奢侈靡丽的宴游最终不过是虚空一场,没有实际的效用,反而断送了隋朝的命运。"浪倒长汀柳,风鼓远岸楼",如今的汴河上丝毫不见当年隋炀帝巡行江南时的喧嚣场

---

① (唐)皮日休撰:《皮子文薮》,萧涤非、郑庆笃整理,上海古籍出版社2017年版,第249页。

面，有的只是劲浪拍江岸，狂风吹高楼，当年的纸醉金迷仿佛都在劲浪和狂风的吹打下烟消云散。而汴河因为交通便捷，地理位置重要，可以减省许多陆路颠簸之苦，成为南来北往行客们的首选："路要多行客，鱼稀少钓舟。日开天际晚，雁合碛西秋。"追忆往事以后，许棠又将思绪拉回到了现实："一派注沧海，几人生白头？常期身事毕，于此泳东浮。"世间万物都在发生变化，过往的事情，无论是功绩，或是暴政，总有一天都会消失在历史的波涛之中。隋炀帝开凿的大运河，虽然实际效果显著，但他本人却未能就此收手，而是将其作为了享乐的工具。面对这样的历史，许棠不禁感慨，假如隋炀帝能像范蠡一样功成身退，也许不会招致后世的唾骂吧。

其实自汴河凿通以后，它便肩负着沟通南北物资流通的重任，每天每时也都有往来的船只和行人，而汴河的重要性、历史的复杂性，都令过往的人们自觉不自觉地发出或赞或叹或正或反的评判。这或许也是时隔千年之后，当我们品读许棠的这首《汴河十二韵》时，仍不免生出许多感慨的原因所在吧。

【参考文献】

1. 戴永新：《唐诗中的大运河》，《文艺评论》2011年第10期。

2. 陈峰：《试论唐宋时期漕运的沿革与变迁》，《中国经济史研究》1999年第3期。

第十七篇　唐朝运河·汴河

——以崔颢《晚入汴水》为例

晚入汴水①

（唐）崔颢②

昨晚南行楚③，今朝北泝河④。

客愁能几日，乡路渐无多⑤。

晴景摇津⑥树，春风起棹歌⑦。

长淮亦已尽，宁复畏潮波⑧。

注　释

①本文引自万竞君《崔颢诗注》，上海古籍出版社1982年版。

②崔颢（704？—754），汴州（今河南省开封市）人。曾为太仆寺丞、尚书司勋员外郎，宦海浮沉，终不得志。早期诗作多写闺情，轻薄浮艳。晚年多写边塞军旅题材，诗风慷慨高峻，雄浑豪放。其诗名重当时，与王维并称"才名之士"，《全唐诗》存其诗四十二首，《黄鹤楼》最为脍炙人口，广为传诵。

③楚，楚州。唐代的楚州，治所在山阳（今江苏省淮安市）。

④北泝河：泝（sù），同"溯"，逆水而行。河，指汴河，通济渠东段。隋炀帝大业元年（605），开"通济渠"，分东西两段，东段即自板渚（今河南荥阳北）引黄河水东行汴水故道，至今河南开封别汴水折而东南流，经安徽，至盱眙对岸注入淮河。因自今荥阳至开封段为"古汴水"旧道，唐人便统称通济渠东段为汴水或汴河。作者从楚地北返，走水路要过汴河。

⑤乡路，回乡之路。明代陆时雍《唐诗镜》评此二句"语意最伤"。

⑥津：渡口。

⑦棹（zhào）歌：船夫行船时所唱的歌。汉武帝《秋风辞》："箫鼓鸣兮发棹歌，欢乐极兮哀情多。"

⑧"长淮"二句为双关，入汴水代表已经离开长江和淮河，此处的水势也不如江、淮处汹涌，另一方面又出于家乡的亲近感，使人不畏惧潮波。同时潮波又暗指人世间的官宦浮沉，显示崔颢想要离开世间纷繁的"潮波"且欲隐居于乡的心态。

赏 鉴

这首诗是崔颢南行返回汴州时的所见所感，大致写于作者晚年，其时正处于唐代汴河漕运的兴盛时期。

一直以来，唐朝都被人们认为是中国古代最为辉煌、鼎盛的时期，在大一统的前提下，唐王朝以极为开放、包容、自信的姿态，造就了独一无二的"盛唐气象"。正像杜甫诗描绘的那样："忆昔开元全盛日，小邑犹藏万家室。稻米流脂粟米白，公私仓廪俱丰实。"①

---

① （唐）杜甫：《忆昔》，谢思炜校注，《杜甫集校注》第 2 册，上海古籍出版社 2016 年版，第 631 页。

透过杜甫的诗句，我们不难想象出一千多年前开元盛世的万千繁华。论及唐朝的繁荣，自然有多种原因，而其中不可忽视的一点，就在于唐朝拥有一条贯通南北的水上大动脉——大运河。

举全国之力修建的大运河还未来得及充分利用，隋朝的统治就已宣告结束，其后建立的唐朝基本延续了运河这一航运系统。依靠运河之势，唐代在我国古代漕运史上写下了璀璨夺目的一页。翻开唐代的史册，我们不难发现，大运河的通塞与唐王朝的兴衰命运息息相关。运河航运系统保持通畅状态时，唐王朝的统治形势就较为稳固，而运河一线一旦遭到破坏，王朝便岌岌可危。"尽道隋亡为此河，至今千里赖通波"[1]，隋代开凿运河历尽艰辛，许多人在感慨的同时，更是深刻地认识到了运河对于唐王朝的重要意义。

在绵延数千里的运河上，汴河一段散发着独特的魅力。汴河，又称汴水、汴渠，一般指的是隋炀帝下令开凿的大运河通济渠东段河道。汴河源头在河南荥阳，受黄河之水，向东流经开封、商丘，转而向东南至宿州与泗水交汇，最终注入淮河。隋朝以前，黄河时常决口，致使汴河一带经常出现泥沙淤积现象。隋朝建立以后，隋炀帝为了维护国家的统一，于公元605年下令开凿通济渠河段，汴水作为大运河中最核心的河段之一，开启了它历史上最灿烂辉煌的时代。通济渠分为东西两河段，汴河为东，沟通江淮，是南北运河的主干道。唐人李吉甫在《元和郡县志》卷五中曾评价汴水："公家运漕，私行商旅，舳舻相继。隋氏作之虽劳，后代实受其利焉。"[2] 此书亦有记载汴水经行路线。隋唐时期的汴河，上段与汉

---

[1] （唐）皮日休：《汴河怀古》，皮日休撰：《皮子文薮》，萧涤非、郑庆笃整理，上海古籍出版社2017年版，第249页。

[2] （唐）李吉甫撰：《元和郡县志》（上）卷五，贺次君点校，中华书局1983年版，第137页。

魏时期相同，从荥阳汴口到今开封。下段是从开封以东循睢水之南的惠济河，折而东至宁陵县南入睢水，再循睢水过宋城之南至谷熟北，以下循蕲水故道，经永坡宿州、虹县，至泗州临淮县入淮河。这也是目前可见历史地理文献中关于汴水经行路线的最早记载。

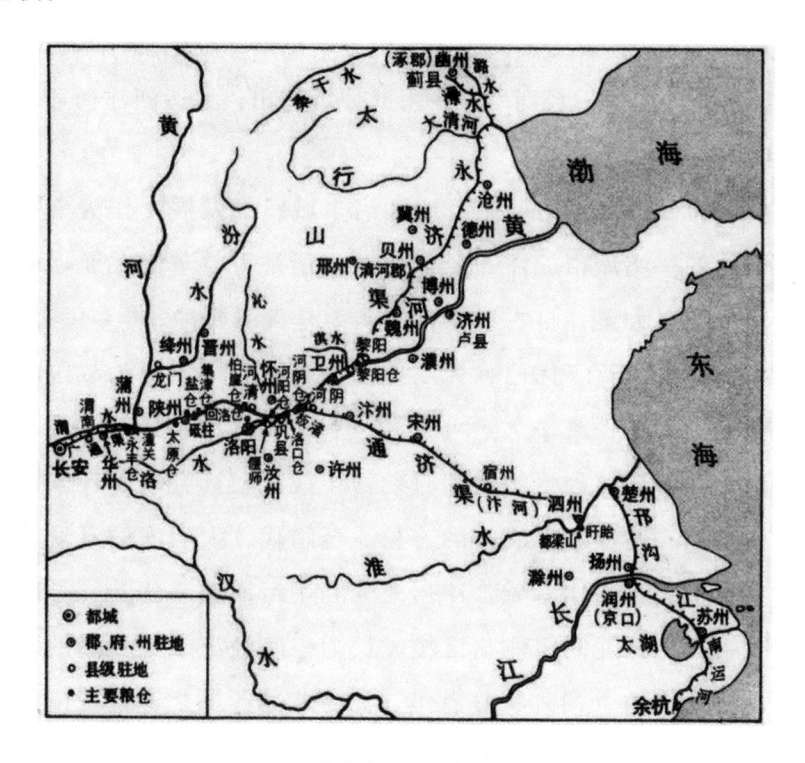

隋唐大运河形势图

唐代都城长安坐落在关中平原之上，物资储备不足，从东南地区转运粮食以补关中之缺就成为统治者的必然选择。《新唐书·食货志》载："唐都长安，而关中号称沃野，然其土地狭，所出不足以给京师，备水旱，故常转漕东南之粟。"[①] 此时的汴河段是京杭大运河

---

① （宋）欧阳修、宋祁撰：《新唐书》卷五三《食货志三》第5册，中华书局1975年版，第1365页。

的核心航段，东南漕运通往关中地区的咽喉，自然成为唐王朝赖以生存的生命线。除运送漕粮之外，南方各地的物资如瓷器、茶叶、丝织品等，也通过汴河运往长安。因而，在这一时期，汴河段漕运十分繁忙，来往船只络绎不绝，一度出现"商贾往来，百货杂集"①的盛况。安史之乱后，汴河漕运受到严重破坏，后经多方治理才渐趋恢复。唐末，各叛乱藩镇为切断唐王朝供给，也围绕汴水流经区域的控制权进行了一系列争夺。由此便可看出，大运河汴河段对唐王朝的生死存亡至关重要。

　　航运的繁荣也带动了流经地区诸多城镇的发展。作为坐落于汴河旁边的一座城市，汴州的再度兴盛正是得益于南北航运的贯通。汴州始名大梁，自古以来就被认为是天下要冲，"人民之众，车马之多，日夜行不休已，无以异于三军之众"②。作为战国时期魏国都城的大梁，繁华之景可见一斑。汴州之称，始于北周，因紧临汴水而得名。魏晋南北朝时期常年战乱，社会动荡不安，使得汴州地区一度显示出衰败的迹象。至隋代，大运河的开通为汴州的复兴奠定了坚实基础。汴州充分利用运河这一优势，不断发展壮大，到唐开元时，汴州已经成长为一座经济十分发达的水路重镇，所谓"自九河外，复有淇、汴，北通涿郡之渔商，南运江都之转输，其为利也博哉"③。汴州作为南北间交流的重要枢纽，南方各地的商品货物几乎都要先经汴州中转，而后运往京城地区，"自古东西路，舟车此地分"④，因此，汴州地理位置的重要性与特

---

　　① （后晋）刘昫等撰：《旧唐书》卷一二三《刘晏传》第 11 册，中华书局 1975 年版，第 3513 页。

　　② 《苏子为赵合从说魏王章》，（汉）刘向集录，范祥雍笺证：《战国策笺证》卷二二《魏策一》第 3 册，上海古籍出版社 2011 年版，第 1263 页。

　　③ （唐）皮日休：《汴河铭》，皮日休撰：《皮子文薮》，萧涤非、郑庆笃整理，上海古籍出版社 2017 年版，第 48 页。

　　④ （唐）喻坦之：《大梁送友人东游》，《全唐诗》卷七一三，第 21 册，第 8279 页。

殊意义不难想象。

汴河不仅是一条交通的河流，也是具有经济、政治、艺术、文学等价值的文化长河。作为与唐人日常生活息息相关的物象，汴河自然地进入了文人的思想和视野。诗人们在描写、吟咏汴河的同时，用文人细腻的情思融入独特的人生体悟："晚泊水边驿，柳塘初起风。蛙鸣蒲叶下，直入稻花中。"[①]王建的诗让人很直接就能体会到汴河一线既有八方通货的繁华，又有自然清新的美景。也不仅是王建，文人们路过此地时，总是会生出许多情思来，汴河沿岸也因此留下了大量的纪行诗。崔颢的《晚入汴水》就是其中很有代表性的一首。

崔颢的《晚入汴水》诗，写于他从吴越、荆鄂漫游归乡的途中，因此，这首诗不仅是纪行之作，同时还是一首格调清新的还乡之曲。崔颢的一生，基本是在盛唐时期度过的。在这样一个经济繁荣、政治开明、文化发达的时代，以"游历山水"为主要内容的漫游成为士人十分流行的一种风尚。大运河的南北贯通，更是为文人们的往来出行提供了便捷的交通条件。唐代许多著名文士都曾有过漫游经历，崔颢也是这众多文人中的一位。崔颢少年时即颇有才气，作诗多沿袭江左艳丽之风，故而殷璠在《河岳英灵集》中评价其"名陷轻薄"[②]。进士及第数年后，崔颢南下漫游。在吴越、荆楚秀美山水的浸渍下，崔颢诗作中的脂粉气息渐脱，清丽之意愈浓。开元末年，诗人更是远赴边塞。面对边疆壮阔瑰丽的景色，崔颢创作出了许多充满豪侠意气的慷慨之歌，风骨凛然，一改先前轻薄之体。《旧唐书·文苑传》将崔颢与王昌龄、孟浩然、高适等人并称为"开元、天宝间，

[①] （唐）王建：《汴路水驿》，王宗堂校注，《王建诗集校注》，中州古籍出版社2006年版，第224页。

[②] （元）辛文房撰：《唐才子传校笺》卷一，第1册，傅璇琮主编，中华书局1995年版，第199页。

文士知名者"①，崔颢之才情，可见一斑。

  然而就是这样的一位才子，为官之路却并不十分如意。早已进士及第的崔颢，跌宕半生，都未曾获得重用。在这样的背景下，崔颢远离京城，南下漫游。结束了数年的行旅后，崔颢由水路从荆鄂之地返回家乡，船只初入汴河时，他有感而发，写下了这首《晚入汴水》。这首诗大约作于崔颢晚年，经过岁月的沉淀，诗人早期浮艳的诗风逐渐消解，而趋向质朴简洁。在诗中，崔颢用凝练朴素的语言，清新明快的格调，完整地表达了游子即将归乡的愉快心情。《唐才子传》载，"颢，汴州人"②，崔颢生于斯，又长于斯，多年漫游之后，再次踏上与故乡一脉相连的汴水，又怎能不生出许多感叹？因此他在字里行间也传递出了浓浓的思乡之情。首联记事，昨日夜间，诗人还身在楚地，今天便已抵达汴水。崔颢自幼在家乡长大，多年来未曾回到故乡，路行至此，家乡熟悉的景物一一映入眼帘，又怎能不勾起诗人内心沉积多年的思乡之情？中间两联虽然以写景为主，但却不全用来描摹景观，颔联采用叙述的形式，表现了作者因临近家乡而按捺不住的欣慰。颈联写景，上句言天气晴朗和煦，树影倒映在河中随波摇动，光影闪烁。面对如此复杂的景物，作者只用"晴景摇津树"五个字就言简意赅地表达出来，而下句"风"的出现，不仅飘起了渔夫唱的歌，荡漾出兴奋，同时也回应了上句的"摇"。作者自信地凭借着其雅静明洁的语言才能，以惜墨如金的笔触对待景色的描写，其雅洁清丽的诗风可窥一斑。尾联转入抒情，长江、淮河上漫长曲折的路程都已经结束，即使汴河行进途中再遇起伏的波涛，难道还能让诗人心生畏惧吗？"潮波"一

---

  ① （后晋）刘昫等撰：《旧唐书》卷一九〇下《文苑下·崔颢》第15册，中华书局1975年版，第5049页。

  ② （元）辛文房撰：《唐才子传校笺》卷一，第1册，中华书局1995年版，第197页。

词，具有双重含义，既可释为"长淮"途中所遇到的重重波折，又暗指诗人在官场中受到的种种倾轧。在长期不得重用的情况下，崔颢隐隐流露出疲倦而欲归隐之意，归乡的喜悦心情也因此蒙上了一层淡淡的阴翳。

作为一位在汴河脚下成长起来的文人，崔颢以饱含深情的诗句，表达了他对这方水土的无限热爱与眷恋。然而历史总是无情的，汴河乃至大运河一线的繁华在崔颢身后遭遇了巨大冲击。天宝十四载（755），安史之乱爆发。这场持续了八年之久的混战成为大唐王朝盛极而衰的转折点。从此以后，战乱连连，政局动荡，汴河受阻，以致航运功能得不到有效发挥。唐末时，江淮地区藩镇割据，兵荒马乱，汴河疏于治理，只有在雨水充足的年份，才能勉强通航。失去东南运输支持的唐王朝也日益式微，昔日开元盛世的繁荣景象终成为过去，唐朝逐渐走向了没落的深渊。盛极一时的大唐王朝虽然湮灭，化为历史的一粒烟尘，汴河的历史却并未止步于此。经过五代十国长达半个世纪的分裂动荡后，一场"陈桥兵变"又使得国家重新归于一统。"虎眼春波溢宕沟，万艘衔尾饷史州"①，在宋朝上下的苦心经营下，大运河汴河段帆樯如云、千里不绝的繁荣景象再度出现在世人面前。汴州改名为汴京并成为新王朝的都城，也出现了许多新的景观。霜落菊黄时节，相国寺钟楼上阵阵雄浑洪亮的钟声；碧空万里之下，铁色琉璃砖塔顶随性舒卷的白云……汴京城内的诸多美景，使得后世文人纷纷作诗吟诵，重新为汴河一线增添了更为丰富的文化内蕴。

---

① （宋）宋庠：《汴渠春望漕舟数十里》，北京大学古文献研究所编：《全宋诗》第4册，北京大学出版社1991年版，第2300页。

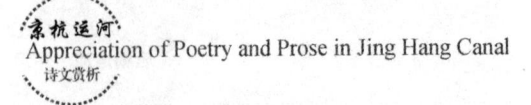

【参考文献】

1. 安作璋主编：《中国运河文化史》，山东教育出版社 2001 年版。

2. 邵院生：《论唐代漕运及其影响》，《华北水利水电学院学报》（社会科学版）2004 年第 1 期。

第十八篇　京杭运河·扬州

——以杜牧《扬州》为例

《扬州》三首（其三）①

（唐）杜牧②

街垂千步柳③，霞映两重城④。

天碧台阁丽，风凉歌管⑤清。

纤腰间长袖，玉佩杂繁缨⑥。

舻轴⑦诚为壮，豪华不可名⑧！

自是⑨荒淫罪，何妨作帝京。

注　释

①本诗引自何锡光《樊川文集校注》卷三，巴蜀书社2007年版。

②杜牧（803—852），字牧之，号樊川居士，京兆万年（今陕西西安）人，宰相杜佑之孙，杜从郁之子。唐文宗大和二年（828）进士。杜牧的诗歌以七言绝句著称，内容以咏史抒怀为主，其诗英发俊爽，多切经世之物，在晚唐成就颇高。与李商隐并称"小李杜"。因晚年居长安南樊川别墅，故后世称"杜樊川"，著有《樊

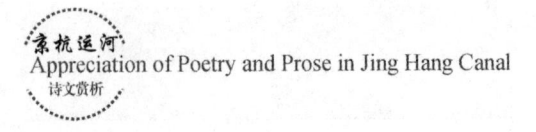

川文集》。

③千步柳：千步远的柳树行列。步，古代计量单位，一步等于五尺。

④两重城：唐时扬州蜀岗之上为子城，岗下为罗城，即内城和外郭，故曰"两重"。

⑤歌管：歌声和管弦乐器。

⑥繁缨：古代天子诸侯络马的带饰，这里泛指华丽的马饰。繁，通"鞶"（pán），系在马腹部的带子。

⑦柂（duò）：沟通、引导义，指邗沟从扬州城旁流过。轴：轴心或枢要，指扬州坐落在崑冈。崑冈，蜀冈的异名，坐落于江苏江都县西北，为广陵古城所在。鲍照《芜城赋》："柂以漕渠，轴以崑冈。"

⑧柂轴诚为壮，豪华不可名：意谓以漕渠（指运河）沟通天下，以昆仑山的余脉蜀冈作为扬州城的轴心，这城市确实是够雄壮的。

⑨自是：本是。

赏　鉴

杜牧一共写有三首《扬州》诗，这里是第三首。杜牧于唐文宗大和七年（833）来到扬州任节度府掌书记，九年（835）离开扬州，与扬州关系密切。扬州因运河而兴，繁华无比，引得诗人竞相为之吟赋。

扬州地处南北走向的大运河和东西走向的长江交汇处，是大运河流域的重要城市。京杭运河对中国南北地区之间的经济、文化发展与交流，特别是对沿线地区工农业经济的发展和城镇的兴盛起到了巨大作用。可以说，沿线城市的发展与繁荣与大运河密不可分。

扬州便是这样一个城市。扬州城的历史始于公元前486年，吴王夫差开凿邗沟，在蜀冈建立邗城，作为军事行动的后勤保障。西汉初年，吴王刘濞建都广陵，即邗城，扬州的兴盛由此开始。隋朝统一全国后开凿运河，进一步使得扬州成为当时的重要商港。直至唐代，扬州成为全国的交通枢纽，进入它的全盛时期。在中晚唐时期，扬州是全国重要的经济中心，有着繁华富丽甲天下的辉煌。虽居长江北岸，但扬州仍是广义上的江南之地。富饶的江南水乡是大唐帝国的宝库和粮仓。扬州真正意义上的繁荣始于隋代运河的开通，这使得这座城市不可避免地被刻上了大运河的印记。杜牧的《扬州三首》便是有力的证明。在这首诗中，扬州城的人文、地理、社会、经济乃至历史都有着大运河深深的烙印。可以说，是运河成就了扬州，而扬州又造就了杜牧的诗名。

大和七年（833）秋至大和九年（835）春，牧之在扬州淮南牛僧孺幕为掌书记，这段特殊的生活，让他与扬州结下了不解之缘。对于这座由隋炀帝一手铸造的奢靡、浮华的城市，杜牧已是深深恋上不可自拔，"三生杜牧，十里扬州"，《扬州三首》正是在这样的时代背景和独特情怀下创作而成的。

这三首诗是唐代最繁华城市市容市貌的直接记录，也是市民们举止风流的生动展现。从早到晚，从春至秋，从城及人，杜牧从多角度、多方位描写了这座富丽繁华的都市，刻画了自在欢乐的人群，再现了大运河与扬州城的历史画卷。

第一首所写的是扬州雷塘的热闹夜景。雷塘在江苏扬州城北，隋唐时为风景胜地。隋炀帝死于江都，李渊建唐以后，以帝王之礼将隋炀帝葬于此。"罄南山之竹，书罪无穷；决东海之波，流恶难尽"①，

---

① （宋）司马光等撰：《资治通鉴》卷一八三《隋纪七》，中华书局1956年版，第5727页。

这是李密声讨隋炀帝的檄文。在很多人眼里，杨广是个荒淫昏庸的皇帝，他大兴土木，重赋苛政，巡游无度，奢侈靡费，最终葬送了江山社稷。但隋炀帝在正史中的记载却是个有所作为的好皇帝，他平定突厥外侵，扫定江南叛乱，尤其是开凿了京杭大运河，使之成为贯通南北的大动脉，至今对中国经济、社会的发展有着不可忽视的影响。对隋炀帝的评判，应当从辩证的角度看待，因为运河的开通确实是"罪在当代，功在千秋"的事。处于长江与运河交汇点上的扬州，凭借其发达的运河交通网络，成为中国东南最繁华的大都会，同时也深得隋炀帝的喜爱。"炀帝雷塘土，迷藏有旧楼"①，据颜师古《大业拾遗记》记载，迷楼建成后，幽房曲室，互相连属，隋炀帝欢喜地说：虽真仙游其中，亦当自迷矣。他迷恋于扬州的奢靡与浮华，修建迷楼以供寻欢作乐。音乐是古人娱乐活动中不可缺少的一部分，由于喜爱江都，隋炀帝特意制作《水调》来歌唱娱乐，"谁家唱《水调》，明月满扬州"②。据《乐苑》载："《水调》，商调曲。旧说，隋炀帝幸江都所制。曲成奏之，王令言闻而谓其弟子曰：'但有去声，而无回韵，帝不返矣。'"③ 这里，所谓"但有去声而无回韵"的水调仿佛预兆了炀帝的亡国悲剧。如今，隋炀帝已作古，化作雷塘之土，但他开凿运河给扬州带来的巨大财富，带来的奢靡享乐风气依然盛行于社会。正如《水调》一般，在月光如水的扬州城中袅袅不绝。富贵之家中英俊潇洒的白马少年，衣襟翩翩，风流倜傥，在暗巷狭斜之处的妓院追欢买笑，彻夜欢愉。或在娇声燕语中，或在推杯换盏中，少年醉了，心中的火焰在燃烧，于喧闹中狂放恣纵，半脱紫裘。作者用一个典型写出了江都郡富家子弟生活的

---

① （唐）杜牧：《扬州三首》（其一），《樊川文集校注》卷三，第287页。
② 同上。
③ （唐）杜牧：《扬州三首》注释，《樊川文集校注》卷三，第288页。

常态，享受就是他们生活的主要内容，无须借酒浇愁，只有声色犬马。可以说，这种浮华自在的生活与运河对扬州城的贡献是分不开的。在一个经济贫困、发展落后的地区，这种奢靡浮华的生活是极为罕见的，因此足以看出运河的开凿对扬州城的重大改变和重要意义。

繁华、喧闹的扬州之夜在夜幕中走向结束，及东方之既白，又一幕欢乐降临了。在第二首诗中，我们可以看到扬州人多时间、多空间的娱乐活动，从春到秋，从放萤苑到斗鸡台，轮回的季节，变化的地点，处处玩闹戏耍，充满欢声笑语。放萤苑，其实是个借称，指上林苑，又称隋苑。隋炀帝在东都洛阳时，征求萤火虫，得到了好几斛，夜晚出去游山，把萤火虫放出，岩谷上下，顿时光耀点点。虽然扬州的上林苑没有放萤火，焉知没有更荒唐的举动逃过了史家的笔录？以"放萤"代指隋苑，也是名副其实。斗鸡台，实为吴公宅鸡台。炀帝曾游吴公宅鸡台，恍惚间与亡国之君陈后主相遇，并因逸游遭到陈后主诘问。在诗中，斗鸡台与放萤苑一样，都是泛指游玩观赏的好去处。"蜀船红锦重，越橐水沈堆"[1]，唐代蜀锦因织造精良、图案精美而蜚声中外，在位于东南的扬州城竟可以见到大量的蜀江锦，不能不说这是开凿运河的功劳。运河的开通使沿岸城市商品往来更加频繁。唐代扬州不仅有设在十里长街上的商业区，还有灯火连天的夜市。在市场上交易的除了与衣、食、住、行有关的一般生活用品外，还有供官僚贵族、富商大贾消费的珠宝、香药、绞锦、陶瓷和铜器等高档商品。在如此豪华繁盛的城市中，市民们的生活又是怎么样的呢？"金络擎雕去，鸾环拾翠来"[2]，手挽络绳，高擎大雕，得意而行的翩翩少年；嬉笑玩闹，捡寻翠羽的红妆女子，

---

[1] （唐）杜牧：《扬州三首》（其二），《樊川文集校注》卷三，第288页。
[2] 同上。

他们是这般愉悦惬意,毫无压力。有着大运河的养育,他们似乎不用顾及生计之忧,源源不断运来的蜀地红锦,越地沉香,这些稀有的奢侈品是他们放心娱乐的物质条件,从中可以窥探彼时扬州市民的豪华富庶生活。修道千年的丁令威化身成仙鹤,回到辽东故乡,驻足在城门前的华表上,但却有位少年意欲拉弓射向他。丁令威对少年的无知很是失望,也对俗世人间愈加失望,他想警醒乡人:"有鸟有鸟丁令威,去家千年今始归。城郭如故人民非,何不学仙冢垒垒。"① 劝说世人抛弃尘世的短暂虚荣,追求永恒的仙家性命。

　　传说淮南王刘安也升登了仙道,但他却为何"奈却回"呢?是他不像丁令威一样思乡心切吗?是他不够眷恋故乡的人民吗?恐怕不然,羽化成仙为的就是追求超脱极致的快乐,没有任何俗世的困惑与干扰。而扬州市民本身就处于无尽的享乐之中,醉生梦死,优哉游哉,还有什么诱惑能让他们放弃这样的生活呢?淮王何必再化鹤归来呢?这就从侧面反映出了扬州城的富丽繁华以及人们对它的喜爱与眷恋,同时也可以看出大运河对扬州城的巨大贡献。"运河之于城市,不是生母便是乳娘"。千百年来,是大运河哺育着扬州城,浇灌出永不停歇、川流不息的活力,见证着这座古城的不断成长。

　　最后一首诗对扬州城本身有了更贴切的描写。长街垂柳,绿杨城郭,霞光辉映,子城罗城。碧空如洗,更显楼台高阁,宏达壮丽,凉风习习,愈扬丝管歌声,沁人心脾。"千步柳""两重城"将一个充满活力、宏大秀美的千年古城生动地展现在我们面前。不仅如此,它还有着干净的环境,宜人的气候,天碧风凉,带来视觉与触觉上的双重享受。在我国历史上,扬州气候的冷暖干湿对社会经济的繁荣有一定的影响,唐代的经济繁荣正与它温暖湿润的气候有着不容

---

① (晋)干宝:《搜神后记》卷一,浙江古籍出版社1987年版,第16页。

忽视的联系。唐代扬州的环境不像北方的干燥,也不似南方的那般潮湿,这种温润气候条件一方面得益于它优越的地理位置:地处长江中下游平原,水网密布,水源充足;另一方面,这又与大运河的开凿不无关系:广阔河面使空气的湿度大大增加,同时也提高了温度。据传奇小说《开河记》记载,在开挖大运河时,隋炀帝下令在河边遍植柳树。大运河的开凿和柳树的繁茂间接增加了唐代扬州空气的湿度。大运河不仅为扬州提供了便利的交通运输,还给它带来了宜人的气候条件,最终使这座千年古城出现前所未有的繁盛,就像唐人权德舆描绘所云:

> 广陵实佳丽,隋季此为京。八方称辐辏,五达如砥平。大旆映空色,笳箫发连营。层台出重霄,金碧摩颢清。交驰流水毂,迥接浮云甍。青楼旭日映,绿野春风晴。喷玉光照地,颦蛾价倾城。灯前互巧笑,陌上相逢迎。飘飘翠羽薄,掩映红襦明。兰麝远不散,管弦闲自清。曲士守文墨,达人随性情。茫茫竟同尽,冉冉将何营。且申今日欢,莫务身后名。肯学诸儒辈,书窗误一生。①

这座所以能吸引隋炀帝视作京城的城市,交通便利,"八方称辐辏,五达如砥平";城市繁荣,不仅各种广告旗帜映天蔽日,而且车水马龙,人潮如织;这座城市更令人流连忘返、心荡神驰的地方在于,城市青楼甚多,楼中香氛袅袅、歌管繁弦,楼中的女子巧笑伶俐,飘飞的衣袂长袖红翠相间,举动之际灵活曼妙,这些繁华靡丽不仅让隋炀帝直以芜城作帝家,也让文人曲士不能安贫乐道,甘心书窗

---

① (唐)权德舆:《广陵诗》,蒋寅笺,唐元校,张静注:《权德舆诗文编年校注》,辽海出版社2013年版,第68页。

误一生。

而扬州的繁华来自"八方称辐辏,五达如砥平",更来自运河的畅通。鲍照《芜城赋》:"栅以漕渠,轴以崑冈。"① 意谓以漕渠(指运河)沟通天下,以昆仑山的余脉蜀冈作为扬州城的轴心,从中足以看出这座千古名城的雄壮。铺垫过后,继以众多迷离奢华的意象:雷塘、迷楼、放萤苑、斗鸡台、水调、歌管……也就自然而然地烘托出了诗的结尾:"自是荒淫罪,何妨作帝京!"这是对《扬州三首》的总结,是为扬州的辩解。它之所以没有成为首都,并不是自身的条件和标准达不到,相反,它有着无上的风貌和繁华,只是这一遗憾是由隋炀帝造成的,要怪就怪他的荒淫误国,怪他的贪图享乐,其实这也是对扬州城的另一种独特形式的赞叹。

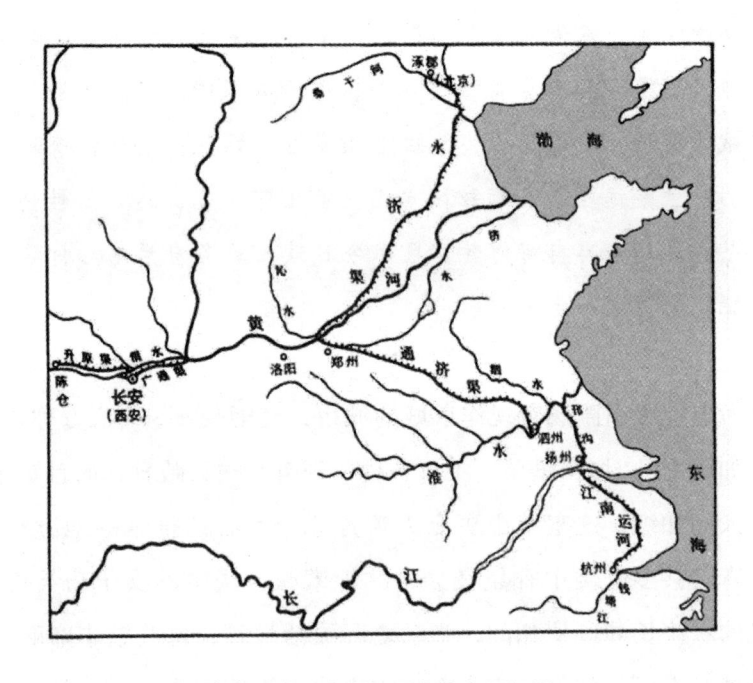

隋唐时东西大运河及南北大运河图

---

① (南朝)鲍照:《芜城赋》,《全上古三代秦汉三国六朝文·全宋文》卷四六,第5373页。

坐落在古运河旁的扬州是一座活在唐诗宋词中的千年古城，风景秀美，人杰地灵。扬州曾有"扬一益二"和一地赋税"动关国计"之美誉，而这一切，与大运河息息相关。大运河之于扬州，不仅是文化之河，也是生态之河、经济之河。悠悠运河，流淌千年，理解了运河也就理解了扬州的过去，也就理解了扬州对未来的定位与追求。

【参考文献】

1. 杜若：《帝王失格　隋朝的崩坏史》，浙江大学出版社2016年版。
2. 章必功：《中国旅游通史》，商务印书馆2016年版。
3. 杨晓政：《运河文化读本》，杭州出版社2015年版。

第十九篇　京杭运河·杭州

——以汪元量《满江红·和王昭仪韵》为例

满江红·和王昭仪韵①

（南宋）汪元量②

天上人家，醉王母、蟠桃春色③。被④午夜、漏声催箭⑤，晓光侵阙⑥。花覆千官⑦鸾阁⑧外，香浮九鼎龙楼侧⑨。恨黑风⑩、吹雨湿霓裳⑪，歌声歇。　　人去后，书应绝。肠断处，心难说。更那堪杜宇⑫、满山啼血。事去空流东汴水，愁来不见西湖月⑬。有谁知⑭、海上泣婵娟⑮，菱花缺⑯。

注　释

①此词引自胡才甫校注《汪元量集校注》，浙江古籍出版社1999年版。

②汪元量（1241—1317?），字大有，号水云，亦自号水云子、楚狂、江南倦客，钱塘（今浙江省杭州市）人。南宋诗人、词人、宫廷琴师。咸淳年间进士，以晓音律、善鼓琴供奉内廷。元军攻破临安后，随南宋恭帝及后妃北上。至元二十五年（1288），出家为道

士,在浙、赣一带鼓动反元,晚年退居杭州而终。汪诗大多记亡国之感、去国之苦,后世有"宋亡之诗史"之誉。著有《水云词》三卷、《湖山类稿》十三卷等。

③"天上人家"三句:词的上片与王清惠词相对应,写昔日南宋宫廷的繁华生活,汪元量为宫廷琴师,多回忆宴会场景。"天上人家"即喻指皇宫,三句借西王母瑶池举行蟠桃会的盛况,表现皇室欢宴的逸乐。王母即西王母,是古代中国神话传说中掌管不死药、罚恶、预警灾疠的长生女神,道教神话为全真教的祖师。蟠桃会,神话中西王母在瑶池设的品尝仙桃的宴会,雏形见于《汉武内传》。

④被:及,到达。《玉篇·衣部》:"被,及也。"

⑤催箭:迅速飞逝的箭,喻时间流逝非常迅速。晏殊《渔家傲》:"日夜声声催箭漏。"

⑥晓光侵阙:早晨的光线照进宴会的场所,即欢乐的时光非常短暂,转瞬即逝。阙,泛指帝王的住所。

⑦千官:众多的官员。

⑧鸾阁:指宫中的亭阁。

⑨九鼎:夏商周三代奉为象征国家政权的传国之宝。此处即宫中摆放的类似鼎那样象征皇权的众多器物。龙楼:汉代太子宫门名,借指太子所居之宫,此处泛指朝堂。

⑩黑风:暴风,狂风。指元军南下侵宋,宋亡之事。

⑪霓裳:飘拂轻柔的舞衣。又隐唐玄宗所作《霓裳羽衣曲》后国家遭遇兵变之典故,喻当时国之丧乱。

⑫杜宇:传说中古代蜀国望帝的姓名,杜宇死后不忍离开蜀地人民,化而为杜鹃鸟。据《成都记》载:"杜宇又曰杜主,自天而降,称望帝,好稼穑,治郫城。后望帝死,其魂化为鸟,名

曰杜鹃。"传说杜鹃昼夜悲鸣,啼至血出乃止,常用以形容哀痛之极。

⑬"事去空流"两句:北宋时期都城于开封,北宋朝廷京城的开支消费都要依赖南方,而汴河便是南方物资流入开封的最重要的黄金水道,"东汴水"句所指即金灭北宋之事。南宋都城于临安,临安标志性景观便是西湖,后一句中的"西湖月"指元灭南宋之事。两句仅十四个字,将南北宋亡国历史概括无遗,堪称妙笔。

⑭有谁知:汪元量在北地有"月亦伤心不肯明,人亦吞声泪如雨"诗句,"有谁知"意为无他人知,只有己知。

⑮海上:北方僻远之地。《尔雅·释地》:"九夷、八狄、七戎、六蛮谓之四海。"古人认为陆地四周皆为海,故用以指僻远地区。婵娟:指美人,喻指王清惠。

⑯菱花缺:字面意思为菱花形铜镜一破为二,含有"破镜重圆"的典故。唐孟启《本事诗·情感》载:"南朝陈太子舍人徐德言与妻乐昌公主恐国破后两人不能相保,因破一铜镜,各执其半,约于他年正月望日卖破镜于都市,冀得相见。后陈亡,公主没入越国公杨素家。德言依期至京,见有苍头卖半镜,出其半相合。"作者以镜破喻亲人之离散,兼喻国家山河破碎,一切都有待重合。

赏 鉴

汪元量这首词作于宋恭帝德祐二年(1276),是他与王昭仪的和词。王昭仪所作《满江红》写道:

"太液芙蓉,浑不似、旧时颜色。曾记得、春风雨露,玉楼金阙。　名播兰簪妃后里,晕潮莲脸君王侧。忽一声、鼙鼓揭天来,繁华歇。龙虎散,风云灭。千古恨,凭谁说。对山河百二,泪盈襟血。客馆夜惊尘土梦,宫车晓碾关山月。问嫦娥、于我肯从容,同圆缺。"①

王昭仪,即王清惠,于南宋末年选入宫为昭仪(女官),与汪元量关系甚密,以知己相称。据周密《浩然斋雅谈》和陶宗仪《辍耕录》记载:元世祖至元十三年(1276),也即宋恭帝德祐二年,正月,元兵攻下杭州,南宋从此灭亡。王昭仪作为皇室妇被掳,随三宫一同北上元都,在经过汴京夷山驿站时,于驿站墙壁上题下了上面这首《满江红》。文天祥、邓光荐都有和作,而汪元量的这首和词,似作于抵燕之初。词中回忆了南宋豪华的宫廷生活,转瞬是国家破灭的悲痛,多次用典,细腻感伤,兴亡之感如波澜般涌现。

汪元量,字大有,号水云,钱塘(今浙江杭州)人,宋度宗时为宫廷琴师。宋亡后,有感于黍离之悲,作下许多纪实诗词,被称为"宋亡之诗史"。作为元军的俘虏之一,元量和宫女们离开南宋都城临安(今杭州),乘船北上,一路颠沛流离。当他登上船头北望燕云,顿生茫茫之感,不禁回忆昔日东京故都的繁华,脑中浮现运河航道舟船相继的景象,而眼前却只有江水东流,正如同南宋国运一去不复返。"事去空流东汴水,愁来不见西湖月","汴水"也称汴河、汴渠,凭借其重要的漕运作用被北宋王朝视为"建国之本"。但在汪元量生活的南宋王朝,汴水早已荒废多时,为何词人还会在词中有所提及呢?这要从汴河的历史背景说起。

京杭大运河的通济渠东段被称为汴河,在中国历史上曾经有着

---

① (宋)王清惠:《满江红》,唐圭璋编:《全宋词》,中华书局1965年版,第3344页。

极重要的历史地位,其荣枯与宋代王朝的兴衰紧密相连,这赋予了汴河独特的历史意义和情感意蕴。在北宋时期,汴河被视为"建国之本"。《宋史·食货上三》载:"宋都大梁,有四河以通漕运:曰汴河,曰黄河,曰惠民河,曰广济河,而汴河所漕为多。"[1] 天禧三年(1019)汴河漕运粮食竟达八百万石,为北宋时期漕运的纪录。可以毫不夸张地说,是汴河为东京汴梁送来了繁荣昌盛。北宋王朝建都开封,与汴河也有着密不可分的关系。北宋实行中央集权政策,集重兵于中央以造成强干弱枝之势,这就必然会导致粮食需求的剧增。因此,北宋统治者不得不选择便于运输江淮粮食,同时又能兼顾北方和西北边防的地方来建都,而有着独特交通优势和政治地理优势的开封自然成为最佳选择。"汴河通,开封兴;汴河废,开封衰",这句在开封流传的民谣,说明了汴河为开封带来了绝世繁华,也正是汴河,最终将开封这座古城埋入泥沙、沉入地底。开封地处黄土高原,临近黄河,自远古时期就经常发生水灾,时常洪水泛滥,再加上长期的农业开垦,黄河上游的水土流失越来越严重。从北宋开始,黄河携带的泥沙量明显地在河道内堆积,并不断向南变道逼近开封。但由于汴河对北宋漕运的重大作用,北宋统治者尤为重视汴河水运的管理,时常进行疏浚。而到了北宋后期,由于政治的腐败、官吏玩忽职守,朝廷对运河的治理越来越不重视,导致泥沙越积越多,有些地段甚至出现河底高出堤坝平地一丈多的现象,严重影响了漕运效果。至宋哲宗统治期间,汴河的漕运工作已不能正常运行,京师之粮无法保证,更不必说边防军队的粮饷了。没有了粮食的供应,自然无法抵御外敌的入侵,最终致使北宋王朝亡于女真人的铁骑之下。

---

[1] (元)脱脱:《宋史》卷一七五《食货志上三》,中华书局1985年版,第4250页。

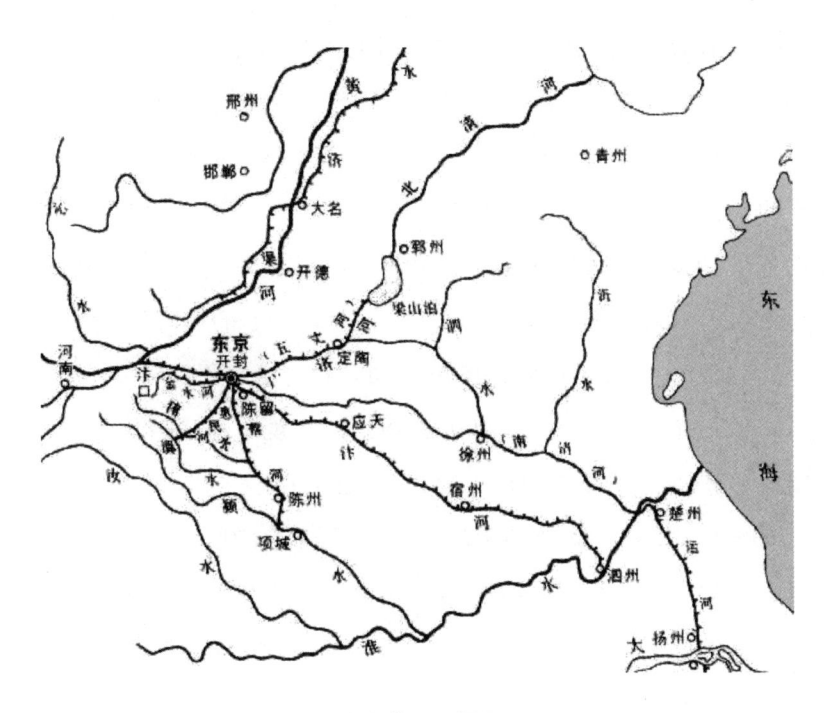

北宋漕运四渠图

北宋灭亡后,宋室南渡,建都临安(今杭州)。《宋史》载,宋高宗在通过汴水仓皇南逃的途中,为躲避金兵的追赶,下令破坏汴水航道阻止金兵前行,严重破坏了汴水航线的完整。此后,汴水又遭遇了数次决口,导致泥沙淤积,河道逐渐荒废。据南宋人记载,当时汴河河道淤塞得几乎与河岸相平,有的地方已盖起了房屋,河底也多半种上了庄稼。从南宋文人的许多诗中能看到对汴河残颓景象的记录。爱国诗人文天祥在行旅途中经过汴水,作《彭城行》咏叹道:"连山四围合,吕梁贯其中。河南大都会,故有项王宫。晋牧连杨豫,虎视北方雄。唐时燕子楼,风流张建封。西望睢阳城,只与汴水通。大平黄楼赋,尚能想遗风。迩来百余年,正朔归江东。遗民死欲尽,莽然狐兔丛。我从南方来,停骖抚遗踪。故河蓄潢潦,荒城翳秋蓬。凄凉戏马台,憔悴巨佛峰。沧海变桑田,陵谷代不同。"① 昔日都城的繁华景象与汴河的航运盛况一去不返，眼前的旧河潢潦、荒台遗迹，满目疮痍与衰败残颓之状怎能不让人兴生感慨？怎能不让人有沧海桑田之叹？而在这感叹背后更蕴含着对故国旧都的眷恋与想念。国破家亡，人是物非，汴河逐渐成为南宋文人心中东京故都的象征，成为他们思乡感怀的载体，这也是汪元量在词中感叹"事去空流东汴水，愁来不见西湖月"的原因。

《满江红·和王昭仪韵》既饱含词人对知己王昭仪的惺惺相惜之情，同时又将自己的内心世界展露词中，表现了心系故国旧都的家国情怀，字里行间透露出词人的思乡之愁、亡国之戚。

词的上阕追忆词人所亲历的南宋宫廷的豪华生活，与王词相同，但由于二人身份的不同，追述的内容也有所差异。王词主要描写亡国前自己在"玉楼金侧"的宫廷中得到度宗的宠幸，而汪词中多回忆宴会。起句"天上人家，醉王母、蟠桃春色"中"蟠桃"一词源于中国古代民间传说，相传三月三日为西王母诞辰，寿宴以蟠桃为主食，宴请众仙，故称蟠桃会。将南宋宫室宴会比作天上圣境的瑶池蟠桃大会，可以想见宫廷的富丽堂皇，宴会的歌舞升平。词人以天上之境衬人间之富丽，笔法凝练却不失典雅。下句"被午夜、漏声催箭，晓光侵阙"，这里的"箭"并非弓箭之意，而是古代置计时器漏壶下用以指示时刻之物。文天祥"午夜漏声催晓箭"②，"漏声催箭"乃是指时间的消逝，宴会一直持续到午夜，《胡笳曲·右八拍》欢快的乐曲声飘向宫殿之外，不知不觉间已"晓光侵阙"，从迷离的午夜到清晨的阳光，写出了宴会持续时间之久，流露出依依不舍之情。"花覆"二句更渲染出宫室的金碧辉煌和宫宴场面的奢华。千宫万室外，花团锦簇，九鼎龙阁旁，香烟缭绕。帝王将相气派十

---

① （宋）文天祥：《彭城行》，《文山集》卷一四，四部丛刊影明本。
② （宋）文天祥：《胡笳曲·右八拍》，《文山集》卷一四。

足,觥筹交错,欢坐一堂,好不惬意。"恨黑风、吹雨湿霓裳,歌声歇"取意于白居易《长恨歌》"渔阳鼙鼓动地来,惊破《霓裳羽衣曲》"诗句意思,"黑风"喻指元军南下,"恨"字控诉了元军摧毁南宋的侵略罪行,叙写了自己的悲愤之情。"吹雨湿霓裳",南宋王朝的富丽堂皇被战争的血雨腥风毁于一旦,国家命运也如同婉转的歌声一般骤然停歇。昔日繁华不再,只剩废墟宫室,多么令人叹惋。

词的下阕承接上阕:"人去后,书应绝。肠断处,心难说。"节奏急促,铿锵有力,似急管繁弦般叙写出词人北上后的心境,家书断绝,悲情难诉。时值生灵涂炭,国破家亡,形势危艰,苦不能言,以家愁写国恨,是一种层递手法,更显亡国之戚。"心难说"是对王词原作"千古恨,凭谁说"的翻录,山河破碎,自己如浮萍一般无依,家仇国恨,无法释怀,这千古之恨,又能向谁倾诉呢!"更那堪杜宇、满山啼血"一句源于杜鹃啼血的典故。"杜宇"是古代蜀国望帝的姓名,据《蜀王本纪》谓:"后有一男子,名曰杜宇,从天堕止。朱提有一女子名利,从江源井中出,为杜宇妻。乃自立为蜀王,号曰望帝。"[①] 相传他死后化作杜鹃鸟,啼不断,叫声哀婉凄恻,至出血乃止,后常用"杜鹃啼血"表示亡国之痛。汪元量借此典故抒发自己亡国的哀痛之情和悲愤不平之气。

"事去空流东汴水,愁来不见西湖月"中的"汴水"代指北宋国都汴京。在上文中我们说过,汴水见证了宋代王朝的兴衰,它不仅仅是一条物象意义上的河流,更是一条蕴含着中华民族价值追求、喜怒哀乐、思想情感的文学文化长河,在无数爱国文人诗词中成为思念故国旧都的意象,成为追忆往昔美好生活的载体。对于汪元量来说,汴水东去,故国已逝,南宋王朝的灭亡就如同东流的汴水一

---

① (汉)扬雄:《蜀王本纪》,《全上古三代秦汉三国六朝文·全汉文》卷五三,第827页。

般不可逆转，词人望水兴叹，心中对故主旧臣有着无法言说、难以割舍的情怀。汴水、西湖分别指代两宋都城汴京和临安，"东汴水"句指金灭北宋，"西湖月"句指元灭南宋，短短十四个字便概括出了南北宋亡国的历史。强大繁盛的宋王朝就这样无可奈何而又不可挽回地消逝，哀痛悲切的南宋遗民也只能借昔日旧都和东逝的汴水寄托对故国的追忆思念。

全词最后一句"有谁知、海上泣婵娟，菱花缺"，与王词"太液芙蓉，浑不似、旧时颜色"遥相呼应，其中"海上"一词指今俄罗斯境内的贝加尔湖一带，典出《汉书》："（苏武）既至海上，廪食不至，掘野鼠去草实而食之。"① 此处指汪元量、王清惠被元俘后的远戍之地，即居延（今甘肃）、天山（今祁连山）等极荒僻之区。词人暗引苏武牧羊之典故，以比自己与王昭仪的被俘而不屈之精神。"婵娟"指王昭仪，以昭仪喻作婵娟，称赞其容貌美丽，与王昭仪的"太液芙蓉"一词相呼应。一个"泣"字则写出了昭仪命运的凄惨以及自己对她的深深同情。处在战乱时代的两个人，有着相似的命运、共同的情感，因而能成为知己，彼此惺惺相惜。词人以"菱花缺"中的"菱花"代指菱花形铜镜，而"菱花缺"则有"破镜重圆"之意，南朝陈徐德言娶陈后主妹乐昌公主为妻，二人相敬如宾，感情甚好，陈亡之际，德言料到夫妻二人无法相守，于是破镜，与妻各执一半，并相约日后合镜相会。词人引用此典，以镜破喻亲人离散，兼喻国家山河破碎。同时望早日得返故国的眷眷思乡之愁。更用"有谁知"的反问语气，表达内心难以抑制的强烈悲愤。

全词挥洒自如，一气呵成，于叙事中蕴含强烈的抒情，用典含

---

① （汉）班固撰：《汉书》卷五四《李广苏建传》，（唐）颜师古注，中华书局1962年版，第2463页。

蓄，情深意切。这不仅仅是两个才华横溢的文人之间的唱和，更是两个痛失故国、惺惺相惜的知己之间的情感共鸣。而词人提到的"汴河"意象也随着时代的推移不断激起更多有相同经历的文人志士的共鸣，被赋予新的时代意义。

南宋灭亡以后，汴水成为诗人笔下见证历史兴衰、朝代更迭的意象，阅历兴亡。如金人完颜璹《梁台》诗："汴水悠悠蔡水来，秋风古道野花开。行人惊起田间雉，飞上梁王鼓吹台。"① 作为金世宗的弟弟，完颜璹（1272—1232）曾历尽繁华，也曾潜心学问，"日以讲诵吟咏为事，时时潜与士大夫唱酬"，却在晚年亲睹金朝被蒙古人逼得山穷水尽，以致亡国的情境②，此诗之慨，令人浩叹。元朝耶律楚材《寄张鸣道》："平山邂逅初青眼，汴水伶仃已白头。"③ 诗中借山水抒发光阴易逝、岁月蹉跎之感。汴水作为象征北宋帝国繁华盛况的具体意象，被后人用于诗词描绘曾经盛极一时的东京繁荣景象。如明朝嘉靖年间文坛领袖、"后七子"代表人物王世贞在其诗作《于鳞自浙藩迁长汴臬时予实为代有赠》中写道"梁园再起千秋雪，汴水遥增万里波"④，诗中以梁园雪霁、汴水波声等象征物华天宝、人杰地灵的汴州。

---

① （金）完颜璹：《梁台》，元好问编，萧和陶点校：《中州集》戊集卷五，华东师范大学出版社2014年版，第344页。

② 按：《金史·完颜璹》载："天兴初，璹已卧疾，论及时事，叹曰：'兵势如此，不能支，止可以降。全完颜氏一族归吾国中，使女直不灭则善矣，余复何望。'是时，曹王出质，璹见哀宗于隆德殿。上问：'叔父欲何言？'璹奏曰：'闻讹可欲出议和。讹可年幼，不苦谙练，恐不能办大事。臣请副之，或代其行。'上慰之曰：'南渡后，国家比承平时有何奉养，然叔父亦未尝沾溉。无事则置之冷地，无所顾藉，缓急则置于不测，叔父尽忠固可，天下其谓朕何？叔父休矣。'于是君臣相顾泣下。未几，以疾薨，年六十一"。（元）脱脱等：《金史》卷八五，中华书局1975年版，第1905页。

③ （元）耶律楚材：《寄张鸣道》，谢方点校：《湛然居士文集》卷一四，中华书局1986年版，第310页。

④ （明）王世贞：《于鳞自浙藩迁长汴臬时予实为代有赠》，《弇州四部稿》卷四〇诗部，明万历刻本。

汴河带给东京汴梁的繁华如今只能在北宋画家张择端的《清明上河图》中追忆，但汴河给予人们的情感寄托却在中华民族人文精神的浸润滋养下，文脉相传、源远流长。因此，汴水不仅是一条流淌于中华大地的长河，更是一条承载了华夏文明的历史长河。

【参考文献】

1. 粘振和：《北宋汴河的利用与管理》，花木兰文化出版社 2009 年版。
2. 戴兴华、戴秀秀：《隋唐运河汴河段漕运探考》，黄山书社 2015 年版。
3. 顾易生主编：《淮南皓月冷千山：南宋后期词》，黄山书社 2016 年版。
4. 史悦：《汴水与唐宋诗词研究》，硕士学位论文，湖北师范大学，2017 年。

第二十篇　宋朝运河

——以黄庶《汴河》为例

汴　河[①]

（宋）黄庶[②]

汴都峨峨[③]在平地，宋恃其德为金汤[④]。先帝始初有深意，不使子孙生怠荒。万艘北来食[⑤]京师，汴水遂作东南吭[⑥]。甲兵百万以为命，千里天下之腑肠。人心爱惜此流水，不啻[⑦]布帛与稻粱。汉唐关中数百年，木牛可以腐太仓。舟楫利今百于古，奈何益见府库疮？天心正欲医造化，人间岂无针石良？窟穴但去钱谷蠹，此水何必求桑羊[⑧]！

注　释

①此诗引自（明）李濂著，周宝珠、程民生点校《汴京遗迹志》卷二二，中华书局 1999 年版。

②黄庶（1018—1058），字亚夫，一作亚父，晚号青社，洪州分宁（今江西修水）人。黄庶乃著名诗人黄庭坚的父亲，庆历二年（1042）进士，工诗文，倡学韩愈，不蹈陈因，不作骈偶浮丽之词。

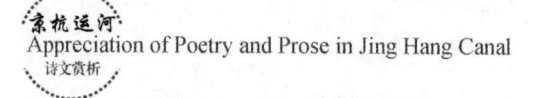

《四库提要》载:"庭坚之学韩愈,实自庶先倡。"今仅存《伐檀集》二卷,乃皇祐五年(1053)在青州幕僚时自编。

③汴都:指北宋都城开封。峨峨:盛状,盛美。高耸的样子。

④金汤:形容城池险固。

⑤食(sì):供养。当时北宋朝廷的物资主要依赖于南方省份的供给。宋代的漕运南及江浙,东通汴梁,汴河为南北重要水路,运输繁忙,故有"万艘北来"的盛景。

⑥吭(háng):喉咙,嗓子。这里指汴河作为东南地区通往开封运送物资的要道,突出其对于北宋朝廷的意义。北宋时,汴河的地位尤为重要,可以将江、浙、湖之粮食、土特产品,直运开封,并设专门机构进行管理。

⑦不啻(chì):不止,不仅仅。

⑧桑羊:指桑弘羊。桑弘羊(前155年?—前80年),河南洛阳人,西汉时期政治家、经济家,历任侍中、大农丞、治粟都尉、大司农,官至御史大夫。自元狩三年(前120年)起,在汉武帝大力支持下,桑弘羊先后推行算缗、告缗、盐铁官营、均输、平准、币制改革、酒榷等经济政策,同时组织六十万人屯田戍边等。这些措施都在不同程度上取得了成功,大幅度增加了政府的财政收入,为武帝继续推行文治武功事业奠定了雄厚的物质基础。

赏 鉴

汴河,又称汴渠,即隋朝开凿的通济渠。由于唐、宋运河基本沿用隋朝开凿的通济渠,所以史学家又将通济渠称作"唐宋汴河"。"汴"是古地名,即今天的河南省开封市。北宋时期的汴河空前繁荣,张择端在《清明上河图》中生动地描绘了汴河上舟楫连樯的繁忙运输景象。此诗写出汴河的重要交通、政治以及民生意义，对汴河的意义贡献加以中肯的评价。

（宋）张择端《清明上河图》局部

资料来源：薛凤旋：《中国城市及其文明的演变》，世界图书出版公司2015年版，第193页。

唐宋时期，大运河将南方的经济重心与北方的政治中心联系起来，成为贯通南北的经济大动脉。恰好在唐宋时期，中国古代的文学创作也达到了一个历史巅峰，诗词更是这一时期文学的代表。大批的文人墨客创作了不计其数的优秀诗词作品，其中有一部分是直接或间接描写运河的。总的来说，这类诗词的内容可以分为两种：一种是描写途经大运河时所见之景或所生之情；另一种则是对大运河开凿功过的评价及相关思想的表达。大运河诗词就像一面历史之"镜"，真实而生动地反映了大运河的存在状态与发展变迁，以及人们对大运河的情感寄托和价值判断。

Appreciation of Poetry and Prose in Jing Hang Canal 诗文赏析

汴河是大运河重要的组成部分,对整个宋代社会的发展意义重大。宋人张方平更是说"汴河之于京师,乃是建国之本"①。据载,宋太宗淳化二年(991):

> (六月)乙酉,汴水决浚仪县,坏连隄,泛民田。上昧旦乘步辇出乾元门,宰相、枢密使迎谒于路,上谓曰:"东京养甲兵数十万,居人百万,转漕仰给在此一渠水,朕安得不顾!"车驾入泥淖中,行百步,从臣震恐,殿前都指挥使戴兴叩头恳请车驾回,兴遂捧承步辇出泥淖中。诏兴督步卒数千塞之。日未昧,而隄岸屹立,水势遂定,始就次,太官进膳,亲王、近臣皆泥泞沾衣。②

从这则记录知道,汴河决堤之事竟让宋太宗在天蒙蒙亮的时候就乘坐着步辇出乾元门去查看汴河的水势。而想象一下公元10世纪汴河边的能见度以及地面的泥泞程度,则太宗的步辇陷入泥沼中简直是必然的事。宋太宗如此不顾个人身份、安危的行动,把殿前都指挥戴兴逼得只好将太宗的步辇捧出泥沼。最后,在太宗的督促下,戴兴率领数千名步卒参与填塞堤口,直到水势稳定,太宗才吃早饭。而宋太宗之所以对汴河决堤如此焦虑着急,正如他自己说的那样:"东京养甲兵数十万,居人百万家,转漕仰给在此一渠水,朕安得不顾!"汴河是联系黄河与长江的重要水路,不仅是唐宋时期运输的大动脉,甚至可以说是维系整个帝国命运的核心纽带,其重要性不言而喻。

由于各个时期的历史背景、社会环境以及运河本身发挥作用的

---

① (宋)李焘撰:《续资治通鉴长编》卷二六九,上海师范大学古籍整理研究所、华东师范大学古籍整理研究所点校,中华书局2004年版,第6592页。

② 《续资治通鉴长编》卷三二,第716页。

不同，唐人、宋人对运河的态度有所差异。中唐时期，人们把焦点更多地放在了运河开通的过错上，认为隋炀帝不应该耗费过多的人力、物力、财力来修建大运河，这个无法挽回的错误最终导致了隋朝的灭亡，而隋炀帝本人也为此付出了惨痛的代价，唐代的很多诗人有作品讽刺，比如张祜的《隋堤怀古》："隋季穷兵复浚川，自为猛虎可周旋。锦帆东去不归日，汴水西来无尽年。本欲山河传百二，谁知钟鼎已三千。那堪重问江都事，回望空悲绿树烟。"[1] 许浑的《汴河亭》："广陵花盛帝东游，先劈昆仑一派流。百二禁兵辞象阙，三千宫女下龙舟。凝云鼓震星辰动，拂浪旗开日月浮。四海义师归有道，迷楼还似景阳楼。"[2] 张祜、许浑他们的这种评价与当时的历史背景是分不开的，统一、强盛的隋王朝的陨落不可避免地会引起唐人的反思，不想重蹈覆辙就必须吸取历史教训，这种态度也是可以理解的。随着时间的推移，人们越来越认识到运河对南北经济、文化交流的重要性，对统一和加强中央集权的重要性。于是，人们对运河的开凿与通航开始有了辩证的认识与评价，如晚唐时的皮日休在其《汴河铭》中就认为，隋炀帝开通汴河对隋朝是害与过，但对于唐朝来说，就是利与功。总的来说，这一时期的诗歌作品更多的是对运河开凿功过的反思与评价。到了北宋，一方面这种作品仍然不在少数，另一方面，由于汴河漕运作用日益重要，成为北宋的立国之本，朝廷空前重视对它的经营与治理。特别是北宋中期以后，汴河漕运出现了一系列社会问题，对运河的治理上升到了国计层面，一些有识之士开始积极地建言献策，各抒己见。因此，这一时期的诗歌作品更多的是关注汴河

---

[1] （唐）张祜：《隋堤怀古》，尹占华：《张祜诗集校注》卷八，巴蜀书社2007年版，第387页。

[2] （唐）许浑：《汴河亭》，罗时进：《丁卯集笺证》卷七，中华书局2012年版，第400页。

的现实问题，人们或站在中央立场或着眼地方百姓，出现支持与否定汴河两种声音。

肯定的声音当然是可以理解的，在前文我们就已论述过汴河对于北宋王朝的重要性，它是北宋繁荣的强大支柱，北宋之所以建都开封，与濒临汴河不无关系，这是从中央的角度来看汴河漕运的巨大作用。而从地方的角度来说，东南地区承担了来自中央沉重的财富物资需求的压力，大批的粮食货物通过运河从东南地区运往京师地区，保证了京都地区的物资供应，但这同时也加剧了中央对地方的剥削。蔡襄在《泗州登马子山观漕亭》中就这样写道："岁输六百万，江湖极收敛。挽送入太仓，因陈失盖弇。将漕苟不登，汝职兹为忝。或谓取太多，六路有丰俭。其间一不熟，饥殍谁能掩。"[①] 中央利用运河对地方实行"天经地义"的剥削，给地方百姓带来了无法承受的重担，若粮食丰歉稍有差池，百姓就会因此引起灾荒。基于这些问题，有一些人便开始提出停罢汴河漕运的主张。激进如石介的《汴渠》，他的诗写道：

> 隋帝荒宴游，厚地刳为沟。万舸东南行，四海困横流。义旗举晋阳，锦帆入扬州。扬州竟不返，京邑为墟丘。吁哉汴渠水，至今病不瘳。世言汴水利，我为汴水尤。利害吾岂知，吾试言其由。汴水浚且长，汴流溃且道。千里泄地气，万世劳人谋。舳舻相属进，馈运曾无休。一人奉口复，百姓竭膏油。民力输公家，斗粟不敢收。州侯共王都，尺租不敢留。太仓粟峨峨，冗兵食无羞。上林钱朽贯，乐官求俳优。吾欲塞汴水，吾欲坏官舟。请君简赐予，请君节财求。王畿方千里，邦国用足

[①] （宋）蔡襄：《泗州登马子山观漕亭》，《端明集》莆阳居士蔡公文集卷第三，文渊阁四库全书。

周。尽省转运使，重封富民侯。天下无移粟，一州食一州。①

石介站在民生的角度认为汴河的通航榨取了四海的民脂民膏，让黎民百姓不堪困扰，因此他主张节俭朝廷开支，停罢汴河的漕运，发展中央政府周边的农业生产，不再转运粮食，使本州之粮供应本州。尽管石介的观点也有他的深刻性所在，毕竟北方以及中央政府过度依赖漕运、依赖地方经济，一旦出现漕运阻断，则有可能导致帝国的覆灭性危机。但总体而言，石介的主张还是不现实的。所以大多数相对正直而有识的官员不支持停罢漕运，对汴河开凿、修浚都是采取积极肯定的态度，但也认为应缓解对东南地区的过度剥削。我们现在将要分析的黄庶的《汴河》，主题就是这样的。

作者黄庶，出身于江西修水书香门弟，家学渊源深厚，从小志向远大，有补天之志。但他一生的仕途并不顺利，长期居于下僚，然而理想与现实的矛盾并没有浇灭他的一腔报国热血。他始终抱有济国救世、兼济天下的思想，对被当权者视为鱼肉的百姓，他总是给予深深的同情和极大的关怀。这样一位经世报国之士，在面对日益严峻的汴河漕运问题时，自然不会视而不见、袖手旁观。黄庶在《汴河》一诗中指出了当时汴河漕运存在的问题，并提出了解决这一问题的办法。

黄庶首先肯定了汴河对国家、京城起到的重要作用。巍峨的汴都城池固若金汤，有着优越的地理位置，先帝顾及后世的子子孙孙，为避免饥荒的出现，利用汴水通航，将东南地区的粮食物资转运到京师地区。北宋朝廷之所以定都开封，与汴水有着密不可分的关系。一马平川的平原城市开封，虽有陆路交通，但在唐宋时期，多以水

---

① （宋）石介：《汴渠》，陈植锷点校，《徂徕石先生文集》，中华书局1984年版，第11页。

路交通为主。以汴水为首的庞大水运网，使京师开封稳坐"天下之枢，万国咸通"的位置，是促进开封城经济繁荣的重要条件，也是北宋选择定都于此的核心因素之一。北宋实行中央集权制，京城拥有庞大的官僚机构，将重兵集结于中央，因此京师对粮食物资的需求巨大，汴水将江淮米粮丝茶盐等物资源源不断输送至京师，功不可没，可谓是北宋的生命线。

汴水不仅促进了北宋王朝的经济繁荣，而且在政治军事上为其提供了坚不可摧的壁垒。可以说，北宋政权的兴亡与汴水的兴废紧密相连。正如黄庶所说"甲兵百万以为命，千里天下之腑肠"，再如张方平在《论汴河利害事》一文中指出："今日之势，国依兵而立，兵以食为命，食以漕运为本，漕运以河渠为主……今仰食于官廪者不惟三军，至于京师士庶，以亿万计……有食则京师可立。汴河废，则大众不可聚。汴河之于京城，乃是建国之本……大众之命，惟汴是赖。"① 无一不昭示着汴水的重要意义：它环绕着一座城池；它造就了一代国都；它关系着一个王朝的兴衰命运。从这种意义上来说，汴水不仅仅是一条通航的河流，它更是一个国家和王朝的生命之脉。正是基于此，人们对这条河流的爱惜才会不亚于布帛与稻粱。

随着汴河作用的越来越大，一系列社会问题也日益凸显出来，正如诗中所说"汉唐关中数百年，木牛可以腐太仓。舟楫利今百于古，奈何益见府库疮"。汴河虽给京师地区输送了大批的粮食物资，为国家的统一奠定了坚实的物质基础，但却给作为物资产出地的东南地区带来了巨大的压力。当地生产粮食不仅要满足本地区人民的需要，而且还要大量上供朝廷。北宋时期外患严重，京畿地区的禁

---

① （明）黄淮、杨士奇：《历代名臣奏议》卷二六一，台湾学生书局1964年版，第3431页。

军达数十万,还有烦冗的官僚机构以及京城的百万人口都需要漕粮来供养。正是有了汴河漕运的保障,京师地区只需通过剥削和压榨地方来"坐享其成",这最终导致宋廷内部生活愈加奢靡腐化,而各地政府和民众的生活压力却越来越难以承受,使得汴水成为朝廷压榨百姓的工具。

既然汴河漕运带来了如此繁杂的现实问题,那么黄庶是否认为应该停止汴河的通航呢?他在诗的末尾给出了答案:"窟穴但去钱谷蠹,此水何必求桑羊。""桑羊"是指西汉政治家桑弘羊。桑弘羊的主要作为与汉武帝的政治、经济和军事有着密不可分的联系。在总管国家财政期间,为了彻底解决财政困难问题,桑弘羊制定或修订、实施了诸如机构改革、盐铁官营、均输平准等一系列新的财经政策。这些措施大幅度增加了政府的经济收入,为武帝继续推行文治武功事业奠定了雄厚的物质基础,从经济上加强了中央集权,巩固了统一。黄庶认为对待汴河漕运没有必要仿效桑弘羊实行大刀阔斧的改革,只从问题出现的地方补漏洞即可。汴河通航自身是没有问题的,只是由于朝廷无节制的贪欲享受和管理调度不善才导致了一系列社会问题。因此,汴河不能停止通航,但为了减少天下的供应,朝廷要实行节俭的政策,杜绝浪费和奢侈。

如何进行经济改革是引起后来北宋党争的主要原因,但是在汴河是否停罢这一问题上,意见比较统一,就是汴河系国家命脉,不可停罢。一些有报国之心的文人志士积极向国家建言献策,从其他方面提出了一些解决方案。如当时反对变法的郑獬在《汴河曲》中表明了自己的观点"秦汉都关中,厥田号衍沃","或能寻旧源,鸠工凿其陆。少缓东南民,俾之具馈粥"[①],从关中调取粮食以缓

---

① (宋)郑獬:《郧溪集》卷二三,清文渊阁四库全书本。

解东南地区的压力，从而"为天下福"。对停罢汴河的争议虽然不曾停止，但是因为汴河带来的巨大利益，汴河不可停罢的声音始终占据主流。

汴河漕运是北宋的立国之本，它起到的经济、政治、文化等方面的作用是不可估量的。但如果不能正确地利用，只是把它作为朝廷剥削地方的工具，不能用可持续发展的眼光去看待东南地区的财富，那么它也将成为王朝覆灭的催化剂。到了北宋后期，汴河漕运所带来的问题依然没有得到根本性的改变，而且越来越严重，再加上徽宗年间花石纲之役的阻碍，使境况更加恶化，以致后来汴京被围，汴河漕运停滞。中央政府失去经济支持，经济重心与政治中心分裂，军事力量也随之崩溃，加速了北宋一朝的灭亡。

黄庶的《汴河》一诗充分体现出当时士大夫的积极用世之心，在国家和人民遇到艰难困境时，他们积极献言献策，提出多种解决方案，把国家发展与社会安定放在第一位，以缓解社会矛盾，巩固国家统治。而我们以当代的眼光来看这首诗，了解诗歌的创作背景，也能收获颇丰。

【参考文献】

1. 李建家：《隋唐运河汴河段觅踪》，中国文史出版社2014年版。
2. 张聪聪：《北宋汴河与诗歌研究》，硕士学位论文，河北师范大学，2018年。
3. 胡其伟、周晨：《阅读运河》，上海交通大学出版社2014年版。

第二十一篇　宋朝运河

——以欧阳修《自河北贬滁州初入汴河闻雁》为例

自河北贬滁州初入汴河闻雁[①]

（北宋）欧阳修[②]

阳城淀[③]里新来雁，趁伴[④]南飞逐越船[⑤]。

野岸柳黄霜正白[⑥]，五更[⑦]惊破客[⑧]愁眠。

注　释

①本诗引自李逸安点校《欧阳修全集·居士集》卷一一，中华书局2001年版。

②欧阳修（1007—1072），字永叔，号醉翁、六一居士，吉州永丰（今江西省吉安市永丰县）人。北宋著名政治家，史学家，文学家，北宋古文运动领袖、"唐宋八大家"之一。仁宗天圣八年（1030）进士，初为西京留守推官、馆阁校勘，因积极投身革新运动数次被贬，知滁州、扬州、应天府，后官至参知政事，因反对王安石变法辞官，卒谥文忠。欧阳修一生著述繁富，有《欧阳文忠公集》一百五十三卷，另有《新唐书》《新五代史》《诗本义》《集古录》等史学、经

学、金石学著作。

③阳城淀：大致位于今河北省保定市望都县东面的湖泊，今已消失。郦道元《水经注》："博水又东南经穀梁亭南，又东经阳城县，散为泽渚……世谓之为阳城淀也。"

④趁伴：结伴。

⑤越船：越为春秋时期诸侯国，疆域主要为以绍兴为中心的杭嘉湖平原，全盛期囊括长江下游地区。欧阳修被贬之地滁州曾属越国。越船意为开往越地之船。

⑥据严杰《欧阳修年谱》，"庆历五年八月，贬滁州……十月，至滁州"，可知初入汴河时间约在九月。

⑦五更：古代把黄昏至拂晓分为甲、乙、丙、丁、戊五段，用鼓打更报时，谓之"五更"，又称五鼓、五夜。五更又称平旦，天将明时，现代时间为凌晨3—5点。

⑧客：指作者自己，因为听到雁声，从忧愁的睡梦中惊醒。

赏　鉴

欧阳修这首《自河北贬滁州初入汴河闻雁》诗作于宋仁宗庆历五年（1045），当时欧阳修参与范仲淹、韩琦、富弼等人的"庆历新政"，贬知滁州（今安徽省滁州市）。对欧阳修来说，或许他自己也没能预料到，这场由参与"庆历新政"而导致的贬谪将成为他今后十年不断辗转的起点。由于"庆历新政"中一些措施的实施触动了大批封建官僚贵族的既得利益，因而遭到了守旧派的强烈反对和暗中阻挠。大约一年半之后，改革派在这场新旧势力的对峙中败下阵来，新政最终潦草收场。改革中的核心人物接连被外调，欧阳修作为中坚力量，自然也免不了这样的遭遇。欧阳修本已调离京城，出任河北都转运按察使，但守旧派们并未就此罢休。他们四处搜集罪证，诬陷欧阳修，致使其被贬滁州。于是，时年三十九岁的欧阳修于庆历五年自河北由水路赶赴滁州，初入汴河之时有感而发，写下了这首《自河北贬滁州初入汴河闻雁》。而欧阳修的感喟又不能不说与运河的意义紧密相关。

我们已经知道，隋朝大业年间，隋炀帝召集河南百万民众在先秦鸿沟、东汉汴渠的基础上开凿了通济渠。至唐代，通济渠被更名为广济渠，后又改称汴河。沿用隋代的运河系统，唐、宋两朝尤其充分利用了汴河这一段，因而汴河又被后人称为唐、宋汴河。运河对于唐朝社会的深刻影响，诚如皮日休在《汴河铭》中所说："则隋之疏淇、汴，凿太行，在隋之民，不胜其害也，在唐之民，不胜其利也。"① 概括得非常精辟。到了宋代，汴河的存在变得更为关键。"汴河乃建国之本"②，在北宋经济重心和政治中心日趋分离的情况下，汴河成为沟通南北、往来漕运的重要路径。所以，汴河的开凿固然历尽艰辛，但事实却证明，汴河在历史上尤其是北宋历史上发挥了不可估量的作用。

淳化二年（991）六月，汴河于浚仪县决堤。宋太宗诏数千步卒抢修堤坝，并说："东京养甲兵数十万，居人百万家，天下转漕，仰给在此一渠水。"③ 由此可见，汴河的漕运功能对北宋王朝至关重要。据史料记载，北宋时期的汴京城内，"有四河以通漕运：曰汴河，曰黄河，曰惠民河，曰广济河，而汴河所漕为多"④。北宋王室选择汴京作为都城，很重要的一点就在于汴京拥有四通八达的水路交通网。在《宋史·河渠志》中，宣徽北院使、中太一宫使张方平曾谈及汴

---

① （唐）皮日休撰：《皮子文薮》，萧涤非、郑庆笃整理，上海古籍出版社2017年版，第48页。
② （元）脱脱：《宋史》卷九三《河渠志三》，中华书局1985年版，第2323页。
③ 同上书，第2317页。
④ （元）脱脱：《宋史》卷一七五《食货志上三》，中华书局1985年版，第4250页。

河对于北宋王朝的重要作用。他说:"国家漕运,以河渠为主。国初浚河渠三道,通京城漕运,自后定立上供年额:汴河斛斗六百万石,广济河六十二万石,惠民河六十万石。广济河所运,止给太康、咸平、尉氏等县军粮而已。惟汴河专运粳米,兼以小麦,此乃太仓蓄积之实。"① 三河之中,唯有汴河的年漕运量多达六百万石,且专运粳米、小麦这些"大仓蓄积之实"。由此便可看出,汴河实为北宋王朝的"生命线"。作为当时最繁华的都市之一,汴京城内聚集了大量人口,一度高达150余万,其中包括皇室贵族、军队、豪门权贵,还有一些大中小地主、商人、手工业者等。这些人大多属于中上层阶级,军队等更是受国家供养,因此直接参与物质资料生产的人数十分有限。与此相矛盾的是,汴京城内历年消费数额巨大,城内产出的物质资料难以自给,因而必须从全国各地调运物资以供消耗。伴随着江南地区经济的崛起,政治中心与江南地区经济重心日益分离,汴河作为沟通南北的重要路径,承担了主要的运输任务。

汴河之所以能拥有如此大的漕运量,与北宋王朝的长期治理是分不开的。汴河主要是引黄河之水注入,黄河水本身就携带大量泥沙,从隋至宋,日积月累,泥沙堆积问题十分严重。随着河床的不断抬升,两岸的堤坝也越修越高,汴河上游有些河段甚至出现了"地上悬河"的现象。历朝历代的统治者虽然都有对汴河进行定期清理,但由于河道治理的特殊性,泥沙堆积现象难以得到彻底整治。唐末长期战乱,只有后周显德年间对汴河进行过部分河段的疏浚,到北宋建国时,汴河的破坏和淤塞现象已经十分严重。北宋朝廷清醒地认识到此河道对于国家的重要性,因而十分重视对汴河的治理。为改善这一状况,北宋统治集团接连采取了多种方式,如引洛清汴,减少黄河水的注入,

---

① (元)脱脱:《宋史》卷九三《河渠志三》,中华书局1985年版,第2323页。

使汴河能够保持清流状态；设立专门的河渠司治理汴河，及时清理河底淤泥；设置水柜、束水木栅，调节汴河汛期与枯水期的水量；等等。在北宋人民的不懈努力下，汴河才得以较为顺畅地通行数百年。

在水流较少的时节，宋人会用收束水势的办法保证船舶的通行。埽岸是一种常见的束水方式，人们将秫秸、石块、树枝捆扎成圆柱形，然后用竹子扎成的绳索串连起来，放置岸边用以堵口或护岸。

汴水悠悠，水面上来来往往的船只不仅织就了汴京的繁华景象，也承载了无数文人墨客的思绪愁怀，为汴河赋予了许多独特的文学意义。正因为唐、宋以来汴河对于国计民生休戚相关的重大意义，所以文人墨客以汴河为创作对象，阐述报国主张与见识、表达人生感慨与愿景、抒发内心幽思与情怀、描写日常随想与心得等，产生了无数优秀的文学作品。比如苏辙诗感慨汴河冬日难行："客心凛凛怯寒冰，拥褐无言夜漏深。"① 范成大忧虑汴河疏浚的繁难："指顾

---

① （宋）苏辙：《复赋河冰四绝》，曾枣庄、马德富校点，《栾城集》，上海古籍出版社2009年版，第340页。

枯河五十年,龙舟早晚定疏川? 还京却要东南运,酸枣棠梨莫翳然。"① 等等。这些优秀的诗作,不仅丰富了诗歌的题材内容,还为后人了解汴河提供了宝贵的个体经验。欧阳修的这首《自河北贬滁州初入汴河闻雁》同样丰富了汴河的文化意蕴,也丰富了中国传统诗歌的表达内容。

欧阳修这一次由河北都转运按察使任上被贬滁州,是他景祐三年(1036)被贬夷陵县令后的第二次贬谪,也可以说是他为宋朝的朝政改革再一次付出了个人的沉重代价。经历重重打击之后的欧阳修,他眼中的汴河会是怎样的景致呢?

刚从河北进入汴河的一天凌晨,五更时分,正是万籁俱寂之时。舱内的旅客正在安睡,船夫此时也还未开始工作,小船静静地漂浮在水面之上,一切都是宁静、平和的样子。突然,正在舱内休息的欧阳修被外面传来的一阵异响惊醒。本就心事重重的他再无心睡眠,索性披衣起身,走到舱外。欧阳修伫立船头,借着稀薄的月色仔细寻找这声音的由来。原来是天气转寒,候鸟们再度开始了它们的南徙之路。在月光下,阳城淀方向飞来的一群大雁齐齐挥动翅膀,越过诗人乘坐的客船,渐行渐远。诗人眺望汴河两岸,依稀之中,只见柳枝枯黄、秋霜素白。

阳城淀,在今河北望都县。据《水经注》记载,"博水又东南经毂梁亭南,又东经阳城县,散为泽渚",博水流经阳城县后,散为泽渚,世人称之为"阳城淀"。而且这里风景优美雅致,水生植物诸如蒲笋、菱藕等非常丰饶,人们往往以采摘为乐,连《水经注》这样的学术著作也感慨地写道:"渚水潴涨,方广数里,匪直蒲笋是丰,实亦偏饶菱藕,至若娈婉丱童,及弱年崽子,或单舟采菱,或叠舸

---

① (宋)范成大:《汴河》,《范石湖集・石湖居士诗集》卷一二,第145页。

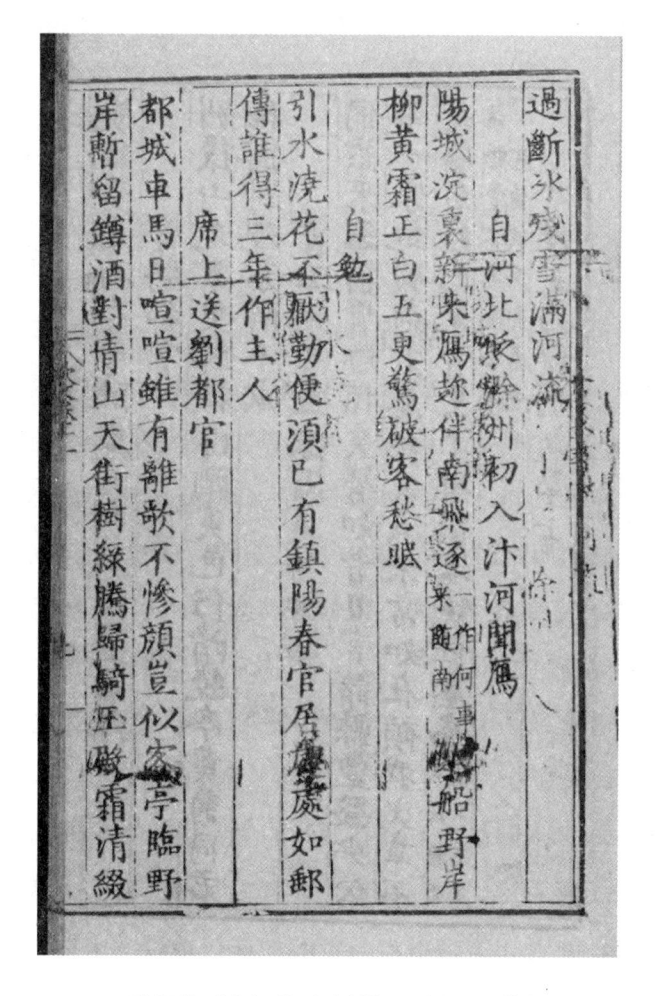

欧阳修《自河北贬滁州初入汴河闻雁》

资料来源：《欧阳文忠公集》书影，今藏哈佛燕京图书馆。

折芰，长歌阳春，爱深绿水，掇拾者不言疲，谣咏者自流响，于时行旅过瞩，亦有慰于羁望矣。"① 可惜风景虽美，但对于愁人而言，却未必能感觉到。王恽有词写道："采菱人语隔秋烟，波静如横练。入手风光莫流转，共留连，画船一笑春风面。江山信美，终非

---

① 《水经注校证》卷十一"濊水"，第290、291页。

吾土，问何日是归年？①"当欧阳修乘船至此，看到大雁南行，不禁伤感难抑。一个"愁"字，点明诗人此时内心的情感状态；一个"客"字，则点明了诗人羁旅的身份。此时的他仿佛也如大雁一样，随着时节的变化而辗转不停。李清照有"只恐双溪舴艋舟，载不动、许多愁"②之句，将无形的愁思化为有形。欧阳修在此虽并未像易安居士一样，将内心的离愁别绪直接道出，但其选取的雁翔、柳黄、霜白等物象，却无一不是愁思的象征。大雁南飞，秋霜肃肃，以景衬情，以情寓景。所谓"自古逢秋悲寂寥"③，诗人经历新政失败、无辜蒙冤、再贬滁州这一系列打击之后，内心已然十分惆怅，更何况此时此刻映入眼帘的还是这样一幅肃杀的秋景图。"一切景语皆情语"④，景物描写都是作者内心情感的表达。诗人内心愁苦，目光所到之处、笔端所达之意，便也无一不体现出萧索的意味来。同样，也正是因为有这样的心境，诗人眼中所见才皆有凄凉之意，使整首诗凄凉萧瑟，读罢令人心生愀然。

　　行至此地，欧阳修为何会有如此心境？这无疑与汴河有着密切联系。汴河上接黄河，下连淮水，在唐宋时期的社会生活中占有重要地位。而汴京处于汴河上游与中游的连接地带，来往行舟十分便利，欧阳修选择此路赴任也属必然。此时的北宋帝国犹如正在汴河里航行的一艘大船，想要让它顺利地抵达终点，就必须要像疏浚河道一样，将其所面临的重重阻力逐一消解。欧阳修等人的革新运动显然就是在为此努力，但遗憾的是，改革最终还是失败了。行至此

---

① （元）王恽：《平湖乐》，杨亮、钟彦飞校注，《王恽全集汇校》卷七七，中华书局2013年版，第3247页。
② （宋）李清照：《重辑李清照集》卷三，黄墨谷辑校，中华书局2009年版，第37页。
③ （唐）刘禹锡：《刘禹锡集笺证》，瞿蜕园笺证，上海古籍出版社1989年版，第829页。
④ 王国维：《人间词话》，施议对译注，《中国古代名著全本译注丛书》，上海古籍出版社2016年版，第163页。

处的欧阳修或许正是联想到此，才有了如此沉重的心情。有意思的是，汴河从都城穿过，出汴、入汴在无形之中就与人们的仕履迁转有了特殊的关联，文人们也因此感慨颇多。欧阳修的这首《自河北贬滁州初入汴河闻雁》就是在他新政失败、心情倍加沉重之时所作。黄庭坚曾作《晓放汴舟》一诗，"又持三十口，去作江南梦"①，为了早日到达目的地，黄庭坚早早地就乘船出发，第一次任官的激动心情表露无遗。

景祐三年（1036），欧阳修被贬峡州夷陵县令时，也是乘汴河之船赴任。"沿汴绝淮，泛大江，凡五千里，用一百一十程，才至荆南"②，沿途艰辛可想而知。时隔九年，欧阳修再次遭贬，由汴河踏上了离京之途。"五更惊破客愁眠"，峡州虽小，幸而有老友陪伴，此去滁州，却不知是怎样的光景。史实也向我们证明，欧阳修确实自此开始了自己近乎十年的辗转。"岂知身愈危，惟恐职不称。十年困风波，九死出槛穽"③。直到至和元年（1054）欧阳修才得以重回汴京。飘零辗转，其中艰辛不可胜数。

对汴河来说，无论是被屡屡贬谪的欧阳修又或者是新官就任的黄庭坚，他们都只是万千过客中的一员。然而正是这些过客，合力描绘出了汴河的别样风情。宋室南渡之后，金人与宋人约定以淮河为界，汴河由此置于金人的统治之下。在南北分治的情况下，金人并不十分重视汴河，自然也对其疏于治理。一次次的决口、淤塞之后，汴河终于堙灭，五百年的繁华也就此逝去，成为历史的陈迹。值得庆幸的是，作为文学意象的汴河在后世依然存在。"可惜翠华南

---

① （宋）黄庭坚：《晓放汴舟》，刘尚荣点校，《黄庭坚诗集注》外集卷八，中华书局2003年版，第1004页。

② （宋）欧阳修：《与尹师鲁第一书》，《欧阳修全集》卷六九，中华书局2001年版，第997页。

③ （宋）欧阳修：《述怀》，《欧阳修全集》卷五，第89页。

渡后，旧时杨柳一株无"①。（林曾《汴河》）北宋王朝的覆灭，使得汴河成为了南渡之后文人们抒写故土之思的最好题材。

其实，不仅汴河本身，汴河沿岸的一些城市如宋州、宿州、泗州等地，都有着丰富的自然、人文景观，它们也每每被文人们纳入创作范围之中，梁园、张氏园亭等著名景点在唐宋诗歌中经常出现。欧阳修路过宿州，游张损之园时曾作《题张损之学士兰皋亭》，过泗州时还应友人之邀作《泗州先春亭记》，此外如李白的《梁园吟》、岑参的《梁园歌》、苏轼的《留题兰皋亭》等都是人们途经汴河时，对周边景致的书写。

值得一提的是，借由汴河运输的石头也曾是汴河诗的一个值得注意的题材。北宋后期，徽宗酷爱奇石，于是大兴花石纲，致使沿途百姓苦不堪言。史书提及此事，甚至有"流毒州郡者二十年"②之语。诗人们有感于此，创作了许多具有谴责与反思意味的诗歌，如南宋文人楼钥的《灵璧道旁怪石》、汪元量《花石纲》等。汴河的自然风光及其沿岸的人文景观，再加上人们赋予汴河的象征意义，共同构成了汴河沿岸独特的文化圈。

【参考文献】

1. 葛奇峰：《大运（汴）河开封段考古调查与研究》，河南大学出版社2018年版。

2. 粘振和：《北宋汴河的利用与管理》，花木兰文化出版社2009年版。

3. 陈守成：《宋朝汴河船：〈清明上河图〉船舶解构》，上海书店出版社2010年版。

---

① （宋）周密撰：《浩然斋雅谈》，孔凡礼点校，中华书局2010年版，第36页。
② （元）脱脱：《宋史》卷四七〇《朱勔传》，中华书局1985年版，第13685页。

第二十二篇　宋朝运河

——以苏辙《高邮别秦观三首》为例

高邮别秦观三首①

（宋）苏辙②

其一

蒙蒙春雨湿邗沟，蓬底安眠昼拥裘③。

知有故人④家在此，速将诗卷洗闲愁。

其二

笔端大字鸦栖壁，袖里清诗句琢冰⑤。

送我扁舟六十里，不嫌罪垢⑥污交朋。

其三

高安⑦此去风涛恶，犹有庐山得纵游。

便欲携君解船⑧去，念君无罪去何求⑨。

注　释

①本组诗录自陈宏天、高秀芳点校《苏辙集》卷九，中华书局1990年版。

②苏辙（1039—1112），字子由，一字同叔，晚号颍滨遗老，眉州眉山（今属四川）人。苏辙与父亲苏洵、兄长苏轼齐名，合称"三苏"。其生平学问深受其父、兄影响，以散文著称，擅长政论和史论，苏轼称其散文"汪洋澹泊，有一唱三叹之声，而其秀杰之气终不可没"（《答张文潜书一首》）。其诗力图追步苏轼，风格朴实无华，文采则略逊。苏辙亦善书，其书法潇洒自如，工整有序。有《栾城集》行于世。

③昼拥裘：形容春寒料峭。

④故人：指秦观。

⑤这两句是说，苏辙与秦观唱和的诗都题写在冰凉的墙壁上。

⑥罪垢：时苏辙正负罪在身，被押送至贬所。一般人避之唯恐不及，而秦观却送至六十里。

⑦高安：在江西赣江支流的锦江中游，即今江西省高安市，是苏辙这次的贬谪所在地。这两句是说，前程虽然险恶，但沿途山川胜迹是不能不看的。文人的豁达气质，略见一斑。

⑧解（xiè）船：押送负罪之人的船只。

⑨这两句是婉言谢绝秦观相送到底的盛意。

赏　鉴

苏辙这组诗作于元丰三年（1080）春。苏辙因其兄苏轼"乌台诗案"的牵连，贬至筠州（今江西高安）监盐酒税。他带着两家妻子儿女，乘运河篷船下江南，途经江苏高邮，与秦观相遇。尽管此时苏辙是戴罪之身，但秦观仍然与苏辙过从两日。临行依依不舍，一直送至邵伯埭才洒泪而别。

秦观的家乡高邮，坐落在大运河旁边，是一座拥有两千多年历

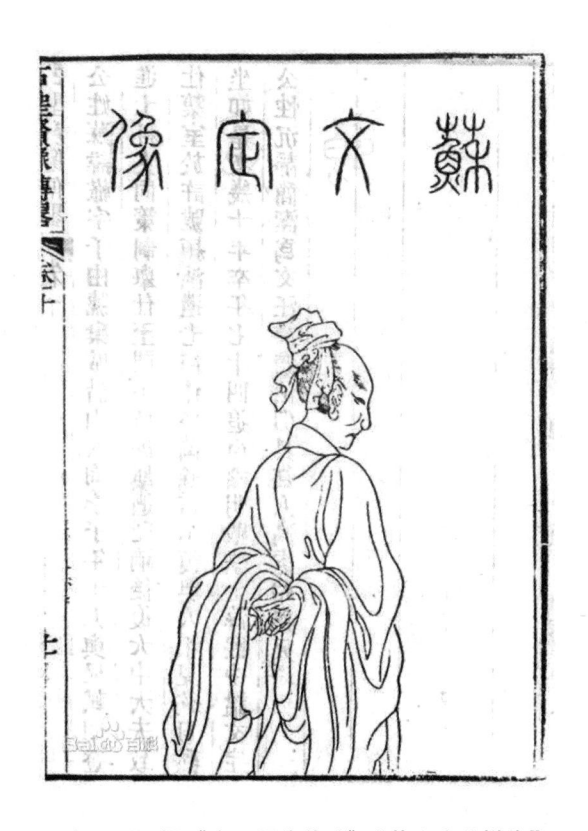

（清）顾沅辑《古圣贤像传略》"苏文定公辙像"

史的文化名城，也是唯一一座以"邮"命名的城市。据史料记载，早在秦朝，秦始皇就在此筑高台、设邮亭，因此在历史上，高邮地区即有"秦邮"的称呼。高邮设县，始于汉高祖时期。高邮地区自古多水，生长于此的宋朝文人秦观曾有"吾乡如覆盂，地据扬楚脊"[①] 之句，"盂，饮器也"[②]，秦观将高邮地势比喻成"盂"，即巧妙地点出了高邮这座城市与水的密切联系。优越的自然环境是其在历朝历代受到重视的主要原因，这也为运河由此经过提供了有利条

---

① （宋）秦观撰：《淮海集笺注》（下），徐培均笺注，上海古籍出版社 2000 年版，第 1371 页。
② （汉）许慎撰，段玉裁注：《说文解字注》卷五，上海古籍出版社 1981 年版，第 211 页。

件。伴随着隋代大运河的全线贯通，高邮的地域优势更加凸显。高邮地区因"古称大邑，舟车交会，水陆要冲"，于北宋开宝四年（971），受诏设高邮军①。

唐中叶后，北方地区战乱频仍，致使大量人口向南迁移，不仅为江南地区带去了先进的农业生产技术，还为其提供了充足的劳动力，江南地区的农业由此得到迅速发展，粮食产量大大提高。至北宋时期，江南已逐渐成为全国性的大粮仓。为保证江南的粮食能够顺利运往京城，北宋的统治者格外重视运河漕运。依仗运河提供的便利，太平兴国六年（981），江淮地区每年运送税米就已达300万石。其后这一数值逐渐升高，至真宗后期及仁宗朝，年运粮量多保持在600万石左右。明代赵来亨在《公馆记》中曾说："高邮地当广陵、涟水交衢，两京涌津，郡国之输将，华裔之朝贡，使命之巡行，咸取道焉。"② 高邮作为江南漕粮运往汴京的必经之地，与都城建立了密切的联系，从而得到了快速发展。一时间，高邮地区船只、车辆往来不绝，颇极一时之胜。文人雅士每过于此，都会对这座城市发出由衷的赞叹。而作为古人南北行舟的必经之路，高邮城中也留下了许多送别之歌，至今读来仍令人动容。

元丰三年（1080），苏辙与秦观在高邮城中相聚。在镇国寺悠扬钟声的见证下，二人共同谱写了一曲君子之交的赞歌。就在两人相会的数月前，因受其兄苏轼"乌台诗案"的影响，苏辙被贬为监筠州盐酒税。元丰三年春，四十二岁的苏辙从南京（今河南商丘）出发，由水路赶赴筠州任所。他由南京过盱眙（今属江苏淮安），再乘船沿邗沟一路南下，途中经过高邮，秦观在此地迎接。二人交游两

---

① （宋）宋太祖：《建高邮军诏》，《全宋文》卷六，第1册，曾枣庄、刘琳主编，上海辞书出版社、安徽教育出版社2006年版，第140页。
② 转引自《中国乡镇·江苏卷》编辑委员会编《中国乡镇·江苏卷》第2卷，新华出版社1997年版，第784页。

日后，秦观又一路相送六十里，这份真情令苏辙大为感动。临别之时，苏辙挥笔写下三首诗赠予秦观，这就是《高邮别秦观三首》。

相对于高邮数千年的历史来说，短短两日的相聚实在微不足道，然而对苏辙而言，在这样的境遇下，好友的片刻陪伴都显得弥足珍贵。作为高邮地主，秦观与苏氏兄弟交游甚密，在苏辙遭贬南下的时节，秦观正因两年前的科举落第而"退居高邮，杜门却扫，以诗书自娱"①。所以当苏辙行路至高邮，有故人相伴，喜悦的心情溢于言表。

第一首诗开头是对环境的描写：细密的雨点落到邗沟之上，河面雾气萦绕。旧年的冬天虽已结束，但春寒料峭，仍不时有阵阵凉风袭来。又是邗沟，作为大运河最先开凿的地段，从公元前486年，吴王夫差最初开凿，借它将长江、淮河连接起来，从而为此后京杭大运河的走向打下了重要基础。春秋之后，人们在利用邗沟的过程中，不断对其进行改造、修缮，邗沟也因之呈现出不同的形态。西汉时，吴王刘濞兴修水利，开挖了邗沟支道。至东汉，"陈敏穿沟，更凿马濑，百里渡湖"②，陈敏在吴王夫差所开的邗沟之西新开夹耶渠，史称"邗沟西道"。两晋及南北朝时期，邗沟的形态更是多次发生变化。江淮之间时常有战乱发生，航道失修情况较为严重。直至隋朝大业年间，隋炀帝在邗沟西道的基础上，"发淮南民十余万开邗沟，自山阳至扬子入江。渠广四十步，渠旁皆筑御道，树以柳"③，并另在长江以南开凿了一条直通杭州的新运河，大运河的规模得以初步形成。唐宋两代沿用隋代的运河系统，北宋统治者更是十分重视大运河扬州段的漕运功能，所以，唐、宋时期的邗沟也在南北交

---

① 徐培均：《淮海集笺注》（中），上海古籍出版社2000年版，第1097页。
② （北魏）郦道元：《水经注校证》，陈桥驿校证，中华书局2007年版，第714页。
③ （宋）司马光等撰：《资治通鉴》卷一八○《隋纪四》，（元）胡三省音注，中华书局1956年版，第5618—5619页。

通中焕发出了新的生机,这其实也是苏辙由河南商丘贬谪南下,必然经过邗沟,从而与正避居高邮的秦观相遇的现实基础。以他们密切的交情猜想,早在苏辙贬谪南下之初,他可能就与高邮的秦观通信,所以两人在期盼中相见,尽管寒湿的邗沟天气让人需要白昼拥裘,可是这怎么能挡住故人相遇的欢愉与融洽呢?

第二、三首诗里,苏辙进一步表达了对好友的感激之意。在旁人眼中,苏辙已是戴罪之身,秦观不仅不以为意,反而十分同情苏辙兄弟二人的遭遇。"旧事欲寻无处问,雨荷风蓼不胜秋"[1](秦观《雪上感怀》)。昔日的欢游还历历在目,转眼间就已物是人非。筠州是诗人此次南行任职的目的地,治高安县。苏辙深知自己此去高安的路上势必会有诸多阻碍,因而首句直言"风涛恶"。但诗人并未过多沉浸在路途险恶的悲伤之中,笔锋一转写道"犹有庐山得纵游"。此句一出,道路难行所带来的阴郁之气一扫而尽,旷达之情顿出。读至此处,我们才恍然大悟:对苏辙来说,此次贬谪只是为他游历山水提供了一个绝佳的机会。官场的沉浮或许能够暂时改变诗人的处境,但并不能决定诗人的心境。庐山值得纵情一游,本应带好友一同前往观赏,但好友并无罪过,为何还要让他经历路途险恶之苦呢?最末两句,诗人采用双关的修辞方式,委婉地谢绝了秦观想要相送到底的好意。秦观在《与参寥大师简》中说:"子由春间过此,相从两日,仆送至南埭而还。"[2] 南埭,即邵伯埭。秦观在此地作《次韵子由邵伯埭见别三首》,以"山做主""月为朋"之句宽慰苏辙,两人的深情厚谊可见一斑。

"南迁私自喜,看尽江南山"[3],自高邮一别,苏辙继续他的筠

---

[1] (宋)秦观:《雪上感怀》,《淮海集笺注》(下),第1466页。
[2] (宋)秦观:《与参寥大师简》,《淮海集笺注》(中),第1011页。
[3] (宋)苏辙:《过九华山》,陈宏天、高秀芳点校,《苏辙集》卷一〇,中华书局1990年版,第179页。

州之行。运河沿岸,为数不少的城市因这条河所提供的便利条件而发展壮大。也正如苏辙所说,自高邮沿水路直下,他纵情游览山水,寻访故友,写下了许多优秀的诗篇。过扬州,他游览九曲池、平山堂等地,并作《扬州五咏》歌颂美景;经润州(今江苏镇江),他游览金山寺,写下《游金山寄扬州鲜于子俊从事邵光》赠予友人;至金陵(今江苏南京),他游览钟山,并与孔武仲相互唱和……苏辙一行人到达筠州时,已过去了半年光景。据统计,在此途中,苏辙一共创作了56首纪游、酬唱的诗歌,运河沿岸城市的美景几乎尽收于此。

苏辙带着友人的惦念继续南行,高邮前进的脚步也并未就此停止。翻阅后世诗集,我们不难发现,在二人身后,高邮以它独特的魅力吸引了众多文人墨客来到此地,并留下了诸多耐人寻味的诗篇。以此为窗口,我们或许可以窥得高邮数百年间的移易迁变。

像南宋文天祥的《发高邮》:"欲寄故乡泪,使入长江流。蒿人为我言,此水通淮头。"[①] 1127年,北宋王朝无可挽回地走向覆灭,淮河以北也逐渐沦为金人的统治区。自此,运河在过去数百年里沟通南北的作用完全消失,淮河以北的河道也逐渐被废弃。由于南宋政权的存在,淮河以南的这部分运河在相当长一段时期内仍然发挥着重要作用。南北本属一体,这无可奈何的分离使淮河以北这片土地成为南宋无数仁人志士魂牵梦萦的地方。扬州段运河与淮河一水相接,作为爱国志士的文天祥自高邮而过,面对高邮城下蜿蜒而去的河水,再联想起仍处于异族统治之下的半壁江山,又怎能不发出此等哀叹?

[①] (南宋)文天祥:《发高邮》,刘文源校笺:《文天祥诗集校笺》第4册,中华书局2017年版,第964页。

再如邵宝的《盂城即事》,"盂城驿前吟夕阳,高邮湖上好秋光。红分菡萏初经雨,绿满蒹葭未受霜。远浦有波皆浴鹭,近堤无路尚垂杨。南来时见吴江棹,却倚船窗问故乡。"① 如前所述,高邮城地势如盂,又名盂城。邵宝的《盂城即事》即是细述高邮的风物景致之美。值得注意的,是邵宝诗中描述的高邮湖。高邮湖在高邮城西北方向,水域辽阔,烟波浩渺,是高邮一道极为亮丽的风景。高邮湖的前身是高邮地区的若干个小湖荡,南宋绍熙五年(1194),黄河泛滥,占据了淮河故道,淮河之水顺地势向南涌去,与高邮地区的小湖荡汇聚。经过漫长的演变,明万历年间,高邮城附近的5荡12湖最终连成一片,形成了如今的高邮湖,诚所谓"盂城驿口射阳西,水国风烟似五溪"②。

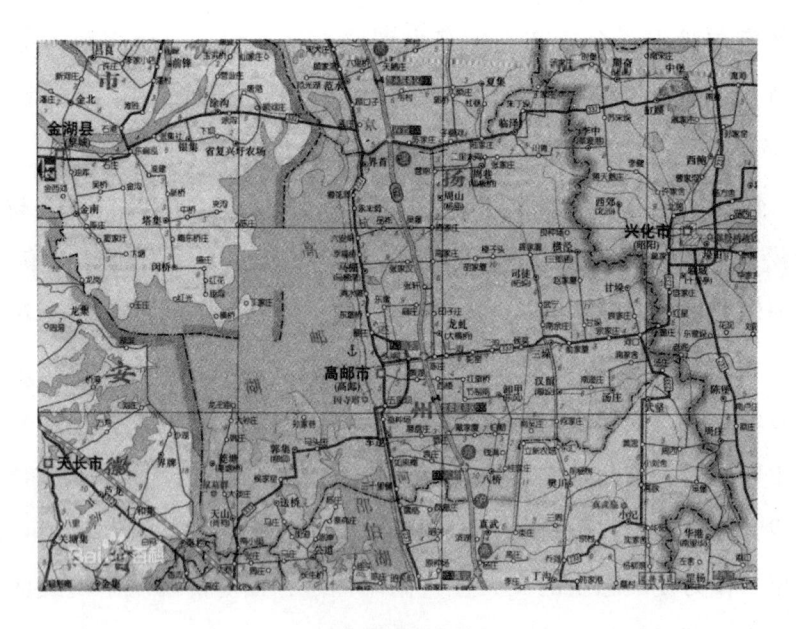

高邮湖位置及境域

---

① (明)王夫之:《明诗评选》,周柳燕校点,上海古籍出版社2011年版,第258页。
② (明)金銮:《泊盂城驿简仲辀庄》,刘广生选编:《中国古代邮亭诗钞》,北京邮电学院出版社1991年版,第190页。

事实上，早在明代洪武初年，"高邮湖"一称就已出现。据《明史·河渠志》记载，明代建国初期多用湖漕。"湖漕者，由淮安抵扬州三百七十里，地卑积水，汇为泽国。"① 扬州段运河沿岸许多湖泊被当作运道，"高邮则有石臼、甓社、武安、邵伯诸湖"②，在往来漕运中发挥了重要作用。但湖漕本身也存在很大风险，风平浪静之时，船只在湖面航行就较为顺利，一旦风起，"则巨浪掀天，舟行遇之，多致覆溺"③。为改善这一状况，明代统治者采取河湖分离等多种措施，从而减少风浪对漕运的影响。后期，明代虽仍以河道运输为主，但高邮湖并未废弃，至今仍发挥着重要作用。

"江淮名区，广陵首邑"，高邮的故事从古至今传唱不衰。数千年来，高邮静静地伫立于运河之畔。舳舻千里之间，它见证了运河的盛衰历程。对高邮来说，苏辙的短暂来访，或许只是在其数千年历史画卷上增添的浅浅一笔，而对后人来说，这场情深意重的相会拉开的是运河千年繁华的序幕。伴随着镇国寺塔上传来的悠扬钟声，苏辙一路前行，高邮依然坚守在此，继续着它未完的使命。

高邮作为一座因"邮"而兴、以"邮"为名的城市，至今城中还留有一座全国最大、保存最为完整的水陆两用驿站——盂城驿。古代驿站主要有两个作用：一是传递朝廷文书、军事情报等，二是为来往使臣官吏提供食宿、更换马匹等服务。始建于明洪武八年的盂城驿在鼎盛时期竟有水夫、马夫等达200余人。可以想见，作为明代南北间的重要驿站，盂城驿依托运河之势，曾经在传送、接待、转运等方面发挥了何等巨大的作用。尽管我国古代驿站遍布全国，但由于年代久远，能够完整地保存下来的却很少，盂城驿的完整保

---

① （清）张廷玉等撰：《明史》卷八五《河渠志三》第7册，中华书局1974年版，第2079页。

② 同上。

③ 杨宏、谢纯撰：《漕运通志》，方志出版社2006年版，第301页。

存又使它因此获得了"中华邮驿历史上的活化石"之称,令人感喟不已。

【参考文献】

1. 安作璋主编:《中国运河文化史》,山东教育出版社2001年版。

2. 曾枣庄:《苏辙评传》,巴蜀书社2018年版。

3. 俞孔坚、李迪华、李海龙、张蕾等:《京杭大运河国家遗产与生态廊道》,北京大学出版社2012年版。

第二十三篇　宋朝运河

——以柳永《雨霖铃》为例

雨霖铃·寒蝉凄切①

（北宋）柳永②

寒蝉凄切③。对长亭④晚，骤雨初歇。都门帐饮无绪⑤，留恋处、兰舟⑥催发。执手相看泪眼，竟无语凝噎。念去去⑦、千里烟波⑧，暮霭沉沉楚天阔⑨。　　多情自古伤离别。更那堪、冷落清秋节。今宵酒醒何处，杨柳岸、晓风残月⑩。此去经年⑪，应是良辰、好景虚设。便纵有、千种风情⑫，更与何人说？

注　释

①此词引自薛瑞生校注《乐章集校注》上编，中华书局2012年版。

②柳永（984？—1053？），北宋著名婉约派词人。原名三变，字耆卿，崇安（今福建省武夷山市）人。排行第七，又称柳七。曾任余杭令、屯田员外郎，世称"柳屯田"。柳永是第一位对宋词进行全面革新的词人，作品多为慢词，喜用俗语填词，开拓了词的表现领域，对宋词的发展有重大影响。《雨霖铃》《八声甘州》《望海潮》

等，为其代表作。有《乐章集》。

③凄切：凄凉而悲哀。

④长亭：又称为十里长亭。古代交通不便，于驿道旁每隔十里设一长亭，五里设一短亭，摆上茶水，供南来北往的行人避风躲雨、歇脚停息。庾信《哀江南赋》："十里五里，长亭短亭。谓十里一长亭，五里一短亭。"古人送别也多在这样的亭子进行，近城的地方常为送别之处。词人柳永即将离开汴京，在长亭与恋人惜别。宋时的汴京凭借汴河以通江淮，南来北往，十分繁忙。这里的长亭应该是在汴河渡口附近设置的，专供旅人送别饯行之用。

⑤都门：京都城门。隋朝开通的通济渠途经开封，在京城开封北横贯全城，再向东北经兰考、丰县、徐州入泗水。由于汴河的开通，宋时的汴京成为咽喉锁钥之地，繁华无比。因此，此外的都门当位于开封北边。出此都门，差不多就到了汴河渡口。帐饮：谓在都门附近的郊野张设帷帐，宴饮送别。无绪：没有情绪。

⑥兰舟：木兰舟。亦用为小舟的美称。

⑦去去：谓"远去"，表示行程遥远。

⑧烟波：指烟雾苍茫的水面。

⑨暮霭：傍晚的云雾。楚天：南方楚地的天空。

⑩晓风残月：谓晨风轻拂，残月在天，情境冷清。常借以抒发离情。

⑪经年：积年；多年。亦泛指历时久长。

⑫风情：男女相爱之情，柔情蜜意。

赏 鉴

柳永的这首《雨霖铃》非常著名，是他的代表作。雨霖铃，词

第二十三篇

宋朝运河

牌名，也写作"雨淋铃"，据《钦定词谱》解释：《雨霖铃》，一名《雨霖铃慢》，唐教坊曲名。而《明皇杂录》记载说："帝幸蜀，初入斜谷，霖雨弥日，栈道中闻铃声，采其声为《雨霖铃》曲。"相传唐玄宗入蜀时，在雨中听到铃声而想起杨贵妃，故作此曲。于是宋词借旧曲名而另倚新声。《雨霖铃》调最早即见于柳永的《乐章集》，属于七商之一的双调，自身就具有哀伤的成分。这首词是词人在仕途失意，不得不离开汴京时所写。尤其是其中"多情自古伤离别，更那堪、冷落清秋节。今宵酒醒何处？杨柳岸、晓风残月"，几句极富画面感的抒情，道出了无数有情眷侣的悲欢离合，不仅传诵至今，更为抒情主人公活动的场景——汴河水笼罩上了一层充满离愁的浓雾。

北宋的水运体系是以汴河为中心的，除此之外还有广济河、金水河、惠民河，合称汴京四渠。它们分别连接了北宋的南北漕运，形成了发达的漕运网络。据宋人笔记记载，吴越王钱俶曾向宋太祖进献宝犀带，未想到太祖却说"朕有三条带，与此不同"。钱俶请求拿出观赏，太祖笑答："三条带是汴河一条，惠民河一条，五丈河一条"，钱俶听后惭服（五丈河于太祖开宝六年改名为广济河）[①]。四渠中最重要的汴河就是在隋通济渠基础上重新疏浚而成的，它起自孟州河阴县（今河南荥阳东北），经雍丘、宋城（河南商丘）、宿州（安徽）、泗州（江苏）等地，最终于盱眙汇入淮河，是连接黄河与淮河的重要河道。如果再沿着邗沟进入长江流域，可直达江南。唐诗中"汴水流，泗水流，流到瓜洲古渡头"[②] 说的就是这条线路。当时，漕江、淮、湖、浙米数百万石，以至东南之产，百物重宝，不可胜计；又运西山薪炭，输京师之粟，振河北之急，可以

---

① （清）周城撰：《宋东京考》卷一八，单远慕点校，中华书局1988年版，第323页。
② （唐）白居易：《长相思》，《白居易诗集校注·外集》卷中，第2949页。

说是内外仰给,故于诸水,莫为此重。到真宗赵恒、仁宗赵祯时,汴河每年的漕运量高达 800 万石。这一水上运输大动脉,乃是宋王朝性命攸关的大事。四通发达的漕运使得当年的开封城成为全国的经济中心,软红十丈、华灯璀璨、热闹非凡。北宋张择端的《清明上河图》中对开封城内外汴河两侧风物盛况作了细致描绘,河中巨舫大舶载满货物,数十纤夫在岸上拉纤绳,桥上来往商贩络绎不绝。

北宋建都开封。开封之所以得以立都,其主要原因就是运河的四通八达。自隋唐以来,开封称"汴州",以城临汴水,因以得名。汴河自隋代修通后至唐代,即成为南北交通大动脉。汴州正以其当漕运之冲,成为唐皇朝漕运的中转站。唐朝曾以汴州为中心,设汴州东西两个水陆发运盐铁租庸使,以牢牢控制汴河漕运。史称当时的"大梁当天下之要,总舟车之繁,控河朔之咽喉,通淮湖之漕运"[1],颇具举足轻重的地位。城市经济也发展起来,以其富庶而雄峙立天下,奠定了五代时期开封的都城地位。入宋以后,宋朝统治者又大力经营开封,扩建宫城,增修外城,尤其是大力开凿疏浚由开封向四方辐射的运河,使建都后的开封继续得到发展,成为北宋时期全国的政治、经济、文化中心。依靠汴河的漕运力量,有宋一代成为中国传统社会文化最为发达的一个历史时期,这一时期全国人口突破一亿大关(唐朝极盛时的人口约 8000 万),经济、社会、文化得到大幅度发展。

北宋时期,由京都开封南下江淮最便捷的道路就是水路汴河,粮道的昌盛与行旅的往来,促进了商品经济的发展,使北宋开封城出现繁荣昌明的盛世景象。《东京梦华录》中记述:"九桥门街市酒

---

[1] (唐)刘宽夫:《汴州纠曹厅壁记》,《全唐文》卷七四〇,第 7649 页。

店,彩楼相对,绣旆相招,掩翳天日。"① 然而,与这样富丽堂皇、喧闹兴隆的氛围形成鲜明对比的,是城门外杨柳岸边、酒帐铺设的长亭送别。可能并非柳永所描述的那样冷清,来往卸货的船只,远自东南亚朝贡而来的琳琅满目的货物,以及停泊的商人旅客,都会在码头逗留,但这些都抵不过柳永心中离别的苦楚。离别的地点在城门外的长亭,据史料载秦制三十里一传,十里一亭,故又在驿站上大约十里设一亭,负责给驿传信使提供馆舍、给养等服务,后来也成为人们郊游驻足和分别相送之地,而十里长亭也逐渐演变为诗歌中相别之地的重要意象。柳永所驻足的长亭不排除是诗歌意象的运用,但也可能是汴河码头设立的酒肆旅馆驿站,后文"帐饮无绪"则说明了酒馆的存在。

词人正留恋着繁华京城与佳人相伴的美好岁月,然而此刻却是"兰舟催发"。"兰舟"即木兰树做成的舟,木兰又称紫玉兰、辛夷,是古人做舟用的一种木材,清人李成谋的记载曾这样解释道:"木兰洲在浔阳江中,昔吴王阖闾植木兰树于此,用构宫殿,后有木工刻木兰为舟,故诗家木兰舟本此。"② 尽管这一演绎带有鲜明的南方特点,但"木兰舟""兰舟"后来成为船的雅称,并演变为经典的诗词意象,多被赋予幽曲婉约的风格,具有清雅隽永之美,还常常被用于婉约词中与滔滔流水相结合,以抒发淡淡忧愁,如"一声水调解兰舟,人间无此愁。无情江水东流去,与我泪争流"③;"轻解罗裳,独上兰舟"④。翻开明代文嘉的水墨画《映树兰舟图轴》,可在

---

① (宋)孟元老撰:《东京梦华录笺注》卷二,伊永文笺注,中华书局 2007 年版,第 176 页。
② (清)李成谋撰:《石钟山志》卷八,徐奠磐、刘文政校注,江西人民出版社 1996 年版,第 103 页。
③ (宋)严仁:《诉衷情·章贡别怀》,《全宋词》,第 2549 页。
④ (宋)李清照:《一剪梅·红藕香残玉簟秋》,《重辑李清照集》卷一,第 8 页。

山林掩映中看到一叶兰舟驶出林壑皱石之中，兰舟上有蓬，舟体纤长，只能容下两人，中间摆有小木桌，上放瓜果酒饮。其实"兰舟"的承载能力很小，大多是一两人乘坐一条船，再有一位撑船的船夫，上船后恐怕是形单影只，只剩下作者一人独守夜色，不难想象其于舟中酒醒后的孤寂悲凉之感。"兰舟催发"乃是船夫催促柳永赶快上船，至于为何要催促呢，也许是夜晚风浪较大，有阻风状况的出现，或是怕太晚会看不清航向，不得而知。但可以知道的是，愈是焦急地催促，词人心里愈是不舍，只能眼含热泪，相对而望，却情到深处，无语哽咽。

紧接着是一句虚写，词人直想到舟行渐远后的景象——"千里烟波，暮霭沉沉楚天阔"，此去之后，千里迢迢，音信渺茫，相见无望，黯然神伤，意境开阔，却流露出无限低落的情绪。"千里烟波"虽是虚指，但暗示了道路的漫长与时间的长久。这一方面可能缘于乘坐小舟的不便，不能食宿于舟中，只得不断靠船上岸，采备食物并住宿旅馆，另一方面与汴河的通航能力也不无关系。

汴河虽然在北宋诸河道中具有极为重要的地位，但是汴河的水道却存在很多问题。由于汴河水是从黄河分流出来的，故经常会发生泥沙淤积、堵塞河道的状况。宋初每年都会疏浚一次，但仍然不能避免河流决口的发生。《宋史·河渠志》中就记载有很多冲溃河堤之例："太宗太平兴国二年七月，开封府言：'汴水溢坏开封大宁堤，浸民田，害稼。'诏发怀、孟丁夫三千五百人塞之。三年正月，发军士千人复汴口。六月，宋州言：'宁陵县河溢，堤决。'诏发宋、亳丁夫四千五百人，分遣使臣护役。四年八月，又决于宋城县，以本州诸县人夫三千五百人塞之。"至真宗年间，汴河修浚懈怠，三五年才疏浚一次，这导致泥沙长期堙淀，河床逐年升高，到北宋后期，京城开封东水门至雍丘（河南杞县）、襄邑（河南睢县），河底皆高出堤外平地一丈二尺余，从汴堤向下俯瞰城市民居，宛若置于深谷。如此严峻的水道问题，不能不影响汴河的通航能力。就在柳永作该词的后一两年中（天圣三年、四年）仍不断发生水患，甚至威胁京师："仁宗天圣三年，汴流浅，特遣使疏河注口。四年，大涨堤危，众情恟恟忧京城，诏度京城西贾陂冈地，泄之于护龙河。"① 汴河的水势几乎时时触碰着宋朝最高层统治者的神经。而了解以上河道背景后，再来看此词，故知柳永产生"千里烟波，暮霭沉沉楚天阔"的景象联想也是有一定实际状况为基础的。向远处望去，汴河上烟波浩渺，词人并没有将离愁比作长流不断的江水，而是极目之所及，远处暮霭低沉，江水辽阔，二者相汇作一线，路途的艰辛遥遥令人无限遐想，相比单纯的比喻更加肝肠寸断。

作者此夜只能在船上度过了，时正值凄清冷落的清秋时节，天气转凉，晚风拂过，酒醒过半，睁开惺忪的泪眼，看周围河堤上依依杨柳。这时天色方晓，微风阵阵，空中尚挂一弯残月，四下寂静清冷，词人独立船头，遥想在京都的"良辰美景"，顿觉隔世，就算有风情千种，可是物是人非，不知向谁道说。作者由岸上联想舟中，又从舟中回想岸上，再将思绪飘向未来，时空不断跳跃旋转。这种时空的跨越正是汴河的魅力，试想如果词人是行走于陆路，他可能忙于赶车，穿梭于荫翳的丛林小道之间，或是坐在马车中，守在一方局促的空间里；最为关键的是，他可能会不断驻足于店铺旅社，通畅性、流动性大打折扣，更不用说在夜半酒醒之时，睁眼便是水天一色、杨柳残月之景；由于陆地上建筑物的阻挡，也不会有风过水面、轻拂面颊的清凉之感。而这些感受的叠加才使柳永这位旷世才子借景抒怀，表达自己绵延无尽却又丝缕绞缠的愁绪。故这首千

---

① （元）脱脱：《宋史》卷九三《河渠志三》，第2317、2322页。

古绝唱也只有在汴河水路之上才能写出，或者说，汴河之韵孕育了宋词之美，更成就了这曲凄美的《雨霖铃》。

《雨霖铃》全词历来被评论家作为宋词中的典范，赞赏者如云，但大多不出男女离别之词的范畴。如果换一个角度，将其放在柳永整个人生经历，甚至北宋的社会大背景下，也许我们可以探寻到其背后的更大价值。流连于秦楼楚馆的柳三变，受到当时千万歌儿舞女的追捧，可是他本人在徘徊于那些舞榭歌台，醉生梦死之时是作何感想呢？他在词中写道："拟把疏狂图一醉，对酒当歌，强乐还无味。"① 虽是怀人之词，却写尽了他平时的精神状态。流连坊间只不过是他仕途蹭蹬的无奈之举。多年来，他游走南北，将自己一生的羁旅都写入这一首首词作之中，长歌当哭，谱写了一曲又一曲人生悲歌。此词正是词人即将踏上南行之路时而作，与恋人相别是真，但更多的还是作者羁旅人生的内心写照。他所要告别的不仅仅是恋人，更是对自己科举仕宦梦想的告别。而前方的人生之路是未知的、迷茫的，甚至是惨淡的，正如词中所言"千里烟波，暮霭沉沉楚天阔"。同时，传统的小令已经无法排遣他内心的郁结与羁旅的痛苦，因此柳永开始大量填写慢词，创作了 100 余首长调词牌，将宋词这一文学新体裁正式推向了文化历史舞台的中央。

任何一种文化现象的出现都不能脱离其背后的社会环境，我们还是要将目光最后回转到北宋运河上来。北宋较为完备的运河体系，打通了南北两地，极大地促进了南北经济的发展，也使得北宋以其宽广的心态包容并孕育出更加丰富多彩的文化形态，在文学的形式与内容上跨入了一个全新的时代。

---

① （宋）柳永：《凤栖梧·独倚危楼风细细》，《乐章集校注》上编，第 123 页。

【参考文献】

1. 徐潜主编：《中国古代科技与发明》，吉林文史出版社2014年版。
2. 傅崇兰：《中华文明史话·运河史话》，中国大百科全书出版社2003年版。
3. 徐静茹：《中国古代地理》，中国商业出版社2015年版。

第二十四篇 元朝运河·大都·海子

——以李材《海子上即事》为例

海子①上即事

（元）李材②

驰道尘香逐玉珂③，彤楼花暗弄云和。

光风已转瀛洲④草，细雨微添太液⑤波。

月榭管弦鸣曙早，水亭帘幕受寒多。

少年勿动伤春感，唤取青娥⑥对酒歌。

注　释

①本诗引自（清）张景星、姚陪谦、王永祺编《元诗别裁集》，吉林出版集团2017年版。

②李材（约1297—1335），字子构，京兆（今陕西省西安市）人。他喜爱诗歌、善吟咏，成章多奇句，17岁时曾和赵孟頫同赋《海子上即事》诗（一作《都门春日》），赵为之惊叹，元苏天爵编辑的《元文类》、元好问编辑的《中州集》、清顾嗣立编选的《元诗选》都收录了他的诗。有《子构集》传世。

③玉珂（kē）：马笼头上的装饰，这里指马。

④瀛洲：传说中的仙山。

⑤太液：古池名。元、明、清太液池即今北京故宫西华门外的北海、中海、南海三海。元时名西华潭。

⑥青娥：指美丽的少女。

赏 鉴

海子，指元代的积水潭。《元史·河渠志·海子岸》条说："海子一名积水潭，聚西北诸泉之水，流行入都城而汇于此，汪洋如海，都人因名焉。"① 元代为了加强大都的漕运而修建的人工河——通惠河，在流入城市后形成了一个巨大的湖泊，名为积水潭。李材这首诗《海子上即事》写于元仁宗延祐元年（1314），其时他十七岁，以少年的盛气描绘通惠河开通后皇城周围积水潭上的风光，诗中"驰道""玉珂""彤楼""月谢""水亭""青娥"等意象诠释出一派歌舞升平、繁华璀璨的京城胜景，与之同时代的文章大家赵孟頫在读完此诗之后也惊叹不已，直言其"杂于唐人诗中，未易辨也"②。借由赵孟頫的感叹，我们且追溯一番李材诗及其所描写的"海子"上的盛世华彩。

"海子"是元代人对积水潭的称呼，而元朝时期的"积水潭"与我们今天所熟知的北京西海水域（今积水潭医院北部）并不对等，元朝的积水潭是一座涵盖整个什刹三海（西海、后海、前海），甚至更大面积的蓄水池。早在三国曹魏时期，驻守蓟城的征北将军刘靖

---

① （明）宋濂等：《元史》卷六四《河渠志·海子岸》第6册，中华书局1976年版，第1592页。

② （元）赵孟頫：《海子上即事与李子构同赋诗序》，杨镰主编：《全元诗》第17册，中华书局2013年版，第251页。

将高粱河水导入城中，形成了积水潭的初貌。金代积水潭又被称为"白莲潭"，位于金中都的东北郊，金世宗时期还在其上修筑离宫（今位于北海的琼华岛上的太宁宫）。蒙古占领金中都之后，将金都城尽数烧毁。元世祖忽必烈命刘秉忠营建新都，历时16年，于至元二十年（1283）竣工。古高粱河系的积水潭也被涵盖于新城内，其中被围入皇城的湖泊改称为"太液池"，大致相当于今天的北海及中南海一带区域。

那么，倒回来，积水潭为何又被称作"海子"呢？具体说来，这涉及元代一项伟大的水利工程——通惠河的开凿。"通惠河"一直被视作"北京的母亲河"，可以说，北京的崛起和繁盛，最先应归功于通惠河的开通。至元二十九年（1292）元世祖忽必烈苦于京都地带粮食匮乏以及水运交通的不便，决定疏浚连接通州到大都的水路，从而缩短从南方调拨粮食的时间，减轻运输成本的消耗。金代已有从通州到燕京的运粮河（闸河），只是由于水资源短缺，造成淤泥堵塞河道，逐渐被废弃，因此增加闸河水量就成为这项工程的重中之重。担任都水监的郭守敬提出北引昌平凤凰山的白浮泉水，沿西山山麓南行，汇集周边诸泉，再由东南转向瓮山泊（颐和园昆明湖），通过西水门（合义门北）的修水渠流入城内积水潭，再从文明门（今崇文门）外向东，在今朝阳区杨闸村向东南折，至通州高丽庄（今张家湾村）入潞河（今北运河故道）。该工程全长82公里，于至元三十年（1293）秋全部竣工，自此积水潭成为京杭大运河的终点，也是京杭大运河北端最大的码头。当时江南粮船皆停靠于积水潭东北岸，百船汇聚，千帆竞泊，气势磅礴。元世祖忽必烈正从上京返都，于万宁桥上俯瞰积水潭，只见舻舳蔽水，一望无垠，遂龙心大悦，亲自将从万宁桥到通州的河道命名为"通惠河"。由于从北引水入潭，积水潭的蓄水量较之前大为增加，如海面一般辽阔，故被当时人叫作"海子"。另外，蒙古人往往将湖泊称作"海子"。积水潭水量增加后，就被称作"海子"了。

（元）郭守敬（1231—1316）

元代通惠河的建成，实现了京杭运河的全线通航，使江南漕运第一次直达大都（今北京）。由南方北上的槽船，沿大运河至通州（今北京通州区）后，顺着通惠河可直驶至积水潭。各式的商铺、货栈、酒肆、茶馆云集于此，豪商巨贾穿梭其间，车水马龙，川流不息。来自全国各地的物资商货集散于积水潭码头，在东北岸边的烟袋斜街和钟鼓楼一带形成热闹繁华的商业街。商业街附近，还分布着大大小小的居民区，有永福坊、析津坊、金台坊、凤池坊、丰储坊等，形成了星罗棋布的胡同格局，就像元代诗人王冕诗句所描绘的那样，"燕山三月风和柔，海子酒船如画楼"[①]，盛况空前。积水潭最热闹的地方当属位于其正中央的齐政楼，也就是今天北京的鼓

① （元）王冕：《送人上燕》，《全元诗》第49册，第332页。

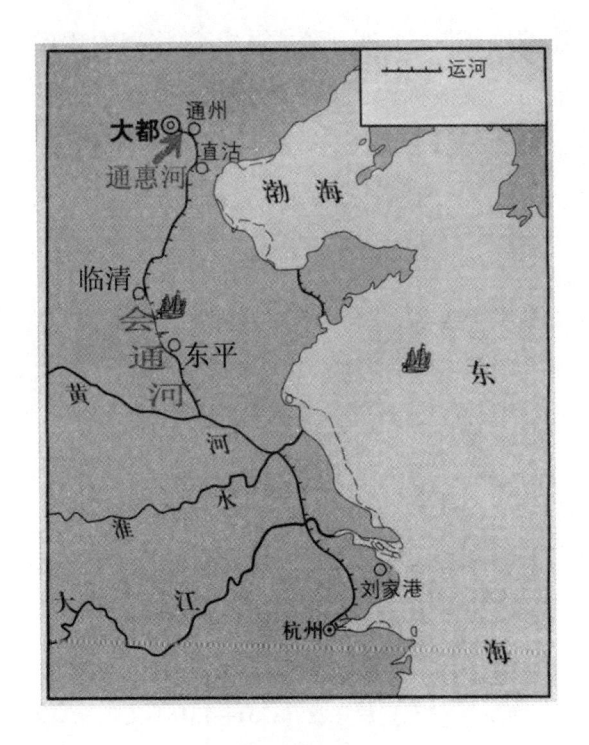

元朝大运河

楼一带。登上齐政楼，只见各色的街市店铺交错林立，有米面市、皮帽市、绸缎市、铁匠铺、烤鸭店、倒钞库、沙剌市（蒙古语，即珠宝店，如今北京的"大栅栏"当地人就读作"shilar"，是明清时对"沙剌"二字的讹化），街市上游人如织，达官贵人骑着高头大马显得格外醒目，穿着缤纷奇特的四方使节商旅来往穿梭其间；棋盘状的大小胡同儿纵横交错，令人眼花缭乱；向远望去，朝西边可以看到阳光下绚烂夺目的粼粼波光，河面上停泊的船舶桅杆高立，旌旗蔽空；向南可以看到万宁桥及宏伟的大内宫城，蔚蓝的天空下应着金黄璀璨的琉璃瓦，楼阁耸峙，霞光掩映。正是在这样一片繁华盛景之中，年仅十七岁的才子李材与元代最著名的文人赵孟頫共同写下了《海子上即事》。

首联"驰道尘香逐玉珂,彤楼花暗弄云和",写街道上行驰的香车宝马,"玉珂"是指佩戴在马勒上的玉制饰品,这里借代高官贵人骑马而过的场面。"彤楼"可能是指远处的齐政楼,也可能就是街对面的雕花酒楼,不过能够与白云相附和的,放眼望去或许也只有齐政楼吧。颔联"光风已转瀛洲草,细雨微添太液波",诗人突然笔锋一转,化实为虚,思绪直接飘到了传说中的仙山瀛洲。由于海子周围的热闹,元人在创作中,每每将天上的宫阙与积水潭的繁华对接起来加以夸饰赞叹,比如"十顷玻璃秋影碧,照人骑马入宫墙"[①],"天上广寒宫阙近"[②] 等,这是因为从积水潭流出的河水紧傍皇宫向南,水中常常见到皇城红墙的倒映,宛若海市蜃楼。此联据赵孟頫的表述是"光风渐绿瀛洲草,细雨微生太液波"[③],如此写更妙,"绿""生"两个动词颇具动态感,有"池塘生春草,园柳变鸣禽"的韵味,比起"已转""微添"这种表结果的词语更能表现出大都城内因水而兴、热闹而富于生命活力的情形。"太液池"本是蓬莱仙山下的湖泊,后被用作唐代皇家园林中的池苑,这里指的就是皇城中的太液池,城内城外,一水相通。颈联由远处的风景转向自身所在的亭台舞榭,直抒作者当下的感受。诗人站在酒楼上,晚风吹拂,耳畔传来彻夜未绝的曲歌弦管,像是提早报更的晨钟。暮春时节,天气虽然渐渐转暖,但在小雨淅淅沥沥的夜晚,诗人不禁感到一丝寒意。"月榭""水亭"都是指在水边栖息的亭台廊阁,四面透风,晚风轻拂水面袭来,不免生寒。诗人在亭中与友人小酌,赏舞听乐,

---

① (元)宋本:《海子》,师毅:《辽金元朝状元诗榜眼诗探花诗》,昆仑出版社 2009 年版,第 101 页。

② (元)许有壬:《江城子·饮海子舟中,班彦功招饮斜街以答之》,傅瑛、雷近芳校点,《许有壬集》,中州古籍出版社 1998 年版,第 851 页。

③ 按:赵孟頫《海子上即事与李子构同赋》附录李材诗,其句云:驰道尘香逐玉珂,彤楼花暗鼓云和。光风渐绿瀛洲草,细雨微生太液波。月榭管弦鸣曙早,水亭帘幕受寒多。少年易动伤心感,唤取蛾眉对酒歌。杨镰:《全元诗》第 17 册,第 251 页。

直聊到晨曙之分,可以看出元代都城不设宵禁,甚至可以彻夜放歌。这两句使之前欢快的气氛突然变得有些清冷了,然而作者毕竟是富有朝气的少年,尾联的情绪再次一转,告诫自己莫要伤春,何不趁着这大好时光尽情挥洒青春,召唤舞女为自己斟酒放歌?短短八句话,情感跌宕起伏,既写出了京城繁华的景色,也抒发了自己蓬勃的情感。看过李材的诗,我们可以再来看看赵孟頫的同题赋诗,看看为何李材的诗令赵孟頫感慨频生。

海子上即事与李子构同赋

> 小姬劝客倒金壶,家近荷花似镜湖。游骑等闲来洗马,舞靴轻妙迅飞凫。油云判污缠头锦,粉汗生怜络臂珠。只有道人尘境静,一襟凉思咏风雩。①

与李材年少气盛实际又涉世未深的表达相比,赵孟頫作为宋朝宗室,又是其时书画造诣最高的文人,他的表达可谓含蓄深远,风致嫣然,虽不似李材诗那样气象外露,却壳里乾坤,让人浮想联翩。赵孟頫的诗没有像李材那样着眼于海子周围的盛景,仅仅落笔于眼前倒酒的小姬。在赵孟頫的诗中:小姬劝客用的是金壶,而小姬的家有着如镜湖一样的荷塘,她的日常生活大约是每天游骑、洗马、跳舞吧,故而身材曼妙、脚步轻盈,迅如飞凫。更让少年心神荡漾、老者脱帽抚心的是,小姬有着乌油油的头发,体态健美丰润,尤见风致的是,缠在她手臂上的钏珠因为骑马归来而闪着粉色的汗光。让人饶有兴致的是,到底赵孟頫、李材具体是在海子的哪个地方同赋"海子上即事"呢?那位被赵孟頫细细描摹的小姬又到底是何方贵姬呢?

---

① (元)赵孟頫:《海子上即事与李子构同赋》,《全元诗》第17册,第251页。

以海子所处的繁华地段,以及小姬的行事风度来看,她应该是位蒙古或者色目贵族女子。这样想来,李材与赵孟頫对海子的描写,一者宏阔盛大,一者细腻内敛,为当日海子上多元多彩的风情勾勒出丰富的色调。

其实,不难推想,以海子的热闹、繁华,不只是李材、赵孟頫,身处那个时代的人们都会情不自禁地表达它、呈现它。就如比他们稍后的大都人、翰林学士宋褧,曾像柳永描画杭州那样,也用《望海潮》调来展现海子风貌:

望海潮·海子岸莫归金城坊

山含烟素,波明霞绮,西风太液池头。马似游龙,车如流水,归人何暇夷犹。丛薄拥金沟。更萧萧宫树,调弄新秋。十里烟波,几双鸥鹭两渔舟。暮云楼阁深幽。正砧杵丁东,弦管咽啾。澹澹星河,荧荧灯火,一时清景难酬。马上试冥搜。填入耆卿谱,摹写风流。明日重来柳下,携酒教名讴。①

宋褧很明白地在词中表示他就是用柳永的曲谱来摹写大都海子的风貌,而海子边上"马似游龙,车如流水",人头攒动、歌舞升平的情形又何逊于柳永词中的北宋杭州城呢!

海子的繁华就是元代大都繁华的典型体现。元代文人黄文仲在《大都赋》中描绘:"论其市廛,则通衢交错,列巷纷纭,大可以并百蹄,小可以方八轮。街东之望街西,仿而见,佛而闻。城南之走城北,出而晨,归而昏。华区锦市,聚四海之珍异;歌棚舞榭、造九州之秾芬。招提拟乎宸居,廛肆主于宫门,酤户何烨烨哉!"对于

---

① (元)宋褧:《望海潮·海子岸莫归金城坊》,唐圭璋编:《全金元词》,中华书局1979年版,第1051—1052页。

大都城的繁荣，黄文仲极夸饰之所能，但他深深地明白，并且也在文章中客观地表示，城市的繁荣是运河带来的，诚如他在文章中所写："自汴以北者挽河而输，自淮以南者帆海而进。国不知匮，民不知困。遂使天下之旅，重可轻而远可近。扬波之橹，多于东溟之鱼；驰风之樯，繁于南山之笋。一水既道，万货如粪。是惟圣泽之一端，已涵泳而无尽。"① 可以说，传统中国城市一切的繁华，一切的风情，皆与运河的开凿、畅通息息相关，而元代海子上的车水马龙、异域风情不过其中的美丽缩影。

【参考文献】

1. 什刹海研究会编：《什刹海与京杭大运河》，当代中国出版社 2014 年版。

2. 史念海：《中国的运河》，陕西人民出版社 1988 年版。

3. 赵林：《什刹海》，北京出版社 2005 年版。

---

① （元）黄文仲：《大都赋》，《全元文》第 46 册，第 133 页。

第二十五篇　元朝运河·通州

——以宋褧《通州晚晴即事》为例

通州①晚晴即事

（元）宋褧②

水榭空明雨脚③收，凝笳④催上驿亭⑤舟。

紫霞斓⑥剪翔鸿锦，碧草平铺集翠裘⑦。

落日关河初客路，浮云宫阙上神州。

谁怜五色江郎笔⑧，真使超然赋远游。

注　释

①本诗引自杨镰主编《全元诗》，中华书局2013年版。

②宋褧（jiǒng）（1294—1346），字显夫，大都宛平（今属北京市）人。至治元年（1321）左榜状元宋本之弟。自少敏悟，出语惊人。泰定元年（1324）进士，授秘书监校书，累官监察御史，翰林待制，迁国子司业，擢翰林直学士，兼经筵讲官。卒赠范阳郡侯，谥文清。曾参与修宋、辽、金三史，有《燕石集》。

③雨脚：随云飘行、长垂及地的雨丝。

④凝笳（jiā）：徐缓幽咽的笳声。

⑤驿亭：驿站所设的供行旅止息的处所。古时驿传有亭，故称。

⑥斓：颜色驳杂，灿烂多彩。

⑦集翠裘：唐薛用弱《集异记》载："则天时，南海郡献集翠裘，珍丽异常。张昌宗侍侧，则天因以赐之，遂命披裘供奉"，集翠裘乃集百鸟羽毛而成。

⑧五色江郎笔：指"江郎梦笔"的典故。南朝梁钟嵘《诗品·齐光禄江淹》曾记载了这样一个故事，才子江淹以其出众文采称著于世。晚年时，他在梦中遇见一位叫郭璞的人。他对江淹说："我的笔在你这里多年，请你现在把它还我。"于是江淹便从怀里掏出一支五色笔给他，他本人也在交笔同时醒过来。后来江淹发现自己再也没法作诗，也是"江郎才尽"这一成语的由来。五色笔，比喻出色的文采。

赏 鉴

通州，是通惠河的起点，尽管它现在只不过是北京市下辖的一个区，但在元明清时期，却是经济十分发达的都市大邑，其地位仅次于北京都城。通州的兴盛主要得益于元运河的开凿，因为运河的作用，通州成为南北衔接的交通要道。而且"通州"二字就是取"通漕天下"，所以通州作为漕运仓储之重地，还有"天子之外仓"之称。宋褧这首《通州晚晴即事》，即以雨后傍晚的通州为表现对象，展现元代运河边的美丽景象。

通州在北宋之前一直被称为"潞县"，这是由于潞河从这里经过。到了五代时期，幽州节度使赵德钧修建城墙，通州开始作为城镇出现在人们的视野。至金海陵王定鼎中都城，将潞县正式升为刺

清代画家江萱所绘的《潞河督运图》（局部），表现了通州漕运的盛况

史州，更名为"通州"，由此，通州才渐渐发展起来。金朝时成为金中都在运河上的漕运枢纽，也就是说通州名称的来历其实就与运河非常有关系。元代通惠河的开凿修治，使得通州城繁荣起来。据《元史》记载："元都于燕，去江南极远，而百司庶府之繁，卫士编民之众，无不仰给于江南。自丞相伯颜献海运之言，而江南之粮分为春夏二运。盖至于京师者一岁多至三百万余石，民无挽输之劳，国有储蓄之富，岂非一代之良法欤？"① 意思是说，元朝建大都于燕地，也就是今天的北京，离江南极远，但大都的一切物资供给却无不仰赖江南，由于伯颜的海运建议，大都每年借助海运由江南运输三百多万石粮食入京。由于江南和中原各地运往大都的物质愈来愈多，至元末年，在郭守敬等人的主持修建下，由通州直达大都的通惠河修成，此举不仅解决了大运河的最后症结，使得元代的漕运系

---

① （明）宋濂：《元史》卷九三《食货志·海运》第 8 册，第 2364 页。

统得到最终完善，漕运的粮食和各种货物直接运到大都城里的积水潭，解决了京师的供给问题，也使得通州的经济地位、文化地位跃然而仅次于京师了。元代著名馆臣、宋褧的哥哥宋本在送同僚马祖常前往当时世界的第一大港口泉州监察海外进出口事务的诗中写道："明年归路踏阳和，缺胯轻衫剪越罗。春风通惠河头路，还与官家得宝歌。"① 诗歌说得很明白，说等明年春天马祖常从泉州回来时，一定是穿着南方越罗裁制的缺胯轻衫。在他的主持下，京师城外，通惠河的第一站——通州驿，停泊着满载从泉州港带来的世界各地货物，让官家高兴得直唱"得宝歌"。

那《得宝歌》是怎么回事呢？我们再来温故当年逗得唐玄宗大开漕运的《得宝歌》。据《旧唐书》记载，唐玄宗天宝时期，韦坚在任职水陵转运使时，主持改善京城漕运的线路。工程的巧妙之处在于：它在长安城东边的九里长乐坡下、浐水之上架起了宫墙，宫墙东面建起望春楼，楼下的水道直穿广运潭而接通漕河。不仅如此，韦坚还让那些从江南来进京的漕船，把各种特色货物堆摆到船上，而船夫则戴着大笠子，穿着宽袖衫和草鞋，像吴、楚一带渔夫一样；此外又有让第一船作号头唱《得宝歌》，然后让上百名鲜服靓妆的女子和声，并用胡乐鼓、笛配乐。韦坚的这一系列举措，让唐玄宗对漕运的热情大涨，从而掀起唐朝的漕运高潮。而当时船上人们唱的《得宝歌》的唱词是这样的："得宝弘农野，弘农得宝耶。潭里船车闹，扬州铜器多。三郎当殿坐，看唱《得宝歌》。"② 细读过《旧唐书》的记载，了解了《得宝歌》的由来，我们也可以明白，宋本在他的诗中说马祖常带着货物从泉州回到通州之际，就仿佛韦坚向唐玄宗进献漕运物资一样，令京师的人们沸腾。而我们也可以借宋本

---

① （元）宋本：《舡上谣送伯庸以番货事奉使闽浙》，《全元诗》第31册，第90页。
② （后晋）刘昫：《旧唐书》卷一〇五，第3223页。

的诗明白，通州之于大都的地理重要性仿佛盛唐时期广运潭之于长安，而通州一带"舻舳蔽水""万货如粪"的盛况，也让人不禁无限向往。

通州因为繁荣而格外美丽动人。且借助宋褧的《通州晚晴即事》来细细把捉当年通州的美丽景致吧。初春的傍晚，刚刚下过一场小雨，所有景物都变得开阔清爽起来。眼前水榭空明，雨滴已把亭台楼榭洗刷得湛然一新，耳畔中听到徐缓幽咽的筇声，大概是佳朋亲友为即将远行的游子饯别的曲子，旋律缠绵悠扬，带有几分不愿离去的哀愁。筇是汉代鼓乐中的主要乐器，形似觱篥，流行于塞北游牧民族中，其意象本身就有一种孤寂、悲壮之感。然而作者并非要借景消愁，只是对周围景象的渲染，伤别的愁绪刚一点出，便立刻融化于美景之中了——天空中紫霞晕染，宛若一条绣有翔鸿的锦缎；大地上碧草丛生，好似一件集翠裘平铺其上。天地绚烂，整个人都沉浸在一幅色彩斑斓的画卷之中。颈联一实一虚，落日关河、浮云宫阙相对比，虽写日暮却丝毫寻不出夕阳西下的伤感气息，反而有种"长河落日圆"的壮大境界。"浮云宫阙上神州"，其激动亢奋的心情由此达到一个高潮，作者瞬间飘飘然如遨游于天上宫阙一般。尾联承接其上，一气呵成，把自己比作南朝才子江淹，手持五色笔，挥毫出秀丽壮阔的诗篇辞赋。

整首诗气象宏大，意境浑然壮美，"凝筇""落日""关河"等意象使得此诗看似是边塞诗，但又没有边塞的寥落荒凉。这是由于诗人在边塞意象的基础上配以"紫霞""翔鸿锦""碧草""集翠裘""宫阙""神洲"等繁盛绚丽的辞藻，呈现出北方旷野中光鲜亮丽的一道风景线，而这正是元代开通运河后通州城的真实写照。

通州的历史并非截止到元代，明清以来，人们对它的关注与题咏从未停歇，连乾隆都写有《过通州诗》："树梢看塔影，烟外过通州。沙岭延东亘，潞河自北流。浮桥连巨鹢，野岸起闲鸥。发帑完城郭，无非保障谋。"① 诗中"树梢""塔影""沙岭""潞河""浮桥""巨鹢"，人文景观与自然景观交相辉映，勾勒出一幅旖旎婉娈的通州胜景图卷。皇帝尚且喜欢通州的自然与人文景观，可以想见其景致。源于通州的繁华，运河上形成了许多让人们题咏再三、流连忘返的景观，尤其著名的是通州八景：古塔凌云、长桥映月、二水汇流、波分凤沼、万舟骈集、柳荫龙舟、平野孤峰、高台丛树等，它们吸引着人们驻足赏玩，作诗吟咏，为通州运河留下了丰富的文化宝藏，以至当长河流逝，运河成为历史，通州风光不再时，它们与那些题咏依旧悠悠地述说着通州当日的繁华。

【参考文献】

1. 陈喜波：《漕运时代：北运河治理与变迁》，商务印书馆2018年版。

2. 黄超编：《中外乐器乐队大全》，远方出版社2004年版。

3. 傅林祥主编：《中华大典·交通运输典·驿传制度分典》，上海交通大学出版社2017年版。

---

① （清）于敏中：《日下旧闻考》卷一〇八，清文渊阁四库全书本。

第二十六篇　元朝运河·河边岁月

——以富察敦崇《燕京岁时记》为例

燕京岁时记（节选）[①]

（清）富察敦崇[②]

十刹海[③]

十刹海俗呼河沿[④]，在地安门外迤西[⑤]，荷花最盛。每至六月，士女[⑥]云集，然皆在前海[⑦]之北岸。他处虽有荷花，无人玩赏也。盖德胜桥以西者谓之积水潭[⑧]，又谓之净业湖，南有高庙、北有汇通祠[⑨]者，是也。德胜桥以东，昔成亲王府[⑩]、今醇亲王府[⑪]前者，谓之后海，即所谓十刹海者是也。三座桥[⑫]以东、响闸[⑬]迤左者，谓之前海，即所谓莲花泡子[⑭]者是也。今之游者但谓之十刹海焉。凡花开时，北岸一带风景最佳：绿柳垂丝，红衣腻粉[⑮]，花光人面，掩映迷离，直不知人之为人花之为花矣。

放河灯[⑯]

运河二闸[⑰]，自端阳[⑱]以后游人甚多。至中元日例有盂兰会[⑲]，扮演秧歌、狮子诸杂技。晚间沿河燃灯，谓之放河灯。中元以后，则游船歇业矣。

拖床[⑳]

冬至以后，水泽腹坚[㉑]，则十刹海、护城河、二闸等处皆有冰床㉒。一人拖之,其行甚速。长约五尺、宽约三尺,以木为之,脚有铁条,可坐三四人。雪晴日暖之际,如行玉壶中,亦快事也。至立春以后,则不可乘,乘则甚危,有陷入冰窟者,而拖者逃矣。近日王公大臣之有恩命㉓者,亦准于西苑门㉔内乘坐拖床,床甚华美,上有心㉕如车篷,可避风雪。

注 释

①选文均节选自《燕京岁时记》,北京古籍出版社1981年版。

②富察敦崇(1855—1922),原名宗杰,字礼臣,一字伟人,又字默卿。世居北京,满洲镶黄旗人。晚清文人,著名民俗学家。曾任兵部主事、奉天巡防营务处提调、广东思恩府知府等职务。著有《燕京岁时记》《南行诗草》《芸窗琐记》《画虎集文抄》等书。

③原文载于《燕京岁时记》,北京古籍出版社1981年版,第73页。

④河沿:河流的边沿。

⑤地安门:俗称后门、厚载门,是北京中轴线上的标志性建筑之一,为明清皇城北门,位于皇城北垣正中,景山以北,鼓楼以南。于1954年拆除。迤:延伸、向。

⑥士女:青年男女,泛指人民、百姓。

⑦前海:什刹海包括前海、后海和西海(又称积水潭)三个水域,前海为最南面,与后海相连。

⑧德胜桥:建于明初,桥将积水潭一分为二,桥西称积水潭(又称西海),桥东称什刹海。积水潭:元至元二十九年(1292),忽必烈在郭守敬的提议下开凿通惠河,使北京到江南的南北大运河全线贯通,南北漕运高度兴盛,通惠河流入北京以后形成了一个巨

大的湖泊,名为积水潭,作为漕运的总码头,全国的物资商资皆集散于此,繁华无比。

⑨汇通祠:旧称法华寺,又称镇水观音庵,始建于明永乐年间,位于什刹海西海西北小岛上。于清乾隆二十六年(1761)重修,改名为汇通祠。

⑩成亲王府:清帝乾隆第十一子永瑆的府邸。永瑆于乾隆五十四年(1789)受封成亲王,并赐明珠府。

⑪醇亲王府:成亲王府于1872年成为清帝道光第七子奕譞的府邸,奕譞为醇亲王,故得名。

⑫三座桥:分别为什刹海上的万宁桥、金锭桥和银锭桥。

⑬响闸:发巨大声响的水闸叫响闸,什刹海前海响闸尤为著名,明代李东阳称此景为"响闸烟云"。

⑭莲花泡子:位于今什刹海以西的湖泊,旧称西小海,因水面上遍植莲藕而得名,1952年起逐渐消失。

⑮腻粉:即脂粉。

⑯原文载于《燕京岁时记》,北京古籍出版社1981年版,第76页。放河灯又称放荷灯,是一种中国民间祭祀及宗教活动,用以对逝去亲人的悼念,对活着的人们的祝福,常在每月初一、十五和亲人忌日进行。

⑰运河二闸:运河指通惠河,二闸为庆丰闸,为通惠河上五个闸口中的第二个,故名为二闸。

⑱端阳:即端午节。

⑲中元日:即中元节,俗称鬼节、七月半等,为每年农历七月十五日。旧时的中元节是以祀鬼为中心的节日,成为中国民间最大的祭祀节日之一。盂(yú)兰会:又称"盂兰盆会",中元节这天,佛教徒为超度祖先亡灵所举行的仪式,有斋僧、拜忏等活动。

⑳原文载于《燕京岁时记》，北京古籍出版社 1981 年版，第 91 页。"拖床"意为拖拉冰床，是冬天北方的一项娱乐活动。

㉑腹坚：意为冬天结冰既厚且坚。

㉒冰床：冰上交通工具，俗称冰排子，用人推、拉，或床上人以竿撑之，使滑行。

㉓恩命：谓帝王颁发的升官、赦罪之类的诏命。

㉔西苑门：西苑即今天中南海，西苑门位于中南海东侧。

㉕冖（mián）：覆盖。

赏　鉴

《燕京岁时记》刊行于光绪三十二年（1906），尽管这是清末富察敦崇记录的有关北京民风民俗的笔记，但其中的许多内容实质与元代运河的开凿、与北京积水潭（海子）的历史背景渊源深远。自从元代运河开凿之后，积水潭一带逐渐成为元明清时期京城中人们赏景郊游的好去处，而《燕京岁时记》就是对这一背景下百姓生活的真实记录。正因为它是记录晚清北京民俗风物的重要资料，此书出版后，随即有英、日、法文等译本，先后流传海外，影响广泛。

说到元运河，必然要说到通惠河与积水潭。元世祖忽必烈采纳郭守敬的方案，引白浮泉水并开凿通惠河，使积水潭成为大运河的终端码头。元代著名馆臣欧阳玄记载通惠河的具体流经线写道："导昌平白浮之水西流，循西山之麓，会马眼诸泉，潴为七里东流；入自城西水门，汇积水潭；又东并宫墙，环大内之左，合金水河南流，东出自城东水门；又潞水之阳南会白河，又南会直沽入海，凡二百里，是为通惠河。"① 按照

---

① （元）欧阳玄：《通惠河政绩碑记》，《全元文》第 34 册，第 577 页。

今天的方位，河水从地安门外万宁桥下流出积水潭，向东经过东不压桥胡同与北河胡同，在水簸箕胡同一带南下（2006年恢复古玉河风貌工程使这一带河道重现，胡同不复存在），至东安门大街（即元代大内宫墙东侧），由文明门（东单十字路南侧）西的水关（正义路北口）出大都城，经船板胡同、泡子河（今北京火车站），于东便门外大通桥处和通惠河相连，自万宁桥往下这段水路被称为"玉河"。

通惠河玉河遗址

明初朱元璋建城时为缩短防线，将大都北面城墙向南退后五里，至德胜门、安定门一线，使积水潭一部分被划分至城外，即为之后的太平湖。城内则以德胜桥为界，西北为西海，因水阳（北面）有净业寺，故又称"净业湖"，东南是什刹后海与前海，积水潭水域面积大幅缩减。随着皇城城墙向东南移动，原先经过元代大内宫墙东侧与南侧的河道（大概位于今北京火车站，即泡子河一带）被圈入皇城内部，从此通惠河至积水潭的漕运路线被切断，运河的终端码头改为东便门外的大通桥处。故从明初之后,积水潭虽然还是大都漕河的重要水源,与运河保持着密切联系,但它不再像元代那样是最重要的漕运码头,它的商业地位也因此不断下降。

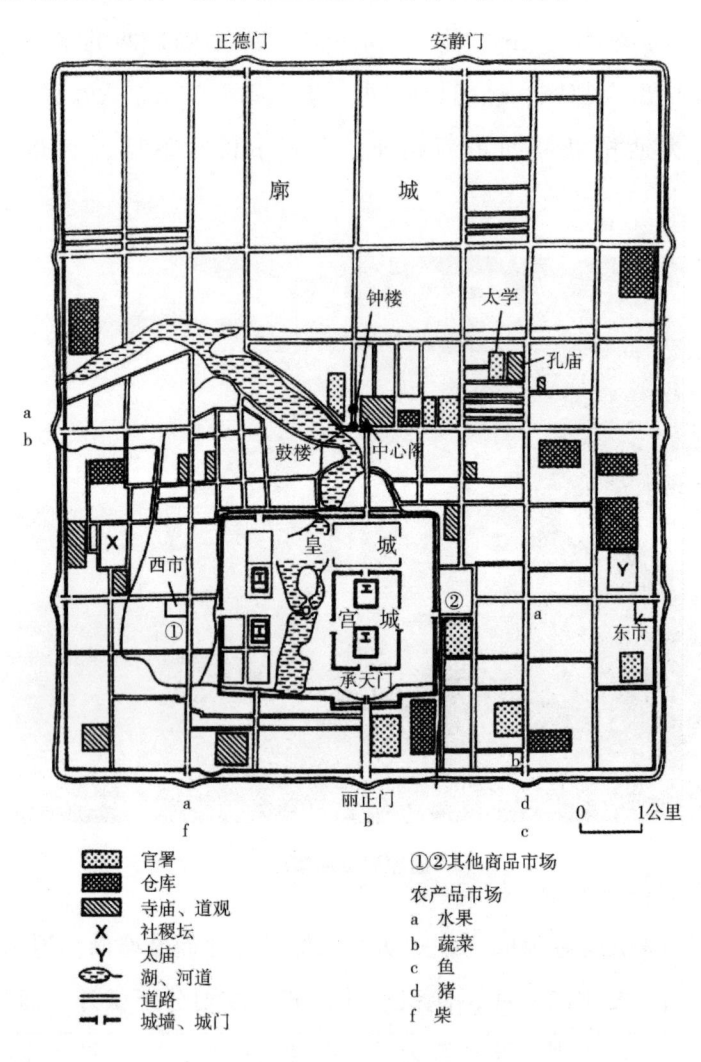

元大都平面图

资料来源:薛凤旋:《中国城市及其文明的演变》,世界图书出版公司2015年版,第207页。

元朝运河·河边岁月

在前文中，我们已经知道，元代人们称积水潭为海子，本来海子的面积非常大，但明初以后逐渐缩小，形成西海、后海、前海。三海水道相通，碧波荡漾，岸边垂柳毵毵，远山秀色如黛，风光绮丽，被人们统称为什刹海。为什么叫什刹海呢？当积水潭失去港口地位后，由于其独特的地理位置，以及优美的水资源环境，众多官宦权贵环湖修园建第，不同宗教也建造寺庙庵观。佛教、道教、基督教、天主教、伊斯兰教以及私人的宗祠、家庙等，宗教场所大致数一下有120余座。所谓"什"是什锦的什，代表多的意思，"刹"是庙的意思。"什刹海"是表示海子一带宗教场所众多的意思。因为运河文化的积淀，也因为那些达官贵族的宅邸庭院以及寺庙的衬托，文人墨客、商贾庶民，纷至沓来，纵游其间，或修禊，或雅集，或闲赏，什刹海逐渐成为北京最富京味、最有特色的人文景区。道光时期富察敦崇写的《燕京岁时记》则可谓众多京城生活、风俗土物记载中尤为细致、殷勤者之一。本文选择其中与京杭运河最相关的"十刹海""放河灯""拖床"三处选段加以鉴赏。

首先是地理位置。据富察敦崇的记述，"十刹海"，在当时民间称作"河沿"，位于地安门外西北向。地安门位于北京的中轴线上，是明清皇城的北门，南对景山，北对鼓楼，与天安门交相呼应，原城门已于20世纪50年代拆除，现为2014年复修的地安门雁翅楼。地安门外向西延伸，即为前海一带，也就是作者在这段中提到的："三座桥以东、响闸迤左者，谓之前海，即所谓莲花泡子者是也。今之游者但谓之十刹海焉。凡花开时，北岸一带风景最佳：绿柳垂丝，红衣腻粉，花光人面，掩映迷离，直不知人之为人花之为花矣。"

若想弄清此段所指的赏荷之地，我们必须先了解一条明代开凿的连接积水潭（西海）与前海的河道——玉河，因形似月牙状，故又称月牙河。由于西海到后海之间的河道逐年缩小，为增加前海水量，故从德胜桥处引了一股水流向西南处折去，经现在的柳荫街，围绕恭亲王府南垣向东，穿过李广桥、板桥、清水桥、三座桥（三桥并跨一水而得名）、响闸石桥等七座石桥，注入"小西海"（今什刹海体校所在地）。小西海原为前海的一部分，又称"西涯"，明代大学士李东阳就出生于此处，故其自号"西涯"，他曾作绝句《西涯杂咏十二首》，遂有了之后的"西涯八景"之说。其中较为著名的有"银锭观山"，银锭桥是后海与前海的分界处，站在桥上北可远望西山，南可观赏荷花，俯瞰桥下河水，则会出现自东向西的倒流现象，这是因为河面缩小，西海和后海之间断流，水只能从西海经月牙河流入前海，再从前海倒流至后海。还有一景也与月牙河相关，乃为"响闸烟云"，响闸即指"响闸石桥"，又叫"西步粮桥"，但它最常见的名字为"西压桥"。桥坐落在地安门大街北海后门稍东的位置（前海南岸小广场），这里水流较大，落差也大，每到雨季，水雾升腾，烟雨迷蒙，鸣声阵阵，宛若瀑布，观者如云。

　　响闸一带至小西海处皆是荷花盛开之地，富察敦崇文中所写的赏荷最盛之处"前海北岸"，应该指的是银锭桥一带区域。而荷花所开最盛之处，乃"三座桥以东、响闸迤左"的"莲花泡子"，即月牙河水的注入之处"小西海"，以及如今的前海西部。荷花盛开之季，也是什刹海集市上最热闹的时候，用京城土话所编的《北京俗曲十二景》中云："六月三伏好热天，什刹海前正赏莲，男男女女人不断，听完大鼓书，再听十不闲。逛河沿，果子摊全，西瓜香瓜杠口甜，冰镇的酸梅汤打冰乍。买了把子莲蓬，回转家园。"莲子粥、荷叶粥、菱角、白藕、莲子等商品成为夏日人们的最爱，彼时商贩云集，游人如织，吆喝叫卖声此起彼伏。

六月的什刹海，除赏荷花外，"洗象"与"浴马"等节目也是观者云集的重要原因。我们知道，在元朝，从忽必烈开始，皇帝便是坐着"象舆"前往上都巡幸，就像《元史》记载所云："象力最巨，卜往还两都，乘舆象驾。"① 元代文人记述象辇的诗句比比皆是，如柯九思"黄金幄殿载前驱，象背驼峰尽宝珠。三十六宫齐上马，太平清暑幸滦都"②，杨允孚"纳宝盘营象辇来，画帘毡暖九重开"③，张昱"当年大驾幸滦京，象背前驮幄殿行"④，观看皇帝骑着象辇巡幸是很多元代文人的美好回忆。而元代那些由占城、真腊进贡的御象大多在什刹海一带沐浴，每到六月初六，这里人声鼎沸，人们都是从各地赶来观看这一奇景的。元人宋褧就有"四蹄如柱鼻垂云，踏碎春泥乱水纹。鹢鹧鸡鹚好风景，一时惊散不成群"⑤ 的描述；明代刘侗、于奕正在《帝京景物略》中言："三伏日洗象，锦衣卫官以旗鼓迎象出顺承门，浴响闸。象次第入于河也，则苍山之颓也，额耳昂回，鼻舒纠吸嘘出水面，矫矫有蛟龙之势。象奴挽索据脊。时时出没其髻。观者两岸各万众。"⑥ 规模宏大，典礼隆重，尽显皇家气派。在京城为来自东南亚地区的大象沐浴，这显示出京杭运河联通海内外的国际价值，乃是元代以来中外交流的重要表现。清代在宣武门外专门设有象房，并归銮仪卫管理，还有专门官员教其技艺，直至清末仍有国家贡象，虽后因疯象伤人而废止"洗象"，但足以显示出当时洗象之盛况。此外，"浴马"也是什刹海上一项重要活动，《燕都游览志》云："每岁六月六日，中贵人用仪仗鼓吹导

---

① （明）宋濂等：《元史》卷一六七《刘好礼传》第 13 册，第 3925 页。
② （元）柯九思：《宫词十首》之二，《全元诗》第 36 册，第 3 页。
③ （元）杨允孚：《滦京杂咏》之二，《全元诗》第 60 册，第 402 页。
④ （元）张昱：《辇下曲》之二十九，《全元诗》第 44 册，第 50 页。
⑤ （元）宋褧：《过海子观浴象》，《全元诗》第 37 册，第 301 页。
⑥ （明）刘侗、于奕正：《帝京景物略》卷二，上海远东出版社 1996 年版，第 117 页。

引洗马于德胜桥之湖上，三伏皆然。"①

通惠河的开凿所带来的不仅是南方的漕粮与繁华的街市，它所具有的更为宝贵的意义在于滋生出一种运河文化，它改变了人们的出行方式和生活习惯。对于京城百姓而言，通惠河的贯通让他们的生活变得丰富多彩，比如富察敦崇在书中所记述的"放河灯"与"拖床"两项娱乐活动。他写道："运河二闸，自端阳以后游人甚多。至中元日例有盂兰会，扮演秧歌、狮子诸杂技。晚间沿河燃灯，谓之放河灯。中元以后，则游船歇业矣。"二闸上放河灯是旧时人们十分钟爱的节日活动，穷人买不起河灯就自己做，最常见的是茄子灯，他们将茄子切作两半，四周绷上彩绳，中间放一盏蜡烛，夹杂在金灿灿的河灯中，有一种憨态可掬的美。

至于"拖床"，是指冬至日之后，天寒地冻，冰封十里，城内太液池，城外护城河、什刹海、二闸处都结有很厚的冰层。人们纷纷制作冰床，滑行于冰雪之上，既能运输货物，又可娱乐嬉戏。普通冰床能坐下三四个人，用棉被盖脚，一个人前边拉，一个人后边推，还可以将冰床以铁链相连，一连十余床。文人常常在床上铺上氍毹，摆上五颜六色的酒具，刨几块冰凌放在酒杯中，相对而饮，把酒言欢，雪中赏月。一些官宦富贵之家还会制作样式华美的大床，上设车篷。御用冰床更加豪华舒适，四周围有黄绸缎并带门窗，床内用毛毡毯成厚壁，并设貂皮座。床下有夹层，内装炭火炉，不畏风霜严寒，称为"暖冰床"。冰上娱乐也是皇家的最爱，北京故宫博物院中还藏有一幅描绘乾隆时于冰上游乐表演盛况的《冰嬉图》，图中乾隆坐于"暖冰床"中观赏冰面射球表演，众大臣站立四周。冰上运动至慈禧时期仍高潮不减。同时冰上习武练兵也是冬日北京护城河

---

① （清）于敏中：《日下旧闻考》卷五四，北京古籍出版社1985年版，第885页。

上一大盛况。

随着交通运输方式的变革，运河的落寞，那些活跃于富察敦崇笔下的京城生活也逐渐退出了人们的日常视界，一如积水潭由京师重要码头退缩为京城的闲暇游赏之地。沈从文的《游二闸》写道：

> 一些无所事事的小孩子，身子脱得精光，把皮肤让六月日头炙得成深褐，露着两列白白的牙齿，狡猾地从水中冒出头来讨零钱，代替了大批运粮船来去供人的观览，二闸的寂寞，在那艄公心上骡夫心上都深深的蕴藉着！①

运河二闸也即当日著名的庆丰闸，现位于地铁国贸站南500米左右的庆丰公园，因其分为"庆丰上闸""庆丰下闸"两座闸口，故俗称"二闸"。有必要指出的是，元代运河是著名的"闸河"。当初郭守敬制定修河方案时，因北京至通州海拔相差过大（五十里的距离，海拔相差近二十二米），为使河水能平稳流动，故在通惠河上设置了十一组水闸，二十四座闸口，"每十里一闸，比至通州，凡为闸七，距闸里许，上重置斗门，互为提阏，以过舟止水"②，从西向东，依次称为广源上闸、广源下闸、西城上闸、西城下闸、朝宗上闸、朝宗下闸、澄清上闸、澄清中闸、澄清下闸、文明上闸、文明下闸、惠和上闸、惠和下闸、庆丰上闸、庆丰下闸、平津上闸、平津中闸、平津下闸、溥济上闸、溥济下闸、通流上闸、通流下闸、广利上闸、广利下闸。而庆丰闸以它突出的地理位置和漕运作用成为著名风景区，有"北方秦淮河"之称。每逢春秋佳节，文人雅士都会泛一叶

---

① 沈从文：《游二闸》，《沈从文散文》，太白文艺出版社2012年版，第294页。
② （元）苏天爵：《太史郭公》，《元朝名臣事略》卷九，第192页。

小舟，任意漂荡，两岸绿柳连荫，繁花争盛，不时传来舞榭歌台的咿呀小调，文人乘兴而歌，把酒吟诗，小风吹过，不觉天上人间，这种雅兴直至民国初年仍盛行不减，但到了沈从文再慕名前往时，却只剩下寂寞，这或许也是运河退出历史舞台，留在那艄公和骡夫心上深深的蕴藉吧。

【参考文献】

1. 上海辞书出版社编辑：《辞海地理分册·中国地理》，上海辞书出版社1981年版。

2. 什刹海研究会编：《什刹海与京杭大运河》，当代中国出版社2014年版。

第二十七篇　元朝大运河·外国人眼中的运河

——以"马可波罗行纪"为例

赏　鉴

《马可波罗行纪》，英文本多作 *Travels of Marco Polo*，据最近的研究看，书名应作 *Discription of the World*，意思是"对世界的描述"，又译作《寰宇记》。这部由 13 世纪意大利旅行家马可波罗口述，鲁思梯谦笔录的著作，自流传、刊刻以来被人们称作"世界奇书"，给当时尚处于蒙昧状态的西方世界投进一抹强烈的文明曙光，不仅掀起了西方世界对东方文明的强烈向往，而且，《马克波罗行纪》的意义，甚至可以说导致了欧洲人文的广泛复兴。

马可波罗（Marco Polo）（1254—1324），意大利威尼斯人。17 岁时，跟随父亲和叔叔穿越地中海、黑海、小亚细亚、西亚、南亚北部、帕米尔高原，于 1275 年到达中国，元世祖忽必烈在上都接见了他们。而马可波罗更是获得了忽必烈的信任与喜爱，此后在中国生活 17 年。1291 年，马可波罗一家随元朝公主下嫁波斯的船队从泉州启程回国，1295 年回到意大利威尼斯。1298 年，马可波罗参加了威尼斯与热那亚的战争，同年被俘，于狱中遇见作家鲁思梯谦，口述

Appreciation of Poetry and Prose in Jing Hang Canal

意大利热那亚市政厅马可波罗壁画

完成《马可波罗行纪》。全书以纪实的手法，叙述了他在世界各地的见闻，尤其详细地记述了元代大都的经济文化和风情风俗，以及西安、开封等各大城市和商埠的繁荣景况，向整个欧洲打开了神秘的东方之门。这其中关于运河的描述，热情生动，向世界展开一个生气蓬勃、富庶繁荣的运河生态体系，让世界第一次了解了中国的运河。

我们知道，在整个中国运河史上，元代是相当关键的时期。从元代开始，中国运河体系得以最终形成。元代相继修筑济州河、会通河、通惠河等河道，并设置数百座闸口。之后各代在此基础上不断加固、改善，逐渐形成完备的漕运系统，它纵向贯穿南北，与横向的长、淮、黄、海等水系一同组成一张巨大的交通网络，使中国东西南北各地联系愈加紧密，各地区、各民族文化交流愈加频繁，在中华大地上形成一个不可分割的有机统一体。不仅如此，这条水运网络更吸引着境外其他国家的加入,给中国大运河增添了绚烂多姿的崭新元素。这一点,我们要再作一些具体的解释。

与之前的时代颇有不同的是,元朝是由大蒙古帝国分裂而形成。而大蒙古帝国从成吉思汗1219年西征花剌子模开始,分别在1219—1224年、1235—1242年、1252—1259年发动对世界的三次西征。西征结束之后,蒙古帝国的疆域横跨欧亚,面积东起今太平洋之滨,西达东地中海,南邻印度,西接伊斯兰、基督教世界,扩大到前所未有的地步。在蒙古人挥鞭西指的进程中,他们对促进东、西交流的海、陆丝绸之路的建设也功不可没。法国学者莱麦撒认为:"蒙古人西征,将以前闭塞之路途,完全洞开,将各民族集聚一处。西征最大结果,即使全体民族,使之互换迁徙。"① 我们根据《马可波罗行纪》会惊讶地发现,他的行踪几乎将当时元朝中国与世界交往的海、陆丝绸之路能到达的最远路径,以及在中国境内南北穿越的运河路线都全部经历到了。就元朝与世界的海、陆丝路路线而言,1271年,马可波罗跟随商人父亲、叔叔从威尼斯出发向南穿过地中海,再横渡黑海,经幼发拉底河和底格里斯河两河流域到达巴格达,又从波斯湾经过霍尔木兹海峡穿过伊朗大沙漠到阿富汗,翻过帕米尔高原到达喀什,再从敦煌经玉门关,过河西走廊,最终于1275年到达上都。在元朝生活17年后,马可波罗以护送元朝公主前往伊利汗国为名于1292年从泉州出海,由爪哇国经苏门答腊,再游经马六甲海峡,由阿拉伯海进入波斯,经过三年多时间,于1295年回到威尼斯。而就国内运河路线而言,马可波罗在《行纪》中说,他沿着京杭运河所到的江南各地——济宁、邳州、淮安、宝应、高邮、泰州、扬州、南京、镇江、苏州、杭州、福州、泉州,这些运河经过

---

① 龚书铎主编:《白寿彝文集·中国通史》,河南大学出版社2008年版,第318—319页。

的城市就像一颗颗耀眼的明珠，被马可波罗逐一串起，为我们勾勒出 1280—1291 年的元朝运河的生动画卷。

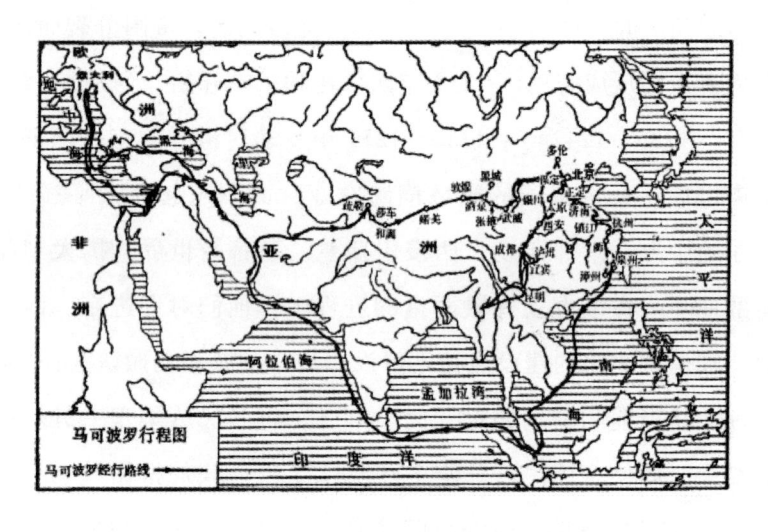

马可波罗行程图

资料来源：唐锡仁：《马可波罗和他的游记》，商务印书馆 1981 年版。

事实上，元代对于运河的完善工作也是马可波罗在中国期间展开的。1276 年修济州河（济宁至东平段），历时七年竣工；1289 年修会通河（初指临清至东平段，明朝将临清会通镇以南到徐州沛县以北的一段运河，都称会通河），历时数年不断完善；1291 年修通惠河（京城积水潭至通州段），两年后完工。至此，由杭州所运粮米货物可乘船顺运河直达京城，中间畅通无阻。

我们引文第一小段是讲"新州马头"，原文作（Cinguymatu）。马可波罗说的"新州马头"，据沙海昂、冯承钧的翻译和注释认为在山东济宁。不过马可波罗到济宁时，会通河和通惠河还未兴工，他最多只能见到济州河段的面目。《行纪》中写道：

此河来自南方，流至此新州马头城，城民析此河流为二，半东流,半西流,使其一注蛮子之地,一注契丹之地。此城船舶之众,未闻未见者,绝不信其有之,此种船舶运载货物往契丹、蛮子之地,运载之多,竟至不可思议,及其归也,载货而来,由是此二河流来往货物之众可以惊人。①

"蛮子之地"是指原南宋领地,"契丹之地"则是指蒙古政权统治下的北方各省(当时外国人的观念中以为蒙古人是契丹人的后代,这一概念的理清要到明代利玛窦来华之时)。"城民析此河流为二",即指穿过济宁的运河河道,其中"东流"者,是指位于济宁城东北的洸水(汶水分流)、泗水,当时在兖州城外设置兖州闸,使泗水可西南流至济州城下;"西流"者,即为济州河。在济州河开通之前,从邗沟北上的漕船必须从淮河上溯黄河,绕道至河南的中滦旱站,陆运至淇门,进入御河,若令漕船直接由淮入泗则可以大大缩减行程,但泗水乃发源于山东泗水县,向西流入济宁后南折。漕船入泗后最北只能到达济宁,无须再向东折,因此才有了从济宁径直北上连接泗水和汶水的济州河。值得说明的是,济州河修通后,并未马上开凿会通河,故舟船大多采用河海并运的线路,即沿济州河到达今东平县须城安山处后,溯汶水进入大清河,至利津县入渤海,经海路到直沽,再从御河抵达京城。马可波罗对济宁的印象全部停留在繁荣发达的水运河道上,对南北来往的商船货物,他一再用"不可思议""惊人"等词语来形容,足见运河在济宁不可替代的魅力。

从济宁沿泗水南下,可到达彭城(徐州)、淮安、宝应、高邮等地,即进入元代的扬州运河,也就是古代的联通长淮流域的邗沟。徐州是泗水入黄的重要口岸,淮安是邗沟入淮的渡口。南宋建炎二

---

① [意大利]马可波罗口述,鲁思梯谦笔录,A. J. H. Charignon 注,冯承钧译,党宝海新注:《马可波罗行纪》,河北人民出版社 1999 年版,第 481 页。

年（1128）十月，东京留守杜充为抵御南下金兵，竟掘开黄河口，致使黄河数年"或决或塞，迁徙无定"①，分成多股入淮，因此元代从淮安通往徐州要经过一段黄河河道，故马可波罗在淮安府言："该城邻近喀喇摩拉河（黄河），所以大批的船舶途经此地，每日穿梭不息。"

南宋以前，淮安一直是泗水入淮之口，《水经注·淮水》篇这样写道："淮水又东经广陵淮阳城南，城北临泗水，阻于二水之间。述征记，淮阳太守治。自后置戍，县亦有时废兴也。又东北至下邳淮阴县西，泗水从西北来流注之。淮、泗之会，即角城也。左右两川，翼夹二水，决入之所，所谓泗口也。又东过淮阴县北，中渎水出白马湖，东北注之。"②故邗沟与隋唐运河的修筑也经过淮安，这使淮安自古就因运河而兴，深深地打上了运河文化的烙印。京杭运河修通后，淮安更成为南北航运的中转地。此外，淮安也是苏北的盐仓中心，与苏南扬州盐仓对峙而立，有丰富的产盐量，所以马可波罗在文中特别提到了淮安的地理位置，指出其食盐的生产销售以及金额庞大的盐税"其城有船舶甚众，并在黄色大河之上，前已言之也。此城为府治所在，故有货物甚众，辐辏于此。缘此城位置此河之上，有不少城市运货来此，由此运往不少城市，惟意所欲。应知此城制盐甚多，供给其他40城市之用，由是大汗收之额甚巨"③。

马可波罗过了新州马头后接下来提到的宝应和高邮也是随古邗沟而兴起的重要城镇。不同于前代的是，元代由于黄河夺淮的影响，

---

① （元）脱脱：《金史》卷二七志第八，中华书局1975年版，第669页。
② （北魏）郦道元撰，陈桥驿校证：《水经注校证》卷三〇"淮水"，中华书局2007年版，第713页。
③ ［意大利］马可波罗口述，鲁思梯谦笔录，A. J. H. Charignon注，冯承钧译，党宝海新注：《马可波罗行纪》，河北人民出版社1999年版，第496页。

淮水无法承受巨大的水量,遂在运河周围形成大大小小的湖泊,其中最大的应属洪泽湖。马可波罗也注意到这些湖泊,所以他记述道:"此堤用美石建筑,在蛮子地界入境之处。此堤两岸皆水,故入其境只有此道可通。"① 在经过高邮时,令他最为触动的是高邮"产鱼过度,野味中之鸟兽亦伙。物搦齐亚城(威尼斯)银钱(gros)一枚不难购得良雉三头"②。高邮天然的地理优势赋予了这里丰富的食物资源,所以马可波罗说这里不仅鱼多得过分,更有意思的是,野味也非常多,一个威尼斯币可以买三只上好的野鸡。

运河在扬州的瓜洲渡口入江。马可波罗曾于扬州经历过三年官宦生涯,在行至瓜洲时首次提及"运河"一词:

> 瓜州(Caigui)是东南向之一小城,居民臣属大汗而使用纸币,位置在前所言大江之上。此城屯聚有谷稻甚多,预备运往汗八里城以作大汗朝廷之用,盖朝中必需之谷,乃自此地用船由川湖运输,不由海道。大汗曾将内河及湖沼连接,自此城达于汗八里,凡川与川间,湖与湖间,皆掘有大沟,其水宽而且深,如同大河,以为连接之用。由是满载之大船,可从此瓜州城航行至于汗八里大城。③

瓜洲运河始于唐代开元年间开凿的伊娄河,它北起高旻寺,南到瓜洲长江口,联结运河与长江,成为京杭运河南下入江的要冲。南方自然或者人工的河道、湖泊较北方更多,它们与运河主干相连,使我国的内河形成了一个整体,不需要沿海航行,直接通过内河,就

---

① [意大利]马可波罗口述,鲁思梯谦笔录,A. J. H. Charignon 注,冯承钧译,党宝海新注:《马可波罗行纪》,河北人民出版社1999年版,第498页。
② 同上书,第500页。
③ 同上书,第515页。

京杭运河
Appreciation of Poetry and Prose in Jing Hang Canal
诗文赏析

能从南方城市抵达元朝的大都。这个凝结着古人智慧的巨大工程在马可波罗的脑海中留下深刻印记。而让作为商人的马可波罗印象更深，且在整个《行纪》中每每提到，并引起13—14世纪欧洲人极为向往和艳羡的东西，是马可波罗在这里提到的纸币。可以这样说，通行于元朝的纸币代表了当时世界多个领域的多项顶尖技术：纸币发行的意义不仅在于它对于市场流通和缴税的便利，更在于它本身就体现着其时最高技术的结晶，它的制作与发行包含着其时只有中国才具有和设计得出的造纸术、印刷术、防伪程序以及金融市场规律的运用等①。

此外，马可还详细记述了瓜洲运河周围的一处重要景观——金山寺：

  瓜州城对面江中，有一岩石岛，上建佛寺一所，内有僧人二百，此寺管理不少偶像教徒庙宇，如同基督教徒之大主教堂也。②

这座寺庙就是江苏镇江的金山寺。此处描写一直被用来证明马可波罗来过中国的例证之一。马可波罗登上万川东注、一岛中立的金山山顶，眺望波涛壮阔的扬子江与远处"两三星火"的瓜洲古渡。

京杭大运河的终点就是被称为"人间天堂"的杭州。马可波罗从北京一路南下，经过了数座城镇，而在杭州所用的笔墨却是最多的，可见马可对杭州的偏爱。马可波罗不仅写杭州城美丽，有12000座石桥，还有西湖，西湖一带有美丽的宫殿、房子等。作为商人，马可波罗用更细切、热情的视角与口吻描述杭州城市场的热

---

① 张跃飞：《蒙元货币制度述论》，硕士学位论文，云南师范大学，2007年。
② ［意大利］马可波罗口述，鲁思梯谦笔录，A. J. H. Charignon 注，冯承钧译，党宝海新注：《马可波罗行纪》，河北人民出版社1999年版，第515页。

闹与繁华：

除了街道两旁密密麻麻的店铺外，还有十个大广场或集贸市场。这些广场每边长半英里，宽达四十步的城市的主干道从这些广场前通过，笔直地从城市的一端延伸到另一端，中间经过许多低矮的、便于通行的跨河桥梁。这些广场彼此之间相距四英里。在广场的对面，有一条方向与主干道平行的大运河，河岸附近有许多用石头砌成的宽大的货栈，用来为那些从印度和其他地方来的商人储存货物和财物。由于这些货栈靠近集贸市场，所以便于往市场里上货。在每个市场一周三天的交易日里，都有四、五万人来赶集，他们可以在市场里买到所有需要的商品。

这里的各种禽畜、野味不计其数，如獐子、马鹿、梅花鹿、野兔、家兔，以及松鸡、雉鸡、鹧鸪、鹌鹑、家鸡、肉鸡等，而且出产相当多的鸭和鹅，因为它们很容易在湖中饲养，相当于一个威尼斯银币的价格就可以买到一对鹅和两对鸭。城内有许多屠宰场，宰杀黄牛和牛犊、山羊和羔羊等各种家畜，为达官贵人们的餐桌上提供上品。至于下层的人们，则不管什么肉，也不管干净不干净，一概通吃。

市场上一年四季都有种类繁多的香辣蔬菜和瓜果。特别是梨，硕大无比，每个都有十磅重，果质嫩白，软滑如面，清香四溢。在蜜桃上市的季节，市场上销售的品种有黄桃和白桃，味道甜美可口。这里不产葡萄，但是可以买到从外地贩来的优质葡萄干。这里也能买到外地的葡萄酒，但是本地人并不爱喝，因为他们喝惯了用大米配制香料酿成的米酒。

每天都有海里捕捞的大量海鱼从十五英里外的海边经过河

道运至城中。这里的湖泊渔业资源也很丰富,供养了一批终年靠捕鱼为生的人。一年中,捕到的鱼的种类随季节的变化而不同,由于城中的生活食物垃圾排放到了湖中,使湖里的鱼群变得庞大而肥美。当你看见捕到的鱼数量如此多,也许会担心卖不出去。其实在几个小时之内,这些鱼就能销售一空。因为城里的人口实在太多,而且是些养尊处优的饕餮之士,每顿都是大鱼大肉。

这十个集贸市场的四周环绕着高宅闳宇,楼宇的底层是店铺,经营各种产品,出售各种货物,包括香料、药材、小饰物和珍珠等。有一些酒肆只卖当地产的酒,不卖别的东西,他们长年不断酿制美酒,将新鲜的佳酿按公平的价格供应给顾客。①

在这些描述中,不仅提到杭州交错纵横的运河水系,而且还交代了运河除运输以外的防御功能。便利的水运交通使河岸两旁形成了繁华的商业市场——十大市,市场规模庞大,商品种类繁多,有各种珍奇肉类、瓜果蔬菜,甚至还有海外运来的葡萄酒等货物,河堤之上还专门设有供外国商人贮藏货物的"石建大厦"。可以看出,当时的杭州已从当年南宋时偏安一隅的小国都转变为一座容纳各国货物交易的国际性大都市。毋庸置疑,在海、陆丝路畅通的背景下,联通全国交通的运河对杭州城的运转意义非常关键,以此,市场上不仅流通着来自印度、中亚、南亚的货物,也将湖中、海里以及城外的各种时鲜带入人们的餐桌。那些世俗、热闹的场景,充满着生活的气息与活力。马可波罗的描述或许有不少夸饰的成分,但可以

---

① 按:这几段引文,我们用了更通俗现代的版本。[意]马可波罗口述,鲁斯蒂谦诺笔录,余前帆译注:《马可波罗行纪》,中国书籍出版社提供版本,意大利对外贸易委员会特别印制 2010 年版,第 333—335 页。

想见，运河南端最富庶的城市——杭州给他留下了难以磨灭的美好印象，而他也不遗余力地将这种美好印记传达到了他的表述中，传达到了《马可波罗行纪》中，让整个西方世界为之震惊和沸腾。据说马可波罗临终时，他的亲友还让他承认他的描述是撒谎，但马可波罗不仅断然拒绝，还深深遗憾地表示《马可波罗行纪》对他在中国所见所闻的记述还不及真实情形的一半。

1412 年欧洲人根据马可波罗的记载创作的杭州细密画

《马可波罗行纪》问世之后，被人们辗转传抄，到 20 世纪 70 年代末，世界各种文字的译本有 120 种以上。而最富传奇意味的是，意大利人克里斯托弗·哥伦布（Christopher Columbus，1446—1506）因为喜爱《马可波罗行纪》，向往中国，立志寻找一条通往中国的新航路，结果却发现了美洲新大陆。西方人甚至依据《马可波罗行纪》绘制世界地图，而无数的航海家、探险家也是源于《马可波罗行纪》的阅读，纷纷立志东行，寻访中国等，欧洲文艺的广泛复兴应该说有《马可波罗行纪》的不少功劳。而之所以如此，很显然，东方文明的神秘、富庶，运河两岸城市的生机勃勃无疑是吸引欧洲人东行的巨大动力。这也正是今天 21 世纪，中国大运河项目在 2014 年 6

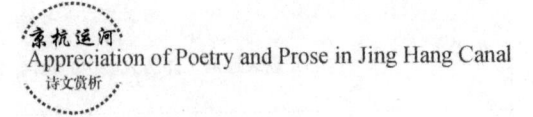

月 22 日第 38 届世界遗产大会上，成功入选世界文化遗产名录的深刻原因。

【参考文献】

1. 余士雄主编：《马可波罗介绍与研究》，书目文献出版社 1983 年版。

2. 刘玉平主编：《运河名城——济宁》，中国文史出版社 2010 年版。

3. 史念海：《中国的运河》，陕西人民出版社 1988 年版。

第二十八篇 明代运河·外国人眼中的运河

——以[日本]策彦周良①《初渡集》②为例

注 释

①策彦周良（1501—1579），字策彦，名周良，号谦斋禅师，日本京都天龙寺妙智院高僧。博学多才，通晓汉文，在中国逗留五年多，多次往返于舟山、宁波与北京之间。明嘉靖十七年（1538）十二月，策彦周良奉命作为"勘合贸易"副使，与正使湖心硕鼎经过舟山从宁波进入中国，使日本与明朝的贸易关系在"争贡之役"后再度恢复。

②本文关于"初渡集"中引文，见《大日本佛教全书》73卷史传部十二，日本佛书刊行会1911年版以引文转细碎，此处不具引出。

赏 鉴

随着京杭大运河的全线贯通，从北京到杭州畅通无阻，南北经济及文化交流越来越密切，全国不同区域的商品在各大商贸市场上随处可见。不仅是国内市场，这条1700多公里的大运河，也吸引着来自全世界的目光。据《明史·外国列传》记载，有明一代来中国朝贡的国家就有四十余个。几乎所有来京朝贡的外国使者都会从海岸城市到达杭州，然后沿京杭运河北上进京。日本策彦周良的《初渡集》就是他作为日本使者在嘉靖十八年（1539）进贡明朝时，由宁波出发，经运河至京城的原始记录。策彦周良把两次来华的经历，写成记事性的诗文集《初渡集》《再渡集》，《初渡集》记载了策彦嘉靖十七年（1538）至嘉靖十八年五月的经历，《再渡集》则是日本使者对有明一代最为详尽的记录。难能可贵的是，策彦周良以一个外国人的他者眼光把他的运河之旅用日记的形式详细记录下来，迥异于常年往来于运河或生活于运河边的中国人熟视无睹的表达视角，反而更为详尽、切实地描画出当年运河航运、沿岸城镇的市井风光以及16世纪上半叶的中日关系等，无怪乎明嘉靖状元、翰林院侍读学士、国史馆总裁姚涞曾经评论策彦周良的文章说："读其文，有班马之余风也；诵其诗，有二唐之遗响也"，评价非常恰当。

　　策彦一行是贡使，但其时的日本贡使，往往以进贡之名，与中国官方和民间做外贸生意，此举在中日双方均心照不宣，习以为常，而日本一方则希望使团规模越大越好。但明朝政府并不这样认为。由史记载可以知道，明朝初年开始实施海禁，同时为了有限满足国内外的贸易需求，实施"朝贡"贸易，也即允许周边藩属国向天朝上国——大明进贡物品，而大明则以"国赐"形式回酬外商所需中国物品。对于朝贡国，明朝政府颁发"勘合"签证。一般是勘合船在当地政府的监督下，将货物卸到运河沿岸城市并出售，在自京返回时结算货款；或是由朝廷直接购买货物，然后以回赐的方式将中国商品赠予外国来使。这种贸易形式，既极大阻碍了中国国内海外商品经济的扩大，也深刻地影响了域外国家对中国货物的购求。对于像日本这种国内资源有限，需要通过对外贸易满足本国需求的国家，该政策成为阻断其经济来源和发展的因素之一。这种政策也最终在嘉靖二年（1523），浙江宁波港引发了著名的"争贡之役"。当时日本大名细川氏和大内氏势力各派遣对明朝贸易使团来华贸易，两团在抵达宁波后，因为勘合真伪之辩而引发冲突，酿成武力杀戮事件。大内氏代表宗设沿路烧杀抢掳，对当地居民造成很大损害，追击的备倭都指挥刘锦、千户张镗等明朝官兵战死。"争贡之役"后，明朝政府的勘合政策更加收紧，废除福建、浙江市舶司，仅留广东市舶司一处，日本使团只允许50人入朝，明代中叶后的东南倭乱越发严重，即与明朝的朝贡政策有关。

尽管如此，值得注意的是，日本天文七年（嘉靖十七年，1538年），受室町幕府将军足利义晴之命与大内义隆的支持，由湖心硕鼎率领、策彦周良作为副使的入贡团队，他们一行三船，人数多达456人，其中官员6人，水夫133人，从商297人。他们从日本博多出发，经佐贺、长崎等地到达五岛奈留浦，等待春季季风到来，在一系列诵经、忏法、作祈祷文之后，解缆开帆，朝中国东海海域航行，不久后到达宁波港。这是日本来华最常走的路线，运气好的话，五天五夜即可到达，若遇到暴风骤雨，半个余月方能登陆。策彦周良写道："惟西海道五岛开洋……由此岛至中国普陀山，隔海四千里，如得东北顺风，五日五夜至普陀山。如风静宁息，程途有限。如值逆风，卸却蓬帆，任其荡行，力不可挽。趋不幸遭暴风坏之，复回本国，造船再行；如不坏船，纵风不便，不过半月有余已到中国。"

一行人在进入宁波港之前先到达了昌国卫（舟山）和定海卫

（镇海），与明代官员进行了长时间的交涉。我们刚刚解释过明朝政府对日本的态度，所以很容易明白，策彦一行如此庞大队伍的到来使得明代官民十分警惕，整个行程都受到了严格的监视。嘉靖十八年（1539）十月二十八日，经过与中国官员的多次斡旋，日本使团终于获批渡钱塘江进入杭州府，随后乘船顺运河北上。

策彦周良画像

  从杭州武林驿顺运河北上的过程中，《初渡集》很少提及城市名称，而都是以具体的驿站名代替的。整部集子中共提到五十余处驿站，大多分布在运河沿岸，向我们展示了明代运河上水、陆驿站的整体风貌。运河古驿站是大运河上通信往来、连接南北各个城镇的重要交通枢纽，是运河文化遗产中不可分割的一部分。它的存在，更彰显了运河的价值。明代驿站分为水驿和陆驿，主要功能就是传递信息、为过路官员使者提供食宿并为军队提供军需物资。驿站与驿站之间相距60—120里不等。其主管官员被称作"驿丞",由金充而选拔出的吏员担任。在运河沿岸的驿夫,大多是被政府强征而来的农民,主要负责搬运货物、牵拉船只、开关水闸、提供食宿等工作,由于驿站处于繁忙的运河沿岸,他们苦不堪言。很多驿夫受不了繁重的驿务而经常逃跑,这导致某些驿站会遇到驿夫不够的状况,策彦周良在其书中就多次提到这种现象。如在过"安德驿"时,"挽夫未来,风亦不顺,故歇船";桃园驿"廪给口粮未打,挽夫亦未来"……人员的匮乏造成行程的停滞,给运河的交通带来诸多不便。十一月二十九日,"至云阳驿,舟行四十五里,有二重楼门,第一重额竖揭'云阳驿'三大字,第二重额横揭'江南水路第一要冲'八字"①。云阳驿位于镇江府丹阳县,历来就是水路要道,令无数过往的人情不自禁地留下文字描述它。李白著名的乐府诗《丁都护歌》就是在经过云阳驿站时所作:

云阳上征去,两岸饶商贾。吴牛喘月时,拖船一何苦!
水浊不可饮,壶浆半成土。一唱《都护歌》,心摧泪如雨!
万人凿盘石,无由达江浒。君看石芒砀,掩泪悲千古。②

结合策彦的日记再来看李白这首写云阳驿的《丁都护歌》,我们能约略把捉到那些越是繁忙的港口、驿站,则越是交织和见证着人间悲喜与盛衰的痕迹。李白的《丁都护歌》写出了丹阳驿站繁荣的商业交通,也抒发了对纤夫之苦的无限感伤。策彦周良所见到的景象又

---

① 《策彦和尚入明记·初渡集下》,《大日本佛教全书》第73卷史传部十二,日本佛书刊行会1911年版,第218页。
② (唐)李白:《丁都护歌》,《李太白全集》卷六,中华书局1977年版,第331页。

何尝不是呢？作为日本五山文学①的最后一位代表性诗人，策彦周良的汉学修养非常深厚，熟读经史子集，对中国文化有着较深的理解，著有《谦斋诗集》《南游集》《城西联句》等汉诗集。岁月流逝，运河悠悠，或许，当策彦他们的朝贡船到达云阳驿，看到"江南水路第一要冲"的匾额时，他恰好想起了李白，想起了他的《丁都护歌》，并更加感同身受，进而标注记录，加深印象。

尽管策彦周良本人颇有文学修养，文字非常优美，作为受到资助的朝贡使臣，他的商业敏感度还是相当引人注目的。在他的日记中，策彦对与商业相关的诸如商业信息、商货流通、货物价格，还有那些独具城镇生活风貌，具有招徕意义的寺庙、店铺招牌等内容都表现出浓厚的兴趣。在15万字的《初渡集》篇幅中，记录的店铺字招有90余处，涉及商品诸如酒、糟、药、棉子、毛笔、马尾、帽、伞、针、扇、衣香、书籍、纸张、银、果品、饭、饼等数十种，一些隽永、有趣的广告文字也被策彦如实地记录下来。例如策彦在常州无锡县锡山驿一带撞见的一处酒铺的广告，记载道："路旁卖酒家帘铭：面书曰'造成春夏秋冬酒'，里书曰'卖与东西南北人'。"再如镇江丹徒的一处酒家，其酒家帘铭写道"江南第一夺魁酒馆"②，被记录的也有50余处。至于与商业相关的店铺招牌、广告文字、商品信息、赊欠信息，如有的酒家壁间写的"发誓不赊"之类的语言

---

① 按：五山指是中国南宋的官寺制度，即有朝廷任命住持的五所最高的禅寺。日本镰仓、幕府时代，模仿南宋的五山制度设立镰仓五山（建长寺、圆觉寺、寿福寺、净智寺、净妙寺），京都五寺（天龙寺、相国寺、建仁寺、东福寺、万寿寺）以及五山之上的京都南禅寺，共十一座禅寺，合称"五山十刹"。由于"五山十刹"官寺制度的建立，信奉禅宗的僧人们得到当政的极力支持，享受着优厚的待遇。他们为显示其高雅尊贵的社会地位，常常以文会友，以诗喻禅，热衷于通过禅宗接触中国文学，这种现象积习成风，由"五山十刹"扩展至"林下末寺"，进而风靡社会，成为当时日本文坛的主流，史称"五山文学"。在日本文学史上，以禅宗僧侣为主体的五山文学是禅宗与日本文学融合的产物，它完全摆脱了日本腔调，几乎和纯粹的宋元诗文学无异。

② 《策彦和尚入明记·初渡集下》，第214、218页。

等,作为外国人的策彦,仿佛汉语、汉字控,每见每记,随时随地记录,这不仅使得他的记录迥异于同类的运河日记或者游记,也带给人们非常立体、生动的运河画面感。比如他们的朝贡船在宁波时,策彦的日记记录当地的买卖招牌写道:"卖买人家各各贴铭:'马尾出卖''藏糟出卖''绵花出卖''演易决疑问''中山毛颖(盖制笔者之家里也)''装印经书文籍'如此之类。"① 策彦的观察与记录可谓仔细。而其中一则非常有意思的商品信息,很值得讨论,即文中所记"马尾出卖",这是怎么回事呢?

据明人的各种记载,明朝成化年间(1465—1487),人们流行穿马尾裙②。明人陆容记载说:"马尾裙始于朝鲜国,流入京师,京师人买服之,未有能织者。初服者,惟富商、贵公子、歌妓而已。以后武臣多服之,京师始有织卖者。于是无贵无贱,服者日盛,至成化末年,朝官多服之者矣。"③ 马尾裙在明朝中叶的流行程度到了什么地步呢?一则时人的上疏很能说明问题。这位官员上疏说:"京城士人多好着马尾衬裙,营操官马因此被人偷拔鬃尾,落膘,不无有误军国大计,乞要禁革。"④ 要知道,由于明朝政府实行边禁,不与蒙古互市,人们这种爱着马尾裙的流行风气难以从市面上得到满足,以致京城营操官马的马尾毛总被人偷拔,而马因为尾巴无毛,不爱进食,落膘而病死。嘉靖十八年(1539)策彦周良他们的朝贡船到宁波,还看见宁波的集市上出售马尾,说明当地也有穿马尾裙的风气。按说马尾裙的穿着风气来自朝鲜,而朝鲜到中国先登陆的地方

---

① 《策彦和尚入明记·初渡集下》,第167页。
② 按:马尾裙:又叫做发裙,是明朝中期以后男子所用的一种衬裙。上着大襟短袄,下穿马尾裙,裙式作下折,作蓬张状。由于马尾比较硬,所以这种裙子硬撅撅的,就像一把撑张开来的伞。穿着方法则是把它系在腰间,外面再穿衬衣及外袍,于是,穿衣人的外袍长襟自腰部以下都被伞形的马尾裙衬托起来,自然下半身的造型也就像一把圆伞。
③ (明)陆容:《菽园杂记》卷一〇,中华书局1985年版,第123页。
④ (明)陈洪谟:《治世余闻》下篇卷三,盛冬玲点校,中华书局1985年版,第57页。

一般是在宁波港,那么宁波人穿马尾裙的风气是来自京城还是朝鲜呢?借助策彦的这则日记我们可以知道,成化到嘉靖,甚至到万历,因为马尾裙的风气,马尾一直都比较紧俏。所以,到万历时候,瞿九思写《万历武功录》时,还说明朝与蒙古的互市:"我所资于虏,非马牛羊,则皮张马尾;而虏所资于我,亦惟布帛、绵索而已。"①大家各有需求,互惠互利,并不只是蒙古人需要中国的商品货物,中国也非常需要他们的马牛羊以及马尾。这样一追溯,策彦这种详细的日记的确包含了丰富的信息。

着马尾裙的明朝男子

策彦的这种记录习惯使得他的日记即便是有些文采的记述也显得严谨得有些刻板,当然时过境迁,运河的印记被岁月冲刷得非常干净之后,这种记载反而因为真切实在而弥足珍贵。

嘉靖十九年(1540)策彦在回程中再次经过姑苏驿,这次他造访了阊门外的虎丘寺以及距寺七里的山塘河。"七里山河"与运河相连,是唐代诗人白居易所开凿的,自凿成后就一直是商品集散的重

---

① (明)瞿九思:《万历武功录》卷八中三边,明万历刻本。

要据点,沿河形成的"山塘街"至今还是游人如织,商旅不绝。策彦在日记中这样描述:

> 山北有楼,楼檐横颜"望海楼"三大字,楼中中央横揭"和靖读书台"五大字。楼右方有小斋房,揭"三畏斋"三字。下楼少许而有小门,横揭"和靖书院"四大字。入此门则有小莲池,石桥架其上,过桥上少许而有祠堂,檐端横颜"玄帝殿"三字,殿里横揭"翊我皇明"四字。①

这段话的描述中,第一是方位很清晰:楼在山北,楼右有斋房,楼下有小门,小门外有莲池,莲池上有石桥,过桥后有祠堂等,娓娓道来,让人如入其境;第二是,如实记录匾额的名称:望海楼、三畏斋、和靖书院、玄帝殿、翊我皇明等,作者仿佛是在用文字画图,务必要使所见景致分毫不差地被记录下来。

嘉靖十九年(1540)三月一日策彦一行终于到达北京,一行先停泊在通州城外的张家湾。张家湾位于通州城南15里,建于元代。据《日下旧闻考》载"原张家湾在州南十五里,元万户张瑄督海运至此而名",元世祖至元三十年,通惠河疏凿告成,此处成为水陆要津,"原张家湾为潞河下流,南北水陆要会。自潞河南至长店四十里,水势环曲,官船客舫,骈集于此,弦唱相闻,最称繁盛"②。明初、中期,通惠河失于修浚,张家湾作为潞河与通惠河的连接处,成为南来北往客、商船以及外国使节凡经运河进京者必须停留处。策彦的日记写道:

---

① 《策彦和尚入明记·初渡集下》,第257页。
② (清)于敏中:《日下旧闻考》卷一一○"京畿",清文渊阁四库全书本。

三月小　在张家湾。役者通挽舟人夫一艘各四十人。

朔旦　将谒护送大人。先俾通事报告。共辞而不受。故日本同列贺朔之礼亦略之。虽然从僧以下周吴二通事一号二号三号诸从伴来贺。辰刻车马簇簇。先俾进贡物盘运。

二日　巳刻发张家湾。车马如云。车以载货，马以驮人。（一车个马九匹挽之）申刻入京。日本二十丁余而就玉河馆。将入此馆之外面陌头有石桥。桥头有门，揭"玉河桥"三大字。旧年进贡差使臣等就会同馆。日人久不修职贡，故馆亦荒凉。今虽假就玉河馆，未由安处。傍有一宇，梓匠方修补焉。生等偻指唉之，于时朝鲜琉球鞑靼人进贡，割据于本馆。①

策彦一行在张家湾下船进京，政府会派遣专门接待日本使者的礼部官员进行贡品的盘检和点检，并将它们安置在距崇文门四里的玉河馆。我们在前面说到过，嘉靖二年日本朝贡船在宁波港发生"争贡之役"，所以到策彦他们来之前，日本朝贡船数十年间罕有进京，策彦在日记中说他们不被中方搭理，呈送的贺礼也不被接受。这也很容易理解。可能经过通事的斡旋，策彦他们的朝贡船得以进京，住进玉河馆。策彦在日记中略显伤感地记录道："日人久不修职贡，故馆亦荒凉。"不仅馆阁荒凉，而且同时来的"朝鲜琉球鞑靼人进贡，割据于本馆"，真是彼时今时，令人不胜感慨。

嘉靖二十年（1541）六月二十六日，策彦一行平安抵达日本，受到日本各界的关注和欢迎，后来策彦又于1547年被任命为正使再度出使中国。这两次出使，使中日关系在"争贡之役"后得到很大缓和，但由于勘合金牌毁于战火、双方贸易衰败以及倭寇猖獗等多

---

① 《策彦和尚入明记·初渡集下》，第233—234页。

种原因，日本从此不再派遣使团赴中国进行朝贡贸易，策彦也就成为了明代来华的最后一个日本使节。策彦等来华的身影早已远离我们，但是他的两本日记《初渡集》和《再渡集》却由于记录真切翔实而富于画面感，成为我们了解明代中叶社会风貌、风土民情、名胜古迹等的重要文献，让我们今天得以走近运河，走进那个时代。

【参考文献】

1. 葛剑雄、傅林祥主编：《中华大典·交通运输典·交通路线与里程分典》，上海交通大学出版社 2017 年版。

2. 鲍志成：《一衣带水两千年：扶桑访古》，西泠印社 2006 年版。

3. 朱莉丽：《行观中国：日本使节眼中的明代社会》，复旦大学出版社 2013 年版。

4. 范金民：《明代嘉靖年间日本贡使的经营活动——以策彦周良〈初渡集〉、〈再渡集〉为中心的考察》，《中国经济史研究》2012 年第 4 期。

5. 丛振：《〈入明记〉所见运河区域字牌文化研究》，《兰台世界》2016 年第 11 期。

6. 罗新：《从大都到上都——在古道上重新发现中国》，新星出版社 2018 年版。

第二十九篇　明代运河·外国人眼中的运河

——以[朝鲜]崔溥《漂海录》①为例

注　释

崔溥（1454—1504），字渊渊，号锦南，朝鲜全罗道罗州人。24岁中进士第三，29岁中文科乙科第一，相继任校书馆著作，成均馆典籍，弘文馆副修撰、修撰等职，著有《锦南文集》。明孝宗弘治元年闰正月初三，渡海奔父丧，船不幸遇风，于当月十七日漂至我国浙江台州府临海县地，后从杭州经京杭运河沿扬州、济宁、临清、天津转至北京，于六月初四渡鸭绿江返朝鲜，共逗留136日，承王命作《漂海录》。以引文转细碎，见于文中赏鉴。此处不具引。

赏　鉴

不同于明嘉靖时候来华，并写成著名纪行作品《初渡集》的日本遣明使策彦周良，朝鲜人崔溥的来华源于一场意外。弘治元年（1488）正月初三，崔溥从济州岛渡海返里奔父丧，途中遭遇风浪，迷失方向。十七日，漂至浙江牛头外洋，后于台州府临海县狮子寨登岸。崔溥等人上岸询问方向,结果被当地官员误认作倭寇,遭到了棍棒拳脚的袭击。一行人在海上漂泊数日,饥渴困急,气息奄奄,再加上海盗的侵略,早已是狼狈不堪。他在日记中写到当时被当作倭寇,军吏率众来抓时的状态:"臣等惊骇耳目,丧魂褫魄,罔知所为。"①

崔溥的"中国之旅"就是由这样的惊惧场景开始的。经过再三调查,中国官府最终确认了崔溥的身份,遂以礼待之,遣专人护送其沿运河北上回国。崔溥一行从宁波沿着运河北上,一路上过驿过闸,历时44天,而崔溥也因此成为明代行经运河全程的第一个朝鲜人。回国后,崔溥立即奉李朝国王之命撰写经历日记,七天后向成宗进呈。这个日记便是《漂海录》。在崔溥的逐日记录中,运河沿途,举凡城镇景观、山川风物、驿站铺栈、庙宇门坊、村镇里屯、桥洞、亭台楼阁以及里程与设施等,无不在录,此外关隘要冲、各地驿馆、水路交通、军备防务等情况记述更是详细,不仅生动形象地展示了当时大运河的交通情形和沿岸风貌,而且为后世留下了非常宝贵的明代防卫资料。

当初,崔溥的船以海难漂至中国台州时,在台州上岸。此后,由桃诸所出发,沿其时的浙东运河行走,经过数座卫所、府县、驿站:健跳所、宁海县白峤驿、越溪巡检司、西店驿、奉化县连山驿、宁波府四明驿、慈溪县、余姚县姚江驿、上虞县曹娥驿、绍兴府、西兴驿,然后到达杭州。

浙东运河又称"杭甬运河",西起杭州西兴,经过上虞曹娥江、绍兴鉴湖,余姚江、甬江,东至宁波镇海招宝山注入东海,全长二百余公里。它的前身是越王勾践所修的山阴故道以及西晋

---

① 葛振家:《崔溥〈漂海录〉评注》,线装书局2002年版,第57页。

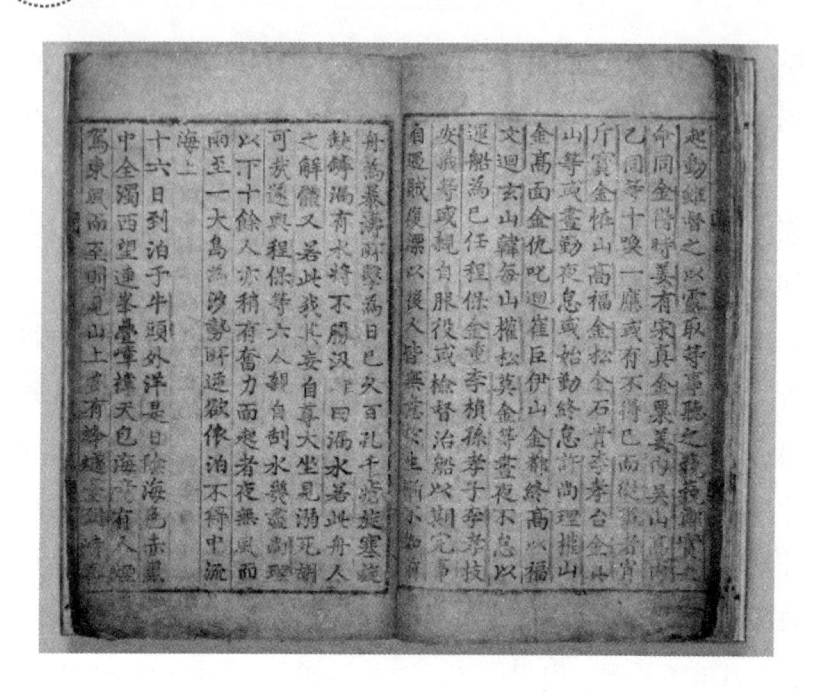

明刻本《漂海录》书影

时会稽内史贺循开凿的西兴运河,后代又设置水闸、修建堤坝、水塘,至明代时已形成了一张湖泊密布、水文纵横交错的水系网络。台州浙东地区地势起伏不平,南高北低,故河道中间建有很多堰坝和水闸来调节水流。崔溥在文中多次提到"堤坝挽舟上过"之处,在过连山驿时,看到群峰上云雾缭绕,溪涧萦迂岩壁之间,见一大江:

> 至此江,则平郊广野,一望豁如,但见远山如眉耳。江之北岸筑一坝,坝即挽舟上过之处。坝之北筑堤,凿江,有鼻居舠绕岸列泊。①

---

① 葛振家:《崔溥〈漂海录〉评注》,线装书局2002年版,第75页。

此江为甬江的支流奉化江,发源于四明山麓秀尖山,向东与鄞江和东江汇合,再向北至宁波三江口与姚江汇合流入甬江。崔溥一行人经南渡铺广济桥、跨大川,顺江而上,西南可望四明山。棹至宁波府,往慈溪县:

> 至西坝厅。坝之两岸筑堤,以石断流为堰,使与外江不得相通,两旁设机械,以竹绚为缆,挽舟而过。至西屿乡之新堰,堰旧为刹子港颜公堰,后塞,港废,堰为田。导水东汇至于广利桥之南。置此坝,外捍江湖,挽济官船,谓之新堰,概与西坝同。至此,又挽舟而过,过新桥、开禧桥、姚平处士之墓,至慈溪县。①

宁波有两个"西坝",即"大西坝"和"小西坝",它们分别位于姚江的南岸和北岸。大西坝又叫"蓝公渡",在宁波市鄞州区高塘镇,是连接姚江及其支流西塘河的咽喉,被称为浙东运河上的"甬城门户"。姚江在运河宁波段有两条重要的支流,除了位于东南部的西塘河,还有一条就是位于西北部的慈江,在丈亭镇分流,呈东西走向。崔溥笔下的西塘河是一条十分繁华热闹的河道,船只来往穿梭,游人如织,两旁街肆林立,商旅不绝,"自府城至此十余里间,江之两岸,市肆、舸舰坌集如云"②;小西坝则连接着姚江和刹子港,崔溥文中所提到的"新堰"指的就是此处。"堰"的意思是挡水的堤坝,所谓"外捍江潮"就是拦截姚江的江水。姚江属于潮汐江,受海水影响,水量不稳定,且含盐量较高。"新堰"的设置有助于阻咸蓄淡、调节水量,保证了慈溪的农业灌溉

---

① 葛振家:《崔溥〈漂海录〉评注》,线装书局2002年版,第76页。
② 同上。

用水。刹子港兴建于南宋宝祐时期，北起慈溪，南至姚江，大大缩短了慈溪镇到宁波府三江口的距离，堪称人工运河与自然河流完美结合的典范。

二月初二日清晨，崔溥出慈溪县，坐船溯姚江西北而上：

> 江抱城而西，有联锦乡、曹墅桥。桥三虹门。又过登科门、张氏光明堂，夜三更到下新坝，坝又与前所见新堰同。又挽舟过坝，经一大桥，有大树数十株列立江中。将曙，到中坝，坝又与下新坝同。又挽舟逆上，江即上虞江也。①

崔溥此时所经过的就是浙东运河虞姚段，运河在从杭州西兴往东汇入曹娥江后，分成两股流入姚江。一股为南边的十八里河（永乐年间开凿），另一股则为北边的虞姚运河（两晋时期开凿），它东起曹娥江东岸上虞县赵家村，西至余姚县曹墅桥汇入姚江。这一段运河同样是堰坝众多，上虞境内有曹娥堰、梁湖堰、通明堰、清水堰，余姚境内则有斗门堰、云楼下坝等。日本使节策彦周良在经过虞姚运河时就写道："未刻，自龙泉寺前拨舟。酉刻，至下坝，舟行四十里。候潮泊于此。戌刻，潮满了，力士将辘轳索卷越坝。"②这一段很好地向我们展示了"挽舟逆上"的具体方法，即依靠辘轳来牵引船只。但这样做需要借助水流的助推，因此要等到涨潮时才能"挽舟过坝"。

离开上虞县，经曹娥驿、东关驿，崔溥一行人在初四日到达绍兴府。总督备倭署指挥佥事黄宗、巡视海道副使吴文元、布政司分守右参议陈谭于澄清堂宴请崔溥等人。第二天早晨启程前往杭州，

---

① 葛振家：《崔溥〈漂海录〉评注》，线装书局2002年版，第77页。
② 《策彦和尚入明记·初渡集下》，第208页。

他在书中记录了绍兴地区著名的历史文化古迹：

> 兰亭在娄公阜上天章寺之前，即王羲之修禊处。贺家湖在城西南十余里，有贺知章千秋观旧基。剡溪在秦望山之南嵊县之地，距府百余里，即子猷访戴逵之溪也。①

崔溥出绍兴府，经越州（会稽）、柯亭、钱清，于初六日到达萧山县西兴驿。自从西晋开通西兴运河后，西兴这个名不见经传的小镇成为沟通两浙地区最重要的渡口。西兴渡口是观赏钱塘江的绝佳地点。《漂海录·卷二》写道："西兴驿之西北，平衍广阔——即钱塘江水，潮壮则为湖，潮退则为陆——杭州人每于八月十八日潮大至，触浪观潮之处也。"② 然而，崔溥对于西兴渡的描写也仅限于此了，之后就开始写他们到达杭州后的一系列事务。

崔溥从宁波府到杭州西兴驿大约用了7天时间，在杭州又驻留了七日，弘治二年的正月十三日正式踏上京杭大运河的旅程。从杭州的武林驿到北京的潞河驿（通津驿），崔溥经过了四十余处驿站、数十座水闸及桥梁，是外国文献中记载京杭大运河最为详尽的资料。

京杭运河最为危险的地方，当属黄河段。明代时黄河与淮河合流，黄河大量的泥沙以及湍急的水流，给渡河船只和淮南淮北两地运河的疏浚带来了很大的困扰，尤其是从宿迁至徐州彭城驿一段的运河完全依赖于黄河河道，先后要经过吕梁洪和百步洪两处危险河段。明朝万历年间开始，政府才试图修一条新河将黄河与运河段分离，但是直至清代康熙时期才彻底完成。对于运河黄河段的危险，

---

① 葛振家：《崔溥〈漂海录〉评注》，线装书局2002年版，第86页。
② 同上书，第88页。

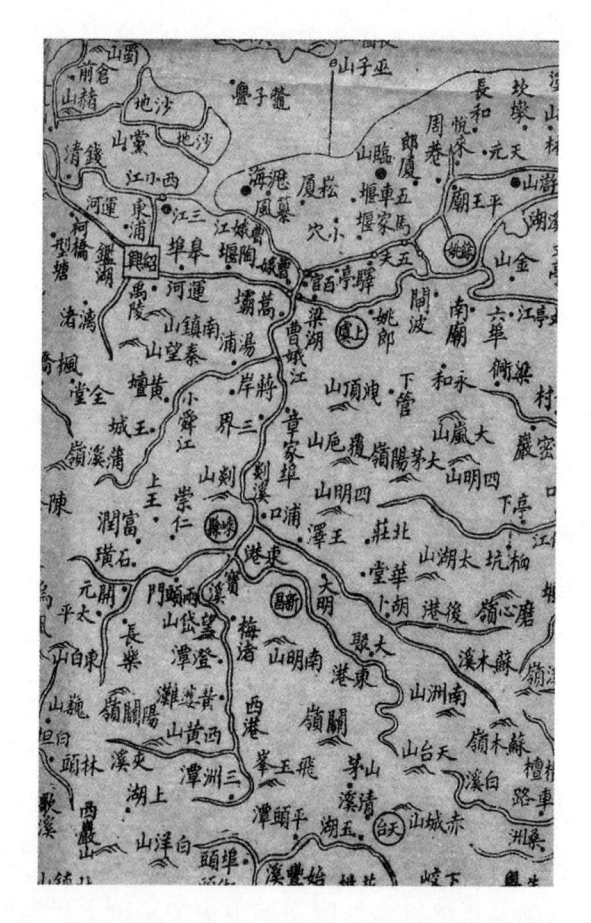

清曹娥江、剡溪图光绪二十年（1894）《浙江全省舆图并水陆道里记》

崔溥的《漂海录》也有记录：

> 又过房村驿至吕梁大洪。洪在吕梁山之间，洪之两旁水底乱石、巉岩峭立，有起而高耸者，有伏而森列者。河流盘折至此开岸，豁然奔放，怒气喷风，声如万雷，过者心悸神怖，间有覆舟之患。东岸筑石堤，凿龃龉以决水势。虽鼻居舠必用竹绹，须十牛之力，然后可挽而上。

> 过至百步洪，泗、洙、济、汶、沛水合流自东北，汴、睢

> 二水合流自西北，至徐州城北，泗清汴浊会流，南注于是洪。洪之湍急处虽不及梁之远，其险峻尤甚。乱石错杂，磊砢如虎头鹿角，人呼为翻船石，水势奔突，转折壅遏，激为惊湍，涌为急溜，轰震霆，喷霰雹，冲决倒泻，舟行甚难。①

这两段描写颇有韩愈之风，文辞奇崛，气势磅礴，比拟恰切，造语生新，且文气流畅，一贯而下。如此精彩的描写，全书中似乎只有这两处，湍急的水流给崔溥留下了极为深刻的印象，也许他是从命悬一线中逃脱出来后才写下这篇文字的。从西边来的汴河流至吕梁山脚下和徐州城后与从东北方向流下的泗水相汇，一同向南流去。由于两侧多山地石梁，空间狭窄，故形成了吕梁洪和百步洪两处急流。一代文豪苏东坡在经过百步洪时写出了"有如兔走鹰隼落，骏马下注千丈坡。断弦离柱箭脱手，飞电过隙珠翻荷"②的名句。元代文人袁桷也曾写《徐州吕梁神庙碑》感叹吕梁洪的险峻。

由于水势湍急，成化四年，管河主簿郭升和尹庭相继在两岸修筑石堤，"用石板甃砌，扣以铁锭，灌以石灰"③，凡行至此处之人，不得不弃船登岸，在两岸的纤道步行前进，成百上千的纤夫需要在两旁用竹索牵引船只，形成了京杭运河上一道独特的风景线。

除了对黄河险滩的描写外，《漂海录》中还谈到了天津卫。天津最早是一片海洋，由于黄河的再三改道才逐渐形成陆地，直到金朝时，天津的海岸线才基本固定下来。元代京杭运河的贯通使天津成为漕运的转运中心，并设置大直沽盐运使司专司盐业，这是天津发展的重要转折点。在明代永乐二年，天津才开始建城。随着天津城

---

① 葛振家：《崔溥〈漂海录〉评注》，线装书局2002年版，第121—123页。
② （宋）苏轼：《百步洪》，《苏轼诗集》，中华书局1982年版，第892页。
③ （明）杨宏、谢纯撰：《漕运通志》卷一〇，荀德麟、何振华点校，方志出版社2006年版，第288页。

的建立，其政治经济地位不断上升。崔溥来华时，则正值天津飞速发展之时。天津城的建立与发展可以说完全依赖于运河的开凿，随着漕运的兴盛，天津的城市地位也越来越重要，正如《畿辅通志》所言，天津"地当九河津要，路通七省舟车"①，确实是当河海之冲，"为畿辅门户"②。

《漂海录》也向我们描绘了天津的水运体系及其在明代建城不久的面貌：

> 至天津卫城。卫河自南而北，即臣所沿来之下水也。白河自北而南，即臣所溯去之上水也。二河合流于城之东以入海。城临两河之会。海在城之东十余里，即旧时江淮以南漕运皆浮于大海复会于此，以达京师。今则疏凿水道，置闸闭纵，舟楫之利通于天下。城中有卫司及左卫、右卫之司，分治海运等事。城东有巨庙临河岸，大书其额，臣远而望之，其上"天"字，其下"庙"字，其中一字不知某字也……③

海河是天津最主要的河流，其上游最重要的一条支流即为卫漳南运河，它同时也被认为是海河的源头，崔溥就是由这条自南而北的河流到达天津的。所谓"卫漳南运河"，其实指三条河流，即漳河、卫河以及南运河。南运河又被称作御河，它南起山东省武城县，北至天津海河，前身是隋炀帝时所修的永济渠。从山西长治发源的漳河在河北馆陶汇入源于太行山脉的卫河后，于山东临清一同流入南运河，之后再经过河北景县、东光、泊头、沧州流入天津静海、

---

① （清）黄彭年等撰：《畿辅通志·一》卷一五，清文渊阁四库本。
② （清）朱方增：《请广地利以阜民生折》，《求闻过斋文集》卷二，清光绪二十年刻本。
③ 葛振家：《崔溥〈漂海录〉评注》，线装书局2002年版，第142页。

杨柳青，最终汇入海河。崔溥走的就是从临清到天津卫的这条南运河路线。海河的北部还有一条支流——北运河，又称白河、潞河，其自北而南，是崔溥从天津到达北京通州的必经之路。它发源于北京军都山，在通州与通惠河相汇，向南流入海河。融汇多条河流的海河最终于天津大沽口奔向渤海，其海运地位也是不言而喻的。可以看出，发达的水系使天津处于海陆咽喉要道，"畿辅门户"的称号当之无愧。

  天津的妈祖文化十分昌盛，他们的妈祖信仰同样来源于天津繁荣的水运。妈祖又称天妃、天后，兴起于我国福建泉州等东南沿海地区。元代实行海、河并运的体制，很多从南方运来的粮食通过海运到达天津，再经北运河运入京城，这就使海神信仰传入天津，人们每每以参拜妈祖娘娘来祈祷航海的安全。崔溥文中所谓"城东有巨庙临河岸，大书其额，臣远而望之，其上'天'字，其下'庙'字，其中一字不知某字也"，崔溥所望到的城东巨庙大概就是遍布天津的"天妃庙"，那中间他不知的某字是不是就是"妃"字呢？

  出天津不过两日就到达了通州潞河驿（通津驿），崔溥一行人在此处下船登陆骑马前往京城，三月二十八日到达北京玉河馆，后又经山海关、宁远卫、广宁驿等地至辽阳驿渡鸭绿江回到朝鲜。自浙江台州临海县到鸭绿江，全程共行8800里，用时136天。崔溥将这次意外经历以"内部报告"的形式呈给朝鲜国王。关于运河沿线的记录，地名有600多个，其中驿站56处，铺160余处，闸51座，递运所14处，巡检司15处，桥梁60余座。这份内部报告在万历元年（1573）由崔溥的外孙柳希春整理校勘，命名为《漂海录》出版。2014年6月22日，京杭大运河的延伸线"浙东运河"正式被列入世界文化遗产名录，而朝鲜人崔溥的《漂海录》同样也是我们运河文化遗产的一部分，因为中国运河属于中国，也属于世界，是世界文化遗产的一部分。

【参考文献】

1. 罗关洲编著：《绍兴市交通志》，浙江人民出版社2007年版。
2. 梁二平：《海上丝绸之路2000年》，上海交通大学出版社2016年版。
3. ［韩］朴元熇：《崔溥漂海录分析研究》，上海书店出版社2014年版。
4. 李俊丽：《天津漕运研究1368—1840》，天津古籍出版社2012年版。
5. 范金民：《朝鲜人崔溥〈漂海录〉所见中国大运河风情》，《光明日报》2009年2月24日。

第三十篇　明代运河·外国人眼中的运河

——以[意大利]《利玛窦中国札记》为例

注　释

①本篇文中引文均节选自利玛窦、金尼阁《利玛窦中国札记》，何高济、王遵仲、李申译，商务印书馆2017年版。利玛窦（1552—1610），意大利的耶稣会传教士，学者。明朝万历年间来到中国居住。其原名中文直译为玛提欧·利奇，利玛窦是他的中文名字，号西泰，又号清泰、西江。在中国颇受士大夫的敬重，尊称为"泰西儒士"。利玛窦是天主教在中国传教的开拓者之一，也是第一位阅读中国文学并对中国典籍进行钻研的西方学者。他除传播天主教教义外，还广交中国官员和社会名流，传播西方天文、数学、地理等科学技术知识。他的著述不仅对中西交流作出了重要贡献，对日本和朝鲜半岛上的国家认识西方文明也产生了重要影响。

赏　鉴

《利玛窦中国札记》作者之一金尼阁（1577—1628），比利时籍耶稣会士。1610 年参加了中国传教团，1613 年归国途中对利玛窦日记进行翻译整理，并增写了有关传教史与利玛窦本人的一些内容。而京杭运河代表着中国形象，且在中国人的生活中占据极其重要的位置，这样重要的水利工程自然在札记中多次出现。

我们对《利玛窦中国札记》及其运河描述的讨论可以从书中这样一段话开始：

> 所有这些对欧洲人来说似乎都是非常奇怪的，他们可以从地图上判断，人们可以采取一条既近而花费又少的从海上到北京的路线。这可能确实是真的，但害怕海洋和侵扰海岸的海盗，在中国人的心里是如此之根深蒂固。①

这是 16 世纪著名传教士利玛窦在经由运河进京时产生的疑惑，如今这段话被记载在《利玛窦中国札记》一书中。这条远近闻名的大运河并非像他所想的那样便利，一路上他历经艰辛磨难，受到重重阻碍，花费了大量的时间和精力。作为一个成长于海洋文化下的欧洲人来说，舍弃便利快捷的海运，而情愿耗费巨大的人力物力来挖掘一条河道，这样的选择未免显得有些得不偿失。利玛窦认为这是由于中国人对海洋的畏惧心理，但这也只是一个方面。

其实，元代开凿运河只是作为海运的辅助，尤其到了元代后期，随着运河的淤积堵塞，其大部分航运是通过海上运输来完成的。到了明代，情况正相反。明代政府对运河的依赖程度令人咋舌，京城的所有物资需求全部依靠运河，包括瓷器丝绸、粮米油面，甚至像扫帚、灯芯、日历纸等价值低廉的日用品皆要通过运河运输。几乎

---

① ［意］利玛窦、［比］金尼阁：《利玛窦中国札记》下册，第 13 页。

《利玛窦像》，（明）游文辉 1610 年画，罗马耶稣会档案馆藏

可以说，如果没有运河，北京人就无法生活。但是，明代的运河状况却十分堪忧，自洪武二十四年（1391）黄河夺淮始，整个明代运河都笼罩在黄河决口的阴影下，河道高低不平，行船常常搁浅，或是水量过大而使河水外溢，冲破堤坝。每到冬天，济宁到北京段的运河都会因为结冰而无法通行。即使面临着诸多困难和不便，明代政府依然想尽办法，不厌其烦地修复着千疮百孔的运河。比如永乐年间宋礼疏浚会通河，在南旺分流；陈瑄治理旧河道，在徐州吕梁西别凿长渠、高邮湖滨筑长堤、泰州开凿白塔河等；嘉靖年间吴仲疏浚通惠河；正统至弘历年间治理黄河荥阳决堤，平复张秋水灾；万历时开韩庄新河从澎河引水入迦河等。对运河的修补一直持续了整个明王朝。

Appreciation of Poetry and Prose in Jing Hang Canal

著名学者黄仁宇在《明代的漕运》一书中认为，明代政府对于运河的重视从侧面反映了上层统治者闭关锁国的基本政策以及抱残守缺的治国理念。他们精心守护着农业为本的立国基础，禁止海外贸易，甚至通过各种手段（比如繁重的赋税）将运河周围兴起的商业文明扼杀在摇篮里。在亟须变革的时代里，古老而庞大的中华帝国就这样与时代机遇擦肩而过，逐渐落后于欧洲各国，最终在自己的天朝迷梦中走向衰亡。1840年的鸦片战争，英国正是通过占领镇江，切断大运河上长江以北的交通而迫使清政府投降的。一条运河见证了整个中华民族的兴衰。

利玛窦于万历十一年（1583）九月十日进入中国，先在广东肇庆府落脚，这给当时的大明王朝吹来了一股难得的新鲜空气。利玛窦在广东韶州、南雄等地居住了12年，后于1596年来到江西南昌，初步开辟了一块传教基地。在不断的失败与总结经验中，他决定通过皇帝的力量以获取教派的合法性。1598年，利玛窦在王尚书（王忠铭）的带领下到达南京，准备顺运河北上进京。他在《札记》中称自己所坐的船叫"马快船"，样子"像一艘古希腊三层式的战船"。这种船又叫"马船"，专司供送官府物品。明代运河上行驶的船只数量众多、形式多样，很多私家大船同时是专门运输皇家贡品的御船，而且一连数艘，十分壮观：

> 中国人认为把他们献给皇帝的贡品都装在一只船里是不合适的。似乎以几艘不同的船来运送更为适合一些。但皇帝本人由于别的原因对这种办法假装没有看见。无数为朝廷运送物品的船只来到北京，其中有许多船并未满载。①

---

① ［意］利玛窦、［比］金尼阁：《利玛窦中国札记》下册，第14页。

为了体现皇家气派,所以就算装不满货物也要用数艘船只来运输,但这样无形中增加了河道承载的负担,本身商船数量就很多,再加上浩浩荡荡成群结队的官船,致使运河上常常出现拥挤堵塞的状况,为此,利玛窦有时不得不放弃水路而改为陆路前行。除官船之外,河面上还行驶着一些华丽精美的大船,丝毫不亚于今日的豪华游轮:

> 收税官马堂除了建筑各式各样的官邸和庙宇之外,还造了一只很讲究的大船,甚至于适合皇帝乘坐;船上的大厅、房间以及众多的舱室都极为精致而宽敞。走廊和窗框是用不腐的木材制造的,雕刻着各式各样的图案,镶着金并用中国漆涂得光亮。①

这是利玛窦第二次去北京时看到的大太监马堂的私人大船,可见当时上层社会的奢靡风气。

河道交通的堵塞,很大程度上是由于巨大的运输量。政府还设置了具体期限,如果船夫没有在规定日期送到货物,那么将会受到重罚。然而,很多路段几乎无法快速通行,由于地势高低不平,河道的水量总是时多时少,遇到水浅时,只能原地等待。鉴于此,政府先后在一些地方修建了数座水闸以调节水流。但同时又产生了新的问题:

> 从一个闸到另一个闸,对水手是个艰巨的任务,造成旅途中冗长乏味的耽搁。由于运河中很少有足够风力,行船更增加了负担,于是从岸上用绳纤拉船前进。有时在一个闸的出口或另一个闸的入口处,也会波涛汹涌,以致船只倾翻,全部水手

---

① [意]利玛窦、[比]金尼阁:《利玛窦中国札记》下册,第73页。

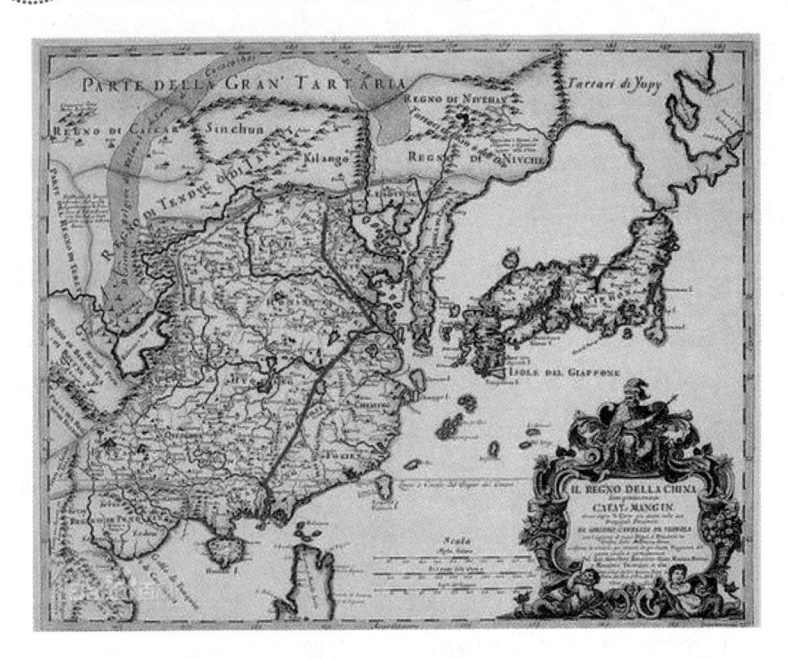

京杭运河 诗文赏析
Appreciation of Poetry and Prose in Jing Hang Canal

利玛窦在中国的行程

都被淹死。①

运河山东南旺一段被称为闸槽。南旺地势颇高，因而在永乐时期疏浚汇通河时，工部尚书宋礼在南旺将汶水分流，六分往北流至临清入卫河，设闸21座；四分往南经济宁入泗水，设闸54座。但如此多的水闸并不能将水流平均分配，有些河道仍旧是水浅难行，行经的船就要看情况在此等待一周到一月余不等。很多受雇运输的船夫需要用一年的时间来完成运送任务，可能刚到目的地，新一年的运输任务又接踵而至，一些船工往往数年不能回一次家。

利玛窦在1598年首次进入北京时，看到了载满木材的船。1596年北京皇宫因火灾被毁，于是数年间，不断由南方运送价值昂贵的

---

① [意] 利玛窦、[比] 金尼阁：《利玛窦中国札记》下册，第12—13页。

建筑木材到京城。利玛窦不只是惊叹于这一壮观的运输景象，而且也注意到壮观景象背后，统治者对人民大众的欺压与奴役：

> 神父们一路看到把梁木捆在一起的巨大木排和满载木材的船，由数以千计的人们非常吃力地拉着沿岸跋涉。其中有些一天只能走五、六英里。像这样的木排来自遥远的四川省，有时是两三年才能运到首都。①

在通州下船登岸，大约再走一天才能到达北京。他在札记中解释了自己为何没有继续乘船直接进入皇城："为了防止被船只堵塞，只有运给朝廷的货船才允许使用它。"② 由于当时正值中日战争期间，政府对所有外国人都下了禁令，整个北京城都处在戒备森严的状态下。首次去北京的利玛窦未能见到皇帝并且被驱逐出了北京。在北京碰壁的利玛窦神父只能回到南方去，可是又遇上了交通的障碍。随着冬季的来临，华北地区的所有河道全部结冰，因此他们不得不从陆路返回。受从前在韶州的弟子瞿太素的邀请，利玛窦决定先到瞿太素的家乡苏州城定居下来。从陆路进入苏州只有一个路口，但同样也是河道的入口之一，那就是"江枫州"，著名的"枫桥夜泊"之处。江枫州在明代是全国性的粮油米豆集散基地，也是全球性的商品转运站，在这个繁荣的国际商贸中心，商品种类繁多，形式多样，只有你想不到的没有你买不到的东西。枫桥旁边就是铁铃关，上面有重兵把守，是抗倭敌楼，同时控扼水路交通。刚进苏州城，利玛窦就被其美丽富饶的景色所吸引：

---

① ［意］利玛窦、［比］金尼阁：《利玛窦中国札记》下册，第13页。
② 同上书，第15页。

> 这里的人们在陆地上和水上来来往往，像威尼斯人那样；但是这里的水是淡水，清澈透明，不像威尼斯的水那样又咸又涩。街市和桥都支撑在深深插入水中的独木柱子上，像欧洲的式样……城内到处是桥，虽很古老但建筑美丽，横跨狭窄运河上面的桥都是简单的拱形。①

苏州城处在太湖与阳澄湖中间的一大块湿地中，不知其情的利玛窦以为整座城市都是建造在水上。苏州城森严的守卫和沉重的赋税也给他留下了深刻的印象：

> 一个省向皇帝国库要上缴两倍于另一省税收。全省都随着它的首府反对皇帝，甚至直到现在它还设有重兵巡逻和防卫。②

繁重的税收不只局限于苏州城，明代只要是运河上兴旺繁华的城镇都要承担巨额的税收。除此之外，来往的商船也要交一定的通行税、商品税等，同样的税项在不同地方常常被重复征收，限制了运河沿岸商品经济的发展。

不久之后，利玛窦选择在南京定居。在此期间，他结交了大量的权贵、官员、文人，其中包括开国将领徐达的后人、大太监冯宝、丰城侯李环、状元焦竑以及寄居其家中已经削发为僧的著名学者李卓吾等。这些人帮他给京城权贵写信，为他第二次进京见到皇帝打下基础。

1600 年 5 月，利玛窦再次从南京经由运河朝北京驶去，其间曾受到大太监马堂的刁难，困在船中数月。在历经重重磨难之后，终于于次年的 1 月 24 日到达北京。万历皇帝见到利玛窦的礼品（耶稣

---

① ［意］利玛窦、［比］金尼阁：《利玛窦中国札记》下册，第 24—25 页。
② 同上书，第 25 页。

崇祯十二年（1639）［意］利玛窦、［比］金尼阁合著《利玛窦中国札记》，拉丁文版荷兰原版初印本，澳门中央图书馆藏

受难十字架、圣母像、圣经、三棱镜、自鸣钟、欧洲香料等）非常高兴，亲自接见了利玛窦，并命他留在身边。利玛窦在京期间，努力钻研儒家经典，希望通过儒家教义来传播天主教。不过，使皇上和王公大臣更感兴趣的是他所带来的天文数学知识以及各种新奇的仪器，虽然最后得到了皇帝的批准，在北京设立了传教会，但是传教效果远没有他所预期的那样好。利玛窦是一位伟大的传教士，他始终秉持着殉教精神，在异国他乡坚守着自己的传教使命，直至死也从未放弃最后一丝希望。他努力学习中国文化，并将欧洲文明介绍到中国，为中外交流做出了巨大贡献。

经历过《马可波罗行纪》中关于 13—14 世纪中国的繁荣富庶，感受了中国社会各种先进的技术，尤其是运河以及运河带给沿岸人们的美好生活，再来看利玛窦的《札记》。《札记》建立在对 17 世纪中国社会作了深入观察的基础上，它的表述可能更严谨、现实，或许无论中国人，甚至外国人都更爱看《马可波罗行纪》，因为它轻松，而《札记》记录了中国社会并不那么明朗的一面，让人感到压抑，但近代中国却正是从这里开始走向衰落。正如我们这篇文章的开篇说的，"所有这些对欧洲人来说似乎都是非常奇怪的，他们可以从地图上判断，人们可以采取一条既近而花费又少的从海上到北京的路线。这可能确实是真的，但害怕海洋和侵扰海岸的海盗，在中国人的心里是如此之根深蒂固"[①]。随着欧洲现代化进程的开启，也随着大批欧洲人东入中国，运河时代就在以人力无法掌控的速度进入它的衰落以致终结的进程。

【参考文献】

1. ［美］黄仁宇：《明代的漕运》，张皓、张升译，鹭江出版社 2015 年版。

2. 史念海：《中国的运河》，山西人民出版社 2015 年版。

3. 席龙飞：《中国古代造船史》，武汉大学出版社 2015 年版。

4. ［美］夏伯嘉：《利玛窦·紫禁城里的耶稣会士》，向红艳、李春园译，上海古籍出版社 2012 年版。

5. 汤开建汇释校注：《利玛窦明清中文文献资料汇释》，上海古籍出版社 2017 年版。

---

① ［意］利玛窦、［比］金尼阁：《利玛窦中国札记》下册，第 13 页。

第三十一篇　清代运河·外国人眼中的运河

——以［荷兰］约翰·尼霍夫《荷使初访中国记》为例

注　释

①本文赏鉴所引文字均节选自《荷使初访中国记》，庄国土译，厦门大学出版社1989年版，分别为清顺治十三年（1656）5月21日、5月26日以及6月13日约翰·尼霍夫在京杭运河的扬州段、高邮—宝应—淮安段、济宁段的描写。约翰·尼霍夫（1618—1672），荷兰旅行家，出生于德国的伯爵领地本特海姆的乌埃尔森市，该市镇靠近荷兰的阿尔莫罗市。1655年10月2日，荷兰东印度公司使团觐见清朝顺治皇帝，这是荷兰首批赴华使团，来华目的是请求清王朝允许荷兰东印度公司扩大在华贸易，约翰·尼霍夫作为特使团管家出访。在任职于东印度公司期间，多次参与探险。1672年行迷于非洲东南海岸马达加斯加岛。

赏　鉴

《荷使初访中国记》是荷兰旅行家约翰·尼霍夫（Johan Nieuhoff）的游记，是一部早期中、荷关系史的重要著作，详细记录了17世纪荷兰首个来华使团在中国的见闻，还画了大量的速写。是继《马可波罗游记》后，第一部真实可信，且在西方广为流传的中国目击报道。大量画稿成为西方人第一次直观地了解中国的重要材料，其画作和游记被翻译成多国文字，后世不断翻印和再版。该书中有大量有关清代运河风情的记载和描述。

1655年（清顺治十二年）7月14日，约翰·尼霍夫随以皮得·侯叶尔和雅克布·凯赛尔为首的16人荷兰使团来到中国。之后约翰·尼霍夫写下《荷使初访中国记》一书。书的全名是《荷兰东印度公司使臣朝见鞑靼大汗——当代中国的皇帝。简要记载了1655—1657年在中国旅程中所经过的广东、江西、南京、山东、北京及北京城里的皇宫等地发生的重大事件。对中国城市、乡村、政府、学术、工艺品、风俗、信仰、建筑、衣饰、船舶、山川、植物、动物、反抗鞑靼人的战争等方面都有精彩的描述，并配有在中国实地画下的150幅插图》。通过这个冗长的书名，我们已经不用介绍，就对约翰·尼霍夫的记述内容有了大致了解。需要指出的是，这本书在欧洲出版后，非常风靡，拥有广泛的读者，使得欧洲在《马可波罗游记》之后，再度掀起"东方热"，成为欧洲人们关于中国知识的重要来源。

尼霍夫他们在中国的行走路线是：从广州乘拖船溯江北上，至南雄下船，过大庾岭，在江西安南沿赣江顺流而下，经吴城镇入鄱阳湖至长江，经仪征到达扬州，然后沿京杭运河北上。途经扬州、高邮、宝应、淮安、宿迁、济宁、南旺、张秋、东昌、临清、武城、故城、德州、东光、泊头、沧州、青县、静海、杨柳青、通州等众多运河城镇，在张家湾下船，由陆路进京。这条线路不仅是欧洲人来中国必经之路，而且被很多欧洲使节写入书中，成为欧洲人了解中国的重要窗口。其中关于运河沿岸的风景、城镇、寺庙、民俗、水利设施等内容，更是因此印在欧洲人的中国形象中。

约翰·尼霍夫画像

通过前面的叙述与分析，我们知道，自公元前486年吴王夫差开凿邗沟以来，大运河已经历了两千余个春秋。经过历代政府的培护与治理，这条人工河流已经从一个乳臭未干的孩童逐渐成长为一位苍颜白发的老者，这期间的沧桑巨变我们只能从各种文献中窥知一二。

《荷使初访中国记》中对运河两岸城镇风情的记载尤为详细。先是扬州，扬州地处南北交通要道，两淮盐商聚集，商品经济极为繁荣，史称"其视江南北他郡尤雄""为东南一大都会"，所谓"以地利言之，则襟带淮泗，镇钥吴越，自荆襄而东下，屹为巨镇，漕艘贡篚，岁至京师者，必于此焉。是达盐策之利，邦赋攸赖"①。尼霍夫笔下的扬州：

> 五月二十一日，我们来到扬州。该城位于运河左岸，距仪征县六十里，呈四方形，建有高墙堡垒，方圆步行约三个小时，运河右岸有一片漂亮的郊区，商业也十分繁荣。扬州素以富庶、美景著称。也因该地美女如云而出名。她们气度优雅，娇美迷人，远胜其他地方的女子。税馆前面的运河上横跨着一座七艘船组成的浮桥，我们通过这座桥，再过三个城门才进入城内。城内所有街道都非常笔直，路面用砖头铺就。沿着进城道路的左侧郊区，矗立着一座六层宝塔。在上面可以俯瞰整个郊区。城西有一道小河，斜穿该城而过，河上有几座高大漂亮的石拱桥。②

如果有心爬梳扬州盛景，会发现尼霍夫的这段描述所选择的对象非常典型，表述得也非常准确。首先是扬州的优势地理位置，我们知道运河入江有三个渡口，北边的仪征、扬州，以及南边的瓜洲。尼霍夫的描述说，扬州位于运河的左岸，与仪征相距约 60 里，这个表达很到位。接着尼霍夫说扬州很富庶，这也很准确。扬州的繁华历经数千年，与运河同生共息。扬州不仅有运河的优势，更重要的是扬州自唐以后，是全国盐运中心。在唐代，由于扬州设立司盐衙署，

---

① （清）阿克当阿修，姚文田等纂：《嘉庆重修扬州府志·上册》，广陵书社 2006 年版，第 1 页。

② ［荷］约翰·尼霍夫原著，［荷］包乐史（Leonard Blusse）、庄国土：《〈荷使初访中国记〉研究》，第 70 页。

从此成为两淮盐业的中心,来自两浙及两淮地区的盐商都要在扬州集散转运,故扬州运河又被称为盐河。盐业的繁荣又带动了扬州其他行业的兴盛。尼霍夫说扬州城中美女娇美迷人,自然比别处女子多一种风韵与优雅,这或许应了"扬州瘦马"的说法吧。"瘦马"实指从小被买去培养成容貌才艺俱佳的女子,她们长成后往往被人们以高出培养成本许多的价格,许为妾妇。白居易有诗云:"莫养瘦马驹,莫教小妓女。后事在目前,不信君看取:马肥快行走,妓长能歌舞。三年五岁间,已闻换一主。借问新旧主,谁乐谁辛苦?请君大带上,把笔书此语。"① 张岱在《扬州瘦马》中曾记载写道:"扬州人日饮食于瘦马之身者数十百人。"② 由张岱的文章可以知道,扬州培养"瘦马"俨然成为一门行业。因为扬州富庶,除了盐商外还有大量往来的富商,故而可以滋生专门培养瘦马的行业,这也使扬州美女较他处为多。

尼霍夫在文中提到的"税馆"即扬州著名的钞关。钞关,是扬州城南边面临运河的一座城门。其实,它也并不是真正城门的名称。因明宣德年间(1426—1435),扬州挹江门外设钞关,征收过境船只税,故后人将挹江门改称为"钞关",在民间亦称"关上"。明清时期,运河两岸架设浮桥,以沟通两岸交通。从此,钞关城外商旅船舶途经频繁,钞关码头逐步形成,临河建屋增多,店铺林立,铺门临河而开。尼霍夫说"税馆前面的运河上横跨着一座七艘船组成的浮桥",指的就是运河上的浮桥,而由于运河往来船运繁忙,临河一带也就成为扬州独特的风景。至于尼霍夫提到的运河东岸的六层宝塔名为"文峰塔",是明代万历十年所建,为七层八面砖木结构楼阁

---

① (唐)白居易:《有感》三首之一《莫养瘦马驹》,谢思炜校注,《白居易诗集校注》,第1696页。
② (明)张岱:《扬州瘦马》,马兴荣点校,《陶庵梦忆》卷五,中华书局2007年版,第69页。

式宝塔。塔身青砖青瓦,下为砖石须弥座,底层回廊围绕,二至七层为挑廊做法,塔顶为八角攒尖屋顶,通高 44.75 米。文峰塔下为文峰寺,寺的门朝西,面临运河,这里原称湾子,文峰塔寺建成后,改称宝塔湾。在寺门前立一名碑,上书"古运河"三个字,登塔远望,可以一览扬州古运河的风光。

扬州之后,荷兰使团随后来到高邮:

> 五月二十六日,我们驶经高邮州。该城距扬州一百二十里,位于运河的左岸,附近有一大湖,湖岸围有石堤。该城人口众多,几处郊区也人烟稠密,商业繁荣,景色优美。这里的土地非常广阔肥沃,适合种稻子。我们极目远眺,只见到处房舍叠栉邻比,连成一片,就犹如整片土地上只有一个大镇。运河的两岸到处是沼泽地,近岸之处长满芦苇。这些芦苇每年包售给居民,再由这些居民采集出售,当做火炭或柴草烧用。我们还看到这里有很多风车,用来引水,制作得相当精巧。①

高邮以驿站闻名,城中保留了现存最古老的驿站,即建于明洪武八年(1375)的盂城驿,在《漂海录》《初渡集》等很多外国文献中有相关记载。盂城驿邮递公文用船而不用马,这缘于高邮发达的水运。高邮城内湖泊、河道交错相连,形成一张密密麻麻的水运网络。《水经注》云:"中渎水自广陵北出武广湖东、陆阳湖西,二湖东西相直五里,水出其间,下注樊梁湖。旧道东北出,至博芝、射阳二湖,西北出夹邪,乃至山阳矣。"② 这一段说的是连接长江和淮河的

---

① [荷]约翰·尼霍夫原著,[荷]包乐史(Leonard Blusse)、庄国土:《〈荷使初访中国记〉研究》,第 71 页。
② (北魏)郦道元著,陈桥驿校证:《水经注校证》卷三〇,中华书局 2007 年版,第 714 页。

古运河邗沟,其中樊良湖乃指邗沟高邮段。除樊良湖外,高邮境内还有界首湖、新开湖、甓社湖、平阿湖、珠湖等。对此,顾祖禹描写道:

> 新开湖:州西北三里。其水东、南俱通运河,长阔各百五十里,天长以东之水俱汇此湖而入于淮。湖中突起一洲,可百余亩,水虽盛涨,终不能没。其洲去城十里。秦观诗"高邮西北多巨湖,累累相连如贯珠",盖州境自昔恃湖为险。《山堂考索》云:"淮东川泽之国,凡小洲大潴,水势环绕,人所不到处,皆水寨也。自老鹳、新开诸湖而言,凡四十余处,而相通之寨九,一寨一将主之。南宋所为守淮者,皆新开等湖以为之险耳。"平阿湖,在州西八十里。其东南为五湖,接天长县之铜城河。州境诸湖皆自天长县导流东注。盖五湖汇上流诸川,源多势盛,州境平衍,故所在浸淫,遂为泽国。又珠湖,在县西七十里。《天长志》:"五湖接高邮之毗沙湖,或以为珠湖矣。"①

位处高邮洲西北的新开湖,其水道湖泊的形貌,顾祖禹的这段话解释得详细。当初高邮运河在开凿之际即依靠自然河道与湖泊相连,以减省工程的繁复,这使得高邮一带运河的湖泊水道,相互贯连,形势险峻。但数百年来黄河夺淮,位于淮河中部的洪泽湖水量不断增大,以外溢到宝应、高邮的湖泊中,湖泊水域逐年扩大,风浪迭起,给航运带来很大不便。东汉陈登曾在洪泽湖东修筑高家堰,以保护湖东的宝应、高邮诸地,但也只是治标不治本。明代陈瑄、

---

① (清)顾祖禹:《读史方舆纪要》卷二三《南直五·扬州府·高邮州》,贺次君、施和金点校,中华书局2005年版,第1136页。

白昂、刘东星相继在高邮湖旁开凿月河、康济河、邵伯月河、界首月河,才使江淮之间的运河彻底摆脱湖泊的影响,高邮地区也成为河湖治理的活化石。丰沛的河湖水自然会滋养出丰富的水生物,稻田、芦苇、螃蟹都是高邮地区人们生活不可或缺的一部分。尼霍夫笔下,蜿蜒的河水、鳞次栉比的房屋、整洁的街道、广阔的稻田、迎风转动的风车……一幅悠美闲适的乡间图景瞬间跃然纸上。

离开高邮后,他们继续向北前行:

> 当天(五月二十六日)我们到达淮安。该城位于运河右岸的一片平坦的沼泽地上,距离宝应县一百二十里,有一道城墙横贯该城,并建有坚固的城楼。郊区人烟稠密,房舍美观,延伸有三荷里。①

明代之前,江南漕运抵淮安,都要走陆路过坝渡淮河。永乐十三年(1415),水利总督陈瑄凿清江浦河道,筑清江、福兴、通济、惠济四闸,使运河与淮水直接交汇,从此清江浦成为淮安繁荣发展的重要标志,明清时期,海安与扬州、苏州、杭州并称运河线上的"四大都市"。这里尼霍夫说这座城市位于一片平坦的沼泽地上,的确淮安是南船北马云集交会之地,向北骑马,向南坐船。据记载,明清时期,漕船北上,在淮安要过码头三道闸,需时三天三夜,而要过整条运河,需要通过"闸漕"河段的全部47座闸。遇到漕运高峰季节,"舟车鳞集,冠盖喧阗,两河市肆,栉比数十里不绝"。这样船行变得非常缓慢,往往数月才能到北京。所以,过往客商到清江浦时,多舍舟登岸。而清江浦也因此成为南船北马、

---

① [荷] 约翰·尼霍夫原著,[荷] 包乐史(Leonard Blusse)、庄国土:《〈荷使初访中国记〉研究》,第71—72页。

九省通衢的要冲。所以尼霍夫说淮安郊区都人烟稠密,可以想见其淮安之繁荣富庶。

荷兰使团于六月十三日抵达济宁,《荷使初访中国记》记载:

> 这个城房舍栉次邻比,并有二座高塔。河两岸的郊区一望无际,人烟稠密。此处还有二道大水闸,闸水时水深达六尺。所有的客栈和茶馆都拥有自己的戏旦来取悦顾客,顾客只需付六、七文日本钱就可坐着整天看戏。而这么富有情趣,衣着华丽的男女戏子竟也能依靠客人所给的如此微薄的钱生活,真是不可思议。①

济宁位于山东省西南部,北依黄河,南临微山湖,京杭大运河穿境而过。顾祖禹《读史方舆纪要》记载济宁州写道:"南通江、淮,北连河、济,控邳、徐之津要,扼宋、卫之噤喉。在战国时,苏秦所云'亢父之险'也。自是东方有事,必争济州。元人开会通河,而州之形势益重。"② 元朝会通河的开凿使济宁的重要性得以突显。明清时期的济宁为河漕重镇。据史料记载,明永乐年间官运物资中光是粮食就在年五百万石以上,成化后至清中叶政府才限定为四百万石。如果加上沿途所损耗的人力、物力,实际运送的米粮可达到八百万石。除粮食外还有种类繁多的生活用品、食品以及一些珍贵的贡品、大宗物品等,甚至还有建造皇宫的木材、砖窑。各种名目相加,可以大约计算出明清时运河的年货运量应在3500万石左右。如此庞大的运输量,使运河沿岸城镇的商品经济飞速发展,济

---

① [荷]约翰·尼霍夫原著,[荷]包乐史(Leonard Blusse)、庄国土:《〈荷使初访中国记〉研究》,厦门大学出版社1989年版,第73—74页。
② (清)顾祖禹:《读史方舆纪要》卷三三《山东四·济宁州》,贺次君、施和金点校,中华书局2005年版,第1544页。

宁就是其中之一。这个被称为"江北小苏州"的城镇，以它独具优势的地理位置，先后成为食盐转运中心、鲁西南药材集散中心以及以玉堂酱园闻名的酿造业中心等。如果走在当时的济宁街道上，你会看到兰芳斋果品店、李三九烟店、陈裕顺皮行、天德堂药店、振泰绸布店……各色门帘令人眼花缭乱，这些店铺如今皆蜕变为享誉全国的中华老字号。

兴盛的商业贸易也促进了济宁民间文化的繁荣。人们在业余时间常举办一些戏剧歌舞等娱乐活动，清朝入关后所传来的八角鼓以及微山湖渔民特有的端鼓腔都是济宁当时最时兴的戏曲样式。唱端鼓腔的演员一般会把舞台搭在湖面上，用几只大船连在一起，铺上木板，并在桅杆上挂起各色画有神像图案的旗子。渔民们将船划近，围在四周，就可以观赏到精彩的曲艺表演。端鼓腔节奏轻快，曲调喜庆热烈，反映出山东人民热情豪爽的个性。尼霍夫对这些表演卖力而收入微薄的男女艺人感到不可思议，也许对当时已风靡欧洲的古典主义戏剧极度推崇的欧洲人来说，中国对艺术的尊重则显然有些单薄了。不同于只在欧洲宫廷中表演的高雅戏剧，中国的戏曲艺术是更富有泥土气息的，它会以灵活多变的形式出现在田地湖泊、街头巷尾以及任何一处有人聚集的地方。

书中还为我们展现了很多运河上的风情民俗。与同时期其他欧洲旅华游记相比，《荷使初访中国记》对中国运河的描写更加细致生动而富于田园诗意。而且，总体上，尼霍夫一直都以欣赏和敬慕的眼光打量和描绘中国的艺术、社会、制度，那些极富东方色彩和"中国风格"的屏风、瓷器、绸缎，以及通过考试而非裙带关系选拔政府官员的科举制度，都增强了他笔下中国社会的理想化程度和诗意色彩。有意思的是，18世纪的欧洲，受到尼霍夫这部初访中国记的影响，人们对中华帝国充满倾慕，中国文化以及中国形象对欧洲文化的各个领域都产生了深远的影响①，这其中运河本身的意义以及运河沿岸中国人的生活状态，更是激起欧洲人对这个遥远的国度的好奇和向往。

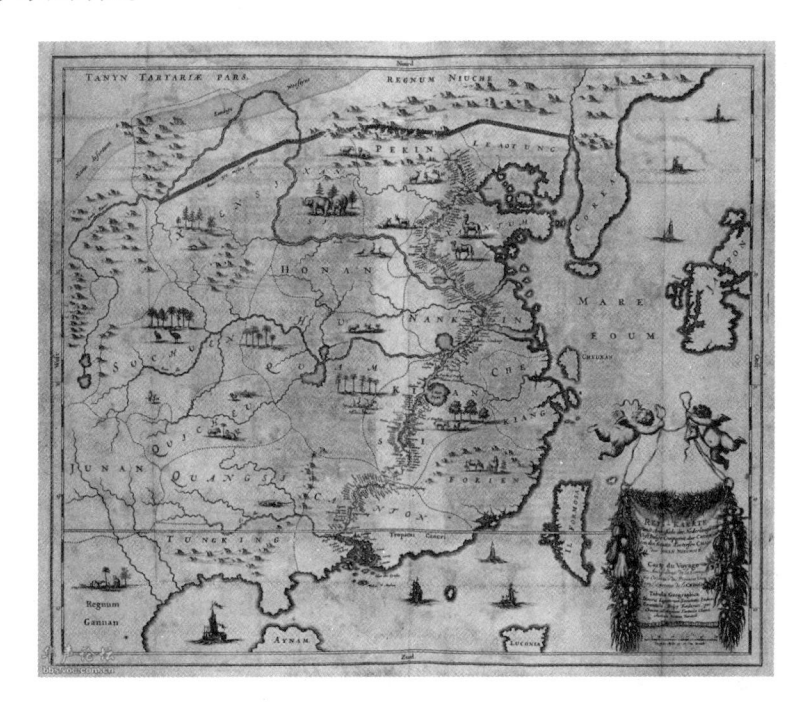

荷兰使团中国行之地图

【参考文献】

1. 陈福郎：《总编辑手记》，厦门大学出版社2015年版。
2. 刘玉平、高建军主编：《运河文化与济宁》，中国社会出版社2012年版。

---

① ［荷］包乐史著，庄国土：《〈荷使初访中国记〉在欧洲的地位》《〈荷使初访中国记〉研究》，厦门大学出版社1989年版，第3页。

第三十二篇　清代运河·外国人眼中的运河

——以[英国]斯当东①《英使谒见乾隆纪实》②为例

注　释

①斯当东（1737—1801）：英国探险家、植物学家，受雇于不列颠东印度公司。1793年，斯当东成为英国访华使团的副使（正使为乔治·马戛尔尼），以庆贺清朝乾隆帝八十大寿为名出使中国，要求中国开放通商口岸。斯当东将沿途的所见所闻详细记载下来，写成《英使谒见乾隆纪实》。马戛尔尼使团访华：指的是乾隆五十八年（1793），英政府想通过与清王朝最高当局谈判，开拓中国市场，同时搜集情报，于是派乔治·马戛尔尼等人访问中国的事件。由于中英两国政治、经济结构的截然不同，而双方政府为了维护本国的社会制度和历史传统，在各自的利益上采取了互不相让的顽强抗争态度，导致外交谈判的失败。马戛尔尼使团是到达中国的第一个英国外交使团，是中英之间最重要的一次早期交往，是中英关系史上的重大事件。

②[英]斯当东：《英使谒见乾隆纪实》，叶笃义译，商务印书馆1963年版。

赏 鉴

《英使谒见乾隆纪实》是清代乾隆年间英国马戛尔尼来华使团成员乔治·伦纳德·斯当东爵士回国后在 1798 年出版的访华见闻录。乾隆五十八年五月十四日（1793 年 6 月 21 日），英国皇家使团马戛尔尼以庆祝乾隆八十大寿为由前往中国。这是中英两国历史上的首次官方交往，对今后中英两国关系走向产生了重大影响。这次见面并不十分愉快，尤其是在觐见乾隆的礼节上，双方争执不下，但最后得以妥协。

斯当东眼中的乾隆皇帝

他们一行人在澳门外万山群岛的珠克珠岛抛锚登陆，后经东海、黄海、渤海抵达天津，再由天津前往热河。乾隆五十八年八月四日，在避暑山庄澹泊敬诚殿，马戛尔尼及副使乔治·斯当东见到了乾隆皇帝。在热河参加完皇帝的寿宴后，马戛尔尼使团又随乾隆回到北京，参观了紫禁城。副使斯当东回国后所写的《英使谒见乾隆纪实》中记述了这次访问中国之行，对遣派访华使者的缘起、所做的筹备、所取的路线、所访问的国家、所进行的交涉进行了详细的记述。值得注意的是，在《英使谒见乾隆纪实》中，有一章专门记载了他们视野中清代乾隆年间的京杭大运河，其中对运河水利工程的记载更是极为详细，这给我们今天了解清代运河上的城镇景观、风土人情留下了宝贵资料。

运河发展到清朝，虽然仍然存在很多问题，比如黄河频繁改道的困扰，但是大运河以它特有的魅力在中国历史上继续散发着余热。而随着中国封建社会最后一个高潮——康乾盛世的到来，清代运河迎来了其发展的全盛期。现藏于辽宁省博物馆由清代画家徐扬所画的《盛世滋生图》就形象地再现了乾隆年间苏州城池街肆及运河周围的景观，反映出那个时代江南地区运河沿岸的繁华盛况。

（清）徐扬《盛世滋生图》

清代对于运河的贡献主要集中在对河道的培护修补上，所开凿的新河也是以修复旧河、避开水患为目的。自明代以来，黄河夺淮越发严重，运河济宁到淮安段常常被迅猛的黄河水冲击，给航运带来了极大的危险。明末曾开通济新河和陈沟连接黄河和泇河，大大缩减了在黄河上行驶的路程，但仍未完全避开肆虐的黄河。清代顺治至康熙年间，相继在骆马湖西开皂河、中河，避黄河180余里之险阻，将运、黄二河彻底分离，淮北运河不再借助黄河，但是运黄交汇处仍存在很大风险。淮南宝应和高邮段运河也会受到黄河影响，因黄河泥沙含量过多，使河床上升，高出运河水位数尺，故只能不断筑高堤坝以抵御黄河水入侵。乾隆五十年（1785），由于淮河上游干旱，洪泽湖水干涸，充沛的黄河水倒灌入湖中，巨大的泥沙使淮河河口淤塞，高邮宝应段运河竟无水可行，于是政府便采取了"借黄济运"的措施。这种方法无异于饮鸩止渴，等淮河水恢复正常后也无法挽回黄河淤塞的局面。

1793年10月7日清晨，斯当东与马戛尔尼一行经由运河从北京南下回程。使团离开北京后首先经过白河（天津到北京段），这里的土地干旱缺水，岸上的农民利用运河水来灌溉农田。河床较高的地方就通上水槽直接引水，较低的地方则利用杠杆原理取水灌溉。穿过白河，他们来到了流经天津郊区附近的卫河（临清到天津段），在河的两岸有一排人工堤坝，坝顶修葺沙石路供人行走。堤旁还种植了各式各样的果树蔬菜，风景优美，令人赏心悦目。这里水流湍急，并且是逆水行舟，因此需要十余个纤夫在岸上牵拉船只。斯当东在《纪实》中对这些纤夫的境遇进行了具体描写：

> 我们看到中国官员强迫附近居民来作拉船纤夫，但给他们很少报酬。这些纤夫每天所赚的钱还不够他们一天吃的，因此他们遇到机会就逃走。有的时候夜里逃走了一些人，但又由一些新人换上。有一个监督人员，手里拿着一根鞭子，在纤夫后

面来回走,喊他们加快拉并防止他们逃走,情况同西印度群岛的黑人监工完全相似。①

这里农民多数是自耕农。他们靠近河道,好处是可以利用河水灌溉,坏处是官吏经常用很低报酬征调他们为往来官船拉纤。比起我们在前文中提到的李白在《丁都护歌》中描写纤夫的诗句"吴牛喘月时,拖船一何苦",斯当东的文字直切周详得甚至有些灰暗,而且斯当东以新兴资本主义国家的眼光来看运河边的农夫与政府的关系,在他的表述中,人们的生活状态和境遇似乎与"康乾盛世"的声誉有些格格不入,也与我们文中插入的那幅徐扬《盛世滋生图》的熙熙攘攘、平静祥和画面有些龃龉。

10月22日,马戛尔尼一行人来到山东临清。斯当东写到当地一个盛景——临清舍利塔:

临清州外有一个九层宝塔。中国人喜欢在多山地带建塔。这个高大建筑一般总是建在山顶上。由下到上一般是一百二十到一百六十呎高,整个高度是塔底直径的四倍到五倍。一般总是单数,五层、七层、或九层,越到上层越小,塔底面积最大。②

引文描述的舍利塔,建于明代万历三十九年(1611),与通州的燃灯塔、杭州的六和塔以及镇江的文峰塔并称"运河四名塔"。相传是大太监王体乾为超度自身罪孽而投资建造的。塔身平面呈八角形,塔共有9层,通高53.44米,底门向南,基座条石砌筑,每层8面辟门

---

① [英] G. 斯当东:《英使谒见乾隆纪实》,叶笃义译,商务印书馆1963年版,第425、430页。

② 同上书,第431页。

窗,4明4暗。外檐砖木结构,陶质斗拱莲花承托。宝塔中心的通天柱还采用了当时专供皇家所用的金丝楠木。宝塔的对称转角形楼梯,可迂回攀缘,登临塔顶。塔刹呈盔形,远眺雄浑高峻,巍峨壮观。各角挑檐系有铜钟,每层塔檐上都挂着铜铸的小钟铃,轻风拂过,发出阵阵清脆的响声。于是,塔岸闻钟也成为临清一大胜景。不过这一切对于英国人斯当东来说,却似乎无感。他以敏锐的实用眼光描述这座塔所身处的运河周边环境及意义:

> 御河从西边发源,沿东北方向流至临清州同运河汇合。使节团船从这里改走运河道往正南航行。这条河在中国是最大的运河,同时也是最老的一个。从临清州到杭州曲曲折折长达五百哩,当中穿过山、穿过谷,还穿过许多条河流和湖泊。临清州的塔不是建在山上而是建在平地,这在中国是少有的。可能运河是从这里开始挖的,也或许是挖到这里为止。从塔的建筑位置来看,它不是作为守望楼用的,大概为的是纪念这个有实用的天才工程的开工或完工。①

临清有一块地势较高,被称作"中洲",通惠河流经此处时会分成两支流入北边的卫河。这块凸出的地方因为形似"鳌头",故被人叫作"鳌头矶",明人方元焕还特意为鳌头矶阁楼题写"独占"二字,含有金榜题名、"独占鳌头"之意。由于鳌头矶地势较高,水流过快,故而在周围设置了数座水闸:

> 御河的水倾入运河之后,为了防止水流太急,又在运河上

---

① [英]G. 斯当东:《英使谒见乾隆纪实》,叶笃义译,商务印书馆1963年版,第431页。

认为需要的地方安了几道水闸，有的相距不到一哩，这在其他地方是没有的。同欧洲的水闸不一样，运河的水闸没有高低水门。它的水门构造非常简单，容易控制，修理起来也不需要很多费用。①

水闸结构简单，并且相隔很近，但这里的水闸数量还不是运河中最多的，四天后，使团来到了被称为"闸槽"的南旺段运河：

  10月25日，船抵运河的最高部分，是运河全长的五分之二（处）。汶河水在这里流入运河。汶河河道和运河成直角交叉，是供给运河水源的最大的一条河。两条河汇流的地方，水流很急。在这里运河的西岸建了一个坚固的石堡。汶河的水以很强的力量向石堡冲击，从此分开，一条向南流，一条向北流。②

南旺地势过高，运河水无法正常向北流去，因此其北的会通河缺少充足水源。明永乐九年（1411），工部尚书宋礼奉旨督治会通河，他在汶河上修建戴村坝，开汶渠至南旺运河，使汶河河道与运河相交。为防止汶河水量太大冲破运河，故在运河西边修筑了一个高300米的石护坡，并设置石拨于河底，使30%的河水向南流，70%的河水向北流。斯当东对这项水利工程十分称赞，惊叹于设计者高屋建瓴的巧妙构思。这个"开汶济运，南北分流"的设计巧就巧在如何精确的计算出南北两地的地势坡度，从而按比例南北分流，

---

  ① ［英］G. 斯当东：《英使谒见乾隆纪实》，叶笃义译，商务印书馆1963年版，第431—432页。
  ② 同上书，第433—434页。

同时还能"预估到开闸放船所损失的水量可以从地势更高的汶河水中补充"①，如此别具匠心的方案并不是宋礼想出来的，而是来源于一位常年居住在运河旁的布衣老人——白英。我们不禁感叹，这条在历史岁月中静静流淌的运河水，凝聚了多少古代人民群众的血汗与智慧，这也许正是大运河的魅力所在吧。

  船从这里开行不久，看到一种捉鱼的鸟。这种鸟可以训练为人捉鱼，每天收获量很大。它是一种塘鹅属鸟，我们捉到一只送给萧博士，他作了如下的鉴定："喉部白色，身体白底上面有褐点，圆尾巴，黄色嘴，属于一种褐色塘鹅。"在这里运河之东附近有一个大湖，里面有上千条小船，都是用这种鸟来捉鱼。每只船有十几只鸟。船主做一信号，它们马上飞到水里去捉鱼。我们非常惊奇地看到在它们很小的嘴里衔着很大一条鱼。它们被训练得真是好，用不着在它们的喉部用线或圈套着，它们把全部捕获品交给主人，自己不吃一条，除非主人为了奖励或饲养，做信号叫它们吃一两条。这些小船都很轻，主要是在湖里划。当地渔民依此为生。②

外国人似乎都对鸬鹚与渔夫之间所构成的那种相互豢养的关系极有兴趣，又或者斯当东的这段本来就是因为阅读了尼霍夫的中国行纪而特意描写的吧。我们再来回顾一下荷兰使者尼霍夫经过运河的时候，兴致勃勃地记录鸬鹚捕鱼的场景：

---

  ① 尹桂霖、余清良：《明清京杭大运河的历史变迁——以西人的观察为视角》，《运河学研究》2018年第2期。
  ② ［英］G. 斯当东：《英使谒见乾隆纪实》，叶笃义译，商务印书馆1963年版，第434页。

我们在此地看见中国人用他们驯养的鸟来捕鱼，他们称这种鸟叫"老鸹"，这是一种了不起的发明，我应对此进一步说明。他们有一种两边都架着竹竿的小船，用桨划动，上述的鸟就停歇在竹竿上。他们把小船划到湖里，把那些鸟放出，那些鸟就立刻潜到水里寻鱼。而中国的渔夫们则继续划桨前行，而这些鸟就以同等速度跟着船游动寻鱼。这些鸟的嗉囊用圆环勒住，以防它们捕到鱼后囫囵吞下。当这些鸬鹚在水里一叼到鱼，就立刻浮到水面，先把鱼咽到嗉囊里，飞到船上，渔夫就用劲掰开它的嘴巴，从嗉囊里熟练地掏出那条鱼来。如果鸬鹚不再潜入水里捕更多的鱼，中国渔夫就用棍子或竹板将他们的鸬鹚打得羽毛横飞，这真是一件莫名其妙的事情。我们从这些渔夫手里买了一些鱼，其中有些鱼约一掌半长，重达四分之三磅。①

说到底，在传统中国，鸬鹚与渔夫在运河上捕鱼，相互养活对方，是极为平常的事情。据斯当东的观察，他说江南省境内宝应湖上，"湖面上尽是渔船，主要是用前述的捉鱼鸟来捉。这个地方是训练捉鱼鸟的中心，训练好了以后输送到全国"②。正因为平常到可以忽略，所以很有意思的是，这一被外国人屡屡形诸笔端的运河典型画面，却被经年往来于运河之上的中国人熟视无睹。我们很少能够在连篇累牍的关于运河生活的诗文中见到像斯当东这么仔细专注地描写鸬鹚捕鱼、鸬鹚与渔夫关系的文字。

1794年1月8日，英国使节团从广州起航回国。使节团中有一

---

① ［荷］约翰·尼霍夫原著，［荷］包乐史（Leonard Blusse）、庄国土：《〈荷使初访中国记〉研究》，厦门大学出版社1989年版，第73页。

② ［英］G.斯当东：《英使谒见乾隆纪实》，叶笃义译，商务印书馆1963年版，第446页。

第三十二篇
清代运河·外国人眼中的运河

鸬鹚与渔夫

个叫安德逊的随员在总结这次访华之旅时说道:"我们的整个故事只有三句话:我们进入北京时像乞丐,在那里居留时像囚犯,离开时则像小偷。"① 由此我们可以窥见这次英使来华并不十分尽人意。也许正因为心里没有好感,斯当东对中国人形象的描绘也在深深地颠覆自《马可·波罗游记》以来西方人心中的美好形象。在 13—14 世纪马可波罗口述的中国以及中国人是这样的:

> 在其他街上有许多烟花柳巷,那里的妓女之多,简直令我羞于启齿。不仅在她们聚居的集贸市场附近,甚至在城中的每个角落都能看到她们的身影。她们打扮得花枝招展,香气扑鼻,

---

① Cranmer-Byng, J. L., "Lord Macartney's Embassy to Peking in 1793", *Lournal of Oriental Studies*, Vol. 4. Nos. 1.2 (1957 – 58): 117 – 187.010 MEMOIRS OF SIR GEORGE THOMAS STAUNTON BART.

居住在豪华的青楼里,身边有许多丫鬟服侍左右。这些女人极为老练,是献媚调情的高手,她们会用贴心的话语迎合各路人士。游客们一旦尝到花香,就像陷入了迷魂阵中,被她们的风骚迷得神魂颠倒,流连忘返。

当地的男人和妇女全都皮肤白皙,面貌清秀。他们大部分人平日大多身着绫罗绸缎。①

斯当东对中国人的描述是这样的:

沿路村庄里有些妇女坐在门口用纺车和纺条来纺线。有些妇女在田地里帮助收割。这些妇女,无论从身材和面貌上看,都和男子没有什么差别。希基先生在执行任务的同时特别研究了这里人的形象,根据他的观察:"这些妇女既不窈窕又不美丽。头大而身子矮,全身不超过头部的六倍长。身上穿的肥大衣服从颈部起遮盖了全身的线条,肥大裤子从腰部起到达足部,脚上从踝部起缠着很长的绷带。"田间的笨重劳动可能不让年青漂亮的做。据说下等社会习惯使妇女很少能够漂亮。偶尔有几个生得漂亮一点的,她们一到十四岁就被有钱有势的人从她们的父母手中买走了。使节团员们偶尔发现几个比较年轻漂亮的妇女,从像貌和线条上看都值得称赞。好奇心驱使她们跑出家来看外国人,但立刻被家里的男子咤叱回去,似乎深怕她们被他们所认为的野蛮人看到。希基先生观察,中国人不分男女差不多都是小眼睛。他说,"大部分男人的鼻子都是扁平的,鼻孔上翻,颊骨很高,嘴唇厚,面色暗而浊。他们的头发都是黑而

---

① 余前帆译注:《马可·波罗游记》,第335—336、337页。

粗硬。欧洲人的头发和他们的比起来，好似小动物身上的软毛。中国人喜欢留胡子，下颌胡子成直线似地垂下来。"①

尽管马可·波罗和斯当东说的中国人有南北差异，但比起马可波罗眼中富庶、自信甚至有些老练的中国人来，斯当东眼中的中国人，晦暗阴沉，自卑封闭，对外来的人与事都显得大惊小怪、不知所措。斯当东还在文中记录说，他们的使团曾无意间引起一件不幸的事件。运河附近村镇有"几千人拥挤在河的两岸看外国人经过"，"为了看得更清楚，许多人站到停在河边的驳船上来。船少人多，一个船的船尾被人压坏，几个人掉到水里。这几个人都不会游泳，大喊救命。其余的人似乎丝毫无动于衷，也不设法援救这些将被淹死的人。这个时候有一单人划子朝着出事地点划过去，但他不是去救人，而是去抢掉在水里的遇难人的帽子"②。

虽然斯当东的纪行写实笔法的确以他者的笔致让人们见识了中国农民的勤劳、智慧，但无论如何，18世纪末斯当东笔下的运河周边景象，都不复当年马可·波罗口中的耀人光彩，他笔下的中国人也麻木、无聊，完全不像马可·波罗口中陈说的那么活色生香，令人怀想。斯当东眼中的运河以及中国仿佛老大帝国，正变得暮气沉沉、令人窒息。

另外，需要指出的是，马戛尔尼以及斯当东一行坐着游艇巡游中国，仔细观察中国社会的各种生态面貌，并不仅仅是满足他们的好奇心。对于正在飞速发展的英国来说，他们派使团来到中国的真实目的是想开拓海外市场，在中国进行商品贸易。不过，他们的这种愿望对于18世纪末尚沉醉于"康乾盛世"的清王朝而言，显得非

---

① ［英］G. 斯当东：《英使谒见乾隆纪实》，叶笃义译，商务印书馆1963年版，第425页。
② 同上书，第432页。

常可笑。当时绝大多数的上层统治者还兀自以天朝上国自居，只接受朝贡式的小规模交换，根本不需要也不想打开国门，结束中国自给自足的经济状态。以此，1794年马戛尔尼他们的访问以不快而告终；之后，嘉庆二十一年（1816），英国第二次派使团访华，再被遣送出境；最终，道光二十年（1840），英国用他们的坚船利炮撬开了中国的大门。

运河的命运与传统中国社会的经济模式、文化形态休戚与共。事实上，当利玛窦或者更早，那些马达驱动的西方船只开始在中国运河上与各种小楫轻舟或者需要纤夫牵引的笨重木船争道的时候，运河以及它所蕴蓄的古典生活时代就意味着要结束了。同治十一年（1872），清穆宗下旨舍弃河运，改为海运；光绪二十七年（1901），李鸿章奏请南北漕粮全数改折，海运、河运全部停止。至此，属于大运河的时代结束。一百多年后的今天，虽然人们只能凭运河物质遗产与文化记忆来追溯她的往日风采，但无论如何，大运河这条承载着中华历史文明的伟大河流，已然融入我们民族文化精神的血脉中，让我们无以忘怀，也不能忘怀。

【参考文献】

1. ［美］何伟亚：《怀柔远人：马嘎尔尼使华的中英礼仪冲突》，邓常春译，社会科学文献出版社2002年版。

2. 刘士林等：《大运河城市群叙事：中国脐带》，辽宁人民出版社2008年版。

3. ［英］乔治·马戛尔尼、［英］约翰·巴罗：《马戛尔尼使团使华观感》，何高济、何毓宁译，商务印书馆2017年版。